Jade Y. Chen

Die Tränen des Porzellans

von
Jade Y. Chen

Übersetzung
Ilka Schneider

1. Auflage 2014

Herausgeber: Dryas Verlag, Frankfurt am Main,
gegr. in Mannheim.

Herstellung: Dryas Verlag, Frankfurt am Main
Korrektorat: Birgit Rentz, Itzehoe
Umschlagabbildung: © Guter Punkt, München (www.guter-punkt.de), Kim Hoang, unter Verwendung von Motiven von Shutterstock und Thinkstock
Graphik: Zikade aus Jade © Dryas Verlag, Frankfurt am Main
Satz: Dryas Verlag, Frankfurt am Main
Gesetzt aus der Palatino Linotype
Druck: BOD, Norderstedt

Bibliografische Information der Deutschen Bibliothek:
Die Deutsche Bibliothek verzeichnet diese Publikation in der Deutschen Nationalbibliografie, detaillierte bibliografische Daten sind im Internet über http://dnb.ddb.de abrufbar

ISBN 978-3-940855-56-5
www.dryas.de

國立臺灣文學館贊助出版。

This project was kindly supported by the
National Museum of Taiwan Literature.

Die Übersetzung des Romans wurde
mit freundlicher Unterstützung des
National Museum of Taiwan Literature
ermöglicht.

Exquisites, aber zerbrochenes Porzellan
verursacht Bedauern.
Makellose, aber geschmacklose Jade
verursacht Abscheu.
Die Edlen der Welt sind lieber die Ursache
für Bedauern als für Abscheu.

Chen Lie,
Der Alte vom Stillen Garten,
Jiangpu
(Qing-Dynastie)

Dresden, 8. September 1763

Tharandter Wald, sechs Uhr morgens, es war neblig und der Himmel noch immer dunkel. Die ersten Strahlen der Morgensonne brachen gerade erst durch. Der Abstand von zehn Metern war ausgemessen. Ich stand in der Nähe des Sees, Webermann stand unter einem Baum. Nachdem wir unsere Positionen eingenommen hatten, wurden uns die Pistolen übergeben. Mein Gegner sei kurzsichtig, hatte mir jemand zuvor versichert. Ich brauche daher keine Angst zu haben, sagte er.

Ich hatte keine Angst. Mir war, als sei ich gar nicht ich, als sei ich nur an meiner statt gekommen.

Mir oblag der erste Schuss und ich drückte ab. Doch die Kugel ging fehl und schlug in den Baumstamm. Dann war mein Gegner am Zug, es gab einen Knall und ich ging sofort zu Boden. Ich war bei Bewusstsein und spürte, dass ich auf Laub lag. Der weiche Boden war feucht.

Die Kugel hatte mich wohl am Oberschenkel in der Nähe der Leiste getroffen. Ich hörte meinen eigenen Herzschlag, andere kamen über das Laub zu mir gelaufen, jemand sprach, irgendwer rief meinen Namen. Als ich eine Möglichkeit suchte, wieder aufzustehen, verlor ich allmählich das Bewusstsein.

Dresden, 11. September 1763

Ich würde für sie sterben – vor jenem Tag hatte ich so gedacht.

Wenn es auf dieser Welt so etwas wie Liebe auf den ersten Blick gibt, bin ich dafür der lebende Beweis. Das

Schicksal interessierte sich nicht für meine Pläne und es traf seine eigenen Entscheidungen für mich. Letztes Jahr an diesem einen Tag, als sie, gefolgt von ihrer Zofe, so schlank und voller Liebreiz in ihren Salon trat, wurde ich ihr linkischer Verehrer. Schüchtern stellte ich mich als Mineraloge aus Dresden und Kunstliebhaber vor. Sie lächelte und fragte noch mal nach meinem Namen. Dann wiederholte sie ihn, als ob sie eine geheime Formel rezitieren würde, als ob das Aussprechen meines Namens eine Bedeutung enthüllen würde. An diesem Tag war ich gerufen worden, um ihren Schmuck zu schätzen.

„Sie können sich nicht vorstellen, wie glücklich ich mich schätze, dass Sie sich bereit erklärt haben, mir heute einen Besuch abzustatten."

„Meine beschränkten Fähigkeiten stelle ich Ihnen mit allergrößtem Vergnügen ganz und gar zur Verfügung."

Ihr Lächeln traf mich ohne jede Vorwarnung wie ein Blitz mitten ins Herz.

Sie hieß Helena und war die neue Frau von Webermann. Webermann selbst war nicht zuhause, und ich fand es etwas ungewöhnlich, dass sie allein Gäste empfing, aber vielleicht war ich auch nur überempfindlich.

„Mein Mann ist auf der Jagd. Sie müssen wissen, er ist ganz verrückt danach. Im Moment scheint eine gute Zeit für die Hasenjagd zu sein."

Sie bat dafür um Verzeihung und sagte, dass sie mich mit der Reise zu ihr nicht deswegen behelligt habe, weil sie den Wert ihrer Juwelen wissen wolle, sondern um zu erfahren, wie sie sie behandeln solle. Wir setzten uns und ich begutachtete jeden einzelnen Stein und erläuterte ihn ihr. Sie lud mich danach zum Tee ein und bedankte sich vielmals. Als ich mich erhob, um aufzubrechen, brachte sie mich zur Tür. In diesem Moment verlangsamte ich willkürlich meine Schritte, und als sie mir zum Abschied winkte, sah sie so einsam aus, dass ich meine Augen nicht von ihr abwenden konnte. Als ich meine Unschicklichkeit bemerkte, schaute ich sofort zur Seite.

„Gott sei mit Ihnen, und hoffentlich habe ich das Glück, dereinst wieder von Ihnen unterwiesen zu werden."

„Sehr verehrte Dame, das ist zu viel der Höflichkeit. Sobald Sie mich brauchen, werde ich Ihnen von ganzem Herzen zu Diensten sein."

Einen Monat später überbrachte mir ihre Zofe einen Brief. Darin bat sie mich zu sich, um noch einen weiteren Edelstein zu begutachten. Diese Aufgabe duldete keinen Aufschub und ich machte mich sofort auf den Weg. Als ich ihre Hand zur Begrüßung küsste, nahm sie meine rechte Hand und legte sie auf ihre Brust. Dann ging alles seinen natürlichen Gang, so selbstverständlich, wie Wasser durch ein Tal fließt oder Vögel hoch im Himmel fliegen. In einer Abstellkammer liebten wir uns hemmungslos zwischen den Schränken.

So blieb es, bis Webermann die Affäre entdeckte.

Dresden, 15. September 1763

Manchmal ist es schmerzhaft aufzuwachen.

Allmählich kam ich wieder zu mir. Ich lag zuhause in meinem Bett.

Dr. Schrader, ein befreundeter Arzt, hatte die Kugel mit einer Zange entfernt. Zwar hatte ich bis zur Besinnungslosigkeit getrunken, trotzdem erinnerte ich mich an unbeschreibliche Schmerzen und unaufhörliche Krämpfe.

Freiherr von Seydewitz stattete mir einen Besuch ab, was mir ziemlich schmeichelte. Seit wann war von Seydewitz eine Art Samariter? Dann hatte ich diesen bedeutenden Mann bisher falsch eingeschätzt. Wir waren uns nie begegnet, so dass sein persönliches Erscheinen bei mir außerordentlich sonderbar war. Ein Freiherr kommt in seiner prächtigen Kutsche, um mich, einen einfachen Mineralogie-Professor, zu besuchen und mir Dresdener Stollen und Meißener Porzellan mitzubringen?

Abgesehen davon hatte der Baron große Neuigkeiten im Gepäck. „Warum unternehmen Sie nicht eine Reise? Von hier zu verschwinden hätte für Sie nur Vorteile", fühlte er vorsichtig vor, nachdem er sich nach meinem Gesundheitszustand erkundigt hatte. Sein Auftreten war bescheiden und er sprach mit so sanfter Stimme, dass mich seine Rede auf Anhieb berührte, und das Gefühl von Einsamkeit, das mich seit einiger Zeit bedrückte, ließ etwas nach.

Der Baron erkundigte sich erneut nach meiner Verletzung und wann ich wieder völlig hergestellt sein würde. Er sprach voller Anteilnahme und war von so aufmerksamer Besorgnis, als sei er mir der nächste Mensch auf der ganzen Welt.

„Wir möchten Sie bitten, eine Reise in den Fernen Osten zu unternehmen."

„Ah."

Ich war verblüfft und wartete darauf, dass der Baron mit seinen Ausführungen fortfuhr. Mein Gegenüber schien die Angelegenheit bereits gründlich durchdacht zu haben und erklärte umsichtig, dass mich die Albrechtsburg mit Reisekosten versorgen und nach der Rückkehr von einer erfolgreichen Mission eine Belohnung erwarten würde.

„Wenn Sie sich uns anschließen, dann gehören Sie zu uns, dann bieten wir jedwede Unterstützung."

„Ich fühle mich sehr geehrt, und es liegt mir fern, Ihre freundlichen Absichten zurückzuweisen, aber was kann denn ich für Meißener Porzellan tun?"

„Meißen würde Sie von heute an in den Dienst nehmen, wobei der förmliche Titel noch besprochen werden müsste, und Sie erhielten von Meißen ein Jahresgehalt in Höhe von dreihundert Thalern zuzüglich Spesen."

Seit meiner Verwundung hatte ich mich einsam und hilflos gefühlt, als wäre ich in eine dunkle Ecke der Welt gestoßen worden. Aber wenn ich den Freiherrn richtig verstanden hatte, würde mit der Albrechtsburg sogar Kurfürst Friedrich August II hinter mir stehen, wenn ich mich bereit erklärte, für Meißen nach China zu gehen. Könnte es einen größeren Trost für mich geben?

Noch vor einem Moment war ich eine Persona non grata. Sogar die Universität zu Leipzig hatte mir meinen Lehrauftrag entzogen, womit ich im Leben nicht gerechnet hatte. Wenn ich mich nun in den Dienst von Meißen stellte, dann gehörte ich wieder dazu. Dann würden sich meine mageren Aussichten auf einen Schlag verbessern. Das könnte ein gangbarer Weg sein. Ein Weg, den zu gehen mir nie in den Sinn gekommen war.

„China? Sie sprechen von China, in dem das Porzellan erfunden wurde?"

„Ja. Das China mit dem Porzellan."

Seydewitz sprach auch davon, dass Friedrich August II große Hoffnungen in die Meißener Öfen setze und dass er, Seydewitz, von ihm zum Mitglied des Beratungskomitees für die Meißener Manufaktur ernannt worden sei. Er habe geschworen, Meißen wieder zur besten und herausragendsten Porzellanmanufaktur in ganz Europa zu machen.[1]

„Wenn ich Ihnen eines Tages ein gewisses Porzellan zeigen darf, werden Sie mich verstehen."

Obwohl diese Nachrichten so unerwartet kamen, dass mein niedergeschlagenes Herz sie noch nicht aufnehmen konnte, so vertrieben sie doch die Dunkelheit aus meinem

---

1 Was von Seydewitz nicht sagte: Friedrich August II war keineswegs ein Porzellanliebhaber wie sein Vater, sondern er brauchte nach dem Krieg schlicht große Summen Geldes. Wenn er also hoffte, dass Meißen in der Kunst des Porzellans große Fortschritte machen könnte, so hieß das nichts anderes, als dass er hoffte, dass Porzellan so profitabel werden könnte, wie es einst gewesen war.

Gemüt und mein schweres, geschwollenes Bein wurde auf einmal leicht und beweglich.

Plötzlich fühlte ich mich so, als ob ich forschen Schrittes mehrere Meilen spazieren könnte.

Dresden, 16. September 1763

Von Seydewitz ließ mich mit einer Kutsche abholen und zu seinem Anwesen an der Elbe fahren. Die Wunde an meinem Bein verheilte allmählich. Ohne Verzug legte ich alles zur Seite und stieg in die Kutsche des Freiherrn, deren Opulenz mich tief beeindruckte.

Auf einen Stock gestützt wandelte ich mit dem Freiherrn über sein Anwesen, auf dem er viele exotische Pflanzen und wilde Tiere hielt. Es war so großartig, wie es einem Freiherrn geziemt.

Wir befuhren die Elbe und von Seydewitz behandelte mich mit unvergleichlicher Wärme. Es schien, als habe er umfassende Vorbereitungen getroffen, um mich zu der Reise nach China zu überreden. Er gab mir zwei Bücher, das eine war eine Ausgabe der französischen Enzyklopädie von Diderot, das andere der Reisebericht „Il Milione" von Marco Polo. Ich hatte gehört, dass die Enzyklopädie in Frankreich verboten sei, und war von daher recht erstaunt, dass der Freiherr einer Ausgabe hatte habhaft werden können.

„Sie sind noch jung und stark genug, um auf Abenteuer zu gehen. Ich hingegen wollte zwar immer liebend gern auf so eine Reise gehen, aber die Umstände erlaubten es nicht." Seydewitz sah mich freimütig an. Schon seit unserem ersten Treffen schien er mich wortlos zum Freund erkoren zu haben.

Er sagte, dass letztlich niemand wisse, ob „Il Milione" auf Tatsachen beruhe. Aber die Welt sei so groß, und wenn man sie nur mit eigenen Augen sehen und damit sein Wissen erweitern könnte, dann hätte man im Leben nichts zu bereuen. Mir kam es mehr und mehr so vor, als wäre der Freiherr, der mich unablässig zu überreden versuchte, immer noch voll von dem Verlangen, selbst auf diese Abenteuerreise zu gehen.

Auf einmal verstand ich nicht mehr, was ihn daran hinderte.

„Sie haben noch keine Nachkommen und wissen nicht, wie bewundernde Kinderaugen es unmöglich machen, sie zu verlassen."

„Ah, und ich hatte immer gedacht, dass es vor allem andere Augen seien, die es einem noch schwerer machten zu gehen", sagte ich.

„Wenn Sie sich tatsächlich auf diese Reise begeben, dann würden Sie nicht nur für Meißen, sondern auch für unsere Nachfahren ein wichtiges Zeugnis hinterlassen, und das nicht nur im Hinblick auf die Porzellankunst. Denn wenn Sie dorthin gehen und in die chinesische Kultur eintauchen, dann könnten Sie uns hier diesen ganzen Kulturschatz näher bringen."

Der Baron benetzte einen Finger und blätterte rasch durch die Seiten von „Il Milione".

„Marco Polo war der Erste, der chinesisches Porzellan erwähnt. Sehen Sie sich dieses Kapitel an." Der Baron sprach lebhaft und seine Augen funkelten: „Die Stadt Tiungiu, der Ton, ich kann kaum glauben, dass sich das alles schon 1270 abspielt!"

Wir gingen zurück zu seinem Anwesen. Der Freiherr trug einen Pekinesen auf dem Arm und führte mich zu seiner Porzellansammlung. Er besaß einige Stücke mattgrünen chinesischen Porzellans und weitere Teeschalen, Utensilien und Teller aus japanischem Imari. Dann zeigte er mir noch eine Schale Meißener Porzellan nach chinesischer Art.

„Wir wissen, dass Sie Mineraloge sind und ein Faible für

Porzellan haben. Hätten Sie nicht vielleicht Interesse, für Meißen ein wenig weiterzuforschen?"

„Ach, Interesse hätte ich schon, aber von Forschung kann gar keine Rede sein", sagte ich. Während dieser letzten Kriegsjahre hatte ich tatsächlich Interesse am Porzellan entwickelt. Ich erzählte ihm, dass ich einmal von einem gewissen Herrn Bartholomaei, einer Autorität auf dem Gebiet der Geologie, unterschiedlichen Kaolin-Ton bekommen hätte und dabei auch die Gelegenheit erhielt, nicht nur originalen Stein aus Carolsfeld, sondern auch den von Meißen verwandten Feldspat zu sehen.

„Stille Wasser gründen tief. So bescheiden, und versteht doch so viel von Porzellan." Der Baron murmelte kurz und räusperte sich, als ob er seinen Gedankengang ordnen würde.

„Porzellan ist meine Leidenschaft. Das ist die reine Wahrheit. Ich weiß, dass Ihre Manufaktur schon vor einem halben Jahrhundert das Geheimnis des weißen Porzellans gelüftet hat und dass das Geheimnis Kaolin ist."

„Das stimmt. Wir haben den Ton gefunden, aber das ist kein Geheimnis mehr. Andere Öfen verfügen mittlerweile sicher über ähnlichen Ton."

Der Baron goss mir Wein ein, weißen Wein, den sein Gärtner selbst gekeltert hatte. Schon beim ersten Schluck kam der erlesene Geschmack zur Geltung. Ich hätte mir nicht träumen lassen, dass jemand in dieser Gegend derart köstlichen Wein herstellt.

Der Baron sprach über das Jahr 1709, als Böttger zum ersten Mal weißes Hartporzellan gebrannt hatte. Dies hatte eine große Aufregung an den Höfen Europas verursacht und war damals Meißens größter Stolz gewesen. Gedankenversunken füllte mir der Baron ein wenig Wein nach.

„Aber diese Jahre sind lange vorüber. Wir sollten nicht in der Vergangenheit versinken."

Ich hatte von der Geschichte des traurigen und geheimnisvollen Lebens des Alchimisten Böttger gehört. Er war von August dem Starken auf der Albrechtsburg gefangen gehalten worden, hatte den ganzen Tag vor dem Ofen verbracht, sich in die Arbeit vergraben und dabei vergessen zu essen und zu schlafen. Wenn er nicht gerade Porzellan brannte, hatte er seine Sorgen in Alkohol ertränkt. Schließlich war er an Erschöpfung und zu viel Alkohol gestorben. Er war nur siebenunddreißig Jahre alt geworden.

„Kann selbst das mächtige Frankreich kein Porzellan herstellen?"

„Sèvres kann bisher nur Weichporzellan brennen, aber es ist in den schönsten und feinsten Farben bemalt."

Von Seydewitz hob sein Glas und trank mir zu. „Auf Böttger, ein Hoch auf Böttger."

„Ein Hoch auf Böttger!"

„Haben Sie mal von Madame Pompadour gehört?"

„Selbstverständlich."

„Sie ist der eigentliche Geist hinter Sèvres. Ich habe gehört, dass sie geschworen hat, Sèvres zum führenden Brennofen Europas zu machen."

All die einzelnen Informationen zusammengenommen, kam ich zu einem Schluss. „Meißen hat einen mächtigen Gegner bekommen? Die Manufaktur Sèvres?"

„Exakt. Sèvres insbesondere."

Obwohl August der Starke Böttger und alle Porzellan herstellenden Handwerker auf der Albrechtsburg unter Hausarrest gestellt hatte und das Verfahren der Porzellanherstellung als höchstes Staatsgeheimnis galt, wurde das Geheimnis nur neun Jahre später gestohlen. Seither entstehen in Europa immer mehr Brennöfen und die Konkurrenten Meißens werden immer zahlreicher.

Der Baron schien in Gedanken versunken und sein Blick glitt in die Ferne. Erst nach einer ganzen Weile ergriff er wieder das Wort.

„Während Meißen in den letzten sieben Kriegsjahren Porzellan für das feindliche Preußen herstellte, hat die

Technologie keine Fortschritte mehr gemacht. Stattdessen ist vor geraumer Zeit mit Sèvres ein neuer Spieler auf der Bildfläche erschienen. Unter den Brüdern Dubois hat der ursprüngliche Brennofen in Vincennes begonnen, Gold-, Kupfer- und Eisenarbeiten am bemalten Porzellan zu montieren und damit die Meißener Tradition erweitert. Farben und Stil sind von so außergewöhnlicher Schönheit, dass es einem vor Augen flirrt. Nachdem Madame Pompadour, die Mätresse von Louis XV, den Brennofen von Vincennes nach Sèvres in der Nähe von Paris umziehen ließ, wurde das Porzellan sogar noch besser. Auf dem Markt hat Sèvres Meißen bereits überholt."

Von Seydewitz erwähnte, dass Meißen sogar nichts anderes übrig blieb, als französische Farbmischmeister anzuwerben. Aber es waren gleichwohl die neuesten Waren aus Sèvres, die die Welt in Erstaunen versetzten, denn der orientalische Stil wurde zugunsten des Prunks des französischen Hofes aufgegeben. Der Meißener Stil spielte dabei keine Rolle mehr. Von Seydewitz schüttelte den Kopf. „In der Welt des Porzellans gibt es viele, die sagen, Sèvres habe Meißen bereits ersetzt. Aber das ist noch nicht gesagt." Es gelang ihm nicht, einen Seufzer zu unterdrücken.

Er musste zugeben, dass das Ergebnis enttäuschend gewesen war, als Meißen vor einigen Monaten in Paris an einem Porzellansalon teilgenommen hatte. Der höchste Preis, den ein Stück aus Meißen erzielte, waren nur gut zweihundert Livres, ein Vielfaches weniger als Waren aus Sèvres. Die Stimme des Marktes hatte gesprochen.

Der Baron war deshalb der Meinung, dass französische Missionare im fernen Osten vielleicht an weitere Geheimnisse in der Porzellanherstellung gelangt waren. Zumindest hatte der französische Jesuit François-Xavier d'Entrecolles vor geraumer Zeit eine ganze Weile in Jingdezhen missioniert, dort Geheimnisse der Porzellanherstellung erlernt und diese schon bald enthüllt.

„Das ist der Grund, warum ich Sie hergebeten habe." Von Seydewitz kam auf das eigentliche Thema zurück und sah mich mit scharfem, aber gleichsam müdem Blick an. „Bevor ich fortfahre, muss ich Ihnen noch etwas zeigen." Von Seydewitz ließ eine Holzschatulle holen, die er eigenhändig öffnete. Sanft und mit äußerster Vorsicht hob er eine grüne Vase heraus. Ich war sofort überwältigt von ihrer Schönheit. Das grüne Porzellan schimmerte wie ein Edelstein und war papierdünn. Ich tippte ganz leicht darauf und überraschenderweise erklang ein Ton wie von einem Musikinstrument. Eine halbe Ewigkeit brachte ich kein Wort heraus.

„Ich weiß nur, dass diese Vase aus China stammt. Sie gehörte sein ganzes Leben lang zum Lieblingsporzellan Augusts des Starken. Wenn Meißen dieses Herstellungsverfahrens habhaft werden könnte, würden Sie sich einen unermesslichen Verdienst erwerben. Wir wissen aber auch, dass dieses Porzellan vor mehreren Hundert Jahren hergestellt wurde und es möglicherweise nicht leicht sein wird, ein Rezept aufzutreiben. Sie müssten also bereit sein, jede Kunstfertigkeit, die Meißen noch nicht besitzt, zu suchen, und sei es nur ein kleines Detail, das uns bislang unbekannt ist. Wenn es nur etwas ist, von dem Sie meinen, dass es uns in der zukünftigen Entwicklung nützen könnte, wären wir Ihnen schon zu tausendfachem Dank verpflichtet und Sie hätte die Reise nicht umsonst angetreten."

Der Baron verstaute die Vase wieder und musterte mich, als ob er auf eine Antwort von mir warte. Er bat mich an den Tisch und ließ einen Diener mein Weinglas wieder auffüllen. Als er mein Zögern bemerkte, fragte er mich, ob ich ausschließlich Interesse an einem Lehrauftrag an einer Universität hätte. Ich erzählte ihm, dass sich mir auch die Möglichkeit bot, bei einer Salzraffinerie zu arbeiten.

Ich weiß nicht, wie Helena reagieren würde, wenn sie davon hörte. Allerdings gibt es für mich keine Möglichkeit, sie zu fragen. Ich muss sie auch nicht mehr fragen.

Wenn das Leben an so einen Scheideweg kommt, scheine ich unfähig zu sein, mich zu entscheiden. Es ist, als ob mich tief im Dunklen verborgen eine stärkere Macht zöge.

Bevor ich das Seydewitzsche Anwesen verließ, sagte ich ihm zu.

Meerenge von Sunda, 5. September 1764

Nachdem ich in Lorient das Schiff bestiegen hatte, wusste ich schon bald nicht mehr, welcher Tag es war, obwohl ich eine Taschenuhr bei mir führte. Das Schiff segelte still dahin und die See blieb ruhig, bis wir fast Madeira erreicht hatten. Nur eine Nacht davor gerieten wir unerwartet in einen Sturm, der das Schiff so hin und her warf, dass man praktisch nicht mehr an Deck gehen konnte. Viele wurden ernsthaft seekrank. Auch ich konnte nicht aufhören, mich zu übergeben, und meine Glieder wurden so vollkommen kraftlos, als wäre ich schwer erkrankt. Noch vor dem Kap der Guten Hoffnung in Afrika hatten einige Skorbut bekommen. Still, wortlos und ohne Zeremonie wurden die Leichen ins Meer geworfen. Auf den Vorschlag des Freiherrn hin hatte ich ein Zitronenbäumchen mit auf das Schiff gebracht, aber es dauerte nicht lange, bis die ersten Früchte gestohlen worden waren. Ich kann nur insgeheim beten, dass der Skorbut mich verschont.

Am Nachmittag hörte ich in meiner Koje auf Deck gewaltiges Geschrei und das Trappeln unruhiger Schritte. Ich versuchte mich auf meine Chinesischstudien zu konzentrieren, aber der Lärm auf Deck nahm immer mehr zu. Das Trampeln einer unruhig hin und her rennenden Menschenmenge ließ Geist und Gemüt nicht zur Ruhe kommen. Ich fasste mir ein Herz, zog mir einen Mantel an und ging an Deck. Zunächst dachte ich, es sei wieder jemand an Skorbut gestorben, der nun dem Meer überantwortet werden sollte. Tatsächlich war es aber der sehr lebendige Jesuit Perrot, der sich mit aller Kraft dagegen wehrte, von anderen hochgehoben zu werden. Einige Vertraute des Kapitäns schickten sich an, den Jesuiten über Bord zu werfen. Das Gesicht des Kapitäns war rot angelaufen, als er mit dem Finger auf Perrot zeigte und schrie: „Wage du es noch einmal, mir zu sagen, wie ich dieses Schiff zu navigieren habe, und ich lasse dich über Bord werfen! Ich bin der Kapitän auf diesem Schiff, und was ich sage, wird gemacht! Hast du das verstanden?"

Perrots Lippen erbleichten und er wehrte sich nicht weiter gegen die zwei starken Kerle, die an seinem zarten Körper zerrten. Mit Mühe stotterte er: „Sie, Sie, Sie mögen mir keinen Glauben schenken, aber sollten Sie nicht auf wissenschaftliche Instrumente vertrauen?"

„Deine verdammten wissenschaftlichen Geräte! Was nützen denn jetzt dein Quadrant und dein Sextant? Wenn das Schiff so heftig herumgeworfen wird, was willst du da messen?"

„Ich benutze keinen Sextanten, sondern den neuesten Oktanten für die Seefahrt ..." Perrots Stimme war so leise und kraftlos, dass er mehr vor sich hinzumurmeln schien. In seinem Gesicht malte sich Entsetzen und seine Haare standen wirr vom Kopf ab.

„Ich würde gern wissen, ob irgendwer hier den Instrumenten von euch Jesuiten vertraut?" Der Kapitän ließ seinen Blick über die Menge auf Deck schweifen.

Alle blieben stumm wie die Fische, viele schüttelten den Kopf. Die Menge hatte sich in zwei Lager gespalten, aber die meisten vertrauten auf den Kapitän, die wenigsten auf den Jesuiten.

Ich nahm all meinen Mut zusammen und trat hervor. „Er wird jetzt nichts mehr sagen. Lassen Sie ihn leben", sagte ich.

Kapitän Picoux sah mich scharf an und schwieg.

Schließlich verließ er kommentarlos das Deck, und so ließen endlich auch die Männer Perrot fallen.

Freiherr von Seydewitz hatte einen Freund, der bereits vor vielen Jahren in Japan gewesen war, um Porzellan und Rohseide zu kaufen. Dieser unterhielt gute Verbindungen in die gesellschaftlichen Kreise Frankreichs, und er war es auch, der sich bei den Pariser Jesuiten dafür eingesetzt hatte, dass diese drei französischen Jesuitenmissionare auf die Reise nach China geschickt wurden. Zusammen bildeten wir eine kleine China-Reisegruppe. Ich war der Laienhelfer für die drei Missionare und sollte mich unter anderem um die Geschenke für den Kaiser von China kümmern. Zwei der Missionare, Jean Denis Attiret und Reymond Prunier, waren Maler und der dritte war der Uhrmachermeister Perrot aus Limoges. Wir hatten das Schiff mit über hundert anderen Passagieren in Lorient bestiegen. Die meisten sind Kaufleute, die im fernen Osten Geschäfte machen wollen, einige andere sind französische Marineoffiziere, die zum Dienst in Fernost abkommandiert sind. Kapitän Picoux ist ein Bretone aus der Normandie, der bereits mehrmals in den fernen Osten gesegelt ist. Er sagte, er sei auch einmal in China gewesen: „Ach, dieser barbarische Ort!“ Er sagte, er würde es dort nicht lange aushalten, weil die Menschen weder Rotwein noch Brot kannten. Mit seinem imposanten Bart und einem schwarzen Hut strahlte er ganz die Autorität eines Schiffskapitäns aus. „Allein das Essen, das ist nichts für meinen bretonischen Gaumen! Sie essen ohne Unterschiede jedes Tier. Egal worauf ihr Blick fällt, sie werden es ganz und gar verspeisen.“

So erfuhr ich nun erst, dass Perrot nicht nur ein hervorragender Uhrmachermeister war, sondern auch mit Navigationsgeräten und Astronomie auf vertrautem Fuß stand. Auf diese Reise hatte er sich ein unhandliches Gerät mitgenommen, mit dem er tagelang den Himmel vermaß.

Tagein, tagaus mit einem endlosen Horizont auf dem Meer zu sein, ist monoton und ermüdend. Ich verbesserte im Selbststudium mein Chinesisch und lernte von Frater Attiret das Zeichnen. Ich malte Möwen und die Matrosen auf dem Schiff. Ich zeichnete ohne Unterlass, und je mehr ich zeichnete, desto interessanter wurde es für mich.

Nicht lange, nachdem ich meine versteckte, letzte, aber faulende Zitrone ins Meer geworfen hatte, befiel auch mich der Skorbut. Erst wurde ich von einer so tiefen Müdigkeit befallen, dass es mir nicht mehr gelang, irgendetwas zu tun. Nach einigen Wochen war ich bleich wie ein Gespenst, meine Haare fielen aus und die Krankheit wurde lebensbedrohlich. Glücklicherweise erreichte das Schiff nun das Kap der Guten Hoffnung. Die Krankheit ebbte ab und nach wenigen Tagen war ich wiederhergestellt.

Das Schiff erreichte die Meerenge von Sunda.

Ich bin noch am Leben.

Meine Haare fallen mittlerweile bis über die Schultern und auch meinen Bart könnte ich zu einem Zopf zusammenbinden. Meine Kleidung hängt mir in Fetzen herunter, doch die in meine Unterkleidung und meinen Mantel eingenähten spanischen Dublonen sind immer noch an ihrem Platz.

Auf einmal wird mit bewusst, dass ich Helena in diesem Leben vielleicht nicht mehr sehen werde.

Meerenge von Sunda, 7. September 1764

Ich kann nicht mehr an den letzten Blick Helenas denken, die sich in die Umarmung eines anderen Mannes geworfen hat. Die Tiefe ihrer Augen hat ihr Strahlen verloren, sie sind leer und seelenlos geworden. Hat sie mich schon aufgegeben? Oder hat sie sich selbst aufgegeben?

„Wenn ich dich nicht liebte, stünde ich dann hier?“ Das sind die letzten Worte, die ich aus ihrem Munde hörte. Oft lausche ich diesem Satz nach. Jedes Mal, wenn ich an sie denke, folgt eine noch größere Einsamkeit. Diese Einsamkeit ist wie eine himmelsgroße Welle, die die Erde überschwemmt und bald auch mich verschlingt. Gibt es etwas, das einen Mann noch einsamer macht als das Verlangen nach einer Frau? Oft schaue ich, schaue auf das endlose Wasser und spreche mit mir selbst.

Was bin ich, wenn nicht für dich?
Ohne dich habe ich kein Ziel,
vergeude ich allein die Zeit in der Ödnis der Welt,
fest im Klammergriff von Furcht und Schrecken.
Nichts weiß ich, außer meiner Liebe.
Die Zukunft ist ein dunkler, tiefer Brunnen.
Wenn mein Herz in Trauer erstarrt,
an wen kann ich mich in meinem Kummer wenden?

Kanton, 1. November 1764

Fröstelnd vor Kälte wache ich im Gefängnis auf. Mein ganzer Körper zittert unkontrolliert. Welche Jahreszeit ist überhaupt? Herbst? Ich denke an Helena, will ihr schreiben: Ich bin in China angekommen!

Ich will ihr erzählen, dass ich am Huangpuhafen in Kanton ankam, dass die Landschaft hier lieblich ist, dass ganz in der Nähe eine große chinesische Pagode steht. Ich will ihr sagen, dass ich viele Zeichnungen gemacht habe. Seit ich das Schiff bestiegen habe, habe ich unablässig gezeichnet, ich kann nicht mehr davon lassen. Ich habe das Kontorbuch, das ich in Paris einem fahrenden Händler abgekauft hatte, gänzlich vollgemalt. Ich malte die Seeleute und das Meer, malte Delphine und Wale, die es hin und wieder zu sehen gab. Ich habe für Helena gemalt. Vielleicht kommt der Tag, an dem ich ihr die Bilder zeigen kann. Wird dieser Tag je kommen?

Ich möchte ihr auch sagen, dass ich bis aufs Mark erschöpft bin. Ich habe nicht nur keine Kraft mehr, ich kann auch nicht mehr denken. Jetzt bin ich in China angekommen, weiß aber selbst nicht mehr warum. Ich bin müde und taub, würde gern Winterschlaf halten wie eine Schlange. Ich möchte ihr auch sagen, dass ich Dresden nicht hätte verlassen sollen, sie nicht hätte verlassen sollen. Aber nun ist das alles zu spät. Jetzt begreife ich erst, dass ich nie werde zurückkommen können.

Die Schicksalsgötter haben mich vergessen. Ich kann nur noch einen Schritt nach dem anderen machen.

Gerade eben kam dieser bezopfte Wächter und ich begann sofort zu schreien: „Lasst mich frei! Lasst mich frei!" Erst danach wurde mir bewusst, dass ich Chinesisch gesprochen hatte. Sie brachten mich in eine Halle. In der Ferne rief jemand irgendetwas. Am Himmel zogen Wildenten vorbei. Ich atmete tief ein, in der Luft lag ein Hauch von Sandelholz.

„Name?", fragte mich ein Mandschu-Beamter, der auf einem erhöhten Podest saß.

„Wilhelm Bühl", nannte ich meinen Namen, aber der andere sah mich nur wortlos an.

„Hast du keinen chinesischen Namen?"

„Nein."

„Herkunft?"

„Ich komme aus dem Kurfürstentum Sachsen."

„Sachsen? ... Wo hast du Chinesisch gelernt?"

„In der königlichen Akademie in Paris."

„Wieso bist du nach China gekommen?"

Wieso war ich nach China gekommen? Für einen Moment wusste ich nicht, was ich antworten sollte. Ich hätte nie gedacht, dass meine Reise in China hier oder auf diese Art beginnen würde. Ich hatte mir von China durch meine Lektüre von Leibniz, Voltaire und Montesquieu ein Bild gemacht. Mein China war ein Paradies voller erhabener Musik, Vogelgesang und Blumenduft.

„Um Chinesisch zu lernen", sagte ich. Aber meine feste und volle Stimme schien nicht den letzten Zweifel zu zerstreuen.

„Um China zu sehen."

„Du bist den ganzen langen Weg hierhergekommen, nur um China zu sehen?" Der Beamte hatte leichte Zweifel und befragte mich brüsk.

„Ganz recht", sagte ich.

Der Mandschu-Beamte lachte auf, gewann aber sofort seinen skeptischen Ausdruck zurück. Er schwieg eine Weile.

„Du musst mit dem nächsten Schiff, das der Herbstwind bringt, in dein Land zurückkehren. Du hättest nicht hierherkommen sollen." Der Beamte schaute weiterhin ernst, aber in seiner Stimme lag keine Bosheit. „Wenn du nicht gehst, verbringst du den Rest deines Lebens im Gefängnis."

Ich spreizte meine Hände und wollte etwas sagen, brachte aber keinen Ton raus. Den Rest meines Lebens im Gefängnis verbringen? Nie hätte ich gedacht, dass mich China auf diese Weise begrüßen würde. Der Beamte und seine Untergebenen sahen gar nicht wie Chinesen aus. Oder zumindest nicht so wie die Chinesen in den illustrierten Büchern von Athanasius Kircher oder Johan Nieuhof, die ich in der Bibliothek so oft durchgeblättert hatte, immer und immer wieder.

Liebste Helena,

Dein Geliebter, der nun schon seit anderthalb Jahren auf Reisen ist, hat das große Tor von China erreicht. Zusammen mit einigen Missionaren warte ich in Kanton auf meine Einreiseerlaubnis. Abgesehen von meinen Chinesischstudien fülle ich diese zähen und langen Tage mit meiner Sehnsucht nach Dir. Wie viele Tage dürstet es mich schon nach Deinem Lächeln. Nie werde ich die Nacht auf dem Ball von Offizier Götz vergessen, diese intimen Momente, als Du beim Tanz mit sanfter Stimme leise meinen Namen riefst. Die Sehnsucht verursacht mir schrecklichste Schmerzen, aber wegen dieser Schmerzen spüre ich deutlich, dass ich noch lebe. Es klingt vielleicht sonderbar, das zu sagen, aber manchmal habe ich Angst, dass dieser Kummer nachlässt. Verstehst Du, was ich meine?

Du weißt es schon lange: Auch wenn mein Körper Dich verlassen hat, wird mein Herz immer bei Dir sein. Ich kann mir nicht vorstellen, ohne Dich zu sein. Und wenn es so wäre, weiß ich nicht, wie ich weiterleben sollte, wie ich diese endlose Reise weiterführen sollte. Für mich war diese Reise nie, um Dich zu verlassen, sondern um wieder zu dir zurückzukehren. Manchmal denke ich, dass diese Reise dazu dient, dass ich mich kennenlerne. Wer bin ich? Was will ich? Wozu lebe ich? Warum lebe ich weiter?

Ich frage mich selbst: Wenn ich Dich verlöre, könnte ich dann einfach weiterleben? Ich liebe Dich von ganzem Herzen, und ich glaube auch, dass Du mich noch liebst. Aber wenn ich an Dich denke, stürmt der Schmerz in der Tiefe meines Herzens mit solcher Gewalt, dass ich es manchmal kaum ertragen kann. Am meisten bedaure ich, dass ich Dir keine süßen Träume bereiten konnte.

Während unserer gemeinsamen Tage hatten mich meine Verfehlung und die Kritik der anderen beunruhigt. Das hat mich zu jemand anderem gemacht. Dieser andere sah dich jeden Tag, aber er brachte dir kein Glück. Dieser andere nahm keine Rücksicht auf deine Gefühle, und so hast Du mich missverstanden. Du hattest recht. Ich war so fasziniert von Dir, und wegen dieser Hingabe konnte ich lange nicht sagen, woher meine Zuneigung rührte. Ich weiß nur, dass ich während unserer gemeinsamen Tage herumlief wie ein lebender Toter.

Dein Körper ist ein göttliches Meisterstück, aber ich habe nur eine Zeichnung von Dir gemacht. Auch das bereue ich jetzt.

An jenen Tagen lag mir vieles schwer auf dem Herzen. Dieses Gewicht bedrückte mich und lenkte mich von Dir ab. Wenn das Ziel meines Lebens ist, Dich zu lieben, dann entferne ich mich von meinem Ziel immer mehr. Aber es gibt etwas, das ich nicht bereue, und das ist, Dich so geliebt zu haben und immer noch zu lieben.

Jetzt, während der ganzen Reise, erdulde ich all die durchwachten Nächte als meine Strafe für die verpasste Zeit. Es scheint, als hätte ich das Gute und Schöne in meinem Leben verpasst. Warum muss das so sein? In jeder freien Minute denke ich an Dich, denke an jeden einzelnen Teil von Dir und versuche durch dieses unablässige Memorieren die Erinnerung zu festigen: die kindergleiche Zartheit Deiner Zehen, Deinen Halsansatz, Deine erlesene Figur. Soll ich damit fortfahren, Dir zu erzählen, wie Du mich aufwühlst? Ich erinnere mich, wie ich Dir meine Zunge zwischen die köstlichen Lippen schob, zögernd und jede Berührung auskostend. Wie sehr war mir damals zum Weinen zumute, als ich in Deinen perfekten Körper eindrang, ein Gefäß, das der Himmel für mich bereithielt, um meine Rauheit mit Körper und Seele aufzunehmen. Ich verlor mich in Dir und wurde zu Deiner Marionette. Ich wurde dein Schatten, der Seufzer deiner Sorgen. Ich wurde eins mit Dir. In diesen Momenten, die mich alles vergessen ließen, verschwand ich beinahe. Gleichzeitig war mir, als wäre in mir ein Tiger ausgebrochen. Ich konnte mich kaum kontrollieren und nahm große Risiken auf mich. Wenn es nicht die übermenschengroßen Gräser und Blätter des tropischen Regenwaldes waren, die ich zum Fortkommen beiseiteschob, dann segelte ich meiner Intuition folgend auf hoher See zu einem unbekannten Ziel, mit nur Deiner Stimme als Zuflucht. Ich folgte Deinen rührenden Lauten, wie eine Möwe der Küstenlinie folgt, und konnte erst dort vor Anker gehen.

Aber je weiter ich mich von dir entferne, desto stärker wird das seltsame Gefühl zu schmelzen, als hätte ich nicht länger eine Seele. Ich werde ein hohler Mensch werden.

Oder einer, der deinetwegen verrückt geworden ist.

Dir heute Abend zu schreiben, erregt und beunruhigt mich. Ich habe große Angst, Dich zu verlieren. Ich habe große Angst, Dich zu vergessen.

Meiner Königin, mit unendlichen Küssen und unendlicher Liebe

Dein Wilhelm

Kanton, 28. Dezember 1764

Die drei französischen Missionare und ich wurden zur französischen Faktorei gebracht, die in einer Ecke Kantons lag. Das Gebäude war so imposant, als stünde es in einer europäischen Stadt. Jedes Land hatte in einem festgelegten Gebiet Häuser im eigenen Stil errichtet. Doch die Grenze durfte nicht überschritten werden, so dass man wie in einem Gefängnis lebte. Dort mussten wir die weiteren Verhandlungen abwarten. Wir hatten China direkt vor Augen und konnten es doch nicht betreten. Vielleicht durften wir niemals hinein. Jetzt erfuhr ich, dass alle Kaufleute in Kanton nur die Straße der 13 Faktoreien betreten durften, um Handel zu treiben. Sie alle hatten China nie gesehen. Kommt ein Schiff in Kanton an, werden zunächst Arbeiter angeheuert, um einen Speicher zu errichten, und die Kaufleute verbringen den ganzen Tag damit, Geschäfte mit Chinesen zu diskutieren, sich Prototypen anzusehen und es sich abends in einer Bar in der Nähe der Faktoreien gut gehen zu lassen, zu essen, zu trinken und zu spielen. Sobald die Compradores die Geschäfte für die Kaufleute abgeschlossen haben und die Güter auf den Schiffen verstaut wurden, segeln sie wieder davon. Das ist ihre China-Reise. Kann es sein, dass ich ihren Spuren folgen muss?

Das tagelange Warten machte mich mutlos und ich

begann zu trinken. Nach einem Saufgelage geriet ich in Schwierigkeiten. Bei einer Weihnachtsfeier, die die Faktorei der englischen Barbaren veranstaltete (Chinesen nennen alle Ausländer Barbaren), schien ich einer blonden Frau zu gefallen und sie ergriff die Initiative zu einem Gespräch. Ich wusste nicht, dass diese Frau bereits verlobt und der Verlobte ausgerechnet der Aufseher der Faktorei war, der heftig betrunken zu sein schien. In einem Anfall von Eifersucht provozierte er mich erst grundlos und verspottete mich dann als Feigling. Das ließ wiederum meinen Ärger hochkochen und ich verpasste ihm zwei brutale Faustschläge. Ich hatte nicht erwartet, dass mein Gegner ernsthaft zurückschlagen würde, aber er brach mir fast die Nase und kugelte meinen rechten Arm aus. Ich hörte später, ich hätte volltrunken und blutbesudelt auf dem Boden gelegen. Niemand beachtete mich. Einzig die Frau war besorgt, wurde aber von ihrem Verlobten weggezogen.

Kanton, 10. Januar 1765

Direktor Colbert der französischen Faktorei mochte mich nicht länger in der Faktorei wohnen lassen. Den Leuten, die mich in jener Nacht dorthin trugen, blieb nichts anderes übrig, als mich wieder wegzutragen. Schließlich ließen sie mich am Straßenrand liegen. Es regnete, und so lag ich fast den ganzen Tag im Schlamm des regennassen Bodens. Der ängstliche, aber gutherzige Colbert fürchtete vermutlich, ich könnte mich davon nicht mehr erholen, und so sah er sich gezwungen, mich doch wieder in mein Zimmer bringen zu lassen, damit ich dort genäse. Er ließ sogar den französischen Arzt der 13 Faktoreien kommen, um mich zu behandeln.

Allmählich verheilen meine Wunden. Colbert sperrt mich im Zimmer ein und verweigert mir den Alkohol. Ein Diener bringt mir Essen. Im Moment kann ich nirgends hingehen. Wenn mich die Sucht nach Alkohol quält, hämmere ich an die Tür, und wenn mir der Ärger hochkocht, schreie ich.

Häufig schaue ich versonnen auf die französische Flagge auf dem Dach, die im Wind flattert, und auf die britische nebenan, oder ich starre auf funkelnde Fenster mit Perlmutt- und Perlenintarsien.

Kanton, 15. Januar 1765

Endlich durfte ich raus, um die jesuitische Kirche in Kanton aufzusuchen. Alle Jesuiten in Kanton waren da. Der Priester war ein Franzose mit langem Bart. Er trug das lange Hemd der Chinesen und sprach fließend Chinesisch. Er war von großer Anmut, was sein sanftes Gesicht noch unterstrich. Meine drei Missionare, die ich schon mehrere Tage nicht gesehen hatte, waren auch da.

„Meine Brüder, ich bin Pater Pasquier. Ich habe gehört, eure Reise war außerordentlich gefährlich und beschwerlich." Er streckte mir mit einem liebenswerten Lächeln die Hand entgegen. Ursprünglich war der Jesuit gekommen, um die Waren in seine Obhut zu nehmen und dafür seinen Dank auszusprechen. Ich durchsuchte meine Kleidung, konnte die Warenaufstellung jedoch nicht finden. Offenbar hatten mir die Chinesen die Liste abgenommen. Glücklicherweise hatte Frater Attiret noch eine Abschrift:

1 Pianoforte
1 mit Gold verzierter Globus aus Elfenbein
6 Glasscheiben mit 2 Fuß Länge und 4 Fuß Breite
1 Dutzend Pigmente, inklusive Rosé
6 Kisten Bordeaux
1 böhmischer Kristalllüster
1 Spieluhr

„Der Großteil der Artikel ist unversehrt, bis auf eine Glasscheibe, die ein Kuli beim Verladen zerbrochen hat. Dem gnädigen Gott sei Dank wurde niemand dabei verletzt." Der freundlich aussehende Priester legte beide Handflächen aneinander und sprach mit sanfter Stimme, in der Bedauern mitklang, vielleicht wegen des vom Kaiser so geschätzten Glases. „Haben Sie vor, die Reise an andere Orte fortzusetzen?"

„Ich plane, in China zu bleiben." Ich erschrak über die plötzliche Heiserkeit meiner Stimme, die mich an die Rufe der Händler auf einer Auktion in Wien erinnerte.

„Dieses geheimnisvolle und despotische Land lässt Fremde nicht nach Belieben herein." Pater Pasquier sah mich mit einem schmerzlichen Ausdruck im Gesicht an, als ob er sich dafür entschuldigen müsste. „Sie sind kein Geistlicher. Verzeihen Sie mir meine Neugier, aber was haben Sie denn in China vor?"

„Ich will mir meinen chinesischen Traum erfüllen ..."

Ich nahm die Frage des Kirchenmannes als philosophische Fragestellung. Seit ich Dresden verlassen hatte, habe ich mir dieselbe Frage unzählige Male gestellt. Was ist mein Antrieb, nach China zu reisen? Ich sagte dem Priester nicht, dass ich mir China ansehen möchte, sondern ich erzählte ihm: „Ich interessiere mich für Porzellan und bin deshalb natürlich auch neugierig auf das Land, aus dem es kommt." Und: „Ich habe auch schon ernsthaft begonnen, Chinesisch zu studieren." Wie sollte ich das Ganze erklären? Welche Erklärung ist überhaupt nötig? Ist es nicht ähnlich wie die Frage, warum man sich in diese und nicht in die andere Frau verliebt hat? Wieso man roten oder weißen Wein bevorzugt? Man wird immer diesen oder jenen Grund haben, aber ist das dann auch der wahre Grund? Kann es sein, dass alles eine Frage des Schicksals ist? Oder des Zufalls?

Die Missionare werden vermutlich nicht verstehen, warum ich nach China gekommen bin, weil ich ihnen nicht die Wahrheit sagen kann. Und selbst wenn ich sie ihnen sagen könnte, kann es sein, dass dies doch nicht die Wahrheit ist.

Die Wahrheit ist nämlich, dass ich gegenüber dem Orient oder anderen fremden Ländern eine gewisse Neugier habe. Ich würde gern wissen, wie groß diese Welt ist und welche Wunder sie enthält. Wenn es möglich wäre, möchte ich sogar wissen, wo die Zeit beginnt und wo der Raum endet. Ich will wissen, was das Leben ist und ob man sich in den Tod schicken kann, bevor man dieses weiß. Diese Neugier lässt mich weiter willig Risiken eingehen und Gefahren begegnen. Außerdem ruft mich das geheimnisvolle Unbekannte. Ist es wahr, dass ich einen Auftrag und eine Verantwortung habe? Ist es wahr, dass ich dem Dilemma meines Lebens entfliehen muss? Dass meine Geliebte mich nicht lieben kann? Die Wahrheit ist, dass ich mich selbst frage, was denn nun wahr ist. Nichts davon sagte ich und sah Pater Pasquier nur in die Augen. Ein sehr einsames Paar Augen, wie ich fand.

Kanton, 16. Januar 1765

Ich hatte in Kanton bisher nur die jesuitische Kirche gesehen und noch keine Gelegenheit gehabt, mir die ganze Stadt anzusehen. Das Kanton, von dem ich reden hörte, schien noch größer zu sein als Paris oder London. Es ist nicht einfach eine Stadt, sondern eine ganze Welt.

Pater Pasquier bat den apostolischen Präfekten von Guangdong, Dominique Parrenin, herbei. Der Präfekt war Franzose wie Pasquier. Er sprach sehr förmlich und wählte seine Worte mit Bedacht. Er sagte, dass China ein in keiner Hinsicht offenes Land sei und dass, obwohl die Chinesen sehr gastfreundlich seien, sie nicht gern Umgang mit Ausländern hätten. Er sagte, dass zuvor schon einige

Missionare aus Portugal und Frankreich hier gewesen seien, die der katholischen Kirche in Jiangxi und Shaozhou gedient hätten. Doch wegen des Missionsverbotes, das der Kaiser vor nicht allzu langer Zeit erlassen hätte, waren sie gezwungen gewesen, ihre Stationen zu verlassen. Auch sie seien nach Kanton gekommen, wohnten in der Kirche und warteten auf die Gewährung eines „roten Passes". Sie warteten bereits seit einigen Monaten vergeblich. Auch der Generalgouverneur von Kanton hasse Ausländer und vertage die Entscheidung über die Einreise der Missionare immer wieder.

„Die Jesuitenkirche war früher das prächtigste und majestätischste Gebäude in Kanton. Haben Sie sie gesehen? Es war eines der Bauwerke, mit dem ein Vorfahr des aktuellen Kaisers den Jesuiten seinen Dank ausdrückte. Jetzt gibt es sogar Leute, die die Kirche im Vorbeigehen mit Unrat bewerfen und Hundeblut darauf verspritzen." Während der Präfekt über die Mission sprach, zeichnete sich Besorgnis in seinem Gesicht ab. „Ich fürchte, es wird nicht mehr lange dauern, bis sich ein Unglück ereignet."

Aber ich will China nicht verlassen, auch wenn ich es eigentlich noch gar nicht betreten habe. Der Präfekt schlug mir vor, nach Macao zu gehen. Dort sei das Warten leichter zu ertragen, da es dort die beste Schule für Chinesisch gäbe. Sehr viele Missionare lernten dort Chinesisch. Zudem sei die Einreise nach China von Macao aus einfacher. „Außerdem ist es ein guter Ort", sagte der Präfekt. Er persönlich bevorzuge Macao vor Kanton. Er sagte, die Überlegenheit der Marine habe Portugal schon vor langer Zeit an Holland abgetreten, und die nächsten seien die Engländer, die bereits die Franzosen geschlagen, sich auf dem Meer die Vorherrschaft erkämpft hätten und von Indien aus ihre Fühler Richtung Fernost ausstreckten.

Aber Macao war schon immer ein Niemandsland.

Hochverehrter Freiherr von Seydewitz,

ich bin mit einigen Missionaren nach Macao gesegelt, was in der Nähe von Kanton liegt und zu Portugal gehört. Auf der Insel gibt es mehr als zwanzig Kirchen, und zur Pauluskirche gehört außerdem ein Jesuiten-Kolleg. Meine Mitreisenden und ich sind hergekommen, um zu warten und um an dem Kolleg Chinesisch zu studieren. Die Kirche wurde von dem italienischen Jesuiten Carlo Spinola gebaut und mithilfe von japanischen Steinmetzen fertiggestellt. Sie ist sehr beeindruckend. Das Kolleg ist die erste westliche Hochschule im fernen Osten, auf der viele jesuitische Gelehrte Chinesisch studieren. Wollen Sie wissen, was meine erste Lektion hier war? Das waren die zwei Verszeilen, die in die Fassade der Pauluskirche graviert sind:

Der Teufel verführt die Menschen zum Bösen.
Die Jungfrau Maria zertritt den Kopf des Drachen.

Ich habe einen chinesischen Namen bekommen und kleide mich wie ein Chinese. Allerdings kann ich es nicht ertragen, meine Haare zu einem Zopf zu flechten, so dass ich immer einen Hut tragen muss. Ich habe einen chinesischen Schneider und einen Schuhmacher gefunden, die mir ein langes Gewand und Schuhe im chinesischen Stil herstellen. Aber die chinesischen Handwerksmeister fanden mich so übergroß, insbesondere der Schuhmacher, dass sie den doppelten Preis verlangten.

Mein chinesischer Name lautet Wei Han, ein chinesischer Literatus aus Macao hat ihn für mich ausgewählt. Als mich dieser angesehene Mann auf der Straße traf, bat er mich gleich zu sich herein. Leider spricht er Kantonesisch, einen starken südchinesischen Dialekt. Als er erfuhr, dass ich Chinesisch lernen möchte, fand er für mich einen jungen Mann aus dem Norden des Landes. Dieser Mann heißt Li Rubo und soll korrektes Mandarin sprechen. Er ist bereit, als mein „Bote" zu arbeiten.

Ich lerne beflissen und mit beispielloser Geschwindigkeit Chinesisch. Nach dem Unterricht am Kolleg streife ich mit Li

Rubo durch die Straßen und besuche Geschäfte. In mein Notizbuch schreibe ich alle neuen Wörter hinein und lerne viel über Dinge, die ich zuvor noch nie gesehen habe, wie Rohseide, Reibsteine, Pinsel und Moskitonetze. Oder chinesische Arzneien wie chinesischen Fingerhut, Ginseng, Fuling-Pilze und Engelwurz. Oder orientalische Blumen und Bäume wie Päonien, Chrysanthemen, Kamelien, Regenbäume, Banyanbäume und Kokospalmen. Ich habe Menschen gesehen, die auf der Straße rasiert oder denen die Zähne gezogen wurden. Uns auf den Fersen folgt zumeist eine Horde ausgelassen spielender Kinder und herrenloser Hunde. Oft steige ich auf den Hügel zur Kapelle Unserer Lieben Frau von Penha, um von dort aus in die Ferne zu schauen.

Macao ist eine außergewöhnliche Stadt. Die Portugiesen haben viele Straßen und Häuser errichtet, die sich mit den chinesischen Gebäuden und Tempeln zu einem wundersamen Stil verbinden. Portugiesische Lokale verkaufen chinesisches Essen, und es gibt ein paar Chinesen, die etwas Portugiesisch sprechen. Es gefällt mir sehr gut hier, und ich vermute, ich könnte mich allmählich an die Stadt gewöhnen, wie ich mich an die chinesische Kleidung gewöhnt habe.

Ich habe das St-Rafael-Krankenhaus aufgesucht, um meine Einreise nach China voranzutreiben. Dort gibt es einen belgischen Arzt, der engen Kontakt zu chinesischen Beamten pflegt. Dieser Wundarzt hat mal einige Beamte kuriert, die ihm seither seine guten Taten vergelten. Viele glauben, dass die Chinesen eine hohe Meinung von westlicher Medizin haben, eine wesentlich höhere als von den Missionaren. Ich hoffe, dass der Arzt ein gutes Wort für mich einlegen kann und ich nach China einreisen darf.

Ich füge dem Brief einige Bleistiftzeichnungen der hiesigen Landschaft und von farbenfrohem Porzellan bei. Die meisten Skizzen sind schwarzweiß und mit spezieller chinesischer Tusche aufgetragen, in dem Versuch, die Essenz einzufangen. Ich hoffe, diese Zeichnungen können Ihre Neugier befriedigen. Ich habe als Kind gern gemalt und diese Reise hat meine Begeisterung für das

Malen wiedererweckt. Ich werde meine Technik weiter verbessern müssen, denn noch lassen die Bilder eine gewisse Könnerschaft vermissen. Trotzdem hoffe ich, dass Sie sich nicht darüber lustig machen.

Ich wünsche Ihnen Glück und Gesundheit. Möge Gott mit Ihnen sein.

Ihr Wilhelm Bühl

Macao, 3. September 1765

Heute Morgen wurden auf der Straße Gongs und Trommeln geschlagen und es wurden mehrere hochtönende Suonas, oboenähnliche Instrumente, geblasen. In der Nähe soll eine Hochzeit stattfinden. Bei einer chinesischen Hochzeit startet vom Haus des Bräutigams ein Zug, um die Braut bei ihrer Familie abzuholen.

Die drei Missionare, die mit mir auf die Einreise nach China warteten, hatten gute Nachrichten. Der Kaiser hatte erfahren, dass die Geschenke des französischen Erzbischofs eingetroffen waren, und so erhielten sie die Erlaubnis, diese nach Beijing zu bringen. An diesem Morgen war außerdem der Beamte, der die Geistlichen nach Beijing eskortieren sollte, aus Kanton gekommen und verlangte, dass sich die drei Missionare niederwerfen sollten, um das kaiserliche Edikt zu hören. Der Beamte zog aus seinem Stiefel ein Dokument, während die Missionare in einem Holzbau, den die Chinesen „Großer Tempel" nennen, mit dem Gesicht nach Norden das Edikt vernahmen. Weil wir miteinander gereist waren, hatte Frater Attiret mich als Dolmetscher empfohlen und ich übersetzte ihnen also das Edikt.

Der Beamte hatte für die Missionare eine Dschunke vorbereitet. Die Geschenke, die schon vor vielen Monaten verpackt, aber noch nicht nach Beijing verbracht worden waren, wurden nun auf das Boot geladen.

„Um Ihre Sicherheit zu gewährleisten, hätte ich einen Rat." Der Beamte wollte, dass die Missionare sich auf dem Weg möglichst nicht zeigen sollten, da Chinesen nur sehr selten Fremde zu Gesicht bekommen. Er fürchtete, dass ihr Erscheinen sonst auf Schritt und Tritt Unruhe verursachen und sogar gefährlich sein könnte. Deshalb hoffte er, dass die Missionare auf der Reise an Land so viel wie möglich in den Sänften verborgen blieben. Er sagte, dass die Reise auf dem Wasser beginnen würde und dass es vom Süden in den Norden einen Monat dauere. Vielleicht sogar länger. Danach ginge es auf dem Landweg weiter. Sie müssten ganz China durchqueren, um die Hauptstadt im Norden zu erreichen. Was mich anbetraf, so war ich weder Missionar noch stand ich auf der Liste, so dass der Beamte mir kühl mitteilte, dass er mir nicht helfen könne, selbst wenn er wolle.

Macao, 8. September 1765

Nach langem, bitterem Warten habe ich endlich Erfolg. Weil ich nicht auf offiziellem Weg nach China einreisen darf, habe ich mich entschieden, dem Vorschlag eines portugiesischen Offiziers zu folgen und das Land illegal zu betreten. Dafür musste ich einen Bestatter samt Angestellten bestechen, einen Sarg zu präparieren und einen Beerdigungszug vorzutäuschen. Auf diese Weise werde ich nach China gebracht werden, was tatsächlich nur wenige Meilen entfernt ist. Ich halte das für eine gute Idee. Chinesen glauben, dass Tote einen sehr großen Einfluss haben, weshalb sich niemand traut, diesem Tabu zu trotzen und einen Sarg zu untersuchen. Der Abenteurer und Weltreisende Paul Burchell, der in Macao bereits mehrere Jahre vergeblich auf eine Einreisemöglichkeit nach Beijing gewartet hat, will den gleichen Plan verfolgen. Wir werden es nacheinander versuchen und uns dann in China wiedertreffen. Morgen werde ich eingesargt. Ich will gar nicht daran denken. Mir graut davor. Aber ich habe keine andere Wahl.

Perlflussdelta, 9. September 1765

Ich hatte geglaubt, dass es nicht wirklich schlimm werden würde, aber da hatte ich mich geirrt. Und wie ich mich geirrt habe! Fast wäre ich erstickt. Auf dem Weg habe ich unablässig nach Luft geschnappt. Auf diesem endlosen Weg ans Ende der Welt, unendlich verlassen. Jetzt weiß ich: Das Niemandsland ist eine Leiche.

Ich konnte die Gespräche und die Schritte der Sargträger hören. Die ganze Welt war auf die Größe des Sarges geschrumpft und ich existierte nicht mehr. Es gab nur noch das angestrengte Atmen, die Enge, die Hitze. Ich war kurz davor, das Bewusstsein zu verlieren. Ich musste beten. Ich sagte zu mir: Wenn ich diesen Sarg lebend verlasse, dann werde ich mich nie wieder lebend in einen legen.

Perlfluss, 30. September 1765

Der Abenteurer Burchell stammt aus England. Er sagt, er habe vorher Japan bereist und wollte ursprünglich auf dem Seeweg zurück nach England fahren, aber dann geriet sein Schiff in einen Taifun und ging deshalb in Macao vor Anker. Als er nun schon so nah an China war, wollte er es auf jeden Fall auch erkunden, um auf dem Totenbett nichts zu bereuen zu haben.

Ich beschloss, ein Stück mit Burchell zu reisen. Er wollte allerdings direkt nach Beijing, ich erst am Ende meiner Reise. Sei es, wie es sei, wie mieteten zusammen ein Boot und einigten uns darauf, zuerst den Norden von Guangdong anzusteuern.

Als wir gerade an Bord gegangen waren, schnitt der Steuermann einem Hahn den Kopf ab und ließ diesen in den Fluss fallen. Das Blut des Hahns tropfte er in die Ecken der Kajüte. Dabei murmelte er vor sich hin. Auf Deck stellte er je einen Becher mit Öl, Tee, Schnaps und Salz auf, und nachdem er sich drei Mal vor diesen vier Bechern niedergeworfen hatte, hob er mit beiden Händen ein Bündel Räucherstäbchen hoch und betete murmelnd. „Wieso ein Huhn?", fragte Burchell den Kapitän. Die Antwort lautete überraschenderweise: „Ein Huhn bringt Glück, weil es gleich ausgesprochen wird."

Als wir den Perlfluss flussaufwärts befuhren, sahen wir einheimische Frauen beim Paddeln. Die meisten trugen ungefärbte Kleider und hatten ihre Haare zu Knoten geschlungen. Sie sahen reinlich aus und auch ein wenig geheimnisvoll. Als die Frauen bemerkten, dass wir sie ansahen, drehten sie sich verschämt weg. Gleichzeitig waren sie auch neugierig, und so musterten sie uns verstohlen. Burchell deutete auf eine und sagte: „Sehen Sie nur, wie reizend und faszinierend die Chinesinnen sind." Er seufzte vor Bewunderung, als hätte er eben eine neue Wahrheit entdeckt.

Burchell war Bergsteiger und hatte schon diverse Gipfel der Alpen erklommen. Obwohl Engländer, war er in der Hafenstadt Genua aufgewachsen und interessierte sich von klein auf für die Seefahrt. Schiffe aus aller Welt hatte er schon gesehen. Er erzählte mir, dass die Ausrüstung der englischen Flotte auf dem modernsten Stand sei und die der Franzosen schon lange überholt hätte. „Die Bauweise der chinesischen Schiffe ist nicht weiter bemerkenswert, aber die Lackierung ist hervorragend!" Er deutete auf die farbenfrohen Schiffe auf dem Fluss. „Finden Sie sie nicht herrlich?"

Ich schaute auf das plätschernd dahinfließende Wasser und sprach gelegentlich mit Burchell, aber die meiste Zeit machte ich flüchtige Skizzen. Ein Dorf nach dem anderen, ein grüner Hügel nach dem anderen zogen an uns vorbei. Ich hatte sehr viel Zeit, in die Ferne zu blicken, zu denken und Luft zu schnuppern. Manchmal betete ich auch.

Wir sahen Fischer, die mit einer Art kleinem Reiher auf wundersame Weise Fische fingen. Wir aßen, was wir selbst aus dem Fluss zogen.

Die Erinnerung an Helenas grenzenlose Zärtlichkeit tröstete mich. Außer gelegentlichen Rufen des Steuermannes und anderen Schiffen, die an uns vorüberzogen, war das Leben an Bord sehr schlicht. Das vorbeifließende Wasser drang tief in meinen Herzensgrund und verstärkte meine Sehnsucht nach Helena. Wellen und Strömung zogen diese Sehnsüchte mit, und ganz allmählich sanken sie auf den Grund des Flusses.

Ich schmiedete Pläne für meine weitere Reise, hielt sie aber streng geheim, wie ein Spieler seine Karten eng vor seine Brust hält. Wir beschlossen, den nächsten Teil des Weges in Bambussänften zurückzulegen, um unnötigem Ärger aus dem Weg zu gehen. In der Sänfte dient ein Brett als Sitz und sie ist mit Seide verhängt. Vorn und hinten wird sie von je zwei Männern getragen. Man wird darin fürchterlich durchgeschüttelt, zuweilen regelrecht hin und her geworfen, und hört nur das Krachen des Holzes. Tag für Tag wurden wir von einer Herberge zur nächsten getragen, ohne die Gelegenheit zu haben, die Landschaft unterwegs oder gar Märkte und Straßen zu sehen. Ich sah höchstens mal einen Tempel oder eine Pagode, ein paar Wasserbüffel, die Felder bestellten, und Vögel aller Art. Wenn die Vorhänge das Fenster der Sänfte freigaben und mich die Leute unvorsichtigerweise zu Gesicht bekamen, sahen sie aus, als könnten sie ihren Augen nicht trauen. Ich versuchte, auch in der schwankenden Sänfte Skizzen von der Landschaft zu machen, aber das war sehr mühsam und die Ergebnisse nicht der Rede wert.

Jiulianberg, 20. Oktober 1765

Die nächste Etappe der Reise war die Strecke von Nanxiong in Guangdong nach Nanan, der südlichsten Stadt in der Provinz Jiangxi. Ich stieg aufs Pferd um, weil wir uns auf engen Bergpfaden bewegen mussten. Burchell ließ sich weiter in der Sänfte tragen. Wir wurden von vier chinesischen Sänftenträgern und zwei Trägern für das Gepäck begleitet. Auf diesem Teil der Reise fühlte ich mich oft wie als Kind im Umland von Dresden.

Heute erreichten wir nach mehr als zehn Tagen den Fuß des Jiulianberges. Ich sah in meine Karte, um unsere Position zu überprüfen. Die Stadt, die ich im Sinn hatte, war nicht mehr weit entfernt.

Kurz vor Mittag drang aus der Ferne des Passes Hufgetrappel zu uns, Staub wirbelte auf und bedeckte den Himmel. Ich sah mich um und versuchte etwas zu erkennen, die Sänftenträger hielten abrupt an. Eine Gruppe fremder Reiter kam in vollem Galopp auf uns zu. Nachdem die Träger sich ihrer Last entledigt hatten, flohen sie wie ein Mann in den Wald. Auch Burchell und ich rannten in Deckung. Als die Horde näher kam, gab einer der Banditen seinem Pferd die Sporen und hieb mit seinem Schwert einen unserer Träger nieder. „Ein Überfall!", schrie der Träger noch, „Flieht!", dann fiel er zu Boden.

Ich stützte einen der Träger, der sich vor lauter Angst nicht mehr aufrecht halten konnte. Ich brachte ihn hinter einen kleinen Erdgottschrein im Wald und riet ihm, sich zu ducken. Ich zog die Pistole, die ich immer bei mir führe, stellte mich hinter einen Baum und beobachtete die Räuber. Sie waren auf Wertsachen und Silber aus, aber wir führten nur wenige Gepäckstücke mit. Und das Silber trugen wir am Körper.

Gut verborgen richtete ich meine volle Aufmerksamkeit auf den Anführer der Räuber, einen ungehobelten Kerl. Als er auf uns lospreschte, kam sein Pferd leicht aus dem Tritt. Die Gelegenheit nutzend, zielte ich und schoss. Er fiel sofort.

Kaum war der Anführer vom Pferd gefallen, verstreuten sich die Banditen in alle vier Himmelsrichtungen. Sie hatten noch nie eine Schusswaffe gesehen und deren Tödlichkeit versetzte sie offensichtlich in Angst und Schrecken. Nachdem ich sie den ganzen langen Weg mitgeführt hatte, kam die Waffe schließlich zum Einsatz und rettete mir das Leben. Auch Burchell wurde kein Haar gekrümmt, er sah nur etwas blass aus. Zwei Träger waren tot, einer verwundet. Unter großen Schwierigkeiten erreichten wir die nächste Herberge.

Jiulianberg, 21. Oktober 1765

Burchell und ich trennen uns. Ab morgen geht jeder von uns seinen eigenen Weg. Er war ein etwas geschwätziger Begleiter, aber mit dem typischen Humor eines Engländers. Unsere gemeinsame Reise war äußerst angenehm und er ist der einzige andere Mensch auf der Welt, der weiß, wie es sich anfühlt, in einem Sarg zu liegen. Wir tauschten unsere Adressen aus und verliehen unserer Hoffnung Ausdruck, uns eines Tages wieder zu begegnen.

Ich gehe allein in die Stadt meiner Sehnsucht, in die Stadt des Porzellans. Zur Provinz Jiangxi ist es nicht mehr weit, also sollte Jingdezhen auch nicht fern sein.

Jingdezhen, 30. Oktober 1765

Diese Stadt hat keine Mauer. Das war mein erster Gedanke, als ich in Jingdezhen ankam. Diese geheimnisumwobene Stadt liegt in einem von Bergen umgebenen Kessel. Ein gewaltiger Strom fließt langsam hindurch und bildet einen wunderschönen natürlichen Hafen. In diesem Hafen liegt Bug an Heck, ein Boot am anderen. Von meinem Pferd aus sah ich im Hafen auf die Stadt, über der so zahllose Rauchwolken aufstiegen, als herrsche Krieg. Diese eigenartige Atmosphäre faszinierte mich und ich konnte mich von ihrem Anblick lange nicht losreißen. Ich betrat die Stadt durch ein altes Stadttor und entdeckte an jeder Ecke Schreine der Feuergöttin, in denen der Porzellangottheit gehuldigt wird. Das Götzenbild stellt die Tochter eines Handwerkers dar, dem es auch unter größten Anstrengungen nicht gelang, für den Kaiser Porzellan herzustellen. Um ihn zu retten, sprang das Mädchen in den brennenden Ofen und heraus kam wundersamerweise ein Gefäß aus makellosem Porzellan. Durch ihr Opfer hatte sie ihren Vater gerettet. In der Stadt wird diese Keramikertochter nun als Feuergöttin verehrt. Diese Art Porzellan wird seither „Opfer der Schönen" genannt, weil es durch das Blut des schönen Mädchens rot gefärbt werde. Andere sind aber der Meinung, dass die rote Glasur die Röte auf den Wangen einer beschwipsten Maid darstellt, und nennen die Gefäße daher „Rausch der Schönen".

Ich erinnere mich, dass ich in Macao mal einen langstieligen Kelch gesehen hatte, der in der Tat so ein „Opfer der Schönen" war!

In dieser Stadt gibt es so viele Geschichten von Blut und Tränen, dass sich die Seele Böttgers im Himmel nicht einsam fühlen muss. Eine religiöse Prozession habe ich noch keine gesehen, aber ich habe in den Tempeln der unterschiedlichen Götter des Feuers und des Windes

Räucherstäbchen für Böttger angezündet und den zahlreichen Göttern des Porzellans damit meine Verehrung ausgedrückt.

Die Stadt ähnelt einem wütenden Drachen. In Dresden hatte ich mal ein rot glasiertes Teeservice aus China gesehen. Oben war ein sich im Himmel tummelnder Drache abgebildet, der Rauch und Feuer spuckte. Der brennende Himmel über Jingdezhen befeuerte meine Leidenschaft und Inspiration. In einer Wolke am Horizont sah ich das Gesicht Helenas. Sie schien mich zu tadeln, dass ich mich so weit von ihr entfernt hatte. Oder war es nur ein Trugbild? Abwesend ließ ich meinen Blick über den Himmel schweifen und vergaß die Zeit.

Später betrat ich das kreuz und quer verlaufende Straßengewirr der Stadt. Die Häuser stehen dicht gedrängt und die Straßen sind eng. Unentwegt hallen die Rufe der Träger durch die Gassen, die zahlreiche Lagen Porzellan an die Tragestangen gehängt haben. Sie bewegen sich flink durch die Menschenmassen und sind damit so vertraut, dass keiner von ihnen im Geringsten fürchtet, mit anderen zusammenzustoßen. An ihrer statt brach mir der kalte Schweiß aus.

Ich betrat eine etwa zweihundert bis dreihundert Meter lange Straße mit Porzellanläden in der Nähe des „Huangjiazhou“ genannten Viertels. Dort gab es alle nur erdenklichen Arten von Gefäßen mit Dekors von lebendiger Frische. Die Vielfalt neuen und alten Porzellans ließ mir die Augen überlaufen. In jedem Geschäft betrachtete ich sorgfältig die Waren. Ich erfuhr, dass es am Hafen noch einen Porzellanmarkt gäbe, und machte mich eilig auf den Weg dorthin. Als ich ankam, befand sich die Menge in einem hektischen Aufbruch und wollte sich in alle Winde zerstreuen. Einem der Händler, der sich gerade seine Stange auflud, um zu verschwinden, stellte ich mich in den Weg.

„Was ist passiert? Warum laufen alle weg, als sei der Teufel hinter ihnen her?" Ich hielt den Händler fest, der mir in die Arme gelaufen war.

„Ai! Die Yamenläufer kommen und nehmen Leute fest", schrie der Mann, gerade als die Läufer und Reiter des Yamens[2] abdrehten und in eine andere Richtung liefen. Langsam beruhigte er sich wieder. „Weißt du das denn nicht? Diese korrupten Beamten nennen es Untersuchung, aber in Wirklichkeit wollen sie nur Vorteile für sich rausschlagen." Der Mann war eine Plaudertasche, und dass ein ausländischer Teufel Interesse zeigte, bestärkte ihn in seiner Redelust.

„Aber nach was suchen sie denn?"

„Sie sagen, es sei verboten, altes Porzellan herzustellen, aber wie wollen sie erkennen, welches Porzellan alt ist? Sie verstehen doch nichts davon."

„Darum geht es also?" Ich war ein wenig enttäuscht, weil ich etwas Spektakuläreres erwartet hatte. Der Mann stellte seine großen Körbe ab, entfernte ein dickes Tuch und präsentierte mir sein Porzellan. Er sagte, er sei einer der fliegenden Händler, die im lokalen Dialekt „Korbträger" genannt werden und nur im kleinen Stil Porzellan verkaufen.

„Es ist auch verboten, Seqing-Porzellan zu verkaufen."

„Was ist das?" Mir fiel nicht ein, was die beiden Zeichen Seqing bedeuteten.

„Aiya, Sie wissen ja eine ganze Menge nicht! Sehen Sie her!", prustete der Händler los und wickelte einige wohlverstaute Waren aus ihren Tüchern. „Dieses hier zum Beispiel, das läuft sehr gut. An einem Tag verkaufe ich mehrere davon." Er übergab mir ein Stück Porzellan und beobachtete aufmerksam meine Reaktion. Ich war kein bisschen überrascht. Schon bevor ich nach China

---

2 Anm. d. Ü.: Lokalbehörde im kaiserlichen China, der auch die Strafjustiz unterstellt war.

gekommen war, hatte ich einige davon gesehen, die sogar noch plumper gemacht waren. Es war ein zweiteiliges Weingeschirr aus Porzellan, bestehend aus einem Weinkrug und einem Becher. Wenn man sie zusammensteckt, zeigen sie Mann und Frau in coitus. Spielerisch nahm ich es hoch, aber nach einer Weile konnte ich nicht mehr an mich halten und brach auch in Gelächter aus.

„Was soll diese Spielerei denn kosten?"

Er antwortete ausweichend und schien mehr Interesse an mir als am Verkauf zu haben.

„Westlicher Herr, Sie sprechen so gut Chinesisch. Aus welchem Land kommen Sie?", fragte er mich neugierig.

In diesem Moment fiel ich auch anderen Marktbesuchern auf und sie bildeten peu à peu einen Kreis um mich, um einen guten Blick auf den Ausländer werfen zu können. Ich stellte mich der uns umgebenden Menge kurz und schlicht vor und betonte meine Begeisterung für Porzellan.

„Ich muss jetzt erst noch arbeiten, aber wenn Sie später Zeit haben, könnten Sie ein Weilchen zu mir kommen und Tee trinken. Ich würde dann die Gelegenheit nutzen, Ihnen das großartige Porzellan Chinas näherzubringen." Er sagte, er heiße Wang und erklärte mir sorgfältig den Weg zu seinem Haus. Schließlich lieh er sich Papier und Pinsel von einem Wahrsager auf dem Markt und malte mir den Weg in wenigen Strichen auf.

Als ich allein durch die Porzellanstraßen bei Huangjiazhou streunte, bewunderte ich vielerlei Porzellan, das ich noch nie zuvor gesehen hatte. In diesen Straßen wird jedes erdenkliche Porzellan angeboten, so dass man sich einfach nicht sattsehen kann. Ich war derart begeistert, dass ich mich einmal bei einem Mann entschuldigte, der mir auf den Fuß gestiegen war. Er war völlig entgeistert. Die Waren waren leuchtend gefärbt und kühn gestaltet. Manche wirkten auf den ersten Blick etwas plump, waren bei genauerer Betrachtung jedoch ebenso bewegend. Von den Verkäufern erfuhr ich, dass diese Porzellane von einfachen Handwerkern hergestellt werden. In Europa nennt man sie Kraak.

„Das Porzellan aus den privaten Öfen ist nicht unbedingt schlechter als das aus den offiziellen. Manchmal ist es sogar besser", versicherte mir ein Händler sachlich. Aber es war klar, dass er damit nur den Preis treiben wollte. Ich stöberte interessiert durch seine Waren, von denen manche vielleicht sogar alt waren.

„Das ist blauweißes Porzellan aus der Yuan-Dynastie." Er deutete auf eine Schale. Er fragte mich, ob mir die Yuan-Dynastie ein Begriff sei, und als ich bejahte, streckte er überrascht die Zunge raus. Nach einer Weile fragte er, ob ich auch wüsste, was die Longquan- und die Zhanggongxiang-Öfen seien. Diesmal war ich an der Reihe, den Kopf zu schütteln. „Das hier, das ist aus dem Longquan-Ofen."

„Ah! Und wo ist das her?", schrie ich unvermittelt heraus. Ich konnte es nicht fassen, es war unglaublich. Genau neben dem Porzellan, auf das er gedeutet hatte, entdeckte ich plötzlich ein Stück aus Meißen. Es war ein Teil aus dem für den Grafen Heinrich von Brühl hergestellten Schwanenservice. Die Sauciere hatte die Form eines Schwans, den ein Engel umarmt. „Ist das ein Original?", fuhr ich fort, ihn zu befragen.

Er nickte mehrfach. Der Händler schien die Bedeutung dieses Stücks nicht zu begreifen.

„Wo kommt es her?" Ich fragte ihn wiederholt, ohne eine eindeutige Antwort zu erhalten.

„Vielleicht aus Kanton."

Kanton? Ich kaufte das Gefäß umgehend.

Natürlich konnte es kein Original sein. Obwohl das Service einige Dutzend Mal hergestellt worden war, stand es nicht zum freien Verkauf. Abgesehen vom Haushalt des Grafen von Brühl befindet sich davon noch ein

Exemplar im Zwinger. Auf ein weiteres hatte mich Meißens leitender Modelleur Johann Joachim Kändler heimlich mal einen Blick werfen lassen. Außerdem befinden sich auf der Unterseite jedes Originals aus Meißen die zwei blauen, sich kreuzenden Schwerter. Die weiße Unterseite dieses Gefäßes war völlig blank. Solange ich auch darüber nachdachte, konnte ich mir doch keinen Reim darauf machen, wieso dieses Stück in China aufgetaucht war. Sollte jemand ein Original nach China gebracht haben, um es hier zu kopieren? Wenn nicht, wie könnten die Chinesen es nachgemacht haben? Warum wurde es kopiert? Von wem? Und weiß Meißen davon?

Mit dem in ein Tuch gewickelten Porzellan unter dem Arm fragte ich überall in der Stadt nach einer Herberge. Allerdings erfolglos, da es Fremden verboten ist, die Nacht innerhalb der Stadt zu verbringen. Also war ich gezwungen, mir ein Boot auf dem Fluss zu suchen, das Gäste aufnimmt. Mit dem Pferd am Zügel ging ich das Ufer entlang.

An den Ufern des Hauptflusses und seiner Seitenarme lagen zahllose weggeworfene Porzellanscherben und ergaben ein schauderhaftes Bild von Flüssen aus zerbrochenem Porzellan. Weit entfernt sah ich ein Schiff und wollte gerade aufsitzen, um dorthin zu reiten.

„Werter Herr, ich hätte jetzt Zeit. Wollen wir nicht zu mir gehen und ein wenig plaudern?“ Es war tatsächlich der Porzellanhändler, der mich zuvor schon zu sich eingeladen hatte. Erfreut nahm ich die Einladung an.

Sobald ich sein Haus betrat, sah ich den Ofen im Hof. Das Haus besteht aus einer großen, schlichten Holzkonstruktion ohne eingezogene Innendecke, so dass man das Reisstroh sehen kann, mit dem das Dach gedeckt ist. Der Boden besteht schlicht aus dem Erdboden, der durch die lange Zeit der Nutzung festgestampft wurde. Einige Strohmatten hängen von den Dachsparren. In einem Schuppen hinter dem Haus stehen hölzerne Regale voll mit Porzellanrohlingen. Es war das erste Mal in meinem Leben, dass ich ein chinesisches Wohnhaus betrat. Lächelnd bückte ich mich und trat ein.

Der Porzellanhändler, seine Eltern, seine Ehefrau und ihre drei Söhne wohnen hier zusammen in einem großen Raum. Jeder hat seine eigene Ecke, von den anderen durch herabhängende Strohmatten abgetrennt. Die freundliche Ehefrau war gerade am Kochen. Mit einer ausländischen Langnase in ihrem Haus hatte sie sicher nicht gerechnet, und so lächelte sie nur geschäftig vor sich hin und wagte kaum einen Blick auf mich zu werfen.

Die ganze Familie, ob jung, ob alt, war in der Keramik- und Porzellanherstellung beschäftigt. Ihre Familie sei wie die Äste eines einzigen Baumes, sagten sie. Eines der drei Kinder, noch ziemlich jung, saß aufrecht und still in einer Ecke und bemalte Porzellan. Die zwei jüngeren Söhne drückten sich in meiner Nähe herum, trauten sich aber nicht zu sprechen, sondern sahen mich nur unentwegt mit großen Augen an.

Von den Sparren hingen nicht nur Strohmatten, sondern auch Schinken und Würste, und in den Regalen stand allerlei bereits fertiges Porzellan.

„Setzen Sie sich. Setzen Sie sich." Der Porzellanhändler hatte sich mir auf dem Weg bereits vorgestellt. Er heißt Wang Yang. Seine Vorfahren waren vor langer Zeit den ganzen Weg aus Henan gekommen, um hier ihren Lebensunterhalt zu verdienen. Er sei jetzt die dritte Generation hier. Er erzählte, dass sie seither ausschließlich Porzellan herstellten, wenn auch nur von mäßiger Qualität und mit kleineren Fehlern. Wenn er Zeit habe, gehe er zu den großen Öfen, um Porzellan mit verborgenen Fehlern zu kaufen, die nur für Kenner sichtbar sind, normale Kunden aber nicht erkennen. „Wenn ich Glück habe, kann ich dafür gute Preise erzielen", erzählte er mir. Er kramte aus einer Truhe eine Blumenvase hervor und gab sie mir. „Jetzt sagen Sie mir: Was stimmt nicht mit dieser Vase?“

Sorgfältig betrachtete ich sie, entdeckte aber keinen Anhaltspunkt. Ich hielt sie für ein hervorragendes Stück.

Wang Yang sagte kichernd: „Es ist ein hervorragendes Stück. Hervorragend. Es handelt sich um ein Doucai-Porzellan mit einem sogenannten Sich-ergänzende-Farben-Dekor. Aber weil zu viel grünes Pigment beigemischt wurde, wurde das Rot zu Purpur. Deshalb gilt die Vase als fehlerhaft. Mir gefiel sie gerade deshalb ganz besonders gut, also kaufte ich sie für etwas Silber und hüte sie seitdem wie einen Schatz.“

Ich betrachtete alle Details der Vase, schüttelte den Kopf und seufzte. Ich sagte: „Das sollte doch nicht als Fehler gelten, sondern als Fall handwerklicher Kreativität. Ich hätte sie auch sofort gekauft.“

„Wenn Sie das sagen, sind wir wirklich eines Geistes Kind“, sagte Wang Yang immer noch lachend. Aus einer Schachtel in einer anderen Ecke zog er nun eine grüne Porzellanflasche hervor. Kaum wurde ich ihrer ansichtig, verschlug es mir die Sprache. Ähnelte sie nicht der Vase, die mir der Baron an den Elbauen gezeigt hatte?

„Wo kommt die her?“, stammelte ich fast.

„Ich bitte um Verzeihung, aber das ist mein Geheimnis“, sagte er.

„Sie müsste aus der Songzeit stammen.“

„Das stimmt. Sie ist aus der Songzeit.“

„Von welchem Ofen?“

„Erraten Sie es?“ Er nahm die Porzellanflasche behutsam auf, zählte die Stile der fünf großen Song-Öfen auf und ging dann zur Schilderung der unvergleichlichen Farbe des Ru-Porzellans über. Er fürchte, so sagte er, dass auf der ganzen Welt nur noch wenige Stücke Ru-Ware existierten. Aber er schwor bei seinem Leben, dass er nicht verraten würde, wo er sie gefunden habe. Das also war Ru-Ware! Es gelang mir kaum, meiner Aufregung Herr zu werden, doch ich tat so, als sei alles in bester Ordnung, und hörte ihm weiter zu.

Er sprach nun über seinen Vater. Wangs Vater war ein Experte in Porzellanreparatur, aber mittlerweile helfe er nur noch ein wenig im Laden aus, weil im Laufe der Jahre sein Augenlicht und seine Geschicklichkeit nachgelassen hätten. Dann wühlte er wieder ein wenig im Zimmer herum und brachte einen Porzellanteller zum Vorschein. Er sagte, dass das ein exzellentes Stück sei, welches jemand am Fluss weggeworfen hatte, weil es in zwei Teile zerbrochen gewesen wäre. Sie hätten es mitgenommen. „Mein Vater bohrte mit einem Diamantbohrer winzige Löcher hinein und verband die beiden Teile mit haarfeinem Messingdraht. Danach trug er etwas Farbe auf und jetzt würden weder Gott noch Geist etwas davon bemerken." Wang Yang schien mich um meine Meinung zu bitten.

„Nicht der geringste Makel!" Ich las die Zeichen auf der Unterseite der Platte, „Hergestellt in der Kangxi-Ära der großen Qing", und lachte herzhaft.

Wang Yangs Mutter verstand sich ursprünglich aufs Sticken, doch nachdem sie Wang Yangs Vater geheiratet hatte und nach Jingdezhen gezogen war, lebte sie wie hunderttausend andere Einwohner von Jingdezhen auch vom Bemalen des Porzellans. Die Hälfte aller Einwohner in dieser Stadt kam von außerhalb, um hier ihren Lebensunterhalt zu bestreiten. Wang Yangs Mutter gilt in diesem Flecken als hervorragende Künstlerin, weil sie viele Jahre in einem offiziellen Ofen Porzellan bemalt hatte. Aber auch ihr Augenlicht ließ nach, so dass sie seit einigen Jahren nicht mehr malen kann. Sie blinzelt unentwegt und gibt ihre Kunst an ihre Schwiegertochter weiter. Erst jetzt wurde mir klar, wie stark dieses Geschäft von gesunden Augen abhängt! Ich erinnerte mich an den jahrelangen Streit zwischen dem Meißener Maler Johann Gregorius Höroldt und dem Modelleur Johann Joachim Kändler um Ruhm und Ansehen. Höroldt hatte einen schwierigen

Charakter und neigte zuweilen zu Intrigen und Betrügereien. Er bestand damals darauf, dass das Gehalt der Maler doppelt so hoch sein müsste wie das der Modellierer. Vielleicht gab es dafür doch gute Gründe.

Wang Yangs Frau wiederum bemalt zu Hause kleine Gegenstände wie Tellerchen und Weinbecher.

„Sehen Sie her", sagte Wang Yang, als er Schüsseln und Essstäbchen hervorholte, „ihre Augen sind auch schon nicht mehr gut. Diese Blätter hängen nicht am Baum, es ist, als würden sie herunterfallen." Er deutete auf die Blätter auf einer der Schalen. Es war ein weißes, durchscheinendes Botai-Porzellan, auf das Zweige mit zwei roten Granatäpfeln gemalt waren. Aber weil die Blätter fielen, bekam das Bild eine ganz andere symbolische Bedeutung.

Ich war überaus verwundert. Wie konnte in einer so gewöhnlichen Familie ein jeder ein so vollendeter Künstler sein? Der Porzellanhändler Wang stellte mir seinen ältesten Sohn vor, der etwas über zehn Jahre alt zu sein schien. Er war zu meinem Erstaunen dabei, nach einer Papiervorlage einen europäischen Palast naturgetreu abzubilden. Die Fähigkeiten dieses Kindes stehen denen der europäischen Porzellanmaler wirklich in nichts nach, obwohl es nicht einmal weiß, wo Europa überhaupt liegt.

„Zeig mal dem Onkel die ausländischen Dinge, die du letztes Mal gemalt hast", wies ihn sein Vater an.

Fügsam nickte der Sohn und stellte in einer sanften Bewegung seinen unfertig bemalten Rohling zur Seite. In dieser Familie zeigt sich beispielhaft das chinesische Sprichwort „Auch wenn der Spatz klein ist, hat er schon alle fünf Organe". Aus einem Korb unter dem Tisch holte der Junge einen Stapel Teller hervor.

„Das hast alles du gemalt?", fragte ich und konnte meinen Augen kaum trauen. Diese Teller waren von Europäern in Auftrag gegeben worden. Viele zeigten die Wappen großer Familien, andere Abbildungen von europäischen Landschaften und Gebäuden, wieder andere von europäischen Damen und Herren. Der Junge hatte auch Bilder von Johannes dem Täufer, von Maria, der Muttergottes, und sogar von Martin Luther gemalt. Er sagte, er wisse nicht, wer das jeweils sei, aber er male gern die Kreuzigung Christi. Das Ergebnis seiner äußerst feinen Pinselstriche wird in Frankreich „la ceramique d'encre de Chine" genannt. Ich fragte ihn: „Dann kannst du alles malen, wenn du nur ein Bild davon hast?" Der Knabe lächelte glücklich und nickte. Umgehend holte ich mein Skizzenbuch aus meinem Gepäck, zeigte auf eine Zeichnung und fragte ihn: „Kannst du auch das malen?" Der Junge erschrak zuerst bei dieser Frage, aber dann nickte er grinsend. Es war Helenas Profil.

Jingdezhen, 1. November 1765

In meiner auf dem Boot gemieteten Koje steht ein hölzernes Bett mit einer Strohmatte und einem kleinen Tischchen am Kopfende. Außerdem ist sie mit einer Waschschüssel und einem Handtuch ausgestattet. Ich hatte gerade meinen Koffer abgestellt, meine Stiefel ausgezogen und wollte mich zur Ruhe legen, als von draußen der eigentümliche Gesang einer Frau hereindrang. Ich zog den Vorhang auf und schaute hinaus. Es war schon dunkel. Ich sah einige aufwändig bemalte Boote, die innen von bunten Lampions beleuchtet wurden. Eine reizend herausgeputzte Frau öffnete ebenfalls ihren Vorhang und sah mich an.

„Oh, ein ausländischer Herr! Möchten Sie nicht auf unser Boot kommen und sich ein bisschen amüsieren?" Allmählich waren einige dieser Blumenboote bei meinem kleinen Schiff angekommen. Ich warf der Frau einen Blick zu. Ihre zwei raupendicken Augenbrauen wirkten auf den ersten Blick etwas sonderbar, aber ihre Augen strahlten außergewöhnlich und ihre Stimme war wunderschön. Sie trug ihre Fingernägel extrem lang. Kann es sein, dass sie die Quelle des wundersamen Gesangs war? Bevor ich mir darüber klar werden konnte, hatte das Boot neben meinem festgemacht und mehrere Frauenhände zogen an mir.

„Ah!", rief ich auf Deutsch. „Helena, hilf mir!"

Kurz darauf fand ich mich inmitten einer Gruppe unverfroren lasziv gekleideter Frauen wieder. Eine fütterte mich mit gerösteten Erdnüssen, eine andere zupfte ein Instrument und sang, wieder eine andere prostete mir zu, hieß mich trinken und wieder trinken. Sie lehrten mich ein Trinkspiel, bei dem zwei Parteien gleichzeitig eine von drei Gesten machen. Diese Gesten standen zueinander in wechselseitigem Über- oder Unterordnungsverhältnis. Der Verlierer musste dann sein Glas leeren.

„Fremder Herr, wie Ihr wünscht. Ich trinke." Die Frauen tranken den Alkohol wie Wasser, ohne mit der Wimper zu zucken. Es wurde laut und jede von ihnen schien musizieren zu können. Die eine zupfte eine dreisaitige Laute, eine andere eine Pipa, noch eine andere sang Verse dazu. Ich verstand den lokalen Dialekt, den sie sprachen, kaum, aber unter dem Einfluss des Alkohols entspannte ich mich allmählich. In der Folge keimten ruchlosere Wünsche in mir. Auf der einen Seite streichelte ich die winzigen, in viele Tücher gewickelten Füße einer der Frauen, gleichzeitig entstand in mir das Begehren, die etwas reifere Frau auf meiner anderen Seite zu küssen. Seit ich auf das Boot gekommen war, fühlte ich mich zu ihr hingezogen. Sie war von einer Art wilder Schönheit, schien aber gleichzeitig von delikatem Wesen zu sein. Den ganzen Abend betrachtete sie mich still und sagte kein einziges Wort. Aber als ich sie zu küssen versuchte, erhob sie sich abrupt, verließ die Kajüte und verschwand Richtung Heck. Die Musik verstummte plötzlich und es wurde still. Mittlerweile herrschte stockfinstere Nacht.

Der Steuermann, der nicht am Gelärme teilgenommen, sondern den ganzen Abend in tiefes Schweigen gehüllt am

Heck gesessen hatte, kam lautlos in die Kajüte und verlangte nachdrücklich eine Bezahlung.

„Wie viel?"

„Zwei Tael.[3]" Er klang so grimmig und wirkte so furchterregend, als wollte er mich in der Luft zerreißen.

„Oh. Ich habe nicht einmal einen bei mir." Noch war ich nicht vollständig betrunken und konnte wenigstens ein wenig feilschen. Nachdem wir eine Weile gestritten hatten, gab ich ihm sämtliches chinesisches Silber, das ich bei mir hatte. Trotzdem warf er mich ins Wasser. Steif vor Kälte trieb ich im Wasser, was mich jäh ernüchterte. Glücklicherweise bin ich früher oft in der Elbe geschwommen und kann als guter Schwimmer gelten. So kam ich letzten Endes zu meinem Boot zurück.

Jingdezhen, 8. November 1765

Mein winterliches Bad hatte mir eine ernsthafte Verkühlung beschert. Glücklicherweise kümmerte sich die Familie Wang um mich und versorgte mich mit Medikamenten und heißer Suppe. Außerdem luden sie mich ein, bei ihnen zu wohnen, was ich höflich ablehnte. Ich stellte einen Diener an, der auf dem Boot für mich kochte.

Jingdezhen, 1. Dezember 1765

„In Jingdezhen gibt es keine Herbergen", sagte Wang Yang. „Weil es in unserer Stadt zu viele Geheimnisse über Porzellan gibt und wir es Fremden nicht so leicht machen wollen, sie zu stehlen. Früher kamen viele Fremde mit

---

3 Anm. d. Ü.: Gewichts- und Währungseinheit für Silber, ca. 34 g.

betrügerischen Absichten in die Stadt, deren Schliche letztlich alle offenbar wurden. Aber du bist kein Kaufmann und sprichst fließend Chinesisch. Die chinesischen Handwerker werden sich gern mit dir austauschen und unterhalten", tröstete mich Wang Yang.

Unter seiner Führung suchte ich viele bedeutende Handwerker in Jingdezhen auf und hatte die Gelegenheit, Porzellane aller Dynastien ebenso wie das berühmte Porzellan aus Jingdezhen zu sehen. In kurzer Zeit sog ich Wang Yangs reichhaltiges Wissen über Porzellan auf und hatte schon grundsätzliche Vorstellungen von Porzellan aus der Song-, Yuan-, Ming- und Qingzeit entwickelt. Fleißig machte ich mir Notizen und fertigte Skizzen an. Wang Yang erklärte alles mit großem Sachverstand und ich notierte mir jedes Detail so genau wie möglich.

Ich bewunderte das blauweiße Porzellan aus Jingdezhen. Es war von dem gleichen Blau wie die von mir so geschätzten Saphire. Allerdings strahlt das Blau aus der Zeit des Kaisers Yongzheng noch reiner als das aus der Ming-Dynastie, so dass es schier einen eigenen Stil verkörpert. Natürlich ist auch das Meißener Zwiebelmuster nicht zu verachten, doch im Vergleich schneiden die chinesischen Fertigkeiten nach wie vor besser ab.

Ich hatte das Glück, einen „Sich-ergänzende-Farben-Becher" aus der Mingzeit zu sehen. Dieser Weinbecher war so dünn und durchscheinend wie ein Zikadenflügel und es gaukelten Schmetterlinge in prächtigen und leuchtenden Farben wie lebendig darauf auf und ab. Außerdem war es mir vergönnt, ein seltenes Seladon-Räuchergefäß aus einem Ofen der südlichen Song zu bewundern. Das grünliche Blau war so frisch wie der klare Himmel nach einem Regen, und das Muster schimmerte wie Fischschuppen.

Ich schmeichelte mich bei dem Besitzer des Bechers ein, einem Herrn Chang, der aus einer alten Gelehrtenfamilie in Jingdezhen stammt, um meinen Augen öfter diesen labenden Anblick zu ermöglichen. Sein Großvater hatte seinerzeit den dritten Platz in der großen kaiserlichen Palastprüfung erlangt, und er selbst hatte immerhin bereits das Bezirksexamen bestanden.

Gierig verschlinge ich den Becher mit den Augen, um seine Schönheit meiner Erinnerung einzubrennen. Es handelt sich um dünnwandiges Eierschalenporzellan, von dem es in einem Vers heißt:

„Ich fürchte, der Wind bläst es fort,
mich sorgt, die Sonne könnt' es zerschmelzen."

Ich kann all diese Porzellane betrachten und vergleichen, weil Wang Yang es versteht, in dieser Stadt unfehlbar seine Besitzer ausfindig zu machen. Besonderes Augenmerk richte ich auf einige Stücke, deren herrliche Muster auf der Glasur durch eine wundersame Transformation im Ofen entstehen, und auf einige mehrfarbig glasierte Stücke. Jingdezhen hat mir wirklich die Augen geöffnet!

Ich erzählte Wang Yang, dass ich eine Vorliebe für das sahnig-weiße Porzellan aus der Ära des Kaisers Yongle und für das gelb glasierte Porzellan aus der Zeit des Kaisers Hongzhi hätte. „Das einzige Porzellan, dem ich nicht so viel abgewinnen kann, ist die songzeitliche Ge-Ware mit ihren Glasurrissen." Dieses cremeweiße Porzellan aus dem Ge-Brennofen weist ein Linienmuster aus Rissen auf, die durch eine bestimmte Art von Brand erzeugt werden. Das Porzellan selbst wirkt so, als sei es gesprungen, aber tatsächlich ist es völlig unversehrt. Viele Chinesen lieben diese Art Porzellan.

Jingdezhen, 2. Dezember 1765

Ich kann mittlerweile das Porzellan aus der Song-Dynastie erkennen und verstehe mich allmählich auch auf die fünf großen Brennöfen dieser Zeit. Auch habe ich das von August dem Starken so begehrte Ru-Porzellan mit eigenen Augen gesehen. Es heißt, dass heutzutage niemand mehr in der Lage sei, Ru-Porzellan herzustellen, obwohl unzählige Chinesen überall nach dem geheimen Rezept gesucht haben. Nachgemachte Ru-Ware gibt es allerdings überall. Diese verlangt keine geheimen Fähigkeiten.

Ich verfalle zusehends der schlichten Schönheit songzeitlichen Porzellans und verstehe langsam, weshalb Porzellansammler wie August der Starke Ru-Porzellan für einzigartig hielten. Wie könnten Europäer, die noch nie Song-Porzellan gesehen haben, das verstehen? Gleichzeitig bin ich mir nicht sicher, ob sie es lieben würden, wenn sie es tatsächlich zu Gesicht bekämen. Gefallen ihnen denn nicht nur die Dekore, die sie für chinesisch halten? Wer von ihnen weiß schon, dass die Chinesen sie extra für sie so malen, in der Annahme, dass es dem Geschmack der Europäer entspricht?

Jeden Abend, wenn ich zu meinem Boot zurückgekehrt bin, mache ich mir im schwachen Licht der Kerze Notizen und zeichne das gekaufte oder geliehene Porzellan ab. Wenn von draußen gelegentlich Geräusche von Lustbarkeiten auf den Blumenbooten hereindringen, steckt mein Diener sofort seinen Kopf heraus, um sie anzusehen, aber ich lüfte den Vorhang nicht mehr.

Im Gegenzug dafür, dass mich Wang Yang überall herumgeführt und mir Porzellan gezeigt hatte, helfe ich ihm bei der Reparatur seines Hauses und beim Porzellanverkauf auf dem Markt. Ich bin begierig darauf, einen offiziellen Brennofen zu besichtigen, egal was für einen. Aber so zermürbend das Warten auch sein mag, es ergab sich dazu noch keine Gelegenheit.

Als ich klein war, spielte ich in der Nähe meines Elternhauses bei Dresden. Eine geheimnisvolle Höhle erweckte meine ganze Neugier, doch die Bewohner des Ortes sagten, dass etwas Böses darin wohne, und auch meine

Eltern erlaubten mir nicht, dort hinzugehen, egal wie lange und wie inständig ich sie darum bat. Aber eines Tages erzählte mein Vater, dass ein Geologe die Gegend erkunden wolle. Zu gegebener Zeit würde er ihn fragen, ob ich ihn begleiten dürfe. Ich wartete eifrig den ganzen Tag. Ich wartete mehrere Monate. Als der Geologe endlich kam, brachte er allerlei Apparate und Instrumente mit, um Messungen vorzunehmen, wobei ich ihm helfen durfte. Wenn ich heute darüber nachdenke, war es diese Begebenheit, die mich zu dem Entschluss veranlasste, Mineraloge zu werden. Als ich dann endlich Mineraloge geworden war, hatte ich das Interesse an der Mineralogie schon wieder verloren. Meine Interessen hatten sich vielmehr derart erweitert, dass mich die Steine nicht mehr auszufüllen vermochten. Auch das wurde mir erst allmählich klar, nachdem ich Dresden verlassen hatte. Lieber würde ich malen.

Jingdezhen, 20. Dezember 1765

Früher war Jingdezhen eine Legende für mich, und nun bin ich zu einer Legende in Jingdezhen geworden.

In Jingdezhen gibt es mehr als dreißig offizielle und über dreitausend private Brennöfen. Unter den Handwerkern verbreiten sich Gerüchte in Windeseile. Sie waren neugierig auf den ausländischen Teufel, der sich mit Porzellan auskennen soll. Einige interessierte besonders, ob ich antikes Porzellan von nachgemachtem unterscheiden kann. Es werden sogar Wetten darüber abgeschlossen, ob es mir tatsächlich gelingt, echt und falsch auseinanderzuhalten. Eines dieser Wettspiele wurde in einem großen Haus in der Nähe des Marktes abgehalten. Der Einsatz erreichte schon bald einige Goldunzen. Die Frage war, welche der beiden grün glasierten Porzellanflaschen mit einem eingeschnittenen Päonienmuster aus der Zeit der nördlichen Song stammt.

Die Flaschen sehen aus wie Blumenvasen, werden aber tatsächlich für Schnaps benutzt. Ich war in dieses Haus eingeladen worden, ohne dass mir jemand das Geringste über diese Wette erzählt hatte. Viele Männer warteten bereits auf mich, andere waren nur gekommen, um dem Spektakel beizuwohnen. Mit ernsthafter Miene beklopfte ich die Flaschen. Eine klang viel klarer und melodiöser. Ich bespritzte die Unterseite der Flaschen mit Wasser. Bei einer verteilte sich das Wasser sehr schnell. „Das spricht für eine höhere Absorption", dachte ich laut. Sorgfältig strich ich über die Oberflächen der Flaschen, um deren Qualität zu untersuchen, und mit dem Einverständnis des Besitzers kratzte ich leicht mit einem harten Gegenstand unten über die Glasur. „Die Schrammen zeigen die Qualität." Ich betrachtete die Farben, untersuchte sie nach Rissen und dem Grad der Glätte. Beide Flaschen waren von verblüffend ähnlicher Qualität, aber die eine hatte einen klareren Klang. Nachdem ich alle Ergebnisse ausgewertet hatte, blieb mir nichts anderes übrig, als mich auf die Intuition eines Mineralogen zu verlassen. „Diese hier ist aus der Zeit der nördlichen Song." Auf einmal wurde es still. Kurz darauf brachen die Gewinner in Gelächter aus, während mich die Verlierer fassungslos ansahen und sich fragten, wie das hatte passieren können. Was für eine Art Gott war ich? Oder ein Dämon? Wie hatte ich das gemacht? Mein Ruhm verbreitete sich in Windeseile.

Die nächste Wette bekam noch mehr Zulauf. Mir wurde bewusst, dass dies Ärger bedeuten könnte, und ich wollte eigentlich nicht mehr mitmachen. Aber die Buchmacher lockten mich mit Geld, und in den Tiefen meines Herzens wollte auch ich zu gern wissen, ob ich wirklich ein Experte war oder ob ich das eine Mal bloß Glück gehabt hatte. Gleicht mein ganzes Leben doch einer Wette. Bin ich nicht ein unverbesserlicher Spieler? Der Einsatz war mein Leben.

Einige Runden lang lag ich immer richtig, was den Einsatz laufend erhöhte. Jedoch beim letzten Mal, als ich eine rot glasierte Kanne in Form einer Mönchskappe aus der Ming-Dynastie beurteilen sollte, ließen mich meine Fähigkeiten im Stich. Einer, der dabei sehr viel Geld verlor, argwöhnte, dass ich absichtlich falsch geantwortet hätte, und erhob im Yamen Klage gegen mich. Der stellvertretende Bezirksmagistrat war ein wohlmeinender Gelehrter, der mich ausgesucht höflich behandelte. Er ließ mich nicht festnehmen, sondern lud mich nur zu einem Gespräch. Meine Sorge stand mir ins Gesicht geschrieben, als ich ihm auseinandersetzte, dass ich unabsichtlich falsch geantwortet hatte und mich einfach nur für Porzellan interessiere. „Das macht nichts. Ich werde dir helfen, es dem kaiserlichen Manufakturaufseher zu erklären." Das war die abschließende Entscheidung des freundlichen, rundgesichtigen Beamten.

Dieser Gerichtsfall verbreitete meinen Ruf nur noch weiter, bis sogar der wichtigste Experte für Porzellan in ganz China, der kaiserliche Manufakturaufseher Tang Ying, Interesse an mir bekam und jemanden nach mir schickte.

Jingdezhen, 8. Januar 1766

Ich wurde zu einem prächtigen Anwesen geführt. Tang Ying erwartete mich in der Empfangshalle. Er war ein freundlich wirkender, hinfälliger Greis mit einem langen Bart und von nicht sonderlich großer Statur.

„Wo kommen Sie her?" Der alte Herr war tatsächlich sehr freundlich. Er bat mich, Platz zu nehmen und ließ Tee kommen.

„Ich komme aus Dresden im Kurfürstentum Sachsen", sagte ich. „Kennen Sie die Porzellanmanufaktur Meißen?", fuhr Tang Ying mit der Befragung fort. Mein Herz machte einen Satz. Was weiß dieser alte Mann? In meinen Ohren rauschte es. Kennt er mein Geheimnis? Das war wirklich die letzte Frage, die der alte Mann mir stellen sollte.

„Ich kenne die Porzellanmanufaktur Meißen, und auch ihre Waren sind mir vertraut, weil ich Porzellan liebe und mich sehr dafür interessiere", zwang ich mich, gelassen zu antworten. Tang Ying fixierte mich.

„Wissen Sie, wie Meißen an das Geheimnis der Porzellanherstellung gelangt ist?"

Bevor ich herkam, war ich davon ausgegangen, dass mich der Porzellanexperte nach meinen Kenntnissen über chinesisches Porzellan befragen würde. Ich wäre nie auf die Idee gekommen, dass er mich nach Meißen ausfragen würde. Ich musste lachen. Der alte Mann vor mir war der Experte unter den Experten, er saß auf dem Thron eines kaiserlichen Tutors und sah mich an. „Wer hat es gefunden? Und auf welche Weise?" Tang Ying sprach sehr gleichmäßig und blieb im Übrigen völlig regungslos. Ich sah, dass einige an der Wand hängende Kalligrafien und Landschaftsbilder mit „Alter Mann im Schneckenhaus" oder „Töpfer" signiert waren. Ich vermutete, dass diese Werke von Tang Ying selbst stammten. Seine Kalligrafie war elegant und seine *Tuschmalerei* ungewöhnlich. Vor allem eine Kalligrafie erregte meine Aufmerksamkeit:

„Ob die Weidenstraße zum Haus des Keramikdirektors führt? Der Blumenzüchter gräbt einen Teich für seinen geliebten Lotus." Der alte Mann schrieb sogar Gedichte in lockerem Stil.

„Wenn wir von Meißen sprechen, müssen wir bei einem König beginnen, der ‚der Starke' genannt wird", sagte ich in einer deutlich intonierten Weise, als spräche ich auf einer Bühne.

„Ich bin ganz Ohr", sagte Tang Ying hustend. Jetzt bemerkte ich erst, dass der alte Herr wirklich erschöpft und indisponiert war.

„Anfang dieses Jahrhunderts wurden das Kurfürstentum Sachsen und das Königreich Polen von August II regiert, einem überschäumenden und ehrgeizigen König, der ‚der Starke' genannt wurde. Er verschrieb sich nicht nur den Wissenschaften, sondern widmete sich auch begeistert den schönen Künsten, wobei ihm seine Porzellansammlung am meisten am Herzen lag." Beim Erzählen über das ferne Europa und einen verblichenen König kam ich mir wie ein Märchenerzähler vor. Tang Ying lauschte mir aufmerksam. In diesem Raum stand eine Porzellanuhr, deren Pendel deutliche Geräusche machte. Aber das Porzellan selbst war so elaboriert, dass es sogar lebendiger wirkte als die Terrine des Schwanenservices, dem unvergleichlichen Meisterstück des Meißener Porzellanbildners Kändler. Die Uhr war in der Form einer europäischen Burg gearbeitet worden und sah nicht so aus, als sei sie in China gestaltet worden. Aber wer hatte sie dann gemacht?

„August der Starke liebte Porzellan. Allein im Turmzimmer seines Schlosses in Dresden unterhielt er eine Sammlung mit fast fünfzigtausend Stücken aus aller Welt", fuhr ich mit meinem Bericht fort. „Er liebte Porzellan so sehr, dass er einst sogar mit dem preußischen König Friedrich Wilhelm I ein sächsisches Dragonerregiment gegen Porzellanvasen aus der Mingzeit tauschte. Aber das Geheimnis der Porzellanherstellung wurde nur per Zufall entdeckt."

Tang Ying hustete erneut, aber es schien, als würde seine Neugier auf Europas Suche nach dem Porzellan wachsen. „Wie das?"

„Porzellan war für die herrschaftlichen Höfe Europas von großer Bedeutung. Geschirr, Teeservice und auch Service für Kaffee aus Porzellan dienten dazu, die Großartigkeit des Herrschers zu unterstreichen. Seit Porzellan aus dem Osten nach Europa gekommen war, wurde fieberhaft versucht, das Geheimnis der Herstellung des weißen Goldes zu lüften. Doch August der Starke brauchte für die Vision seines Reiches ausreichende Mittel für das Heer. Darum suchte er in erster Linie nach einem Alchemisten, der sich auf das Goldmachen versteht, und nur nebenbei nach einem Keramiker, der Porzellan herstellen kann."

Tang Ying nickte leicht, als gestatte er mir wortlos, fortzufahren.

„Auf seiner dringenden Suche kam ihm ein aus Preußen entlaufener Alchemist gerade recht und er ließ ihn einsperren. Dieser junge Alchemist namens Böttger schlug in seiner Not August dem Starken vor, zunächst die Methode der Porzellanherstellung zu erforschen, um dadurch seine Freiheit zurückzugewinnen. Der Kurfürst stimmte zu. Schließlich kann man Porzellan für Geld verkaufen. Böttger verlangte sechsunddreißig Pfund Ton aus allen Ecken des Landes. Zusammen mit dem Wissenschaftler von Tschirnhaus führte er Experimente durch und fand im Osten des Landes bei Colditz schließlich einen Ton, der dem Kaolin in China höchst ähnlich ist. Von Tschirnhaus war darüber äußerst erregt und nannte das Porzellan, das sie in Meißen herstellten, die Blutschalen Sachsens."

„Die Blutschalen Sachsens?"

„Ja. Nur unter dem Einsatz von Blut und Schweiß konnten sie chinesisches Porzellan herstellen." Ich fuhr fort, Tang Ying den Sachsen Ehrenfried Walther von Tschirnhaus, einen Mathematiker und Mediziner, vorzustellen. Er war ein Freund von Newton und stand auch mit Leibniz auf vertrautem Fuß, mit dem er zeit seines Lebens Briefe austauschte. Außerdem war er ein Mitglied der königlichen französischen Akademie der Wissenschaften. Als von Tschirnhaus im Jahr 1707 in Schneeberg Kaolinton und Alabaster gefunden hatte, überredete er den neunzehnjährigen Böttger zur Zusammenarbeit. Die beiden experimentierten Tag und Nacht mit unterschiedlichen Temperaturen. Als der Erfolg nahe schien, erbat von Tschirnhaus von August dem Starken 2.561 Thaler, aber der verkündete, er wolle erst bezahlen, wenn er das Porzellan gesehen habe. Noch bevor der König das Porzellan zu Gesicht bekam, starb von Tschirnhaus.

Drei Tage später wurde in das Tschirnhaus'sche Haus eingebrochen und Böttger erklärte, dass ein Stück Hartporzellan gestohlen worden sei. Einige meinen, Böttger habe damit zugegeben, dass Tschirnhaus der eigentliche Erfinder des Hartporzellans sei. Trotzdem erklärte sich Böttger in einem Memorandum an den Kurfürsten vom 28. März 1709 zum Erfinder des weißen Hartporzellans. „Mir ist, als ob schon vor sehr langer Zeit Fremde nach Jingdezhen kamen und mit Kaolin in ihre Länder zurückkehrten", schien sich der alte Mann plötzlich zu erinnern. Er fragte einen neben ihm stehenden Diener: „Woher kamen doch diese Menschen, die damals mit Kaolin in ihre Heimat zurückkehrten?"

Der Diener konnte ihm dies nicht beantworten.

„Meines Wissens befand sich ganz Europa in einer rauschhaften Suche nach Porzellanerde", zog ich einen teilweisen Schluss. „Wie haben sie die Erde gefunden?" Tang Ying mag der größte Porzellanexperte seiner Zeit sein, aber er stellte Fragen wie ein unschuldiges Kind.

„Durch unermüdliches Experimentieren, wie Tschirnhaus und Böttger es damals taten. Der Prozess ist äußerst mühsam und beschwerlich, so dass viele lieber einen Handwerker suchten, der die Methode bereits beherrschte, anstatt diese ermüdenden Experimente weiter selbst durchzuführen. Auch von der Albrechtsburg flohen hin und wieder Handwerker und verkauften das Geheimnis der Porzellanherstellung an andere Länder."

Tang Ying fragte: „Kennen Sie das geheime Rezept von Böttger?"

„Nicht wirklich. Ich weiß nur, dass das Porzellan von Böttger bei hohen Temperaturen gebrannt wird. Nach seiner Auffassung ist die Temperatur entscheidend."

„Natürlich braucht man zum Brennen von Porzellan große Hitze. Gibt es andere, die das nicht so machen?"

„Weichporzellan wird bei niedrigeren Temperaturen gebrannt." Tang Ying, der kaiserliche Manufakturvorsteher, hatte sein ganzes Leben dem Studium und der Herstellung von Porzellan gewidmet. Er ist ein gelehrter Beamter der regierenden Mandschu und war mit siebzehn Jahren in den Palastdienst eingetreten. Später wurde er in den Süden Chinas nach Jingdezhen geschickt, um die Kunst der Porzellanherstellung zu erlernen. Drei Jahre lang wohnte er mit den Handwerkern zusammen und war sich nicht zu schade, von Untergebenen zu lernen, um alle Details im Prozess der Porzellanherstellung zu durchdringen. Nun saß er krank vor mir und befragte mich eingehend zu den europäischen Brennöfen.

„Worin unterscheidet sich Ihrer Meinung nach das Meißener von unserem Porzellan?"

Mir war klar, dass diese Frage eine diplomatische Antwort erforderte, deshalb erklärte ich vorsichtig: „In Europa neigen wir zu figürlichen Techniken. Auf diversen europäischen Haushaltsgegenständen befinden sich Skulpturen von Menschen oder Tieren. Derartiges habe ich in China kaum gesehen."

Das hatte ich auch schon mal zu Wang Yang gesagt, aber er hatte sofort abgewunken: „Aiya. Um Würmer zu schnitzen, braucht man kein Können! Es ist nicht so, dass wir dazu nicht in der Lage wären, aber diesen Formen fehlt der Stil!" Für Chinesen haben diese konkreten Nachbildungen keinen Wert. Wang Yang hält Skulpturen weder für schön noch für echte Kunst. Außerdem ist im chinesischen Schönheitsverständnis die Nützlichkeit von hoher Bedeutung. Solche Figürchen kann man aber nicht benutzen, sondern nur betrachten. Wie könnte das also schön sein?

Tang Ying war so versunken, als sei er plötzlich in einer anderen Welt.

Jingdezhen, 12. Januar 1766

Die Welt, in der ich jetzt lebe, erfüllt mich mit dem gleichen Gefühl von Mysterium wie Porzellan. Porzellan ist wie eine Frau, eine Haut so glatt wie Seide, zerbrechlich, edel, schön, schlicht und vielfältig. Oder gleicht eher die Liebe dem Porzellan? Einmal zerbrochen, ist es vorbei. Oder ähnelt das Porzellan der Liebe? Mysteriös, grundlos, nur den Regeln der Natur und des Gefühls folgend.

Ach, Porzellan und Liebe. Die zwei Dinge auf Erden, die am leichtesten zerbrechen.

Jingdezhen, 13. Januar 1766

Als ich den Brennofen betrat, war ich von großer Aufregung erfüllt. Ich dachte an den Nachmittag, an dem ich mit Baron von Seydewitz an der Elbe Wein getrunken hatte. Wann werde ich wieder bei ihm sitzen können und berichten, was ich hier gesehen habe? Kaum war ich durch das große Tor hindurchgegangen, stellte sich mir ein Angestellter namens Shu vor und zeigte mir die Porzellanerde. Er sagte, dass „Stein" eigentlich die passendere Bezeichnung wäre, und verriet mir ein Geheimnis: Die schwarzen Streifen auf dem Ton, die wie Seetang aussehen, seien die Grundlage für die Qualitätsbestimmung des Tons. Derzeit käme der beste aus Shouxiwu.

Dann sagte er, dass der erste Schritt zur Herstellung die Zubereitung des Tons sei. Er führte mich in einen Hof, in dem zehn große Bottiche standen. Einige Arbeiter hievten sich rohen Ton von ihren Tragstangen, warfen ihn in einen Bottich und verrührten ihn mit eisernem Gerät. Ich sah, wie die Arbeiter unter großer Kraftanstrengung mit den Eisengabeln auf und ab werkten, um den Ton gleichmäßig zu machen. Danach wurde er feinmaschig gesiebt.

„Der Autor von ‚Erschließung der himmlischen Schätze', Song Yingxing, unterteilte den Prozess der Porzellanherstellung in 72 Schritte." Der zuvorkommende Herr Shu war glatzköpfig und fett. Er keuchte beim Gehen, während er gleichzeitig Erklärungen abgab. „Die Herstellung von Porzellan ist eigentlich nicht sonderlich kompliziert. Man muss den richtigen Ton finden, dann muss man ihn säubern und reinigen, Rohlinge formen und glätten, sie mit Malereien verzieren und eine schöne Glasur auftragen. Man darf keine Fehler machen, wenn man das Stück in die Brennkammer stellt; dann muss man noch die Brennzeit richtig bestimmen, und am Ende kommt ein Meisterstück heraus, das der Welt den Atem verschlägt."

Er zeigte mir einen Raum, in dem Gussformen angefertigt werden, einen, in dem die Masse gereinigt wird, einen, in dem Rohlinge hergestellt und einen anderen, in dem sie geprägt werden. Ein Raum, in dem Rohlinge geschliffen werden, einer, in dem sie bemalt und ein weiterer, in dem sie glasiert werden. Es waren alles große Räume. Die Arbeitsweise ähnelte sich hier und in Meißen stark. Ein Unterschied war, dass die Arbeiter, die die Formen und Rohlinge herstellten, hier jeweils an einem Tisch saßen, der sich wie ein Wagenrad drehte. Einen weiterer Unterschied war die Arbeitsteilung: Bemalung und Glasur wurden von vielen Handwerkern gemeinsam ausgeführt, wobei jeder nur für ein kleines Detail verantwortlich war. Zum Beispiel malt bei einem Dekor aus Blumen und Vögeln einer die Blätter, ein anderer die Blüten, wieder ein anderer die Schwungfedern. Sogar der Schnabel wird gesondert gemalt. Besondere Aufmerksamkeit zollte ich dem Meister, der die Schnäbel malte. Nicht nur der des Muttervogels, sondern insbesondere die offenen Schnäbel der Jungvögel waren so frisch und lebensecht gemalt, dass deren Hunger und Durst zu sehen war.

In Meißen, egal ob Glasur oder Malerei, ist nur je ein Handwerker von Anfang bis Ende für diesen Arbeitsschritt verantwortlich.

Die irdenen Brennöfen sind über zehn Fuß breit und konisch wie eine umgedrehte Urne. Sie sind mit Ziegeln ummauert, so dass sie an kleine Häuser erinnern. Die runden Schornsteine sind über zwanzig Fuß hoch.

Herr Shu sagte, dass abgesehen von den althergebrachten Öfen mittlerweile vor allem eiförmige Öfen benutzt werden, die eine perfekt elliptische Form haben. Er zeigte mir auch einen Drachenbeckenofen und einen „Geheime-Farben-Ofen". In Ersterem werden Drachenbecken für den kaiserlichen Palast hergestellt. Der Kaiser hält darin Fische. Er zeigte mir so einen Bottich. Noch nie zuvor hatte ich ein so großes Porzellangefäß zu Gesicht bekommen. Aber beim Baron von Seydewitz hatte ich ein kleineres, ähnlich geformtes Behältnis gesehen. Vermutlich weiß der Baron nicht, dass er seinen Gästen den auf Eis liegenden Champagner in einem Fischbecken serviert.

Unten an den Brennöfen befinden sich in der äußeren Ziegelmauer Öffnungen für das Gebläse. Zwischen dem Ofen und der Mauer gibt es Zwischenräume, in die von unten Feuerholz geschoben werden kann. Auch kann oben durch Öffnungen Brennmaterial eingefüllt werden.

„Die Flammen müssen aufrecht lodern", erläuterte Herr Shu. „Wenn die Hitze stimmt, dann stimmt alles." Wie viel Herzblut Böttger damals wohl vergossen hatte, bis er zu diesem Schluss kam? Manchmal schlief er ganze Nächte nicht, weil er das Ergebnis einer Brennprobe abwarten musste. Zu dieser Zeit erfand er auch einen Ofen mit Luke, durch die man feststellen konnte, ob das Porzellan fertig war. Überraschenderweise hat Böttger nämlich, obwohl er nie in China gewesen war, eine Methode der Brennprobe erfunden, die der hiesiger Arbeiter überaus ähnlich ist. Man verteilt verschiedene zerbrochene Rohlinge mit einem Loch in der Brennkammer. Die Rohlinge werden zur Hälfte glasiert und mit gebrannt. Nach einer gewissen Zeit kann man sie mit einem Eisenhaken einzeln herausholen und anlässlich des Zustands der Glasur und des Materials die Temperatur bestimmen. Die Öffnungen, durch die das Porzellan zur Überprüfung herausgeholt wird, sind üblicherweise mit Ziegelsteinen abgedeckt. „Sie sind wie Augen – man darf sie nicht willkürlich öffnen." Herr Shu nahm den Verschluss aus Ziegelsteinen ab und ließ mich hineinsehen. In allen Farben schillernd brannten kleine Schalen in der Brennkapsel. Für mich sah es so aus, als ob sie beinahe fertig waren. Ein Arbeiter brachte eine Schachtel mit fertigem Porzellan und zeigte mir ein Stück, damit ich es bewundern konnte.

Bevor ich ging, zeigte mir Herr Shu noch eine bauchige, langhalsige Vase mit einem bunten Dekor aus Kranichen und Kiefern auf einem grünlichen Fond. Die Glasur war von berückender Transparenz. Obwohl ich das Dekor zu kompliziert fand, sprach mich der transparente Schimmer sehr an.

Heutzutage scheint man sich in China nur noch für diese farblos-transparente Glasur zu interessieren, aber der Baron von Seydewitz fand eine pudrige Textur mit einem zahnähnlichen Weiß hochwertiger.

Jingdezhen, 16. Januar 1766

Ich hatte mein Hausboot verlassen und wollte in die Stadt gehen. Als ich mit dem Pferd am Zügel das Ufer flussaufwärts ging, begegnete mir keine Menschenseele, abgesehen von einer Frau, die am Ufer hockte. Wie sie da saß und im Fluss die Wäsche wusch, kam sie mir bekannt vor. Allmählich dämmerte es mir: Es war die Frau, die ich an jenem Abend hatte küssen wollen, die Frau auf dem Blumenboot. Dunkel erinnerte ich mich, dass sie wütend abgezogen war und den Bootsmann dazu angestachelt hatte, mich in den Fluss zu werfen. Jetzt war sie in ein schlichtes, ungefärbtes Gewand gekleidet und trug einen großen Bambushut. Obwohl es helllichter Tag war, sah sie aus wie ein Geist. „Guten Tag, Fräulein." Sie war nicht mehr jung, aber ihre ganze Erscheinung verströmte ein anziehendes Flair und ich wollte sie noch einmal ansehen. Sie hob den Kopf und sah mich an. Sie schien sich ein Lächeln verkneifen zu müssen, antwortete aber nicht.

„Wertes Fräulein, gestatten Sie mir die Frage, warum Sie mir an jenem Abend so zürnten?" Es war, als ob eine fremde Kraft mich zu ihr zog, ich konnte mir nicht helfen und näherte mich ihr. Sie wandte sich ab. Mir ihren Rücken zukehrend wusch sie weiter Wäsche. Ich stand sehr lange neben ihr. Sehr lange. Als ich das Schweigen nicht mehr ertragen konnte, musste ich mich bewegen, stellte mich dicht hinter sie und fragte: „Nun sagen Sie mir doch, wertes Fräulein, warum waren Sie so wütend?" Sie ließ die Wäsche fallen und stand auf, um zu gehen. Ich wollte sie noch festhalten, aber sie riss sich los und lief weg. Ich sah ihr nach, dann warf ich einen Blick auf die Wäsche, die sie gewaschen hatte. Es war Männerkleidung. Ich entfaltete und untersuchte sie.

Warum mache ich so etwas? Ich weiß es nicht. Wieso will ich mit ihr reden? Wieso halte ich sie fest? Ich bin nicht mehr ich selbst. Jemand anderes in mir zwingt mich dazu. Dieser andere scheint irgendeine Verbindung zu der Frau zu haben. Aber welche?

Verwirrt ließ ich die Kleider fallen und verließ das Flussufer. Ich war noch nicht weit gekommen, da sah ich die Frau zurückkommen, um die Wäsche zu holen. Ich machte auf dem Absatz kehrt und betrachtete die Frau still. Ich fragte sie: „Darf ich ein Bild von Ihnen malen?" Diese Frage verblüffte sie. Noch erstaunter war allerdings ich, als sie zustimmte. Ich ging mit ihr zu meinem Boot und drapierte eine Ecke für sie. Sie nahm mir gegenüber Platz und saß geduldig Modell. Ich legte mein ganzes Können und meine gesamte Aufmerksamkeit darein, ihren Geist und ihre Schönheit abzubilden. Sie sagte nicht viel und ich fragte sie nicht weiter. Mir genügte es. Mein Herz quoll über vor Dankbarkeit.

Jingdezhen, 28. Februar 1766

Nachmittags kam sie oft zu mir. Ich hatte schon mehrere Zeichnungen von ihr angefertigt, die ihr gut gefielen. Eine schenkte ich ihr. Da sah ich sie das erste Mal lächeln. Ihr Lächeln war bezaubernd.

Wir tranken zusammen Tee, und schließlich begann sie mit mir zu sprechen. Sie sagte, sie heiße Pu mit Familiennamen und stamme nicht von hier, sondern aus dem Grenzgebiet zu Burma, und sie sei keine Han-Chinesin. Sie spreche nicht viel, weil ihr Chinesisch nicht gut sei. Sie sei hierher verkauft worden. Normalerweise müsse sie im Haus helfen und Näharbeiten verrichten. Am Abend müsse sie auf dem Blumenboot die trinkenden Gäste unterhalten. Sie sagte, dass sie es nicht habe ertragen können, mich zu küssen. Auch wenn ich einen vorteilhaften Eindruck auf sie gemacht hätte. Kaum hatte sie das gesagt, lehnte sie sich zu mir und küsste mich.

Ich fragte, ob sie ihre Oberkleidung ablegen würde, damit ich sie so malen könne. Ohne zu zögern streifte sie sie ab und schien keinerlei Scham zu empfinden. Dafür fing ich an, nervös zu werden. Meine Hände wollten nicht aufhören zu schwitzen und der Stift in meiner Hand zitterte. Meine Lenden erwachten. Anstatt mir zu gehorchen, konnte ich sie nicht ignorieren.

Ich machte das Boot los und ließ es an einen einsamen Ort treiben. Den ganzen Nachmittag zeichnete ich ohne konkrete Idee. Sie reagierte mit unerschöpflicher Geduld.

Sie war schön, egal aus welchem Blickwinkel. Hohe Wangenknochen, eine Haut so weiß wie Porzellan, funkelnde Katzenaugen und eine ebenmäßige, sanfte Gestalt. Ich starrte sie schier an und wusste kaum, wo ich den Stift ansetzen sollte. Sie wollte gern sehen, was ich malte, aber ich ließ es sie nicht sehen. Mir gelang nichts: Die Striche waren verworren und die Konturen unklar. Ich konnte ihre Schönheit einfach nicht einfangen.

Plötzlich rammte uns ein anderes Schiff. Flink hatte sie sich wieder angezogen, aber ich schaffte es nicht, meine ganzen Skizzen einzusammeln. Dieser Bootsmann, der mich ins Wasser geworfen hatte und der auch ihr Eigentümer war (ich war noch nicht dazu gekommen, sie zu ihrem Verhältnis zu befragen), hörte nicht auf, unser Boot zu rammen. In fliegender Hast griff ich zum Ruder und paddelte so schnell ich konnte. Aber die anderen waren dicht hinter uns. Als wir das Ufer erreicht hatten, ließ ich erst sie an Land gehen, bevor auch ich absprang. Der Mann kam mit fliegenden Fäusten auf mich zu. Ich stand am Ufer und zog, blitzschnell meinen Instinkten folgend, den Mann am Bein. Bevor er in den Fluss fiel, hielt ich inne.

„Verlass Jingdezhen jetzt, sofort. Hau ab!“, zischte der Bootsmann drohend und drückte mir ein Messer in den Rücken.

Ich leistete keinen Widerstand. „Wenn du ihr nichts tust, dann gehe ich.“

Er und ein paar andere packten sie. Bedauernd warf sie mir noch einen Blick zu und ließ sich dann wegführen. Der Bootsmann ließ mich mit einer Drohung zurück: „Wage es, in Jingdezhen zu bleiben, und du bist ein toter Mann.“

Die Scham schmerzte wie ein Messerstich. Ich hatte sie nicht beschützen können. Wieder einmal war ich der Verlierer, einer, der nicht lieben darf.

Sehr verehrter Freiherr von Seydewitz,

ich bin bereits in Jingdezhen und glaube, dass dies tatsächlich der Ort ist, den Marco Polo „Tingui“ genannt hat. Jingdezhen ist eine große Stadt in der Provinz Jiangxi und liegt in der Mitte Chinas. Das Porzellan aus Jingdezhen könnte das Nanjing-Porzellan sein, das Sie erwähnt hatten, denn es wird erst zu Wasser und zu Lande nach Nanjing gebracht, bevor es nach Europa ausgeführt wird.

In der Mitte des letzten Jahrhunderts, als die Mingdynastie zu einem politischen Stillstand gekommen war, war der Export von Porzellan aus Jingdezhen verboten, so dass Europa Porzellan aus Japan kaufte. Aber weder Imari- noch Kakiemon-Porzellan konnte in größeren Mengen hergestellt werden, weshalb überall an der Küste in Fujian Brennöfen errichtet wurden. Zu dieser Zeit gab es in Europa vor allem Fuzhou-Porzellan aus Südchina. Das Beste war das weiße Porzellan aus Dehua, es wird auch „Schneeporzellan“ genannt. Die klare Glasur und die exzellente Qualität verschafften ihm einen cremigen Schimmer, den Delft seither zu imitieren versucht.

Ende des letzten Jahrhunderts hat sich der Stil des Porzellans unter den mandschurischen Qing geändert. Das blauweiße Porzellan genügte nicht mehr den Anforderungen des Hofes und es kamen mehrfarbige Glasuren auf, bis hin zu dem Fünffarbendekor, das wir „Famille verte“ nennen und dessen Grün brillant und transparent wie ein Edelstein leuchtet. Die Farben sind von einer fließenden Kraft und die Maler zeichnen außerordentlich feine Umrisslinien.

Weil Ausländer China nicht betreten dürfen, kommen die meisten Händler in Kanton an und bestellen dort bei chinesischen Kaufleuten Porzellan. Das führte zu einer verstärkten Porzellanproduktion, aber das Porzellan aus Kanton ist nicht so gut wie das aus dem Inland. Das bekannteste Porzellan aus Kanton wird „Goldgewobenes Buntporzellan“ genannt, oder kurz „Kanton Bunt“. Es ist eine Art emailliertes Porzellan, wobei die auf den weiß glasierten Scherben aufgetragenen goldenen

Muster den Eindruck von prächtig goldbesticktem Brokat vermitteln. Dann wird es bei niedriger Temperatur fertiggebrannt.

Verehrtester Baron, Sie werden es vermutlich nicht glauben können, aber ich argwöhne, dass die Technik des Emailfarbendekors tatsächlich aus Meißen stammt und über Arabien nach China kam. In der Tat schätzen die Chinesen dieses Kanton Bunt nicht sonderlich. Sie bevorzugen Stücke, die im chinesischen Stil bemalt sind. Das Kanton Bunt wird ausschließlich für Ausländer hergestellt, für die diese verschwenderische Pracht wahre Könnerschaft zeigt. Ich habe in der Nähe der 13 Faktoreien in Kanton einen Ort gesehen, an dem Kanton Bunt hergestellt wird. Kaum beginnt der Monsun, sitzen über hundert Handwerker, von alten Männern bis hin zu fünfjährigen Jungen, auf den überdachten Veranden und bemalen das Porzellan. Manchmal sind die chinesischen Händler so ungeduldig, die europäischen Bestellungen zu erfüllen, dass sie daneben stehen und warten.

Ich habe auch herausgefunden, dass in China heutzutage die roséfarbenen Waren en vogue sind. Diese Farbe entsteht durch die Beimischung von Alabaster, der sie milchig macht und ihr eine Art opaken Charakter verleiht. Ich denke, dass diese Glasur auf weißem Grund große Erfolge auf dem Markt haben könnte.

Außerdem wollte ich Ihnen mitteilen, dass ich den Ursprung Ihrer Geheimwaffe schon gefunden habe, aber nicht das Geheimnis ihrer Herstellung. Der Ofen, der sie produziert, liegt in Hebei im Norden Chinas, nicht weit von Beijing entfernt. Ich werde bald dorthin aufbrechen. Bitte richten Sie Ihre Antwort an die Jesuitenmission in Beijing.

Mit diesem Brief übersende ich einige Bleistiftzeichnungen von songzeitlichem und aktuellem Porzellan.

Ich bedanke mich vielmals für die Übersendung der Samen und Bücher und bin Ihnen auch für Ihre liebenswürdige Gunst und Großzügigkeit mir gegenüber zutiefst zu Dank verpflichtet.

Ich hoffe, Sie und Ihre Familie sind bei guter Gesundheit. Möge Gott mit Ihnen sein.

Ihr Wilhelm Bühl

Beijing, 29. September 1766

Ich wartete sehr lange am Chongwen-Tor, aber als ich endlich an der Reihe war, wurde mir umstandslos der Eintritt verwehrt. „Solche wie du kommen nicht in diese Stadt“, sagte der Torwächter zu mir. Das Chongwen-Tor ist das zweitgrößte Tor in Beijing außerhalb der Verbotenen Stadt. Die Mauern sind grau und mit blaugrünen Ziegeln gedeckt. Beijing ist die großartigste Stadt des ganzen Reiches. Die mongolischen Kaiser der Yuan-Dynastie machten sie zu ihrer Hauptstadt und der Mingkaiser Yongle erbaute den heutigen Palast mit roten Säulen und gelben Dächern. Wagen und Pferde aus allen Teilen des Landes bildeten eine lange Schlange, während sie vor dem Tor auf die Inspektion warteten. Trotz des Tohuwabohus herrschte eine ernste Atmosphäre. Nur Mandschus oder Beamte dürfen hinein. Ich fragte einen anderen Ausländer, der auf Einlass in die Stadt wartete, ob er die Jesuitenmission in Beijing kenne. Er erzählte mir, dass er selbst Jesuit sei und Attiret und Perrot kenne. Er fragte mich, wo ich Quartier bezogen hätte, und versicherte mir freundlich, dass er den Präfekten über meine Ankunft informieren und man dann sehen würde, ob sie mir bei meiner Reise helfen könnten.

Beijing, 1. November 1766

Der apostolische Präfekt Le Febrve der jesuitischen Mission von Beijing ließ sich in seiner Sänfte zu meiner Unterkunft tragen. „Die Kirche in Beijing liegt innerhalb der Kaiserstadt. Da Sie kein Missionar sind, gibt es in der Tat keinerlei Möglichkeit, dass Sie die Stadt betreten“, erklärte mir der Pater. „Die französischen Jesuiten kommen in der westlichen Kirche außerhalb des Xizhi-Tores zusammen, und außerhalb des Xuanwu-Tores gibt es noch die Südkirche. Sie brauchen uns nur eine Nachricht zukommen zu lassen, und dann kommen wir raus und suchen Sie auf."

Der mandschurische Winter hatte bereits begonnen. Ein eiskalter Nordwind blies, der die Pferde draußen zum Wiehern brachte. Le Febrve sprach nur kurz mit mir und wollte dann eilig wieder aufbrechen, weil er noch vor Einbruch der Nacht zurück in der Stadt sein musste. Er hatte mir einige wichtige Adressen gegeben, die mir von Nutzen sein sollten. Das große Südtor, das bereits seit sechs Dynastien steht, wird um fünf Uhr geschlossen. Um die Sperrstunde zu vermeiden, wohnen deshalb viele reiche Chinesen lieber außerhalb der Stadtmauern.

Ich fragte ihn nach meinen drei mitreisenden Missionaren. „Sie sind alle sicher eingetroffen", antwortete er. Attiret und Perrot sei bei einer Audienz bereits die Erlaubnis erteilt worden, in den Dienst des Kaisers von China zu treten. Sie und die anderen im Palast arbeitenden Missionare bemühten sich um immer bessere Beziehungen zum Kaiser, um auf diese Weise den Katholizismus innerhalb Chinas verbreiten zu können. Allerdings sei Pater Prunier krank geworden und befinde sich irgendwo in der Stadt in Rekonvaleszenz. Die Wächter auf dem Stadttor schlugen den Gong. „Es ist an der Zeit", sagte Le Febvre und verabschiedete sich. „Wie auch immer Ihre nächsten Schritte aussehen, möge Gott mit Ihnen sein und Sie auf Ihrem Weg sicher und gesund erhalten."

Die Winternacht senkte sich still über Beijing, voller Magie und so unvermittelt wie die Inspiration eines Dichters.

Meine Herberge war ein traditioneller Vierseitenhof. Die hinteren Zimmer waren karg und eiskalt. Der Wirt ließ mir ein Kohlenbecken und heißes Wasser bringen. Ich lag in meinem Zimmer auf dem Bett und dachte über meine nächsten Schritte nach. Ich fragte mich, wo die Ru-Brennöfen eigentlich lagen? Und ob noch jemand dieses Porzellan herzustellen vermochte? In dieser Nacht in Beijing hätte ich so gern eine Tasse heißen Kaffees getrunken.

Beijing, 4. November 1766

Mitten in der Nacht wachte ich auf. Ein kalter Luftzug wehte durchs Fenster herein und die Glut im Kohlebecken war erloschen. Das weiße Papier, das auf den hölzernen Fensterrahmen geklebt war, hatte ein Loch. Ich steckte meinen Finger durch das Loch und zog ihn wieder zurück. Es war eine fürchterlich kalte Nacht. Ich saß auf der Bettkante, stand auf, legte mich schließlich wieder hin und wickelte mich in zwei dicke Baumwollsteppdecken. Es blieb eine schlaflose Winternacht.

Im Morgengrauen klopfte jemand so hart und laut an die Tür, dass mein Herz vor Schreck einen Satz machte. Ich wusste nicht, was los war, und mir war auch nicht klar, ob jemand zu mir wollte oder ob es an der Nachbartür geklopft hatte. Ich stand auf und öffnete die Tür. Dort stand ein Ausländer in einem langen, blauen chinesischen Obergewand und einer Zobelmütze. Begleitet wurde er von einem chinesischen Diener.

„Haben Sie Chinin?", fragte mich diese Person auf Latein. Er klang wie ein Franzose. „Würden Sie mir welches überlassen?" Le Febrve hatte ihn in aller Herrgottsfrühe zu mir geschickt, weil er befürchtete, ich hätte Beijing vielleicht schon verlassen. Das Chinin hatte ich auf den Rat eines anderen jesuitischen Missionars mitgebracht. Die Missionare hatten von Ureinwohnern in Südamerika gelernt, dass ein aus der Rinde eines bestimmten Baumes gewonnenes Pulver gegen Malaria hilft.

„Ja“, sagte ich. Ich sinnierte über den Grund seines Kommens, stand nur da und schwieg.

„Wir benötigen dringend mehr von dieser Medizin“, erklärte er.

Der Enkel des Kaisers hatte hohes Fieber und der jesuitische Missionsarzt empfahl dem Kaiser Chinin. Aber weil den Chinesen dieses Mittel nicht vertraut war, hegte er Zweifel an diesem Vorschlag. Nachdem die Prinzen und Minister die Angelegenheit diskutiert hatten, wurde entschieden, zunächst eine Proklamation auszuhängen, dass jeder, der unter den gleichen Symptomen litt, die Stadt betreten durfte, um das Medikament zu testen. Hätte das Experiment Erfolg, sollte der kaiserliche Enkel damit behandelt werden. „Wir sind besorgt, dass unser Vorrat nicht ausreicht, und hoffen, dass Sie uns aushelfen.“ Ich stimmte sofort zu und holte die Medizin aus meinem Koffer. Der Mann wollte mich mit Silberbarren bezahlen, doch ich lehnte ab. „Dem Kaiser von China zu Diensten zu sein, ist mir eine Ehre.“

Nachdem ich die beiden Männer verabschiedet hatte, aß ich ein chinesisches Frühstück und holte dann weitere Erkundigungen über die Aktivitäten der ausländischen Kaufleute in Beijing ein. Ich schlenderte durch die Hutongs[4] und Marktplätze außerhalb der Stadtmauern und sah den Leuten zu, die mit Vogelkäfigen spazieren gingen.

Egal wo ich hingehe, verursache ich Aufsehen. Die Menschen starren mich an wie ein Tier oder sie legen den Kopf in den Nacken und lachen lauthals. Die Kinder umkreisen mich und greifen nach meinem pomadisierten und gepuderten Haar. Wenn ich dann noch Chinesisch spreche, sind sie umso verblüffter und können ihren Ohren kaum trauen. Chinesinnen sind nur selten auf der Straße

---

4 Anm. d. Ü.: Einstöckige Viertel aus grau gemauerten Hofhäusern, die enge Gassen bilden.

zu sehen, außer auf dem Markt oder auf Tempelfesten. Sieht man zufällig doch mal eine, zieht sie sich sogleich zurück. Viele Frauen binden sich die Füße ein und müssen sich beim Gehen auf andere stützen. Sie sind hellhäutig und würdevoll. Die Männer scheren sich die Stirn und binden die übrigen Haare zu einem Zopf. Wenn sie eine Glatze haben, gibt es Händler, die ihnen falsche Zöpfe verkaufen.

Chinesen mögen indigogefärbte Kleidung und essen gern gedämpfte Teigtaschen oder Nudelsuppe. Sie haben die Angewohnheit, beim Diskutieren einen unglaublichen Lärm zu veranstalten, aber es scheint darin immer einen geordneten Ablauf zu geben. Nach außen wirkt es zwar wie ein heilloses Durcheinander, folgt im Inneren aber einer gewissen Ordnung. Auf jeden Fall scheinen die Menschen an diesem Ende der Welt mehr Geduld zu haben. Einmal hörte ich, wie ein alter Mann einen hastenden Jüngling maßregelte: „Was rennst du so? Hast du es eilig, den Tod zu treffen?" Ich erschrak, als ich die Wahrheit hinter den Worten spürte.

Die meisten Chinesen sind schlicht und freundlich, solange es nicht ums Geschäft geht. Die Händler allerdings haben zwei Waagen und entscheiden von Kunde zu Kunde, welche sie benutzen, und auch die Reinheit des Silbers unterscheidet sich stark. Sobald sie merken, dass du das alles weißt, verändern sie ihr Verhalten. In Beijing wohnen viele Beamte und Adelige, aber auch zahlreiche Bettler sind von sonst woher hierhergekommen. In der Stadt stehen nicht nur viele Kiefern und Zypressen, sondern auch Pflaumenbäume, Mei-Pflaumen und Chinesische Zieräpfel. Den Palast habe ich immer noch nicht gesehen, dafür aber anmutige, stille Ahnenschreine und Tempel mit zahllosen Bodhisattwas, die in China verehrt werden.

Ich habe zwei tscherkessische Händler kennengelernt, die über Sibirien nach China gekommen waren. Sie haben Quecksilber und Felle dabei und wollen mit Rohseide, Tee und Porzellan zurückkehren. Sie handeln auch mit Teekannen, haben aber nur zweitrangige Ware, sogenannte Beinware, gekauft. Ihnen selbst gefallen vor allem die vergoldeten Vasen. Beim Wodka erzählten sie von ihrer Reise. Dieses Mal wären sie per Schiff von Yalta bis nach Damaskus gefahren, hätten Persien durchquert, bis sie nach Kabul gelangten. In den Wüsten von Xinjiang verliefen sie sich. Sie sahen zu viele Fata Morganas und traten zu häufig auf zu viele ausgebleichte Knochen der Toten. Einer von beiden kannte sich mit den Sternen aus, und so fanden sie schließlich wieder aus der Wüste heraus. So kamen sie nach Gansu, aber weil einige ihrer Kamele gestorben waren, waren sie gezwungen gewesen, viele ihrer Waren zurückzulassen. Die andere Hälfte hatten ihnen Räuber in der Wüste abgenommen. Beide sprachen Französisch, aber sie sprachen es so tief, leise und derart langsam, dass ich nicht wusste, ob sie eigentlich abenteuerlustige Idioten oder begnadete Geschichtenerzähler waren. Mit großer Leidenschaft berichteten sie von sonderbaren Begebenheiten auf ihrer Reise und über die Prostituierten, die sie getroffen hatten. Auch verglichen sie die Frauen an den jeweiligen Orten. Einer von ihnen verwandte sehr viel Zeit darauf, ausführlich von einer kurzfristigen Eheform in der Nähe einer Sandwüste zu erzählen. Man könne sich dort für nur vierundzwanzig Stunden verheiraten. Trotz der Kürze der Ehe sei die Hochzeitszeremonie immer noch großartig. Der Sternenkundige war wohl so eine Ehe eingegangen und hörte nicht auf, davon zu sprechen. Am meisten kam es ihm darauf an, dass seine Ehe nur drei Tage gedauert hatte. Seit diesem Tag geht ihm das Ganze nicht mehr aus dem Kopf und er überlegt, zurückzugehen und erneut zu heiraten. Der andere erzählte, dass sie in Shaanxi einen Mann mit zahlreichen Ehefrauen und Konkubinen getroffen hatten. Dieser Mann war so überaus gastfreundlich gewesen, dass er sie nicht nur einlud, eine Weile bei ihm zu wohnen, sondern darauf bestand, dass er sich unter den Frauen, Konkubinen und Töchtern eine aussuchen solle. Inklusive der Hauptfrau.

„Inklusive der Hauptfrau?"

Ja, inklusive der Hauptfrau. Aber er habe kein Interesse gehabt.

Nach dieser wodkaseligen Nacht kam ich zu zwei Schlussfolgerungen. Die erste war, dass Wodka sehr gut schmecken kann, und die zweite, dass es nicht sehr klug ist, den Landweg zwischen China und Europa zu nehmen.

Ich lernte auch einen wegekundigen Perser kennen, der sehr oft innerhalb Chinas Handel treibt und ein exzellentes Chinesisch spricht. Er klagte: „Die Chinesen essen zu gern Schweinefleisch. Im Süden braten sie sogar das Gemüse in Schweineschmalz!" Das sei die größte Widrigkeit auf seinen Reisen in China. Eine andere sei, dass er fünf Mal am Tag nach Mekka bete, weshalb manche Chinesen ihn für einen Verrückten hielten und ihn auch schon mal getreten hätten. Der Perser erzählte, dass es auch in China Muslime gäbe, die „Huihui" hießen. Nach Phasen der Auflehnung hätten sie sich mittlerweile unterworfen. Er erzählte weiter, dass es in China, genauer gesagt in der Provinz Henan, viele Juden gäbe. Ihre Vorfahren hätten sich vor vielen Generationen dort angesiedelt.

Ich kaufte mir ein Pferd. Die Hufe der Pferde werden hier nicht beschlagen, so dass sie bereits nach wenigen Jahren kaputt sind. Ich zeichnete ein Hufeisen, um es einem Schmied zu zeigen, damit er mir welche anfertigt. Erst nachdem ich mehrere Schmiede aufgesucht hatte, kam ich endlich zu einem, der bereit war, sich meine Beschreibung anzuhören und sich die Zeichnung anzusehen. Er brach in Gelächter aus. Trotzdem konnte ich ihn überreden, mir Hufeisen zu schmieden. Ich bin mir sicher, dass sie mir Glück bringen werden.

Beijing, 5. November, 1766

Ich war gerade dabei, in eine andere Herberge umzuziehen, als der Missionar wiederkam. Diesmal hetzte er atemlos mit einem chinesischen Priester heran. Sie kamen, um mich darüber zu informieren, dass ich mich für einen Besuch in der kaiserlichen Stadt vorbereiten sollte. Der Enkel des Kaisers war auf dem Weg der Besserung und in seiner großen Freude wollte der Kaiser dem Missionar, der ihn mit der Medizin versorgt hatte, seinen Dank ausdrücken. Le Febvre hatte einem kaiserlichen Beamten mitgeteilt, dass ich derjenige war, von dem das Medikament stammte. Der Beamte gab diese Information an den Kaiser weiter, der nun dem Ausländer, der die Medizin überlassen hatte, eine Audienz gewähren will. Der Beamte sollte mit mir vor den Kaiser treten.

Niemand kann eine Einladung des Kaisers von China ablehnen. Ich widersprach nicht und machte mich sofort mit dem Missionar auf den Weg in die Stadt. Diesmal hielt mich niemand auf, wir mussten nicht einmal anstehen.

Wir liefen den ganzen Weg zur Nordkirche, wo ein Beamter des Ministeriums für Riten uns das kaiserliche Edikt verkünden und die Zeit der Audienz mitteilen würde. Auch sollte mir die höfische Etikette beigebracht werden, denn der Eintritt in den Palast war eine bedeutende Angelegenheit und es gab Tausende Regeln, die unbedingt und exakt beachtet werden mussten. In China gibt es acht Stufen der Höflichkeit, wobei der Kotau die feierlichste ist. Die acht Höflichkeiten sind der Gruß mit der vor der Brust von einer Hand umschlossenen Faust, die Verbeugung mit zum Gruß zusammengelegten Händen, der Kniefall, ein einfacher Kotau, der dreifache Kotau, der sechsfache Kotau, der dreimalige Kniefall und der neunfache Kotau. Die letzte Form wird ausschließlich gegenüber Göttern und dem Kaiser ausgeführt.

Auf dem Weg zur Nordkirche sah ich Anschläge, auf

denen eine Mondfinsternis angekündigt wurde. Viele standen davor und gaben ihre Meinung dazu kund. Die Stimmung war eigenartig konzentriert.

Letzte Nacht träumte ich von Helena. Ich hatte ihr ein Bild gemalt und wir wollten uns gerade in die Arme sinken, als sie sich plötzlich in eine weiße Katze verwandelte, eine riesige weiße Katze, fast ein weißer Tiger. Als ich in sie eindringen wollte, hielt sie mich mit den Tatzen fest und riss das Maul auf, als wollte sie mich verschlingen. Ich war leicht berauscht, aber gleichzeitig voller Angst, also riss ich mich los. Ich drehte mich um und lief in ein anderes Zimmer, wo eine Frau der südchinesischen Li auf mich wartete. Sie ließ ihre Kleidung fallen und sah mich gefügig an. Als ich ihr Gesicht genau betrachtete, war es Helenas.

Beijing, 6. November 1766

Ich kleidete mich in eine neue, eben erst hergestellte Robe und Stoffschuhe und setzte eine russische Fellmütze auf, die ich von den tscherkessischen Händlern billig erstanden hatte. Mit den Jesuiten ging ich gemeinsam zum Palast und wir warteten bereits vor Tagesanbruch am Eingangstor. Die französischen Fratres Attiret und Perrot standen mit mir in der Reihe derjenigen, die auf eine Audienz beim Kaiser warteten. Sie waren einige Monate vor mir in Beijing angekommen. Glücklich umarmten und küssten wir uns. Das führte bei den Hofeunuchen zu kritischen Blicken und Getuschel. Den dreifachen Kniefall mit neunfachem Kotau hatte ich vorher ausführlich geübt. Trotzdem fand ich derartigen Pathos eher amüsant.

Als wir vor dem Palasttor warteten, erzählte mir Frater Attiret von einem westlichen Ausländer, der vor einer Audienz dem Hofeunuchen gesagt hatte, dass er als Ausländer dem Kaiser auf ausländische Weise seine Aufwartung machen sollte. Also wollte der Eunuch wissen, wie diese ausländischen Sitten aussähen. Der Ausländer zeigte es dem Eunuchen, sank auf ein Knie nieder, ergriff die Hand des Eunuchen und küsste sie, womit er dem armen Mann einen furchtbaren Schrecken einjagte. Der stieß die ausgestreckte Hand mit so viel Kraft von sich, dass er sich dabei fast den Ellbogen verstauchte.

Ein Beamter des Ritenministeriums erschien mit neuen Instruktionen und Befehlen und erinnerte uns daran, dass bei einer Audienz beim Kaiser alle Formalitäten des großen Rituals peinlichst genau zu beachten seien. Unsere Abordnung stand schließlich in einem Hof gegenüber der kaiserlichen Studierstube. Zuerst knieten wir in tiefem und respektvollem Schweigen und berührten drei Mal mit der Stirn den Boden. Dann erhoben wir uns wieder und warteten auf die Ankunft des Kaisers. Wir warteten endlos. Es vergingen mehrere Stunden, ohne dass wir den geringsten Laut von uns gaben. Endlich kam jemand und hieß uns in die Palasthalle eintreten. Dieser Eunuch verlangte, dass wir in chinesischer Art und Weise hurtig in leichten Trippelschritten gehen sollten. Außerdem war es streng verboten, den Kaiser direkt anzusehen. „Auf was immer der Kaiser fragt, habt ihr zu antworten. Eine Änderung des Themas ist ausgeschlossen."

Der Morgennebel hatte sich noch nicht ganz verzogen und der Wintermorgen war von strengem Frost. Frater Attiret war so nervös, dass sich auf seiner Stirn trotzdem Schweißperlen bildeten. Seine Stimmung färbte auf mich, der ich hinter ihm lief, ab, so dass mein Herz immer schneller und schneller schlug. Ich wurde beinahe ohnmächtig. Weil ich meine Beine nicht mehr bewegen konnte, fiel ich hinter die Gruppe zurück. Als ich zur Beruhigung meine Magengrube rieb, kam ein begleitender Eunuch angelaufen und fragte mich vorwurfsvoll: „Kann der ausländische Herr nicht etwas zügiger aufschließen?"

„Ja, ja", erwiderte ich und strengte mich an, Schritt zu halten.

Das ist ein altes Leiden von mir. Mein Arzt und Freund Dr. Schrader hatte mal gesagt: „Wenn der Herzschlag unregelmäßig ist, gibt es nur eine Methode: tief atmen und sich beruhigen. Wenn es schlimmer wird, müssen Sie sich hinlegen." Im Moment blieb mir nichts anderes übrig, als mir selbst gut zuzureden, mich zu beruhigen und tief ein- und auszuatmen. Ich nahm mich zusammen und sagte zu meinem Herzen: „Du musst still werden. Das ist alles." Ich schloss die Augen und allmählich beruhigte sich mein Puls.

Unsere Abordnung stand nun in einem Wandelgang einer Seitenhalle des Palastes der harmonischen Ruhe. Vereinzelte Schneeflocken fielen herab. Plötzlich hörten wir eilige Schritte und die lauten Rufe: „Der Kaiser kommt!" Schnell knieten wir der Reihe nach nieder. Ich hörte das Rascheln langer chinesischer Gewänder, als der Kaiser in einer Sänfte in die Halle getragen wurde, dann wurde es wieder vollkommen still. Ein Eunuch des kaiserlichen Haushaltsdepartements trat zu der Gruppe kniender Missionare und bestimmte den apostolischen Präfekten und designierten Dolmetscher Le Febrve dazu, die Gruppe anzuleiten und in die Halle zu führen. Dort knieten wir erneut.

Der Kaiser der Großen Qing saß auf einem erhöhten Thron über allen anderen und sprach sehr freundlich zu den Missionaren. Er befahl ihnen aufzustehen, aber niemand erhob sich. „Der Kaiser befiehlt es. Steht auf!", krächzte ein Eunuch von der Seite.

Der Kaiser befragte jeden einzeln nach seinem Alter und seiner Nationalität, und diejenigen, die des Chinesischen mächtig waren, lobte und ermunterte er.

„Wie alt wird euer Kaiser dieses Jahr? Wie geht es seiner Gesundheit?" Der Kaiser von China interessierte sich sehr für Ludwig XV, Le Bien Aimé, und fragte noch dies und das über ihn. Er fragte auch Pater Perrot, ob er außer Uhren zu bauen auch Glas blasen könne.

„Nein", antwortete Perrot vor lauter Nervosität einsilbig. Perrot war ein Astronom, der sogar alle astronomischen Instrumente selbst herstellen konnte. Eine Uhr zu bauen war für ihn eine Kleinigkeit. Er hatte gedacht, dass der Kaiser ihn nach diesen Instrumenten fragen würde, aber das tat er nicht. Als die Reihe an mich kam, nahm ich meine Mütze ab, kniete und vollführte die Kotaus, indem ich meine Stirn auf den eiskalten Ziegelboden schlug. Beim Aufstehen vergaß ich, meine Mütze wieder aufzuheben, und während ich noch auf die auf dem Boden liegende Mütze starrte, hob der Kaiser an zu sprechen: „Ich habe gehört, dass du kein Missionar bist. Aus welchem Grund bist du also nach China gekommen?" In seiner Stimme lag keinerlei Schärfe, dennoch schien diese Frage die Atmosphäre plötzlich abzukühlen. Meine Zukunft hing unauflöslich von dieser kaiserlichen Frage ab.

Bei der Audienz im Palast des Kaisers von China spürte ich meine eigene Bedeutungslosigkeit. Wie soll ich das Schicksal verstehen, wenn es sich mir nur verschlüsselt zeigt? Seit ich Dresden verlassen habe, ist der alte Wilhelm verschwunden. Ich bin nicht völlig naiv. Ich kann weder aufhören noch umkehren. Ich erzählte wahrheitsgemäß, dass ich wegen der tiefsinnigen und verfeinerten Kultur nach China gekommen sei. Der Kaiser staunte über mein flüssiges Chinesisch.

„Wie heißt du? Und wie lange hast du Chinesisch gelernt?", fragte er freundlich.

„Mein Name ist Wei Han. Ich habe über drei Jahre Chinesisch studiert." Zuerst wollte ich erläutern, wo und wie ich Chinesisch gelernt hatte, aber dann fiel mir die Unterweisung des Eunuchen wieder ein und ich sprach nicht weiter. Der Kaiser deutete auf ein in Holz geschnitztes Spruchpaar, das im Kabinett der östlichen Wärme in der Halle der Pflege des Herzens hing, und fragte mich danach. Ein Schriftzeichen nach dem anderen las ich vor: „Sorge dich über das, auf das du dich stützt, fürchte das, was dich stolz macht.“[5]

Der Kaiser staunte. „Was war deine Arbeit, bevor du nach China kamst?“

„Ich war Mineraloge.“ Weil ich unsicher war, ob der Kaiser mit diesem Begriff etwas anfangen konnte, ergänzte ich: „Meine Arbeit bestand darin, Steine zu untersuchen und Juwelen zu bestimmen.“

Der Kaiser ließ jedem von uns zwei Ballen Seide und etwas Lotuswurzelpulver überreichen.

Beijing, 8. November 1766

Zwei Tage später rief mich der Kaiser in der Halle der drei Seltenheiten. „Du hast früher Schätze des österreichischen Prinzen begutachtet, nicht wahr?“ Der Kaiser nippte an einer Tasse heißen Tees, den ihm ein Hofeunuch gereicht hatte. „Was sammelt er?“ Die Teekanne, ein rot glasiertes Kännchen in der Form einer Mönchskappe, stammte mit Sicherheit aus der Ming-Dynastie.

Dass der Kaiser so genau über meine Vergangenheit Bescheid wusste, überraschte mich. Ich fühlte mich gleichzeitig geehrt, aber auch etwas beunruhigt.

„Besitzt er auch Porzellan?“ Der Kaiser schien eine ganze Reihe von Fragen zu haben.

„Ja, aber nicht sehr viel.“ Tatsächlich war ich mir diesbezüglich nicht sicher.

„Und was ist mit Jade?“, fragte der Kaiser weiter.

„Auch. Aber ebenfalls nur wenig.“ Nach meiner Erinnerung besaß er nur eine Blumenvase aus Jade. Oder

5 Anm. d. Ü.: 憂其所可恃，懼其所可矜。Zitat von Han Yu (768–824), chinesischer Dichter und Essayist, Wegbereiter des Neokonfuzianismus.

vielleicht auch ein Schnupftabaksfläschchen. Aber auch da war ich mir schon nicht mehr sicher.

„Wir wünschen, dass du einige Edelsteine aus unserer Schatzkammer begutachtest." Der Kaiser sprach weiterhin langsam.

Ich wagte es nicht, meinen Kopf anzuheben und ihn anzusehen. Mit gesenktem Haupt und hängenden Armen nahm ich die kaiserliche Anweisung entgegen.

„Was benötigst du?"

„Was benötigst du?" Zuerst dachte ich, der Kaiser fragt mich nach meinen Bedürfnissen für den Lebensunterhalt. Einen Moment war ich verwirrt, dann fing ich mich wieder und sagte prompt: „Ein Wasserbecken und Wasser. Außerdem könnte ein Mikroskop von Nutzen sein." In Macao hatte ich von einem Jesuiten gehört, dass frühere Missionare dem Kaiser von China Mikroskope dargebracht hatten. Sogar Teleskope, die in China „Tausendmeilenaugen" heißen. Ich hatte aber auch gehört, dass die Kaiser diesen Geräten nicht viel Wert beimaßen und sie für Spielzeug hielten, das sie den kaiserlichen Söhnen und Enkeln gaben. Auf einmal bereute ich, dass ich meine Aufzeichnungen über Mineralien nicht mitgenommen hatte, als ich nach China aufgebrochen war.

„Gut. Sucht für ihn ein Mikroskop, gebt ihm ein Xingzou-Amt, bereitet ihm einen Platz im Quartier zum Glückszepter und verschafft ihm die Dinge, die er benötigt", wies der Kaiser die Eunuchen an, die zu seiner Aufwartung bereitstanden. „Informiert die Vorsteher der Lager des Tores der westlichen Pracht und des Palastes der Pflege des Herzens über diese Begutachtung." Der Kaiser fuhr mit seiner Befragung fort: „Kennst du dich mit Jade aus?"

„Ein bisschen", antwortete ich vage. Ähnelt eine solche Antwort nicht sehr denen der Chinesen um mich herum?

„Wir wollen, dass du als Erstes einige Gemmen aus der Schatzkammer des inneren Palastes bestimmst und jede einzelne fein säuberlich mit Namen notierst", fuhr der

Kaiser ohne Unterbrechung fort. „Dann werden wir dich weiter befragen."

Der Kaiser wartete meine Antwort nicht ab und wies an, mich mit einer fellbesetzten Jacke auszustatten. Ein Hofeunuch trat flink an meine Seite und zischte: „Zeig Dankbarkeit!"

Unverzüglich kniete ich nieder und wartete, bis der Kaiser gegangen war. Ich stand nicht eher wieder auf, bis die Eunuchen mich dazu aufforderten. Eine Gruppe Eunuchen geleitete mich aus dem Palast. Mir kam es so vor, als ob sie mich neidisch beäugten.

In welche Situation war ich geraten? In kürzester Zeit hatte mir der Kaiser eine bedeutende Rolle zugedacht und ich muss nun hinaus auf die Bühne und sie spielen. Werde ich das Schicksal illoyaler Beamter teilen? Werden mir vielleicht beide Füße abgeschnitten, wenn ich den Kaiser nicht zufriedenstelle? Eigentlich dürfen nur Ausländer in den kaiserlichen Palast, die Maler, Ärzte, Astronomen oder Uhrmacher sind. Die meisten davon sind Missionare mit außergewöhnlichem Wissen und Talenten. Ich hingegen bin mit so wenig Aufwand in die Nähe des Kaisers gekommen, wie es braucht, um Asche wegzublasen.

Nachdem ich den Kaiserpalast verlassen hatte, suchte mich der apostolische Präfekt Le Febrve sofort in meiner Herberge auf. „In der Gemeindekirche bewahre ich noch ein Mikroskop auf, vielleicht kann Ihnen das von Nutzen sein?" Der Präfekt war außergewöhnlich freundlich und sagte: „Wenn Sie wollen, können Sie sich in unserer Gemeinschaftsunterkunft niederlassen. Es müsste möglich sein, ein Zimmer für Sie freizuräumen." Ich stimmte dem Plan des Kirchenmannes sofort zu und schaffte mein Gepäck von der Herberge zur Kirche in der Stadt, wo neun Missionare sich eine gemeinsame Unterkunft teilten. Sie kelterten eigenen Wein und buken ihr eigenes Brot und Kuchen. So aßen sie das Essen ihrer Heimat, als ob sie noch immer in Europa lebten.

Unendlich geliebte Helena,

ein Wunder ist geschehen! Ich habe hier in Beijing den Brief erhalten, den Du mir vor einem Jahr geschrieben hast. Du kannst Dir nicht vorstellen, wie glücklich er mich macht! Ich stehe am Straßenrand und lese Deinen Brief wieder und wieder. Immer wieder lache ich vor Freude. Die Passanten halten mich schon für einen Irren.

Liebste Helena, auch wenn die Trennung so bitteren Kummer brachte, was könnte ich mir mehr wünschen, als zu erfahren, dass der geliebte Mensch mich immer noch liebt? Diese paar Zeilen von Dir haben mir meinen Gram erhellt! Wie eine Medizin haben sie mich von der Einsamkeit geheilt!

An diesen Tagen voller Einsamkeit habe ich nie aufgehört, an Dich zu denken, habe ich nie aufgehört, mich nach Dir zu sehnen. Wenn ich eines Tages von dieser Reise zurückkomme, sollten wir uns wieder treffen, sollten wir zusammenleben. Bis ans Ende allen Seins.

Kannst Du so lange auf mich warten? Oder kannst Du den verhassten Menschen an Deiner Seite verlassen und zu mir kommen? Ich kann Dir nicht viel bieten, aber mit ganzer Kraft werde ich alles für Dich herbeischaffen, was Du Dir wünschst. Ich werde Dein Sklave sein und nicht eher ruhen, bis Du glücklich bist.

Damit dieser Brief mit dem nächsten Schiff nach Europa geht, schließe ich mit den Versicherungen meiner tiefsten und leidenschaftlichsten Gedanken. Im nächsten Brief werde ich Dir von meinen Erlebnissen in China berichten.

Für ewig Dein, Wilhelm

Beijing, 6. Dezember 1766

In einem Pulk chinesischer Beamter wartete ich vor dem Palasttor. Nachdem ein Beamter des Ritenministeriums unsere Namen deklamiert hatte, führten mich einige Eunuchen endlich vor den Oberverwalter der Abteilung für innere Angelegenheiten, der mich in meine zukünftigen Pflichten im Quartier zum Glückszepter einweisen sollte. Noch bevor ich das Quartier betrat, sah ich ganz in der Ferne zwei Ausländer in langen chinesischen Gewändern, die vor einem Tor warteten. Es waren keine anderen als die Fratres Perrot und Attiret. An dem Morgen der Audienz beim Kaiser hatten wir keine Gelegenheit für ein Gespräch gehabt. „Du bist wirklich hier!", stammelte Frater Attiret vor Aufregung. „Wie lange haben wir uns nicht gesprochen!"

„Wie hast du es eigentlich nach Beijing geschafft?", fragte Perrot verwundert.

„Das ist eine lange Geschichte", sagte ich leichthin. „Lasst es mich für den Augenblick noch für mich behalten." Als wir so sprachen, trippelte eine Gruppe Eunuchen an uns vorbei. Ihre Schritte waren so leicht und lautlos, als wären sie bloße Phantome. Ich war glücklich über das Erscheinen der zwei Missionare. Ich hatte wirklich nicht zu hoffen gewagt, dass wir uns je wieder begegnen würden. Frater Attiret hatte sich kein bisschen verändert, aber Frater Perrot war nicht mehr derselbe. Er war nicht mehr der Astronom, der auf dem Schiff unablässig Messungen mit seinem Oktanten angestellt hatte. Seine Leidenschaft schien verschwunden und er schürzte nun lieber die Lippen, als ohne Punkt und Komma über Astronomie und Navigation zu schwadronieren. Eine Last schien auf seiner Seele zu liegen.

„Hast du nicht davon gehört? Die Situation unseres Ordens wird in Europa immer prekärer", sagte Perrot leise und nutzte einen Moment, in dem niemand in unserer

Nähe war. „Die Höfe von Spanien und Portugal haben vor, unsere jesuitischen Brüder des Landes zu verweisen, und auch in Rom müssen sie Angriffe der anderen Orden erdulden." Perrot zog die Augenbrauen zusammen. „Seit langer Zeit hat unsere Kirche in Beijing keine jährlichen Zahlungen mehr erhalten, so dass wir unseren Lebensunterhalt nur noch von ein paar Spenden aus Übersee und Ersparnissen vergangener Zeiten bestreiten können. Aber wie lange wird das reichen?" Frater Perrot fuhr fort: „Unsere Oberen in Europa sind außerhalb unserer Reichweite und vor allem damit beschäftigt, sich selbst zu schützen." Perrot war sehr besorgt. Es wirkte wie ein Selbstgespräch, da weder Frater Attiret noch ich irgendeine Antwort gaben.

„Wie groß ist die kaiserliche Werkstatt?", brach ich das Schweigen mit einem Themenwechsel. Frater Attiret antwortete, dass es zwei davon gäbe, eine innerhalb von Beijing, die andere im Sommerpalast Yuanmingyuan, dem Garten der vollendeten Klarheit. Das Quartier zum Glückszepter diene insbesondere als Werkstatt für die Maler. „Es liegt im Yuanmingyuan", sagte Frater Attiret. Er und die anderen westlichen Maler hielten sich, von Ausnahmen abgesehen, nicht in Beijing auf, sondern seien die meiste Zeit im Sommerpalast. Im Quartier zum Glückszepter und der Uhrmacherwerkstatt arbeiteten derzeit insgesamt sieben ausländische Maler und Uhrmacher.

„Wird in den Werkstätten auch Porzellan hergestellt?", fragte ich.

„Die Vorlieben des Kaisers wechseln häufig, das wirst du mit der Zeit auch noch merken. Aber recht beständig ist er in seiner Wertschätzung des puderfarbenen Porzellans. Erst kürzlich hat er Chinas Manufakturen für farbiges Porzellan hochgelobt." Frater Attirets Gewand war mit Farbe bespritzt. „Ich bin eigentlich nur ein Handwerker. Was der Kaiser will, das male ich." Er sprach es nicht aus, aber ich erriet, was er sagen wollte: Den Kaiser zufriedenzustellen ist mühsam und der Umgang mit den Eunuchen alles andere als leicht. Er erzählte, dass alle Arbeit, die der Kaiser anordne, als äußerst wichtig und eilig gelte. Der Jesuit und Maler Giuseppe Castiglione male beispielsweise für den Kaiser gerade Blumenmuster auf Vasen. Natürlich wurde ich hellhörig: „Also wird im Palast Porzellan hergestellt?"

„Die Rohlinge werden in Jingdezhen hergestellt und zum Glasieren in den Palast gebracht. Manchmal wird Bruder Castiglione dann gerufen, um die Pigmente und Glasuren für den Porzellanbrand zu inspizieren."

„Gibt es denn im Palast einen Brennofen für Porzellan?"

„Davon weiß ich nichts."

Frater Attiret sieht so arglos aus wie ein neugeborenes Kind, aber ich kann sehen, dass er schon einigen Kummer ertragen musste, denn dieser hat sich in sein Gesicht gegraben.

Beijing, 11. Dezember 1766

Ich stand um drei Uhr morgens auf, denn ich musste exakt um vier Uhr zum Sommerpalast in Richtung Haidian aufbrechen. Gestern hatte mir der Oberaufseher der Eunuchen mitteilen lassen, dass ich Castiglione und die anderen Missionare dorthin begleiten sollte. Der Yuanmingyuan außerhalb Beijings ist also der Ort, an dem ich arbeiten werde. Es ist der Sommerpalast und ein Rückzugsort für den Kaiser von China. Abgesehen vom Ahnenopfer und anderen großen Hofangelegenheiten hält sich der Kaiser zumeist hier auf, um seinen Amtsgeschäften nachzugehen.

Heute bekam ich den Auftrag, eine Steinwand im Palast zu begutachten. Der Kaiser wollte die Herkunft des Steines erfahren, um dann zu entscheiden, ob er ihn für eine Brunneneinfassung verwenden möchte.

Die gepflasterte Straße zwischen Beijing und Yuanmingyuan ist in sehr gutem Zustand. Auf dem Weg erzählten mir Castiglione und ein Michel Benoist Geschichten von Beijing und dem Yuanmingyuan. Schon bevor ich nach Beijing gekommen war, hatte ich von Castigliones Heldentaten gehört, sein Ruf war wie Donnerhall. Ich dachte ursprünglich, dass er nur ein Maler sei. Doch jetzt erfuhr ich, dass er außerdem als persönlicher Berater des Kaisers im Bereich von Kunst und Handwerk fungiert, dass er alle Arten ungewöhnlicher Arbeiten übernimmt, wie zum Beispiel Fenster, Glas, Mauern und Kuriositätenschachteln zu bemalen. Egal was der Kaiser sich wünscht, Castiglione kann es. Sein Können umfasst auch die Porzellanmalerei und das Errichten von Gebäuden im westlichen Stil für den Yuanmingyuan. Auf Plänen zeigte er mir, wo ich die Steinwand finden würde. Benoist, der mit dem Bau großer Springbrunnen beauftragt war, sagte lächelnd: „Der Brunnen wird mit zwölf Bronzetieren aus dem Chinesischen Tierkreis geschmückt. Nacheinander alle zwei Stunden wird jedes Tier Wasser speien und den chinesischen Stundenwechsel anzeigen." Er sei eigentlich Physiker und habe noch nie einen Springbrunnen gebaut. „Aber der Kaiser ist sehr ungeduldig und kann die Fertigstellung kaum erwarten", fügte Castiglione hinzu.

Was ich dann im Sommerpalast alles sah, machte mich sprachlos vor Bewunderung. Mir fehlen immer noch die Worte, diese vielfältige Pracht zu beschreiben. Verglichen damit ist Beijing ein unbedeutendes Dorf, denn der Sommerpalast ist fünf Mal so groß wie die Verbotene Stadt in Beijing. Die Größe und Pracht der kaiserlichen Paläste und Gärten übertrifft bei Weitem alles, was ich je in Europa gesehen habe.

Wir dürfen den Yuanmingyuan mit einer Sänfte durchqueren, was wegen der Weitläufigkeit der Anlage sehr großzügig ist. Chinesische Bauten mögen oberflächlich betrachtet planlos erscheinen. Ausgehend von einer Hauptstruktur verzweigen sich die Wege zu zahlreichen kleineren Gebäuden, von denen manche durch Wandelgänge miteinander verbunden sind, andere sich den Blicken zunächst entziehen. Aber ich spüre in der Anlage eine Ausgewogenheit und einen tieferen Sinn. Die Höfe, Gärten, Beete, Wasserfälle und Teiche gestalten ein immer wieder anderes Gelände. Alle Tore und Fenster der Hauptgebäude sind bemalt und vergoldet, einige Fenster sind sogar verglast und mit Bildern bemalt. Man ist förmlich geblendet von all der Pracht. Beijing flößt Respekt ein, aber im Yuanmingyuan möchte man bleiben und die Zeit vergessen.

Ich habe zahlreiche europäische Paläste gesehen. Hier wurde mir bewusst, dass man ihre Ordnung und ihren Ernst zwar bewundert, sich aber nicht lange darin aufhalten mag. Es mangelt an der Vielfalt der Gefühle. Der Yuanmingyuan hingegen ist von natürlicher Lebhaftigkeit. Er entfaltet sich so allmählich wie ein chinesisches Rollbild, ein Bild vom Leben selbst, ein Bild, das selbst lebt, in dem die Menschen herumspazieren können. Das ist keine Stadt, das ist ein Gefilde. Ein Land, entstanden aus Imagination und Fantasie.

Wir standen vor einem Gebäude im westlichen Stil, das „Harmonisches Wunder" genannt wird. Ich konnte einen Ausruf des Erstaunens darüber nicht unterdrücken, dass es den Palastarchitekten des Kaisers aufgrund von Castigliones Skizzen und Erklärungen gelungen war, ein Haus zu bauen, wie sie es nie zuvor gesehen hatten. Den chinesischen Einfluss konnte das elegante und prächtige Gebäude gleichwohl nicht verleugnen.

Der Kaiser ist ganz begeistert von seinem Park und erweitert ihn stetig. Er plant sogar, sich von den Missionaren Versailles mit Gärten und Ställen im europäischen Stil nachbauen zu lassen. Er blättert gern durch illustrierte Bücher und Alben aus Europa, um die Gebäude und

Gartenanlagen zu betrachten. Kürzlich deutete er auf ein in einem Album abgebildetes Labyrinth und sagte: „Das sieht amüsant aus, so eins bauen wir auch."

Wie überquerten einen Kanal mit klarem Wasser, durchquerten ein Tal und umrundeten einen großen Teich, den die Chinesen „Meer" nennen. Ich habe gehört, dass der Kaiser sich bei schönem Wetter darauf in einem Boot treiben lässt. Pavillons, Türme und überdachte Terrassen säumen überall die Ufer der Gewässer.

„Mein Freund, haben Sie es bemerkt? Die Straßen winden sich, sie sind nicht gerade, oder zumindest nicht so gerade gebaut wie die in Europa. Sie winden sich in Kurven, nicht einmal die Brücken gehen geradeaus." Benoist erklärte mir den Grund dafür: „Chinesen glauben, dass Geister keine Kurven gehen können." Die wie Schafsdärme gewundenen Pfade führten von einem Tal ins andere, wo immer wieder aufwändig geschnitzte Säulen und bemalte Firste auftauchten. Die Wände aus grauem Ziegel glänzten unvergleichlich, auf den Dächern leuchteten bunt glasierte Dachziegel. Die meisten Gebäude sind einstöckig, aber die Treppen, die zu ihnen hinaufführen, sind nicht aus einzelnen Steinen gemacht, sondern aus einem einzigen Stein herausgeschnitten. Die Höfe sind mit mannigfaltigen Bronze- und Messingstatuen ausgestattet. Alles folgt einer natürlichen Struktur und man fühlt sich wie in den Palästen Arkadiens.

Wenn wir die Paläste betraten oder verließen, war es uns nicht gestattet zu sprechen oder sonstige Geräusche zu verursachen. Sogar auf den Wegen mussten wir uns vorsehen. Es war, als könnte uns jederzeit ein wilder Tiger anfallen.

Castiglione sagte, dass dieser Ort noch verschlossener sei als die Verbotene Stadt in Beijing. „Sie sind hier nur auf ausdrückliche Erlaubnis des Kaisers." Ohne die dürfe niemand hier rein, denn, so erklärte er, in den hinteren Palästen lebten dreitausend Konkubinen. Als wir in diesen

Bereich gelangten, befahlen uns die Eunuchen, stehen zu bleiben und zu warten, bis sie sichergestellt hatten, dass keine Frau zu sehen sein würde. Erst nachdem sie das überprüft hatten, durften wir unseren Weg fortsetzen.

„Zuweilen kicken die Konkubinen Federball oder pflücken Blumen und Früchte in den Gärten", flüsterte mir der gesprächige Benoist zu. „Wenn wir auf eine Sänfte treffen, sitzt bestimmt eine Konkubine darin, die einer anderen einen Besuch abstattet. Wir müssen dann so schnell wie möglich die Richtung ändern. Wenn es keinen anderen Weg gibt, dann müssen wir anhalten, uns umdrehen und abwarten. Wir dürfen nicht sprechen, und es ist uns erst erlaubt weiterzugehen, wenn die Sänfte an uns vorbei ist."

„Der Weg ist frei", meldete ein Eunuch, als er zurücklief. Es war absolut still. War es möglich, dass irgendwer irgendwo lauschte?

Ich sah, wie die frühe Wintersonne die fünf unterschiedlichen Tierstatuen beschien, die auf den spitzen Dachvorsprüngen saßen. Sie schienen uns gleichzeitig zu beobachten und willkommen zu heißen. Immer wenn wir an einem Anwesen einer Konkubine oder Prinzessin vorbeigingen, selbst wenn es in großem Abstand geschah, gaben die uns begleitenden Eunuchen den sich in der Nähe herumstreifenden Eunuchen ein Handzeichen, dass sie Türen und Fenster schlössen. Auch wenn ich hoffte, mal einen flüchtigen Blick in ein Fenster werfen zu können, sahen wir auf dem ganzen Weg keine einzige Frau. Niemand pflückte Blumen oder Früchte. Niemand schaukelte.

Es wirkte tatsächlich so, als würde im ganzen Palast niemand leben. In weiter Ferne sah ich einen jungen Eunuchen auf Zehenspitzen vorbeihuschen, gefolgt von einem anderen mit einem Vogelkäfig, aber kaum einen Wimpernschlag später waren sie verschwunden. Niemand machte ein Geräusch, keiner sprach ein Wort.

Die beiden Missionare fragten mich, ob es sich bei der Steinwand um Marmor handle. „Definitiv. Das ist ein besonderer Marmor aus Sizilien", antwortete ich. Soviel ich auch darüber nachdachte, konnte ich mir keinen Reim darauf machen, wie diese gewaltige Steinplatte von Sizilien ins Innere Chinas gekommen war. War Sizilien nur ein anderer Park des Kaisers?

Beijing, 18. Dezember 1766

Ich folgte einem sogenannten Motanga, einem Handwerker, der außerhalb des Palastes angeheuert worden war. Es war ein langer Weg bis zu den Werkstätten hinter dem Quartier zum Glückszepter. Heute war der erste Tag, an dem ich mit Eunuchen zusammenarbeiten würde. Sie hatten verschiedene kostbare Steine und wertvolle Objekte in nummerierten Schachteln verstaut, diese in größere Behälter gestapelt, die dann ebenfalls nummeriert und beschriftet wurden. Nun brachten sie mir einen Behälter nach dem anderen zur Begutachtung.

Der kaiserliche Schatz war über viele Magazine der einzelnen Paläste verstreut, darunter sah ich auch welche mit der Aufschrift „Große Aufbewahrungsabteilung". Die Eunuchen waren nicht bereit, mir etwas zu erklären. Tatsächlich sprachen sie fast überhaupt nicht. Bei einigen von ihnen waren die ohnehin schmalen chinesischen Augen zu Schlitzen verengt, was ihnen ein furchterregendes Aussehen verlieh. Doch die meisten schienen voller Erwartung eines gelungenen Theaterstücks. Ich bemerkte wohl, dass dieser ganze Pulk mir misstraute und nicht bereit war, meinen Expertisen Glauben zu schenken. Vielleicht beneideten sie mich, weil ihren Körpern etwas fehlte.

Nachdem sie meine Schreibfeder und die schwarze Tinte

immer wieder untersucht hatten, überließen sie sie mir endlich. Ich saß hinter einem im Übrigen leeren Tisch mit einigen Eunuchen im Rücken, die mich weniger begleiten denn überwachen sollten. Es war für die meisten von ihnen sicher das erste Mal, dass sie so viele Kostbarkeiten auf einmal sahen, aber ihre Gesichter verrieten nichts. Wenn ich zu sprechen anfing, gaben sie mir sofort zu verstehen, dass sie mich nicht verstünden. Da ich bei der Aussprache immer noch Fehler machte, war ich mir zunächst nicht sicher, ob sie mich womöglich wirklich nicht verstanden. Aber nach einer Weile fand ich heraus, dass sie nur so taten, als würden sie nichts verstehen, um möglichem Ärger aus dem Weg zu gehen.

Das Licht war ziemlich schlecht, so dass ich lieber draußen in den Wandelgängen gearbeitet hätte, aber die Eunuchen nahmen davon keine Notiz. Um die Steine bei Sonnenlicht betrachten zu können, musste ich also häufig aufstehen und die Kostbarkeiten zum Fenster tragen. Dabei folgte mir eine Gruppe Eunuchen dicht auf den Fersen, als ob sie Angst hätten, ich würde damit davonlaufen.

Auf jedes Behältnis schrieb ich zunächst den lateinischen Namen, und wenn ich etwas nicht identifizieren konnte, notierte ich auch das. Ein Eunuch erinnerte mich daran, dass der Kaiser nicht nur die Bezeichnung, sondern auch das Alter der Schätze wissen wolle. „Von wann sie sind?" Es schien, dass dem Alter große Bedeutung beigemessen wurde. Ich arbeitete mit größter Sorgfalt und einer tiefen Angst, etwas zu zerbrechen. Mit mitgebrachten Baumwollhandschuhen und der Hilfe farbiger Papiere betrachtete ich die Artefakte genau und notierte Farbe, Beschaffenheit, Grad der Transparenz, der Härte, der Brechung, Echtheit, Größe und andere physikalische Eigenschaften. Meines Wissens gibt es auf der Welt über dreitausend Arten von Mineralien. Aber die meisten davon sind keine Edelsteine.

Die Steine des chinesischen Kaisers waren zum Großteil seltene Stücke, und alle waren echt. Es waren mehr und seltenere Preziosen, als die europäischen Höfe ihr Eigen nennen.

Kurz vor Mittag wurde ein Eunuch der Palastwache neugierig und fragte mich: „Nach was schaut Ihr?“ Umstandslos zog ich die farbigen Papiere heraus und demonstrierte ihm einen Test. Je nachdem, durch welches Papier ich das Sonnenlicht scheinen ließ, erschien der Stein in anderen Farben. Bei rotem Papier grün, bei blauem orange, und wenn er alles Licht absorbierte, wirkte er schwarz. Es war wie Zauberei! Der verblüffte Ausdruck des Palastwächters wurde weicher. Er nahm nun selbst ein buntes Papier und untersuchte einen Stein. Die anderen Eunuchen sammelten sich um ihn, um das Objekt in seiner Hand zu betrachten. Vor vielen Jahren hatte ich herausgefunden, dass man unter farbiger Lichteinstrahlung auch solche Unregelmäßigkeiten im Kristallgitter erkennen kann, die man unter normalem Licht nicht sehen würde. Einige Edelsteine absorbieren das Licht je nach ihren Rissen oder Lufteinschlüssen auf eine ganz bestimmte Art, so dass sie irisieren oder opalisieren wie Chrysoberyll-Katzenaugen und Opale. Ich konnte die meisten der kaiserlichen Edelsteine sehr schnell bestimmen. Aber es gab auch einige Objekte, die ich nicht identifizieren konnte. Ich hoffte, ich könnte diese eines Tages erhitzen und die Farbveränderungen beobachten.

Ich hatte von früh bis in den Nachmittag gearbeitet. Meine anfänglich wache Aufgeregtheit war nun der Erschöpfung gewichen. Mir war kalt. In der Halle gab es nur ein Kohlebecken, und das stand weit entfernt. Ich hatte die lateinischen Bezeichnungen vieler Mineralien notiert, aber wie mögen sie auf Chinesisch heißen? Als ich am Nachmittag meine Notizen mitnehmen wollte, machte ein Eunuch großes Gewese darum. Es blieb mir nichts anderes übrig, als die Aufzeichnungen auf dem Tisch liegen zu lassen.

Beijing, 29. Dezember 1766

Überraschend erschien der Kaiser im Quartier zum Glückszepter. Er war gekommen, um die Portraits zu begutachten, die Castiglione von ihm und einer seiner Gefährtinnen gemalt hatte. Das Quartier zum Glückszepter wurde so überwacht, als würde mit dem Angriff eines mächtigen Feindes gerechnet. Einige Eunuchen entzündeten das vom Kaiser so geschätzte Kiefernharz. Der Kaiser muss aufgeräumter Stimmung gewesen sein, denn er schickte jemanden in meinen Arbeitsbereich, um mich zu holen.

Er diskutierte die Bilder und sagte, dass chinesische und westliche Malerei unterschiedliche Anforderungen stelle, weil die chinesische Malerei Wert auf den spontanen Ausdruck lege und die westliche auf die realistische Abbildung. Er deutete auf eine kleine Narbe an seiner Augenbraue und sagte zu Castiglione: „Meister Lang, diese dürft Ihr auch malen." Als Castiglione seine Pinsel holte, um zu tun, wie ihm geheißen, saß der Kaiser vollkommen regungslos und schien bescheiden zu warten. Nachdem Castiglione die Narbe fertig gemalt und der Kaiser das Bild betrachtet hatte, nickte er leicht: „Jetzt ist es richtig. Es entspricht der Natur, Wahrheit und Schönheit." Der Kaiser betrachtete das Bild lange und schien irgendwie erleichtert zu sein. Anschließend richtete er sein Augenmerk auf das Portrait, das Castiglione von seiner Favoritin, der Duftkonkubine, gemalt hatte. Das Bild zeigte eine Uigurin von stiller Schönheit, die der Maler mit einer geheimnisvollen Aura versehen hatte. Der Kaiser blinzelte kein einziges Mal. Er schien über eine angemessene Belohnung nachzudenken und sagte plötzlich zu dem Verwalter des Haushaltsdepartements: „Belohnt Castiglione mit zwei Liang[6] Ginseng und zwei Rollen Musselin." Kurz zuvor

6 Anm. d. Ü.: Gewichtseinheit, die dem Tael entspricht, also ca. 34 g.

war Castiglione bereits mit Brokatstoff und Speisen von der kaiserlichen Tafel belohnt worden. Dabei handelt es sich um Gerichte, die von Palastköchen für den Kaiser zubereitet wurden, aber beim Mahl übrig blieben.

„Wurden die Baldachine repariert?" Der Kaiser erinnerte sich plötzlich an den Bericht, in dem die Rede davon war, dass die Seile der zwei Baldachine, unter denen Castiglione malte, so verrottet waren, dass sie ihre Last nicht mehr halten konnten. „Dank Eurer kaiserlichen Güte ist alles repariert worden", antwortete Castiglione. Der Kaiser versenkte sich noch einmal in die Betrachtung seines Portraits, das ihn etwas größer darstellte, als er in Wirklichkeit war. Das Bild ließ nichts an heldischer Ausstrahlung vermissen, aber mit der Abbildung einiger weißer Strähnen an den Schläfen war Castiglione ein enormes Risiko eingegangen. Der Kaiser schien im Atelier des Castiglione die Zeit vergessen zu haben. Einem plötzlichen Impuls folgend nahm er einen Pinsel und schrieb ein paar Zeichen auf das Bild. Dann rief er aus: „Wir sind heute ein Schüler von Meister Lang. Wir werden erst gehen, wenn er Uns unterrichtet hat!" Er krähte wie ein Schulkind.

Castiglione schien Derartiges gewohnt zu sein, blieb aber vorsichtig: „Wie könnte ich, Euer Diener, es wagen?"

Beijing, 5. Januar 1767

Heute suchte mich der Kaiser zum ersten Mal in meiner Werkstatt auf. „Ich habe gehört, dass du Unsere Juwelen kochen möchtest?", fragte er lächelnd.

„Weil manche Edelsteine anfangen zu leuchten, wenn man sie erhitzt ...", wollte ich ihm eine Methode der Bestimmung der Steine erklären.

„Das wissen Wir", unterbrach er mich. „Warum erzählst

du Uns nicht lieber, was dir unter all den Schätzen, die du begutachtet hast, das Seltenste dünkt?" In einem Moment der Unachtsamkeit hob ich den Kopf und sah den Kaiser an. Erschrocken fiel mir die Ermahnung der Hofeunuchen ein und ich senkte sofort die Augen. Mit hängenden Armen und auf den Boden gerichtetem Blick sagte ich: „Eure Majestät haben so viele kostbare Schätze, jeder davon ist einzigartig." Meine Schmeichelei gefiel dem Kaiser.

„Dein Chinesisch ist wirklich gut. Hervorragend! Hervorragend!" Nachdem er von einem Eunuchen eine Tasse Tee entgegengenommen hatte, öffnete er ein kleines Behältnis. „Was ist das?", begann er mich auf die Probe zu stellen.

„Das ist Flussspat, den die Chinesen früher ‚nachterhellende Perle' nannten." Ich war sehr froh, dass ich gerade dies vor Kurzem gelernt hatte.

„Sehr gut." Der Kaiser nickte zufrieden. „Wo kommt es her?", fuhr er fort.

„Aus Syrien, in der Nähe von Persien", antwortete ich.

Der Kaiser ließ dann diverse Preziosen kommen und hieß mich jede einzelne erklären, einschließlich Rubinen und Saphiren aus Indien, Diamanten aus Afrika, Bernstein und Karneol aus Europa. Der Kaiser fragte außerdem, ob ich außer dem österreichischen Hof noch mit anderen royalen Familien in Europa vertraut sei und welche Schätze sie hätten.

„Sammelt er auch Jade?", fragte der Kaiser, als ich Kurfürst Friedrich August III erwähnte.

„Nein", sagte ich. „Er hat kein einziges Stück Jade." Die Vorstellung ein König könne keine Jade haben, überraschte ihn. „Was sammelt er dann für Schätze?"

„Orientalisches Porzellan. Aber eigentlich handelt es sich dabei um die Sammlung seines Urgroßvaters." Noch einmal erzählte ich die Geschichte, dass August der Starke so vernarrt in Porzellan gewesen sei, dass er mit dem Soldatenkönig Friedrich Wilhelm I von Preußen 600 Soldaten seiner Armee aus Polen, Russland und Böhmen gegen 151 Stück zeitgenössisches, chinesisches Porzellan getauscht hatte. Diese Porzellansammlung umfasste 18 große Vasen, 7 kleine Vasen, 7 Becher, 20 Tellerchen, 37 große Schalen, 16 Platten mit weißen Blumen auf blauem Grund etc.

Diese Geschichte gefiel dem Kaiser sehr und weckte sein Interesse an August dem Starken.

„Ich habe von einem europäischen König gehört, der einen Porzellanpalast bauen ließ. Ist er das?"

„Nein, das ist er nicht. Er hat nur die größte Sammlung angelegt. Aber Porzellanzimmer waren in den letzten hundert Jahren an den europäischen Höfen sehr beliebt."

„Nun erzähle Uns: Wie baut man einen Porzellanpalast?" Ich erklärte ihm, dass in den sogenannten Porzellanpalästen alle Hallen mit Porzellan ausgestattet und geschmückt sind. Alle Arten von Porzellangegenständen hängen zusammen mit Spiegeln und goldenem Dekor an den Wänden und um den Kamin, stehen in den Nischen und Vorsprüngen. Ich erzählte ihm auch vom Porzellanzimmer im Palast des Marquês de Abrantes in Lissabon, wo in einem pyramidenförmigen Dach 260 Teller aus blauweißem chinesischem Porzellan dicht an dicht herunterhängen. Ich schilderte außerdem das Porzellankabinett im Schloss Oranienburg, das König Friedrich I von Preußen 1690 noch als Kurfürst Friedrich III neu errichten ließ. Er hatte Augustin Terwesten mit der Gestaltung des Deckengemäldes beauftragt, in dem Cherubim eine Platte chinesischen Blauweißporzellans hochhalten. Ich hätte gern noch von dem Porzellankabinett berichtet, das Kurfürst Friedrich III für seine zweite Frau Sophie Charlotte im Schloss Charlottenburg bauen ließ und in dem gleichermaßen wertvolles japanisches wie chinesisches Porzellan zur Schau gestellt wurde, kam aber nicht dazu. Der

Kaiser sagte, dass er sich einen derartigen Raum nicht vorzustellen vermöchte. „Hängen dort auch Teekannen, Schüsseln und Teller von der Wand?“ Ich versprach, ihm aus der Erinnerung Skizzen anzufertigen.

Ich fuhr fort, dass sowohl August der Starke als auch Louis XIV gern chinesische Bälle in ihren Palästen veranstaltet hatten. Zu diesen Gelegenheiten mussten sich alle Gäste in chinesische Gewänder kleiden und sie lauschten chinesischer Musik.

Außer Porzellan sammelten die europäischen Herrscher Edelsteine, vor allem Diamanten, den die Chinesen auch „Metallstein“ nennen.

„Sie mögen nur Porzellan?“, fragte der Kaiser ungläubig. „Sie interessieren sich nicht für Jade? Wieso bevorzugen die Europäer unter all den Edelsteinen ausgerechnet den Diamanten?“ Der Kaiser konnte es nicht verstehen. Er befahl, ihm Diamanten zu bringen. Ein Schatzkästchen wurde gebracht. Ich fand einige brillante, aber noch ungeschliffene Diamanten. Der Kaiser warf einen Blick darauf.

„Was ist an diesen Steinen so besonders?“

„Es könnte daran liegen, dass sie die härtesten und dichtesten Steine sind und das Licht am stärksten brechen.“ Obwohl ich wusste, dass Jade für Chinesen eine große Bedeutung hat, wurde mir jetzt erst klar, dass sie ihr mehr Wert beimessen als Diamanten. Der Kaiser stellte noch Fragen zu den Eigenschaften und der Herkunft verschiedener Edelsteine, und er hörte meinen Erläuterungen aufmerksam zu, was mich ermutigte weiterzusprechen. Ich bin mir aber immer noch nicht sicher, ob sich der Kaiser nicht vor allem für die Preziosen der europäischen Herrscher interessierte.

„Du kennst dich mit Mineralien aus“, sagte der Kaiser, ließ sich von einem Eunuchen eine Inventarliste bringen und fuhr fort: „Wir wollen wissen, ob du diese Steine kennst, ob sie falsch oder echt sind und wann und wo sie bearbeitet wurden." Die Eunuchen brachten nacheinander große Schachteln, die mit Steinen aller möglichen Farben und Formen gefüllt waren, zeigten sie erst dem Kaiser und brachten sie dann zu mir. Seit ich nach China gekommen war, hatte ich einige ähnliche gesehen, aber andere waren mir völlig unbekannt. Nun hatte ich so lange Mineralogie studiert und doch keine Ahnung von diesen Steinen. Ein grüner Stein, dessen Grün nicht wie das eines Türkises war, sondern ein gleichmäßiges, öliges Grün. Ein transparenter weißer Stein mit einer Oberfläche wie Milch. Hunderte Steine aller Farben, manche einfarbig, andere gemischt, davon manche mit fünf oder sechs Farben auf einmal. Es flimmerte mir vor den Augen. Von dem Anblick ganz benommen schüttelte ich den Kopf: „Solche Steine sieht man in Europa nicht oft." Ich konnte nicht einmal sagen, ob das alles Jade war. Gab es auf der Welt wirklich so viele unterschiedliche Arten von Jade?

„Wir werden dir ausreichend Zeit geben, eine Aufstellung der Namen aller Edelsteine im Palast anzufertigen, sie zu einem Buch zusammenzustellen und Uns vorzulegen. Und vergiss nicht, Uns ein Bild eines europäischen Porzellanzimmers zu malen." Er bewegte einen Fuß und machte Anstalten, sich zu erheben. Eilig machten sich die Eunuchen auf, um ihm den Weg freizumachen. Sie riefen: „Der Kaiser erhebt sich!", und der ganze Pulk verließ den Raum. Ich stand da und sah dem Kaiser nach. Ich fühlte mich gleichermaßen geehrt und verängstigt. Was würde Helena jetzt zu mir sagen?

Beijing, 11. Januar 1767

Begleitet von einer Gruppe Eunuchen war ich auf dem Weg zum Quartier zum Glückszepter. Ich trug ein neues langes Gewand, an das ich mich noch nicht ganz gewöhnt hatte. Beinahe stürzte ich auf dem schneebedeckten Boden.

Die große Anzahl kaiserlicher Werkstätten war über viele Höfe verteilt, aber die westlichen Maler befanden sich fast alle im vorderen Teil des Quartiers zum Glückszepter. Außer Castiglione, der in einem gesonderten Atelier arbeitet, nutzen auch Frater Attiret und Frater Ignatius Sichelbart einen separaten Raum. Die beiden teilen sich außerdem eine verglaste Überdachung. Die chinesischen Maler legen darauf keinen Wert. Der Lichteinfall scheint auf ihre Malerei keinen Einfluss zu haben. Sie malen einfach in der Nähe der Fenster.

Der französische Missionar und Uhrmacher Perrot war in einem nahe gelegenen Raum untergebracht. Seit Kurzem war er damit beschäftigt, zwei mechanische Figuren zu konstruieren, die Blumenvasen herumtragen konnten. Ich hatte ihn eine Weile nicht gesehen, aber gehört, dass er angespannt sei und es ihm auch körperlich nicht gut gehe. Die Mehrheit der Männer aus dem Westen, die im Palast Dienst tun, sind Missionare. Sonst gibt es nur ein paar Laien, die als Maler oder Seidenweber tätig sind. Nach ein paar Jahren haben sie meistens so starkes Heimweh, dass sie kranke oder verstorbene Eltern vorschützen, um nach Hause zurückkehren zu können. Andere wurden nach ein paar Wochen entlassen, weil der Kaiser sie als zu nachlässig befand. Leuten, die gerade begonnen haben, im Palast zu arbeiten, wird üblicherweise der Titel „Xingzou" verliehen, was mit „Läufer" übersetzt werden kann. Auch ich verrichte so einen „Laufdienst".

Tatsächlich passt dieser Titel gut zu mir, laufe ich doch nicht nur durch den Palast, sondern auch durch die ganze Welt. Ich weiß nicht, wo mich das Schicksal hinführt, das mich bis hierhin gebracht hat. In Europa konnte ich nicht bleiben, aber hier kann ich auch nicht auf Dauer bleiben, insbesondere nicht in diesem Palast. Ich fühle sehr deutlich, dass ich nirgendwo hingehöre und kein Platz zu mir gehört. Ich könnte einer von denen werden, die unter einem Vorwand den Palast und diese sonderbar hoch sprechenden Menschen wieder verlassen. Manchmal denke ich, dass ich vorher entlassen oder gar hingerichtet werde. Meistens fühle ich mich wie ein nur mäßig intelligenter Betrüger, der jederzeit entlarvt werden kann. Mit nur grundlegenden Kenntnissen in Mineralogie gelangte ich in den Kaiserpalast und soll nun die kaiserlichen Edelsteine begutachten, einschließlich der Jade, obwohl ich davon gar nichts verstehe. Ein Gedanke treibt mich um: Ist das nicht bezeichnend für mein ganzes Leben? War ich nicht immer ein Scharlatan? Ich beherrsche keine ausgeklügelten Listen, oder etwa doch? Immerhin scheine ich für andere schwer zu durchschauen zu sein. Als ich unterwegs diesen Gedanken nachhing, lachte ich bitter auf, was glücklicherweise niemand bemerkte. Auch hat noch niemand entdeckt, dass ich im Palast bin, um das Geheimnis der Porzellanherstellung herauszufinden.

Ich will wissen, wie der Kaiser im Palast Porzellan herstellen lässt und was für welches. Aber bis zum jetzigen Zeitpunkt konnte ich kein augenöffnendes Geheimnis entdecken. Immerhin durfte ich das Song-Porzellan des Kaisers mit eigenen Augen sehen. Es war schöner und reiner als alles Porzellan, das ich jemals zuvor gesehen hatte. Dieses Porzellan aus der Songzeit ist unvergleichlich schön. Von all dem Porzellan des Kaisers, mag es aus der Mingzeit, aus Meißen oder aus Sèvres sein, hat kein anderes diesen Grad von Harmonie und Perfektion. Aber es entspricht dem chinesischen Charakter. Warum sollte man den imitieren? Vielleicht kann man den nicht imitieren? In der chinesischen Kultur schätzt man das Verborgene, in der europäischen das Sichtbare. So oder so bleibt ein großer Unterschied zwischen dem Orient und dem Okzident. Es ist das Wertvolle an der Kunst, den eigenen Charakter zu bewahren. Warum eine

Kunst geschätzt wird, liegt in der eigenen Persönlichkeit begründet. Soll ich nach einer Technik suchen oder nach einem Stil?

Beijing, 12. Januar 1767

Heute Nachmittag besuchte ich Castiglione im Quartier zum Glückszepter, um ihn nach seiner Porzellanmalerei für den Kaiser zu befragen. Er erzählte mir, dass er nicht auf das Porzellan malen müsse, sondern nur auf Papier. Seine Entwürfe würden dann von Porzellanmalern auf die Vasen übertragen. Er übergäbe die Bilder nur dem diensthabenden Eunuchen und habe keine Ahnung, ob der Kaiser im Palast Porzellan herstellen lasse. Es könne sogar sein, dass die Papierbilder nach Jingdezhen gebracht würden.

„Tang Ying sagte, dass das beste Porzellan heutzutage im Kaiserpalast hergestellt würde."

„Er ist nur zu bescheiden. Er ist seit Langem der Großmeister der Porzellanhersteller, und natürlich kommt das allerbeste Porzellan von ihm. Lassen Sie sich von der Bescheidenheit der Chinesen nicht täuschen."

„Gibt es denn auf dem Gelände einen Brennofen?"

„Da bin ich überfragt."

„Ich habe auch gehört, dass alles Porzellan mit europäischem Muster aus Eurem Pinsel stammt."

„Nein, das stimmt nicht. Das meiste Porzellan im europäischen Stil stammt von Lang Tingji, einem früheren Provinzgouverneur aus Jiangxi. Er ist vor vielen Jahren gestorben, hatte aber Erfahrung in der Porzellanmalerei. Die Leute schreiben mir häufig seine Werke zu." Castiglione strahlte übers ganze Gesicht, doch seine Augen blickten mich ernst an.

Beijing, 15. Januar 1767

Als ich den Vorraum der Nordkirche betrat, waren bereits alle Jesuiten in Beijing zur Krisensitzung zusammengekommen. Es herrschte eine angespannte Atmosphäre und sie redeten besorgt durcheinander. Der apostolische Präfekt Le Febvre, mit dem ich verabredet war, befand sich in einer Diskussion mit einer ganzen Gruppe Jesuiten und bat mich, im Refektorium zu warten. Die Missionare hatten bereits gegessen und ihr Abendgebet gesprochen, aber die chinesischen Diener brachten mir noch Brot und heiße Suppe. Seit ich meine Heimat verlassen hatte, hatte ich keinen Käse mehr gegessen. Besonders gut schmeckte mir das Brot mit Butter. Ich fand, dass das selbstgebackene Brot der Missionare keinen Vergleich mit dem ihrer französischen Heimat zu scheuen brauchte. Auch selbstgekelterter Wein wurde mir angeboten. „Die kernlosen Trauben kommen aus Xinjiang", erzählte mir einer der Missionare mit einem Hauch Trübsinn, „wir trinken ihn gegen Heimweh."

Als ich in der Küche meine Suppe schlürfte, drang eine heftige Diskussion an mein Ohr. Die Jesuiten waren sehr in Sorge. Die Mitglieder der anderen Orden in der Stadt hatten ihre Kräfte gebündelt und verbreiteten Gerüchte über die Jesuiten beim Kronprinzen. Sie bedienten sich dabei der Kontakte, die sie mittels Bestechung aufgebaut hatten. Sie sollen sogar behauptet haben, dass der Vatikan die Jesuiten mit dem Kirchenbann belegt habe und der Orden eine illegale Vereinigung sei. Jemand beschrieb die Situation der Jesuiten so: „Sie sind wie Ratten auf der Straße. Alle schreien und treten nach ihnen." Weil der Kronprinz bisher keinen Jesuiten zu sich gerufen hatte, gab es auch keine Gelegenheit, den Gerüchten entgegenzutreten. Also fuhren die Jesuiten fort, untereinander zu diskutieren und sich gegenseitig ihre Meinung darzulegen.

Ich wartete sehr lange. Schließlich schlief ich auf dem

Stuhl ein. Der Präfekt weckte mich. Alle anderen Jesuiten waren mittlerweile gegangen. Nachdem mir Le Febrve mehrere Gläser Rotwein eingegossen hatte, kam er endlich zum Thema.

„Ich muss Sie in meiner Eigenschaft als apostolischer Präfekt der Jesuitengemeinde in Beijing um Unterstützung bitten." Der Präfekt sah mich an. „Wenn Sie in Zukunft bei Hofe die Gelegenheit haben, unseren Orden zu unterstützen oder die Gerüchte richtigzustellen, wäre ich Ihnen zutiefst zu Dank verpflichtet." Für einen Moment war ich sprachlos. Ich hatte nicht gedacht, dass sie mich für so wichtig hielten.

„Geben Sie mir etwas Zeit, bis ich die Lage besser erfasse. Wenn es nötig wird, helfe ich auf jeden Fall", sagte ich.

Le Febrve nickte. Mit Kummer beladen, wie er war, sprach er nicht weiter, sondern wünschte mir nur eine gute Nacht.

Sie hatten mir in einem ursprünglich als Lager genutzten Raum ein Zimmer eingerichtet, das in der Nähe des Hinterausgangs lag. So konnte ich unbehelligt das Gelände verlassen und betreten, ohne durch das Vestibül oder die Kirche zu müssen. Ich überquerte den hinteren Hof und ging in mein Zimmer. Ich schloss die Tür gegen den rüttelnden Nordwind.

Beijing, 17. Januar 1767

Ich schaute auf das Kruzifix an der Wand. Nachdem ich noch auf der Bettkante sitzend einige Gläser Wein getrunken hatte, zog ich mein Skizzenbuch hervor, um Blumen zu malen. Zufällig blieb mein Blick an der Bibel auf dem Tisch hängen. Ich nahm sie und blätterte durch den lateinischen Text, als ein Blatt chinesischen Reispapiers herausfiel und zu Boden glitt. Ich hob es auf. Darauf standen einige fein ausgeführte Zeichen in chinesischer Normschrift: „Was man weiß, als Wissen gelten lassen. Was man nicht weiß, als Nichtwissen gelten lassen." Ich sinnierte über diese Zeichen, stand abrupt auf und sah mich um. Es war niemand in der Nähe, im hinteren Hof herrschte Dunkelheit. Nur in der Kirche brannten noch einige Kerzen, deren schwacher Lichtschein durch die Fenster flackerte. Hatte jemand den Zettel für mich da hineingelegt?

Ich nahm das Blatt, durchquerte den Hof und ging in die Kirche. Ins Dunkel hinein fragte ich: „Wer ist da?" Alles blieb still. Die Kirche lag in vollkommener Ruhe, nur mein „Wer ist da?" war zu hören. Wer ist da? In der Kirche war nicht einmal der Schatten eines Menschen. Ich ging zurück in mein Zimmer und dachte über die Bedeutung der Verse nach. Angezogen legte ich mich aufs Bett und starrte an die Decke. Nach einer Weile sank ich in tiefen Schlaf.

Mitten in der Nacht schreckte ich hoch. Welches Geräusch hatte mich geweckt? Ich lauschte angestrengt, aber es war nichts zu hören. Ich griff wieder nach dem Blatt Papier und las ein Zeichen nach dem anderen. Diesmal hörte ich etwas. Ich zog mir einen Mantel über und ging aus dem Zimmer. Das Rascheln kam aus der Kirche. Langsam schob ich die Kirchentür auf und sah einen ins Gebet versunkenen Mönch. Heimlich betrachtete ich seinen Rücken. Im Dunkeln konnte ich nicht erkennen, wer es war. Nach einer Weile stand der in ein dunkelbraunes Gewand gehüllte Missionar auf und verschwand eilig im Dunkel der Kirche. Wiederum kehrte ich in mein Zimmer zurück, legte mich aufs Bett, wälzte mich hin und her und fand keinen Schlaf mehr. Als ich allmählich doch zur Ruhe kam, klopfte der Fuhrknecht, der mich in den Palast bringen sollte, an die Tür.

Hochverehrter Freiherr von Seydewitz,

der apostolische Präfekt der jesuitischen Mission in Beijing hat mir erzählt, dass der chinesische Kaiserhof die Jesuiten gebeten hatte, dass sie aus Europa ein blaues Pigment mitbrächten. Auf meine Bitte hin überließ er mir ein paar dieser Pigmente. Zu Ihrer gefälligen Untersuchung schicke ich Ihnen mit diesem Brief einige Proben davon. Ich habe diese blaue Substanz sorgfältig untersucht. Es handelt sich tatsächlich um Smalte und ist von tiefer und intensiver Farbe. Bei der Glasur entsteht ein Glanzeffekt, und wenn das Blau koaguliert, bilden sich keine Rot- oder Schwarztöne. Brennt man die Substanz bei hoher Temperatur, dringt die Farbe tief in den Scherben ein.

Als ich in Huangjiazhou war, habe ich in Geschäften ähnliche Substanzen gesehen. Sie sagten, sie werde im Süden oder irgendwo im Westen hergestellt. Deshalb vermute ich, dass dieses Pigment von Asien nach Europa eingeführt wurde, wo es die Jesuiten zurück nach China verkauft haben. Aber ich bezweifle, dass es dieses Pigment ist, das die Qualität des Porzellans ausmacht. Smalte wird schon sehr lange nach China importiert, aber erst in der Ming-Dynastie gelangte das Blauweißporzellan mit seiner dünnen Glasur zur Perfektion.

Der Präfekt ließ mich auch Ultramarin sehen, was die Chinesen „Islamblau" nennen. Es wird aus Persien eingeführt und ist auch unter den Namen „Goldblau" oder „Buddhakopfblau" bekannt. Als die Chinesen während der Yuan-Dynastie die Verwendung dieses Stoffes für das Blauweißporzellan entdeckten, verbreitete sich der Ruhm dieses Porzellans in der ganzen Welt. Die Menschen in Südwestasien und die Moslems lieben es besonders, vielleicht weil das Blau dem Geist des Islam am nächsten kommt. Es ist ein Blau mit einem Hauch Violett. Ich mag es nicht besonders. Auch in der Ming-Dynastie wurde es noch oft für das Blauweißporzellan verwandt. Das Porzellan, das Sie mir gezeigt haben, und das von August dem Starken gehört ziemlich sicher dazu.

Der Präfekt Le Febvre gab mir auch ein blaues Pigment, das zur Zeit des Kaisers Kangxi (1661–1722) geläufig war. Es wurde von den Chinesen selbst entwickelt. Ich finde, es ist das Blau, das auf chinesischem Porzellan am besten zur Geltung kommt.

Ein weiteres Pigment, das ich noch nicht bestimmen konnte, wird Zhanbao-Blau genannt. Auch dieses hat einen Stich ins Violette und ich habe ganz Beijing danach abgesucht. Vergebens. Es ist ein Pigment, das häufig zur Zeit des Kaisers Yongzhen (1723–1735) für Hofporzellan benutzt wurde. Ich werde weiter versuchen, einer Probe davon habhaft zu werden. In absehbarer Zeit werde ich sicher herausfinden können, was es mit dem China-Blau auf sich hat.

Nun zu dem, was Sie über das Rotweißporzellan wissen wollten: Die Technik entstand später als die des Blauweißporzellans. Früher wurden viele rot bemalte Gefäße zu dunkel und gräulich, weil die Brennmethode noch nicht voll entwickelt war. Ich habe gehört, dass das Verfahren erst in der Xuande-Ära der Ming-Dynastie (1426–1435) perfektioniert wurde. Das Porzellan aus dieser Zeit kann an Brillanz und Farbe mit einem Rubin verglichen werden. Aber in der späteren Ming-Dynastie verkam diese Methode und erholte sich erst wieder unter Kaiser Kangxi, als der Qualitätsstandard insgesamt höher war. Die Herstellung und Kontrolle von Unterglasurfarbe aus Kupfer kann seitdem als gemeistert gelten. Näheres dazu folgt im nächsten Brief.

Mit den besten Wünschen für Glück und Gesundheit

Ihr Wilhelm Bühl

Beijing, 21. Januar 1767

Es kostete mich den Schlaf einiger Nächte, die vom Kaiser gewünschte Skizze anzufertigen. Aus meiner Erinnerung malte ich das Porzellankabinett des Schlosses Oranienburg. Nachdem die Prinzessin Luise Henriette von Oranien

Nassau den Kurfürsten von Brandenburg Friedrich Wilhelm geheiratet hatte, legte sie das Kabinett für ihre Porzellansammlung an.

Der Kaiser rief mich innerhalb von drei Tagen bereits zum dritten Mal zu einer Audienz. Die meisten Eunuchen bedachten mich mit neidischen Blicken. Einer von ihnen sagte säuerlich: „Man liebt immer erst das Neue und verschmäht das Alte. Beim ersten Mal seid Ihr noch neu. Beim dritten Mal schon alt." Die Eunuchen wagten es nicht, das Wort „Kaiser" auszusprechen, also ersetzten sie es durch „man". „Glaub nicht, dass du so außergewöhnlich bist."

„Das ist ein Porzellanpalast?", fragte der Kaiser?

„Genau genommen ist es ein Saal in einem Palast", erwiderte ich.

„Wozu soll das gut sein?" Der Kaiser hatte das Interesse bereits verloren. Trotzdem ließ er alles europäische Porzellan im Palast zusammentragen, damit ich es ihm erkläre. So erfuhr ich, dass viele der besten europäischen Porzellanerzeugnisse als Geschenke nach China kamen.

„Diese tulpenförmige Vase ist ein Produkt der Manufaktur Delft in Holland", erläuterte ich.

„Sind die Holländer nicht die rothaarigen Barbaren, die vor einiger Zeit an der Küste Taiwans für so viel Unruhe gesorgt haben?", fragte der Kaiser einen Eunuchen neben ihm.

„Natürlich. Ganz recht. Das sind sie", kam als Antwort.

„Wann haben sie mit der Porzellanherstellung angefangen?"

„Vor gut einhundert Jahren. Damals flohen Töpfer aus Brüssel und Antwerpen aus der Region Flandern, um dem Unabhängigkeitskrieg gegen Spanien zu entgehen. Sie ließen sich in Delft nieder und verhalfen den Brennöfen dort zur Blüte. Die Holländer fanden in der Umgebung von Delft auch feinen weißen Ton, was die Grundlage für die Entwicklung Delfter Keramik bildete."

„Was ist das Besondere an Delfter Porzellan?“ Der Kaiser sah mich an.

„In Delft kann sehr dünne Keramik hergestellt werden, die mit einer mattweißen Zinnglasur überzogen und mit anmutigem blauem Dekor bemalt wird.“

„Das ist alles?“

„Delft wurde sehr stark vom chinesischen Blauweißporzellan der Ming-Dynastie beeinflusst. Der azurblaue Strich auf dem weißen Grund erinnert an die Verläufe dunstiger Landschaften in der chinesischen Tuschemalerei.“

„Die Holländer verstehen etwas von Verläufen in der chinesischen Tuschemalerei?“

„Sie imitieren auch den japanischen Kakiemon-Stil“, fuhr ich fort, doch der Kaiser unterbrach mich.

„Was gibt es aus Japan schon nachzuahmen? Ahmen die Japaner nicht uns in allem nach?“ Der Kaiser klang etwas verärgert. Ich bezweifle, dass er schon mal Kakiemon-Porzellan gesehen hat.

Ich war nicht so verrückt, mit dem Kaiser von China über Porzellan diskutieren zu wollen. Einige Dekaden zuvor hatte Holland große Mengen von japanischem Imari-Porzellan bestellt. Imari kam mit seinen leuchtenden Farben und Formen in Europa sehr gut an. Mittlerweile sind einige dieser Waren von Europa nach China gekommen, deren Dekor nun von vielen lokalen Brennöfen übernommen wurde. In Jingdezhen hatte ich einiges davon gesehen.

Der Kaiser unterbrach meine Gedanken und zeigte auf eine Vase aus Sèvres. „Ich halte dies für das beste Stück.“ Ich war mir unsicher, ob es sich nicht noch um ein früheres Produkt aus dem Brennofen in Vincennes handelte. „Wo kommt das her?“, fragte der Kaiser.

„Frankreich“, sagte ich.

Er nickte anerkennend. „Ah, wieder mal aus Frankreich.“

Jetzt zeigte er auf eine weiße Teekanne aus Meißen mit

Blumendekor und einem dreieckigen Untersatz: „Das ist auch nicht schlecht. Die Malerei ist zwar etwas steif, aber die Qualität des Porzellans ist vergleichsweise hoch."

„Das kommt aus meiner sächsischen Heimat", erklärte ich mit einem Hauch von Stolz.

„Jetzt sage mir, wer benutzt diese Art Porzellan?"

„Es wird am Hofe und vom Adel benutzt."

„Benutzt das Volk kein Porzellan?"

„Nein. Es verwendet billigeres Steinzeug oder Zinngerät."

„Was ist deiner Meinung nach der Unterschied zwischen dem Porzellan aus Sèvres und dem aus Meißen?", fragte der Kaiser eine mir nur zu vertraute Frage. Wahrheitsgemäß antwortete ich: „Meißen ist hinsichtlich der Qualität des Porzellans selbst dem fehlerlosen Weiß und der naturalistischen Akkuratesse der Malerei überlegen. Aber Sèvres übertrifft Meißen, was die Farben und Vergoldungen anbelangt."

„Welches Porzellan ist in Europa beliebter?"

„Früher war Meißen sehr begehrt, weil dort der einzige Ofen stand, der Hartporzellan brennen konnte, aber Sèvres hat aufgeholt. Dort wird zwar immer noch Weichporzellan hergestellt, aber wegen der prächtigen Dekors wird es sehr teuer verkauft, so dass auch dieses nur vom Hofe und vom Adel erstanden werden kann."

Der Kaiser war mit meinen Antworten sehr zufrieden. In Betrachtung einer Vase mit Metallmontierung und Blumendekor fragte er einen bereitstehenden Eunuchen: „Wer hat Uns das geschenkt?"

Ohne das geringste Zögern antwortete er: „Der König von Frankreich ließ sie von seinen Missionaren anlässlich des sechzigsten Geburtstags Eurer Majestät überreichen."

Ich stellte fest, dass der Kaiser auch Teller von Wedgwood besaß, womöglich die neuesten Steingutprodukte. Wedgwood war eine neu gegründete Manufaktur, die – so hörte ich – ein „Knochenporzellan" erfunden hatte, das ich noch nicht zu Gesicht bekommen hatte. Die Qualität der Teller zeigte mir, dass ich Wedgwood nicht unterschätzen sollte.

Der Kaiser war von dem Blumenmuster auf der französischen Vase sehr angetan. Bevor er sie von den Eunuchen wieder wegbringen ließ, fragte er mich, woran ich die Brennöfen unterscheide. Ich erklärte ihm die Porzellanmarken. Erst zeigte ich ihm die gekreuzten L von Sèvres und dann die Doppelschwerter von Meißen. Mit großem Interesse sah der Kaiser zu.

„Was bedeutet das Zeichen zwischen den beiden L?"

„Das ist eine lateinische Abkürzung für das Jahr 1757."

„Und was ist das?"

„Das Kürzel des Künstlers."

„Der Name des Künstlers wird vermerkt, aber nicht der des Königs?" Er war bass erstaunt. „Verkehrt das nicht die Ordnung der Dinge? Das ist grotesk!"

Beijing, 23. Januar 1767

Ich arbeitete im Quartier zum Glückszepter. Mein Körper zitterte vor Kälte und mein Kopf tat so weh, als wolle er zerspringen. Ich hatte dagegen schon einige Tassen Tee getrunken und verspürte das Bedürfnis, mich zu erleichtern. Ich stand auf, um rauszugehen. Ein Eunuch versperrte mir prompt den Weg: „Wo wollt Ihr hin, mein Herr?" Ich hatte vergessen, mein Vorhaben anzumelden und war kurz irritiert. Der Eunuch verstand, lächelte und begleitete mich hinaus. Auf dem Rückweg sah ich ein paar sehr junge Eunuchen Fußfederball spielen. Ein anderer formte ein Tier aus Schnee. Vielleicht einen Löwen? Mein Kopfschmerz wurde immer schlimmer und meine Augen brannten wie Feuer. Ich blieb stehen und sah den mich begleitenden Eunuchen an. „Meine Augen tun so weh", sagte ich. Dann wurde mir schwarz vor Augen und ich stürzte zu Boden.

In einem abgedunkelten Zimmer wachte ich wieder auf. Ein beißender Tabakgeruch lag in der Luft. Mir gegenüber saß ein Chinese mit spärlichem Bart. Aus dem großen Muttermal auf seiner Wange sprossen einzelne weiße Haare. Er nahm meine rechte Hand und fragte: „Was fehlt Euch?"

Ich erschrak, als ich sah, dass in meinem Körper lauter Nadeln steckten. „Meine Augen tun so weh", sagte ich kraftlos.

Der Mann ließ sich meine Zunge zeigen und griff dann nach meiner linken Hand. Er drückte sie leicht hier und da, als wäre ich ein Cembalo. „Große Hitze in der Leber, Atmung flach und schwach ..." Als er die linke Hand fertig gedrückt hatte, nahm er wieder die rechte. Während er diese bespielte, sprach er zu sich selbst: „... hat vielleicht etwas Verdorbenes gegessen."

Die Eunuchen hatten mich in den Krankentrakt des Palastes gebracht. Wie lange war ich ohne Bewusstsein gewesen? Der kaiserliche Arzt nahm einen Pinsel und schrieb einige Zeichen auf ein Blatt Papier. Als das Rezept fertig war, schickte er einen Eunuchen, die Medikamente zu holen. „Ihr dürft keinen Knoblauch oder Zwiebeln essen und weder Fleisch noch Milch zu Euch nehmen", sagte er und zog die Nadeln aus meinem Körper. „Den Sud der Medikamente trinkt Ihr dreimal täglich." Ich wusste nicht, ob dieser Mann genug medizinische Kenntnisse hatte. Diese Behandlungsmethode war mir völlig unbekannt. Der hochrangige Eunuch, der mich zu ihm gebracht hatte, versuchte mich zu beruhigen. „Die Kunst der kaiserlichen Ärzte ist über jeden Zweifel erhaben. Denn wenn sie bei der Behandlung des Kaisers versagen, könnten sie hingerichtet werden." Die Chinesen sind der Auffassung, dass es im Körper unterschiedliche Energiebahnen gibt, zu denen man an bestimmten Punkten Zugang bekommt.

Sie glauben, dass man zur Heilung von Krankheiten nur mit dünnen Nadeln in diese Punkte stechen müsste.

Ich hatte schon mitbekommen, dass Chinesen mit „gan“, was im Wortsinne „Leber“ heißt, etwas anderes meinen als wir. Wenn ein Chinese sagt, man habe Hitze in der Leber, hat das nicht notwendigerweise etwas mit der Leber zu tun. Das Gerede von Hitze in der Leber und Yin und Yang verwirrte mich. Je länger ich zuhörte, desto weniger verstand ich. Die Eunuchen brachten die Zutaten für die Medizin, nicht identifizierbare Kräuter und Pflanzenteile mit unverständlichen Namen. Ich erinnerte mich bloß an die Zubereitungsmethode: Ich sollte die Ingredienzen einige Stunden auf kleiner Flamme köcheln lassen und die Brühe dann wie Tee trinken. Die Medizin sei extrem bitter, aber sie werde mich heilen, sagten sie.

Unter großen Mühen schaffte ich es zurück zur Mission. Kaum über der Schwelle, musste ich mich übergeben. Es blieb mir nichts anderes übrig, als mich hinzulegen und auszuruhen. Ein auswärtiger Missionar und Arzt aus Italien war gerade zu Besuch. Als er hörte, dass ich ernsthaft erkrankt war, klopfte er an meine Tür.

„Ich denke, Sie sind vergiftet worden.“ Der Missionar hatte Chirurgie und Heilkunst studiert. Er war es, der den Enkel des Kaisers und Sohn des Thronfolgers geheilt hatte. Oft sah er auch nach den Missionaren, wenn sie krank waren.

Vergiftet? Ich rekapitulierte alles, was ich gegessen und getrunken hatte. Der Wein? Der Tee im Palast? Das kürzlich genossene Butterbrot? Kam es von Anfassen der Steine? Oder ihrer Verpackungen? „Will mich denn jemand vergiften?“, fragte ich mich.

Der Arzt sah mich wissend an und nickte. „In Ihrem Erbrochenen war eine weiße Substanz.“ Er vermutete, dass es sich um Zinkpulver handelte. Schnell stellte ich in meinem Kopf eine Liste derer zusammen, die mich vergiftet haben könnten. Aber ich war mit niemandem verfeindet!

Vielleicht hatte ich mir doch nur den Magen verdorben. Der Arzt ließ mich zur Ader und hieß mich ausgiebig ruhen. Bevor er ging, sagte er freundlich: „Vielleicht neidet Euch jemand die Arbeit beim Kaiser im Palast?“

„Wissen Sie mehr darüber?“, fragte ich ihn, doch er schüttelte nur den Kopf und wollte nicht mehr sagen. Kurz darauf versuchte er es mir doch zu erklären: „Es gibt viele Missionare in Beijing und auch unterschiedliche Kirchen.“ Die Missionare unterteilen sich wiederum in verschiedene Orden. Er selbst war Franziskaner und vor acht Jahren nach China gekommen. „In diesem fremden Land ist jeder in Gefahr. Man sollte immer wachsam sein und darf sich keine Fehler erlauben.“ Mehr wollte er nicht sagen, und auch Geld wollte er nicht annehmen. Er schwang sich auf seinen Esel und ritt davon.

Ich zog erneut das Stück Papier aus meinem Mantel: „Was man weiß, als Wissen gelten lassen. Was man nicht weiß, als Nichtwissen gelten lassen.“ Wer könnte das geschrieben haben? Und was soll es überhaupt bedeuten? Ich verstand es einfach nicht.

Ich hielt die Lutschpastille des Missionsarztes in der einen und die Kräuter des chinesischen Arztes in der anderen Hand und wusste nicht, wofür ich mich entscheiden sollte.

Liebste Helena,

eben habe ich Deinen zweiten Brief bekommen, der eigentlich der erste hätte sein müssen, den ich aber erst später erhalten habe. Sei es, wie es sei, ich bin unbeschreiblich glücklich! Wenn ich lese, dass Du Dich so hingebungsvoll um meine Angelegenheiten kümmerst, steigen mir die Tränen in die Augen. Meine Königin, diese Dinge sind so unwichtig, bitte belaste Dich nicht weiter damit.

Der Kaiser von China hat mich mit einer offiziellen Aufgabe betraut. Ich weiß noch nicht, wie lange sie dauern wird, aber ihm zu dienen ist auf jeden Fall eine große Ehre, und ich werde mein

Äußerstes geben, um eine Weile im Palast bleiben zu können. Obwohl ich Mineraloge bin, ähnelt meine Arbeit im Palast mehr der eines Dieners. Der Umgang mit den Eunuchen ist äußerst beunruhigend. Seit ich in China bin, weiß ich, dass es das China von Marco Polo nicht mehr gibt. Ja, ich zweifle sogar, ob er jemals in China war. Bedeutende Erfindungen der Chinesen, wie das Papier, hat er mit keinem Wort erwähnt, und auch diese ungewöhnliche Sitte des Füßeeinbindens der Chinesinnen hat er ausgelassen. Aber der größte und schwerwiegendste Irrtum ist, dass die Chinesen Material zur Porzellanherstellung importieren müssen. Vielleicht kommt der Tag, an dem ich meinen Chinareisebericht schreiben werde. Ich würde ihn gern illustrieren, aber das erfordert viel Arbeit und ich müsste noch eine ganze Weile länger hierbleiben.

Es gibt wohl keinen Zweifel mehr daran, dass ich mich in China verliebt habe. Es ist meine zweite Heimat geworden. Wirst Du mich noch lieben, wenn ich zurückkehre? Wirst Du auf mich warten?

Mein Herzensmensch, ich habe mir überlegt: Wenn Du Webermann verlässt und zu mir nach China kommst, könnten wir dann nicht hier zusammen unsere Tage im Glück verbringen? Das ist möglich! Ich kann mir gut vorstellen, dass es Dir hier gefällt. Aber kannst Du gehen? Ich hoffe, Du kannst diesen endlosen Albtraum hinter Dir lassen! Ich weiß, dass es fast ein Ding der Unmöglichkeit ist, als Frau allein nach China zu segeln. Dafür braucht es außerordentlich viel Mut. Wärst Du dazu bereit? Ich wünsche mir, dass Du kommst, ich wünsche mir, dass Du Dein Unglück hinter Dir lassen kannst. Ich wünsche mir Glück für Dich und kann es nicht ertragen, Dich im Elend zu wissen.

Herzallerliebste, ich warte auf Dich. Mit meinem ganzen Sein und meiner ganzen Seele. Ich werde alles für Deine Ankunft vorbereiten. Unablässig werde ich über unserer Liebe wachen und umarme Dich mit allem, was ich bin.

Dein Wilhelm

Beijing, 28. Januar 1767

Ich hatte meine Augen gerade geschlossen, als es an der Tür klopfte. „Wer ist da?“, fragte ich. Niemand antwortete. Ich öffnete die Tür. Es war der chinesische Pförtner der Kirche.

„Die Beerdigung des apostolischen Präfekten Le Febrve beginnt gleich“, sagte er. Die Flamme seiner Lampe flackerte im Wind. Ich warf meinen Mantel über, setzte eine schwarze Fellmütze auf und folgte dem Pförtner in den Garten hinter der Kirche. Der Himmel wurde allmählich hell. Der Schnee war geschmolzen und enthüllte das Grün der Kiefern. Einige Krähen suchten auf der Erde nach Futter. Unser Erscheinen ließ sie krächzend aufstieben, aber nachdem sie eine Runde über uns gekreist waren, kamen sie krakeelend zurück.

Ich folgte einer Gruppe Patres in die Aussegnungshalle, wo der Sarg aufgebahrt war. Es war ein riesiger chinesischer Sarg, lackiert und mit Goldintarsien verziert. Es brauchte einige Männer, um den Sarg zur Straße zu tragen, wo schon viele Christen warteten. Der Sarg wurde auf einen Wagen mit einem runden Kuppeldach auf vier Säulen gehoben. Von diesen Säulen hingen weiße Seidenvorhänge und farbige Borten. Als die Männer den Sarg von den Schultern auf den Wagen hievten, begannen viele chinesische Christen zu wehklagen. Auf einem mit weißer Seide bezogenen Schild stand in chinesischen Schriftzeichen der chinesische Name von Le Febrve: Xu Lexu. Einige Missionare führten mit dem hochgehaltenen Schild den Trauerzug an. Hinter dem Sarg spielte eine Kapelle. Danach folgte ein Bild von Jesus mit der Weltkugel. Den Schluss bildeten ein Kruzifix und ein Bild des verblichenen Paters. Sehr viele Gläubige hielten Kerzen in den gefalteten Händen und formten in den breiten Straßen Beijings einen langen Zug.

Auch ich trug eine Kerze und reihte mich am Ende des

Zuges ein. Eine Gruppe berittener chinesischer Beamter, gefolgt von fünf oder sechs ebenfalls berittenen Dienern, bahnte den sterblichen Überresten des Präfekten den Weg. Das Volk von Beijing füllte die Straßen und sah dem Geleit schweigend nach.

Le Febrve wurde in einem ummauerten Friedhof außerhalb der Stadt zur letzten Ruhe gebettet. Auf dem Friedhof stand auch eine kleine Kapelle. Als der Zug dort ankam, begannen die chinesischen Gläubigen wieder laut zu wehklagen. Die Sargträger hoben den Sarg vom Wagen. Ein Altar war errichtet worden. Ein ganz in Weiß gewandeter Priester der Nordkirche las die Totenmesse. Nach chinesischer Sitte entzündete er außerdem ein Bündel Räucherstäbchen.

Auf dem Friedhof stand auch der Grabstein für den ersten Missionar in China, Matteo Ricci. Dieser Stein überragte alle anderen. Auch der Gedenkstein für den Missionar Adam Schall von Bell war imposant. Ob ihre Seelen Bedauern darüber empfinden, dass ihre Körper hier zur Ruhe gebettet wurden? Auf vielen Grabsteinen brannten rote Kerzen und an den Rändern des Friedhofes standen weiße Rosen, die besonders rein und sauber wirkten. Ich schloss mich einer Gruppe Männer an und wollte mit ihnen den Friedhof verlassen. Plötzlich näherte sich mir ein Kirchenmann, der sich mir als Pater Zapatero vorstellte.

„Ich habe gehört, dass Sie derzeit dem Kaiser von China dienen." Er war ein großer und kräftiger Portugiese, den ich vom Sehen kannte. Noch im Unklaren über seine Absichten sagte ich: „Ja, Pater, um was geht es?"

„Ich möchte nur wissen, ob Sie derjenige sind, der für den Kaiser Edelsteine bestimmt?", fragte er keuchend. Er war ziemlich bleich im Gesicht. „Wussten Sie, dass im Palast vor Kurzem ein Eunuch gestorben ist?"

„Wer ist gestorben? Und wie?" Ich blieb stehen.

Auch der Missionar hielt an und flüsterte: „Sie wissen

nicht, wie er gestorben ist? Ich hoffte, es von Ihnen zu erfahren."

„Nein, ich bin nicht mit allen Vorgängen am Hof vertraut." Forschend sah ich dem Kirchenmann im besten Alter in die Augen. „Woher wissen Sie denn davon?"

„Der Palast veröffentlicht regelmäßig eine Gazette, die ‚Dibao' genannt wird. Darin werden gewissenhaft alle Entscheidungen und Vorkommnisse des Palastes bekannt gegeben. Jedoch wurde dort die Ursache für den Tod des Eunuchen nicht mitgeteilt."

Eine Bö Nordwind ließ mich Schal und Kragen enger um mich wickeln. Mit einem Taschentuch wischte ich mir über die Augen, in die mir der Wind Sand geblasen hatte.

„Ich würde es nicht erfahren, wenn ein Eunuch stirbt, es sei denn, ich hätte mit ihm gearbeitet. Aber soweit ich weiß, sind die alle noch am Leben ..." Ich wandte mich zu dem hochgewachsenen Missionar um, der über einen Stein auf der Straße gestolpert war.

Er humpelte mir nach und sagte mit einem geheimnisvollen Ausdruck: „Ich denke, die Angelegenheit sollte Sie interessieren, denn er hat mit Ihnen zusammengearbeitet."

Ich stand wie vom Donner gerührt. „Welcher ist es denn?" Obwohl ich täglich in den Palast ging, blieb mir noch immer verborgen, was sich dort eigentlich abspielte.

Der Missionar sah mich unsicher an. „Wenn Sie es nicht wissen, dann ist es auch gut. Es ist nicht so wichtig." Er sah sich um und sagte dann: „Geben Sie gut auf sich acht." Ich wollte ihn noch aufhalten, aber es war zu spät. Er entfernte sich schnellen Schrittes. Sein schwarzer Rücken schien Unglück zu verheißen.

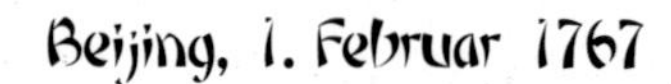

Beijing, 1. Februar 1767

Eigentlich wollte ich gar nicht hingehen, aber schließlich tat ich es doch. Ich ging in eine wundersame chinesische Apotheke in der Nähe der Brücke. Glücklicherweise bin ich gegangen!

Die Wände waren vollständig mit kleinen Holzkästchen bedeckt, aus denen die Apotheker alle Arten von Medikamenten holten. Ich gab einem kernigen Mann das kaiserliche Rezept. Ein Kraut nach dem anderen wurde herbeigeschafft. Er wog sie ab, wickelte sie in eine Papiertüte und belehrte mich, wie ich sie zuzubereiten hätte und dass ich davon dreimal am Tag trinken müsse. Das Rezept war sehr merkwürdig, denn es enthielt, abgesehen von in Europa unbekannten Kräutern, Rhinozeroshorn und Meersalz.

Ich war gerade am Gehen, als sie auftauchte. Mein Herz machte einen Sprung. Wie vom Blitz getroffen stand ich da und konnte mich weder rühren noch war es mir möglich zu sprechen. Ich stand nur vor ihr und sah sie tumb an. Noch nie zuvor hatte ich eine derart sanfte und anmutige Frau gesehen. Dass es auf der Welt einen Menschen wie sie gab! Unwillkürlich rief ich den Namen Gottes. Mein Kräuterpäckchen fiel zu Boden. Sie lächelte mich an und ihre Dienerin hob es freundlicherweise für mich auf.

Ich stand da, sah sie an und wartete, bis sie ihre Medizin erhalten hatte. Es war, als wäre sie ein Magnet, der mich magisch anzog, ein junger, lebendiger, aber gleichzeitig unvergleichlich ruhiger Magnet. Auch ich verharrte still und wagte nicht zu sprechen.

Ich weiß nicht, wie lange ich da stand. Schließlich folgte ich den beiden aus der Apotheke. Ich hätte mich sehr gern vorgestellt, aber es ergab sich keine Gelegenheit. Bevor sie in ihre Sänfte stieg, schenkte sie mir noch ein liebliches Lächeln. Ich war überwältigt und hätte mich ihr am liebsten ergeben. Betäubt sah ich der Sänfte nach. Da erst wurde mir klar, dass ich, weil ich mich nicht selbst vorgestellt hatte, auch ihren Namen nicht wusste. Wie konnte ich nur so dumm sein! Mein Herz quoll über vor Schmerz und Reue. Diese Reue schwillt seither immer mehr an und ich werde sie einfach nicht los.

Beijing, 5. Februar 1767

Am frühen Morgen ging ich zur Südkirche, wo ich mit Pater Gao Mingsi verabredet war. Dort fand gerade ein Gottesdienst statt, bei dem Pater Gao eine Herde Pferde segnete. Pater Gao war Mandschure, der in Europa studiert hatte, so dass er heute fließend Chinesisch, Mandschurisch, Latein und Italienisch spricht.

Der Kaiser will, dass ich die lateinischen Bezeichnungen der Edelsteine ins Chinesische übersetze. Er hatte mir Pater Gao empfohlen für den Fall, dass ich allein nicht weiterkäme. Gao Mingsi hatte mir seither schon viele gute Ratschläge gegeben. Ich bewundere seine umfassenden Kenntnisse in Latein und Chinesisch und hatte jeden seiner Vorschläge sofort übernommen. „Opal" übersetzte er als „Eiweißstein" und den syrischen Alexandrit als „Katzenauge". Dann gab es noch Übersetzungen wie „Mondlichtstein" für „Mondstein", „Fasanenstein" für „Malachit", „Schlangenauge" für den indischen Naag Mani und so weiter.

Vorn war die Segnung unter ständigem Wiehern zu einem Ende gekommen und die Pferdebesitzer lachten und schwatzten. Pater Gao und ich trafen uns in einem Pavillon im hinteren Teil des Gartens und unterhielten uns in einer Mischung aus Latein und Chinesisch.

„Habt Ihr gehört, dass ein Palasteunuch gestorben ist?"

„Oh, der verrückte Liu", sagte Pater Gao, warf mir einen Blick zu und seufzte. „Ich habe gehört, er sprach gern dem Alkohol zu."

„Wisst Ihr, wie er gestorben ist?"

„Das kann niemand wirklich wissen. Manchmal wird ein Eunuch totgeschlagen, und um Aufruhr seitens seiner Familien zu vermeiden, heißt es dann, er sei an einer Krankheit gestorben." Gao zögerte etwas. „Wieso fragt Ihr nach ihm?"

Ich schüttelte leicht den Kopf. „Es hat mich beunruhigt. Er ist so plötzlich gestorben."

„Wieso?" Pater Gao sah mich verständnislos an.

„Erst vor Kurzem starb ganz plötzlich der Präfekt Le Febvre, und dann dieser Eunuch, mit dem ich zusammengearbeitet hatte. Es heißt, man fand ihn hängend ..." Ich dachte angestrengt nach, wie ich die Sache klarer darstellen könnte.

„Wir alle sterben früher oder später. Ist es nicht so?" Pater Gao fing an zu lachen. Zweifellos ist er ein fröhlicher Zeitgenosse.

„Schon. Trotzdem kommt es mir so vor, als hingen die beiden Todesfälle zusammen."

„Was soll es denn da für einen Zusammenhang geben? Jetzt sagt nicht, dass Ihr eine Verschwörung im Palast vermutet." Pater Gao schien über etwas nachzudenken.

„Ich weiß es nicht. Ich hoffe nicht."

Pater Gao wollte mich beruhigen. „Gott wird den Schlichen des Teufels nicht den Sieg überlassen. Und was immer auch passiert, Er wird er uns nicht verlassen. In Ihm leben wir ewig."

Um mich abzulenken, erzählte er mir von sich. Er hatte eine Weile in Neapel gelebt. Dort war er in Schwierigkeiten geraten, als einige Grobiane ihn auf der Straße entführt hatten, um ihn als Kuriosität auszustellen. Von nah und fern liefen Leute in großer Zahl zusammen und bezahlten ein paar Münzen, um einen Blick auf den Chinamann erhaschen zu können. Gao entkam in einem unbeobachteten Moment, doch als er zum Seminar für chinesische Sprache zurückgefunden hatte, wurde er wegen seiner Abwesenheit und des Mangels an Selbstdisziplin gerügt. Während dieser Jahre am Chinesischen Seminar in Neapel ohne Familie und ohne Freunde hatte er Tag für Tag nichts anderes zu tun, als Latein und Italienisch zu lernen und Chinesisch zu unterrichten. Außerdem versenkte er sich in die Heilige Schrift. In diesen Jahren fühlte er sich sehr verloren, denn Neapel wurde ihm keine Heimat und Beijing lag in unerreichbarer Ferne. Es gab keinen Ort mehr, an den er gehörte. Zum Glück half ihm sein fester Glaube über die schwere Zeit. Er wusste, er war ein Diener im Reich Gottes. Als Gao Mingsi aufhörte zu erzählen, sah er mich eine Weile versonnen an. Er seufzte tief und sagte schließlich: „Ich vermute, dass der Tod des Eunuchen Liu etwas mit den kaiserlichen Pfandhäusern zu tun hat."

Beijing, 6. Februar 1767

Ich habe das dringende Bedürfnis, die Silhouette dieser Frau zu zeichnen, aber es will mir nicht gelingen. Seit Tagen kann ich nicht mehr schlafen und habe wieder begonnen, dem Wein zuzusprechen. Jedes Mal, wenn ich mir ihr Gesicht vorstelle, fühle ich einen Stich im Herzen und alle Kraft verlässt mich. Zugleich erfüllen mich diese Gedanken mit unbeschreiblicher Freude. Ich glaube fest daran, dass ich sie eines Tages wiederfinden werde. Wenn ich in meiner Suche nach ihr nur nicht nachlasse.

Beijing, 8. Februar 1767

Heute begann Castiglione mit dem Malunterricht für seine chinesischen Lehrlinge. Er hatte sich bereit erklärt, auch mich zu unterrichten, wenn ich mich als Modell zur Verfügung stellen würde. Ich war einverstanden und war noch vor der verabredeten Zeit im Atelier im Quartier zum Glückszepter. Frater Attiret saß aufrecht auf seinem Stuhl und malte das Portrait einer Dame, aber ich konnte nicht erkennen, ob es sich um eine Europäerin oder eine Chinesin handelte. Da keine Frau im Raum war, musste sie der Fantasie des Priesters entsprungen sein.

„Der Kaiser möchte, dass ich zuerst einige Entwürfe in unterschiedlichen Stilen anfertige, aus denen er sich dann einen aussuchen kann", erklärte mir Attiret ernst. Der aus Böhmen stammende Missionar Sichelbarth war gerade dabei, an einem Triumphbild über die im Westen lebenden Turkmenen zu malen, wo China kürzlich Gebiete hatte zurückerobern können. Der Kaiser wollte, dass Sichelbarth und Castiglione zusammen dieses Kriegsbild gestalteten. Malen sollten sie allerdings nur die Köpfe. Die Körper und die übrige Szenerie lagen in der Verantwortung der chinesischen Maler. Castiglione war für das Gesicht des Kaisers zuständig, während Sichelbarth die seiner Begleiter malte. Castiglione zeigte mir ein Pferdebild, das er gerade fertiggestellt hatte. Darauf war ein Pferd abgebildet, das Kasachen dem Kaiser als Tributgeschenk übergeben hatten. Auf dem Bild waren auch einige Schriftzeichen, allerdings keine chinesischen. „Das ist mandschurisch. Der Name des Lieblingspferdes des Kaisers", erklärte der Maler leichthin.

Pater Attiret schien sich erkältet zu haben, denn er bekam einen Hustenanfall. Dann riss er sich zusammen und sagte leise: „Ich mag dieses Pferdebild sehr gern."

„Es ist ein Meisterstück", pries ich. Das Bild vereinigte in seiner edlen Schlichtheit alle Hoffnungen und Wünsche

Chinas, obwohl es nur ein einzelnes Pferd darstellte. Attiret zeigte mir auch ein paar misslungene, alte Werke und Skizzen. Fertige Bilder gab es hier sonst keine, da diese längst zum Aufziehen gegeben und zur Aufbewahrung in die kaiserliche Sammlung gebracht worden waren. Ihre Kunst hatte nur einen einzigen Bewunderer, einen großen Kenner, und das war der Kaiser von China. Um seinem Geschmack zu entsprechen, unternahmen die Maler große Anstrengungen. Die kaiserliche Familie benutzte das chinesische Wort Yinxiang, Eindruck, für Portraits. Diese ließen sie oft anfertigen. Das bereitete ihnen außerordentliches Vergnügen.

Ich wandte mich Attirets Ölportraits und seinen Landschaftsbildern zu. Danach betrachtete ich ein langes Rollbild von Sichelbarth, das den Kaiser auf der Jagd darstellte. Alle diese Bilder waren von chinesischem Stil durchdrungen und von einer Schönheit, die ich noch nie zuvor gesehen hatte. Mir blieb nichts anderes übrig, als sie zu bewundern. Aber die Maler blieben von meinem Lob völlig ungerührt. Bis auf ein winziges Lächeln bekam ich keinerlei Reaktion. Attiret drehte sich um und deutete auf Sichelbarth.

„Seine Bilder sind wirkliche Meisterwerke."

Sichelbarth antwortete sofort mit einer chinesischen Floskel: „Zu viel der Ehre!"

Doch der etwas ältere Castiglione war der eigentliche geistige und künstlerische Kopf im Quartier zum Glückszepter. Nicht nur die westlichen, sondern auch die chinesischen Maler zollten ihm höchsten Respekt. Alle im Quartier zum Glückszepter nahmen sich seinen Malstil zum Vorbild.

„Kannst du auch im chinesischen Stil malen?", fragte ich Attiret und deutete auf eine mit Tusche gemalte Landschaft.

„Ich lerne es. Bislang illustrieren meine Tuschebilder jedoch eher ein chinesisches Sprichwort: Tiger malen, die wie Hunde aussehen", sagte der Maler bescheiden. Er trank vorsichtig einen Schluck aus einer Tasse Tee, die einer der chinesischen Maler ihm gegeben hatte. Plötzlich fing er wieder an zu husten.

Eilig trippelte ein Eunuch heran: „Mein Herr, ist es etwas Ernstes?" Er kümmerte sich liebevoll um den Maler. Zuvor erst hatte er für ihn Tusche gerieben.

„Es ist nichts. Mir geht es gut", sagte der junge Maler in einem eleganten, aber etwas seltsam intonierten Chinesisch.

„Wie könnt Ihr das sagen? Und wenn der Kaiser dann einen Schuldigen sucht, wie könnte ich das verantworten?", fragte der Eunuch halb im Scherz.

Attiret schien sich gern necken zu lassen. „Es ist nichts. Mir geht es gut", sagte er und fuhr fort, Tee zu schlürfen. Ich bemerkte in Pater Attiret eine demütige Haltung, die vielleicht von seinem festen Glauben herrührte. Womöglich rief seine bescheidene Art die Gutherzigkeit in anderen hervor. Manchmal empfinde ich eine gewisse Ähnlichkeit zwischen uns beiden. „Es ist alles Gottes Wille", sagte der junge Maler. Bevor er nach China kam, hatte er Malerei in Rom studiert und für den Papst Wandmalereien in der Kathedrale von Avignon ausgeführt. Von allen Malern verehrte er Rafael am meisten. „Ohne die Güte des Herrn wäre ich niemals hierhergekommen", sagte Attiret wie so oft.

„Mein Herr, hier ist das koreanische Papier, das Ihr wolltet", sagte ein Sula[7] mit einem Stoß dicken koreanischen Papiers auf dem Arm. Nachdem Castiglione dieses Papier entdeckt hatte, bevorzugte er es für seine Bilder, und weil er einen großen Einfluss auf die anderen Maler hatte, verwendeten die meisten nun ebenfalls dieses Papier.

Sanft wies Attiret den Knaben an, das Papier auf dem

---

7 Anm. d. Ü.: Knabendiener auf niedrigster Hierarchiestufe.

Tisch abzulegen. Er drehte sich zum Ofen und nahm die dort mittlerweile aufgetauten Pigmente, um sie anzumischen.

Meine Befürchtungen, dass jemand versucht haben könnte, mich zu vergiften, verließen mich nach und nach. Was übrig blieb, war der Reiz dieser schönen, jungen Frau. Plötzlich wurde mir klar, dass ich ohne die westlichen Maler im Quartier zum Glückszepter nicht wüsste, was ich im Palast des Kaisers zu suchen hätte. Verglichen mit ihnen war ich ein Mann mit wenig Können und keinem Talent. Diese Männer schufen große Kunstwerke und hielten sich selbst immer noch für bloße Handwerker.

Der Ruf „Eure Anwesenheit wird verlangt!" unterbrach meine Gedanken. Zusammen mit einigen chinesischen Malern ging ich in Castigliones Atelier. Tee und Knabbereien wurden gebracht. Wir standen da und warteten. Castiglione ließ sich Zeit. Wir wärmten uns am Kohlebecken, knabberten Gebäck und tranken mit Ingwer versetzten Tee. Doch das Becken war klein und es war sehr kalt. Die chinesischen Maler diskutierten ein unvollendetes Werk von Castiglione und Feng Mei, auf dem Castiglione den Kaiser zu Pferde und Feng Mei den Reitknecht und den umgebenden Wald gemalt hatte.

Schließlich erschien Castiglione. Sein heutiges Unterrichtsthema war die Muskulatur. Er forderte einen der anwesenden Schüler auf, den Oberkörper freizumachen, damit die anderen ihn zeichnen könnten. Aber weil alle Schüler Abkömmlinge des Kaiserhauses waren, weigerten sie sich, der Aufforderung Folge zu leisten. Castiglione warf mir einen Blick zu. War es nicht eiskalt und befanden wir uns nicht im so diskreten und konservativen Kaiserpalast? Trotzdem erklärte ich mich einverstanden. Vielleicht wollte ich auch wissen, wie die chinesischen Schüler mich malen würden. Der Unterricht verlief in aufgeräumter Stimmung. Castiglione fertigte zu Demonstrationszwecken sogar selbst eine Skizze an und zeigte sie mir. Ich sah ihm sehr genau zu. Es war schon spät, als ich mich auf den Heimweg machte. Beim Verlassen des Ateliers sah ich einige Eunuchen zusammenstehen und tuscheln.

Auf dem Heimweg achtete ich nicht auf den Weg und verirrte mich. Als ich umkehren wollte, war es bereits dunkel geworden. Ich lief, bis der abnehmende Mond still am Himmel aufging. In der Ferne hörte ich Hundegebell, was mir sagte, dass ich mich Beijing näherte. Als ich endlich in der Stadt war, wurde ich langsamer. Es war nur das gleichmäßige und leichte Klappern der Hufe meines Pferdes zu hören. Kurz vor dem Stadttor spürte ich die Kälte und den Durst. Wie lange hatte ich eigentlich kein heißes Bad mehr gehabt?

Unterwegs wurde mir plötzlich klar, dass die, nach der ich mich sehnte, nicht mehr Helena war. Sondern eine Chinesin, die ich nur ein einziges Mal in meinem Leben gesehen hatte. Auf einmal wurde mir so kalt, dass ich meinen Körper kaum noch spürte.

Sehr geehrter Dr. Schrader,

ich weiß, dass Sie ein Liebhaber und Kenner der Malerei sind, weshalb ich Ihnen in diesem Brief einige westliche Maler, die hier am Hof tätig sind, vorstellen möchte. Ich denke, dass Sie mein Urteil und meine Einschätzungen teilen würden, wenn Sie hier wären. Unter den hiesigen Malern würde insbesondere der Jesuit Castiglione einen Vergleich mit den florentinischen Malern des 15. Jahrhunderts nicht zu scheuen brauchen. Ich habe kürzlich sein Bild eines kasachischen Pferdes gesehen, das dem Kaiser als Tribut geschenkt wurde. Das fast fertige Bild ist auf Seidenpapier gemalt. Ich war überwältigt, wie das Bild das edle Temperament des Pferdes wiedergab. Der Kaiser zeigte einen etwas erschöpften, aber würdevollen Ausdruck. Die Farbigkeit seiner Kleidung und seines Gefolges, die Komposition, Proportionen und Ausdruck sind alle unvergleich-

lich ausgewogen dargestellt. Aus dem ganzen Bild spricht eine seltene Harmonie und Anmut.

Dieses Bild wurde genau wie die chinesischen Bilder auf eine Bilderrolle gemalt, so dass man es zum Betrachten langsam aufrollen muss. Auf diese Weise kann man nur kleine Abschnitte auf einmal sehen, als ob man in ein Tal hineinspaziert. Je weiter man geht, desto klarer wird die Landschaft. Die chinesischen Rollbilder erinnern mich an die Guckkästen, mit denen ich als Kind in der sächsischen Provinz gespielt hatte. Man kriecht vor den Apparat, lugt durch das Loch und sieht den sich ändernden Bildern zu. Diese Mischung aus Schauen und der Bewegung der Hände, dieses allmähliche Entdecken von immer mehr Details, verleiht dem Ganzen den Reiz, etwas Verborgenes zu entdecken, als handle es sich um Magie.

Mittlerweile habe ich einiges über die Persönlichkeit und den Geschmack des Kaisers erfahren. Er schätzt die Künste sehr und kann gewissermaßen selbst als Künstler gelten. Er rühmt sich einer schönen Kalligrafie und der Fähigkeit, schnell Gedichte verfassen zu können. Auch Musik schätzt er sehr. Er bestellte bei dem Jesuiten Joseph-Marie Amiot eine westliche Oper. Diese wurde erst kürzlich im Palast aufgeführt und die westliche Musik gefiel dem Kaiser recht gut. Er befahl einer seiner Konkubinen, von Amiot das Cembalospiel zu lernen, aber mehr, als eine Melodie mit einem Finger zu spielen, brachte sie leider nicht zustande.

Häufig veranstaltet der Kaiser Dichterwettstreite mit den Beamten oder genießt eine chinesische Oper. Im Moment begeistert er sich für Springbrunnen, und wenn nicht für die, dann für Emaille oder Schnitzerei. Eine Weile erfreute er sich besonders an Elfenbeinschnitzereien, danach bevorzugte er solche aus Holz. Er hat eigentlich nur zwei Leidenschaften, die sich nicht ändern: Poesie und Malerei. Seine Bilder werden häufig als Motive für Porzellan benutzt. Ich habe im Palast einige davon gesehen.

Weil der Kaiser auch Pferde so liebt, malen Castiglione und Attiret häufig welche. Ich habe von einem Treffen des Kaisers mit seinen Ministern gehört, bei dem Castigliones Werk bewertet werden sollte. Zu diesem Zweck ließ der Kaiser ein Werk von Li Gonglin holen, dem bedeutendsten Pferdemaler in der Geschichte Chinas, um es mit Castigliones Werk zu vergleichen. Chinesische Bilder sind flach und ohne Dreidimensionalität. Auch wird der Perspektive keine besondere Aufmerksamkeit zuteil. Castiglione ist demgegenüber ein Großmeister von Licht und Schatten. Auf seinem Rollbild mit hundert Rössern steht ein Pferd im Wasser, das von einem Reitknecht abgebürstet wird. Im Wasser kann man tatsächlich das Spiegelbild der Stute sehen, was den Chinesen ein überraschtes Zungenschnalzen entlockte. Nach endlosen Diskussionen kamen die Minister einhellig zu dem Ergebnis, dass sein Werk zwar außerordentlich realistisch sei, es ihm aber an spontanem Ausdruck mangele. Sie erklärten, dass seine Kunst bloßes Handwerk zeige, während es bei chinesischen Bildern gerade auf die feinstoffliche Resonanz ankäme. Sie stellten außerdem fest, dass das Werk von Castiglione ein bloßer Abklatsch sei, der des Erlernens nicht lohne.

Aber der Kaiser war anderer Meinung. „Li mag unübertrefflich sein, doch Castiglione wurde nur um ein Grad geschlagen." Er fügte aber auch hinzu, dass er die Schatten nicht möge, sondern das Gefühl von Sonne und runder Fülle bevorzuge. Auch im Portrait gefalle ihm nur die Frontalsicht, während ihm ein Profilportrait unerträglich sei.

Castiglione übt fleißig chinesische Kalligrafie und Tuschemalerei. Seine Kalligrafie ist wirklich elegant und präzise. Er schreibt mit leichtem Pinsel, und auch seine Unterschrift auf den Bildern ist sehr klein. Aber nicht deswegen hält der Kaiser große Stücke auf ihn. Attiret sagt, dass der Kaiser die chinesische Philosophie des Lebens von Castiglione lernt: Durch Zurückgehen voranschreiten, durch Bescheidenheit geschätzt werden, durch Zurückstehen erhöht werden.

Die Chinesen finden, dass der Bambus die Integrität des Charakters symbolisiert: Wenn der Wind weht, biegt er sich, aber er bricht nie. Deshalb malen die Chinesen sehr gern Bambus.

Castiglione übt schon seit vielen Jahren, Bambus zu malen. Seine Bambusbilder haben allerdings wenig Ähnlichkeit mit denen der chinesischen Maler. Vielleicht sind sie sogar besser.

Ein anderer Maler im Palast, der Böhme Sichelbarth, sagte: „Die Chinesen malen ohne Beachtung der Regeln der Perspektive. Wenn sie malen, wollen sie durch den Tanz der Tusche ihre Gedanken ausdrücken. In ihren Tuschebildern lassen sie ganze Stellen weiß und an anderen darf die Tusche ungehindert zerlaufen, um eine bestimmte Stimmung auszudrücken." Castiglione und Sichelbarth verfügen beide über große Weisheit, während der Franzose Attiret für mich vergleichsweise zugänglich ist. Wir sind uns vom Alter her näher und können uns ungezwungener austauschen. Aber Attiret ist mit seiner Arbeit im Kaiserpalast nicht sehr glücklich. Häufig verstören ihn die Anweisungen des Kaisers, deren Inhalt er häufig nicht wirklich zu fassen bekommt. Er ist auch nicht in der Lage, wie Castiglione gelehrten Umgang mit den Eunuchen zu pflegen oder wie Sichelbarth mit ihnen zu scherzen. Ich kann sehen, dass er innerlich aufgewühlt und unglücklich ist. Der Kaiser hatte entschieden, dass Attiret ein Amt im Palast verliehen werden sollte. Es gab bereits zwei westliche Maler, Castiglione und Sichelbarth, die Ämter dritten Grades innehatten, und der Kaiser hatte Gleiches für Attiret vorgesehen. Aber zu seiner großen Überraschung lehnte Attiret ab. Er erklärte mir, dass er kein Amt brauche, weil das nicht seine Aufgabe im Leben sei. Der Grund sei sein Glaube. Gott wisse, dass er für Ihn hier in China arbeite. Und im Vertrauen fügte er hinzu, dass er den ganzen Aufwand und die endlosen Regeln für Beamte in China nicht ertragen könne.

Was meine eigene Arbeit im Palast angeht, gibt es wenig zu berichten, aber Sie wissen ja, zu welchem Zweck ich nach China gegangen bin. Außerdem plane ich mittlerweile, einen Reisebericht über meinen Aufenthalt hier zu schreiben. Seit einer Weile bin ich selbst vom Malen fasziniert und habe schon ein wenig gelernt, die flüchtigen Momente der Schönheit einzufangen.

Meinen respektvollen Gruß entbiete ich Ihnen und Ihrer Familie. Und bitte dehnen Sie meine Grüße und Wünsche für Gesundheit und Wohlergehen auf meine Schwester Anna aus. Ich werde ihr demnächst eigens schreiben.

Ihr Wilhelm Bühl

Beijing, 20. Februar 1767

„Ihr seht heute etwas müde aus", sprach mich ein Sula besorgt an. Ich antwortete nicht. Die Eunuchen nahmen aus einem Kästchen die Edelsteine, die ich für den Kaiser bestimmen sollte, und zeigten sie mir. An jedes Stück Jade hatte ich sorgfältig einen dünnen Faden gebunden. Erst hatte ich jeden Stein an der Luft gewogen, ihn dann an einem Teller der Waage befestigt und ihn von da in eine Kolbenflasche voller Wasser hängen lassen. Danach hatte ich vom ersten Messergebnis das zweite abgezogen. Auf diese Weise hatte ich die unterschiedliche Dichte der Steine berechnet. Tagaus, tagein. Mein letzter Schluss war, dass es sich bei der kaiserlichen Jade tatsächlich um Jade mit einer Dichte zwischen 2,5 und 3,3 Gramm pro Kubikzentimeter handelte. Aber damit konnte ich noch keine Aussage über ihre Art und Herkunft treffen. Die unterschiedlichen Arten von Jade waren mir immer noch ein Rätsel.

Irgendwann hörte ich mit diesen Messungen auf. Ab und an öffnete ich die Kästchen mit den Preziosen. Und dann schloss ich sie wieder. So waren mehrere Tage vergangen. Ich weiß nicht, was das für Jade ist, und vielleicht werde ich es nie wissen. Diese Jade ist ein Rätsel, das ich in alle Ewigkeit nie werde lösen können. Was ist ihre Botschaft? Womit soll ich anfangen? Woher soll ich ihren Hintergrund und ihre geheimnisvollen Geschichten kennen?

„Was man weiß, als Wissen gelten lassen. Was man nicht weiß, als Nichtwissen gelten lassen.“ Was ich mittlerweile weiß, ist, dass diese Sätze von Konfuzius stammen.[8] Was ich nicht weiß, ist, ob mich jemand damit unterstützen oder warnen will. Und warnen wovor? Ich bin ein unwissender Schwindler. Nur hat es niemand bisher herausgefunden. Und nun bin ich unerwartet im Palast des unvergleichlichen Kaisers von China gelandet und täusche ihn in aller Offenheit? Nie werde ich heimkehren können. Nie werde ich Helena wiedersehen. Es gibt keinen Ausweg. Ich bin in diesem Palast, diesem großen Gefängnis, eingesperrt. Bis heute habe ich keinerlei Techniken der Porzellanherstellung für die Manufaktur Meißen in Erfahrung bringen können, die der Erwähnung wert wären. Auch hatte ich noch keine Gelegenheit, einen kaiserlichen Brennofen im Palast zu sehen. Ich weiß gar nichts. Ich habe gar nichts. Ich bin gar nichts.

Aber wer will mich warnen?

Ich starrte auf ein Stück Jade, als ob die Jade meine Probleme lösen könnte. Als ob ihre Maserung mir ein Geheimnis verraten könnte. Einige Eunuchen und Sulas leisten mir stumm Gesellschaft. Manchmal geben sie sich Zeichen, zeigen sich zwei Finger, klopfen sich selbst zwei Mal auf den Oberarm oder klatschen schnell in die Hände. Ich sehe ihnen zu und habe keine Ahnung, was diese Zeichen bedeuten. Sie schauen zurück und sagen nichts. Ich fragte einen der vergleichsweise freundlichen Eunuchen: „Hast du Jade?“

„Ja“, sagte er und holte einen bestickten Seidenbeutel hervor, in dem sich ein Schwein aus Jade befand.

„Warum ein Schwein?“, fragte ich.

„Ich bin im Jahr des Schweins geboren“, antwortete er ohne zu zögern.

---

8 知之為知之，不知為不知。Zitat von Konfuzius, aus Lunyu, Kapitel Weizheng (為政) Nr. 17

„Wieso mögen Sie Jade?“, fragte ich ihn. Die Frage verblüffte ihn. Er deutete mit dem Finger auf seine Nase und sagte: „Ihr fragt mich?“ Er zögerte eine ganze Weile. Vielleicht war es ihnen verboten zu reden oder Fragen zu beantworten? Ich wollte schon aufgeben, als der Eunuch anfing: „Ich trage diese Jade bei mir, seit ich klein bin.“ Er warf einen flüchtigen Blick auf seinesgleichen: „Meine Mutter sagte, dass es ein Schutzamulett ist.“

Jade dient als Schutzamulett?

Beijing, 23. Februar 1767

Mittlerweile weiß ich es: Liu, der tote Eunuch, war für die Lager zuständig. Er war speziell mit den Registern des Lagers betraut. Er war derjenige, der die Kataloge mit den Schätzen des Kaisers anlegte und die Eunuchen, die mir die Kästchen zur Untersuchung brachten, überwachte. Ich erinnerte mich vage, ihn länger nicht gesehen zu haben, aber mir war nicht klar, dass er nicht mehr lebte. Er war tatsächlich schon seit Wochen tot, bevor es mir jemand im Palast erzählte. Ich fragte nach, aber niemand wollte mehr dazu sagen. Nur ein ehrlicher Motanga ließ durchblicken, dass der Eunuch Liu gern dem Alkohol zugesprochen hätte. Trotz eines Fiebers hätte er einige Tage vor seinem Tod wieder zu viel getrunken. Dann habe er wirres Zeug geredet und sei außerhalb des Palastes umhergeirrt. Als er zum Yamen gebracht worden war, bezichtigte er sich voller Angst, eine Vase des Kaisers zerbrochen zu haben und dass er kein Geld habe, um sie zu ersetzen. Auch sagte er aus, dass jemand Schätze aus den Lagern stehle, um sie in den kaiserlichen Pfandhäusern zu Geld zu machen.

Ob er wisse, wer das sei, wurde er im Yamen gefragt. Die kaiserlichen Pfandleiher waren sich einig, dass so etwas ausgeschlossen sei und der Eunuch ein Trunkenbold, der für ein Amt in den kaiserlichen Lagern völlig ungeeignet sei. Eine entsprechende Eingabe an den Kaiser wurde aufgesetzt. Niemand hatte erwartet, dass sich Liu am nächsten Tag erhängen würde.

Die Schilderung des Motangas verblüffte mich. Der Palast erlaubte der Abteilung für innere Angelegenheiten, Pfandhäuser zu betreiben? Ich erfuhr, dass diese Pfandleihen den Prinzen und Prinzessinnen der kaiserlichen Linie und angeheirateten Prinzen zustanden und von den Eunuchen der Abteilung für innere Angelegenheiten geführt wurden. Die Nutznießer dieser Häuser mussten dem Kaiser über Gewinn und Verlust Rechenschaft ablegen, und der Kaiser überließ ihnen regelmäßig Objekte, die er nicht behalten wollte, oder leicht fehlerhafte Ware aus den kaiserlichen Werkstätten. Deshalb wurden diese Pfandleihen „kaiserliche Pfandhäuser" genannt. Außerdem werden den kaiserlichen Pfandhäusern viele konfiszierte Gegenstände von verurteilten noblen und gelehrten Familien oder privaten Pfandleihen überlassen.

Kein Wunder, dass Pater Gao Mingsi davon ausging, dass der Tod des Eunuchen etwas mit diesen Leihhäusern zu tun haben könnte. Ich habe heimlich Nachforschungen angestellt und herausgefunden, dass es in Beijing dreizehn solcher Pfandleihen gibt. Ich habe außerdem gehört, dass der Eunuch Liu die zu beleihenden Wertgegenstände immer in die Pfandleihe „Gütiges Glück" gebracht habe. Der Eigentümer von „Gütiges Glück" war der Schwiegervater des Thronfolgers. Ich tat so, als wollte ich ein Porzellan aus der Ming-Dynastie kaufen, und ging diverse Male dorthin, aber der Besitzer war nie da.

Der Verkäufer hatte noch nie einen Europäer gesehen, weshalb er vor Angst zitterte und zunächst kein einziges Wort herausbrachte.

„Kennt Ihr den Vorbesitzer dieses Porzellans?", fragte ich ihn mit Blick auf eine rot glasierte Teekanne in Form einer Mönchskappe. Nach ihrer Machart musste es ein Stück aus dem kaiserlichen Haushalt sein. Er zögerte kurz, als verstünde er nicht, warum ich das wissen wollte, und antwortete dann endlich: „Das weiß ich wirklich nicht."

Ich ging auch in andere kaiserliche Pfandhäuser und entdeckte einige sehr vertraute Gegenstände. Ich argwöhnte, dass jemand aus den kaiserlichen Lagern diese hier gegen Silber verpfändet hatte. Aber das war nicht mehr als ein Verdacht.

Ich befragte auch Leng Mei, einen Schüler Castigliones, im Quartier zum Glückszepter.

„Wenn echte Gegenstände aus dem kaiserlichen Haushalt gestohlen werden, um sie zu verkaufen, und im Palast gegen Imitationen ausgetauscht werden, dann könnten die Dinge, die du begutachtet hast, auch gefälscht sein." Leng Mei beschwor mich, mit niemandem darüber zu sprechen.

Echt oder gefälscht? Das war schon seit jeher eine knifflige Frage und ich brach vorsichtshalber meine Nachforschungen ab. Ich war nach wie vor unsicher, ob der Tod von Liu etwas mit diesen Pfandleihen zu tun hatte. Bei meinen Besuchen in den Pfandleihen hatte ich festgestellt, dass die meisten von bewaffneten und grimmigen Soldaten bewacht wurden. Außerdem hatten viele der Sänften, die durch das Eingangstor hinein- und wieder herausgetragen wurden, grüne Vorhänge. Offenbar gehörten also viele Kunden zur weiteren kaiserlichen Familie, denn grüne Sänften sind den Mandarinen ersten und zweiten Grades vorbehalten. Als ich die alteingesessene Pfandleihe „Unendlicher Erfolg" besuchen wollte, kam ich an der Südseite der „Neuen Brücke" vorbei. Jemand stieß mich an und sagte: „Seid Ihr nicht der Ausländer, der in der Pfandleihe ‚Gütiges Glück' so viele Fragen gestellt hat?" Der Mann wirkte heimtückisch und böswillig. Ich fühlte mich grundlos angegangen und konnte mich nicht beherrschen. Ich packte den Gesellen am Kragen und schrie: „Wer bist du? Was willst du?“ Unerwarteterweise machte ihm das Angst. Er nahm die Beine in die Hand und lief weg.

Beijing, 25. Februar 1767

Als ich in der Morgendämmerung am äußeren Palasttor ankam, wartete dort bereits ein Eunuch auf mich. „Der Kaiser wünscht Euch zu sprechen.“ Ich musste mich für die Audienz bereithalten. Im Moment diskutierte der Kaiser wichtige Angelegenheiten mit Militärbeamten, aber am Nachmittag würde er mich vielleicht rufen lassen.

Ich wartete viele Stunden lang.

Während ich in den letzten Tagen noch einmal gründlich über alles nachgedacht hatte, war eine namenlose Furcht in mir gewachsen: Erst hatte vielleicht jemand versucht, mich zu vergiften, dann starb völlig unerwartet Le Febvre und nur wenige Tage zuvor hatte man den Eunuchen hängend gefunden. In meinem Albtraum von letzter Nacht wurde ich von Geistern bedrängt, deren Geschlecht ich nicht bestimmen konnte. Sie wechselten ohne Übergang von Mann zu Frau, von groß zu klein. Sie drangen durch Mauern und konnten mich jederzeit greifen. Ich tat nichts dagegen, genau wie ich jetzt vor der Halle stand und nur wartete. Es war kalt, der Boden war gefroren. Das Kohlebecken kam wie üblich nicht dagegen an. Die Kälte kroch meine Beine hoch und erfasste schließlich meinen ganzen Körper. So wartete ich beinahe den ganzen Tag, bis endlich jemand kam und mich zur Audienz beim Kaiser führte. Sobald ich ihn sah, kniete ich nieder. Der Kaiser gestattete mir huldvoll, wieder aufzustehen, und äußerte Zufriedenheit über meine Arbeit. Danach ließ er ein in farbige Baumwolle gehülltes Bündel kommen und öffnete es. Darin lagen zwei kleine pastellfarbene, henkellose Teeschalen, die „Koppchen“ genannt werden.

„Wir wollen von dir wissen, ob das echtes Jun-Porzellan ist.“

Die zwei Koppchen changierten zwischen graublau und violett. Verarbeitung und Glasur schienen perfekt zu sein. Wenn das echtes Jun-Porzellan war, dann stammte es aus der lange vergangenen Song-Dynastie. Damals benutzten wir in Europa vermutlich noch Steine. Als mir bedeutet worden war aufzustehen, gab mir ein Eunuch die beiden Stücke. „Wenn mir Eure Majestät etwas Zeit zugestünden ...“, redete ich mich heraus, weil ich es nicht wagte, sofort zu antworten. Sollte ich mich irren, könnte das mein Leben kosten.

„Wir gewähren dir Zeit für eine gründliche Untersuchung“, sagte der Kaiser gnädig. „Sobald du es weißt, erstatte Bericht.“

„Ich höre und gehorche.“ Erleichtert, wie ich war, klang meine Stimme fest und ohne Zweifel.

Der Kaiser gestattete mir, mich nach einem Kniefall zurückzuziehen. Als ich mich aus der Halle der Gewissenhaften Regierung zurückzog, wo sich der Kaiser üblicherweise mit seinen Beamten trifft, vollführte ich noch einen Kotau. Diesmal vergaß ich auch meine Kappe nicht.

Allmählich verstand ich, dass China ein Reich ist, in dem besonders viel Wert auf Wortwahl und Haltung gelegt wird. Den Kotau zu vollführen oder Entsprechendes sprachlich zu tun, sind Methoden, um Zugang zu erhalten. Es gibt keinen anderen Weg, um nach China, in den Palast und mit den Menschen ins Gespräch zu kommen. Und endlich verstehe ich auch, warum die Chinesen sagen, dass Jade falsches Porzellan und Porzellan falsche Jade ist. Denn ihre Liebe zu Jade ist so groß, dass sie sich den Kopf darüber zerbrechen, wie Porzellan die Beschaffenheit von Jade noch besser imitieren kann.

Beijing, 28. Februar 1767

Während ich jeden Tag im Quartier zum Glückszepter arbeite, versuche ich heimlich, mehr über den Tod des Eunuchen Liu herauszufinden. Langsam glaube ich, dass der Tod mit mir zu tun hat. Als sich die Gelegenheit bot, fragte ich einen Eunuchen in der Halle nach Liu und seinem Werdegang. Dabei erfuhr ich, dass er vor der Tätigkeit im Lager in der Familie des Thronfolgers Dienst getan hatte. Nun war es so, dass der Kronprinz ein ausgesprochener Jadeliebhaber ist und Liu sich von Kindheit an mit Jade auskannte.

Ein Oberverwalter der Abteilung für innere Angelegenheiten kam, und mit ihm ein Aufseher. Der Kaiser wollte, dass Pater Gao und ich zusammenarbeiteten, um eine einheitliche Übersetzung der Namen der Edelsteine zusammenzustellen. Also fuhren die Eunuchen damit fort, mir und nun auch Gao Mingsi Schätze zur Begutachtung zu bringen. Ich zog die bereits verfassten lateinischen Listen hervor und ging sie Blatt für Blatt mit Gao Mingsi durch. Die Edelsteine, für die wir die Übersetzung festgelegt hatten, wurden von den Eunuchen weggetragen. Die Kästen in dem Raum wurden immer weniger, bis nur noch ein kleines Kästchen übrig war. Darin waren die beiden Porzellankoppchen, wegen derer der Kaiser einer Antwort harrte.

Bevor der Missionar Gao Mingsi ging, sagte er leise zu mir, als gerade sonst keiner da war: „Langsam kommt es mir auch so vor, dass im Palast üble Kräfte am Werk sind und sich heimlich, still und leise eine Intrige entspinnt."

„Was für eine Intrige?", fragte ich vorsichtig.

„Ich kann es auch noch nicht ganz ausmachen, aber vielleicht hat es mit der Bekämpfung der Jesuiten durch andere Orden zu tun."

Wir verabredeten uns in einem Teehaus außerhalb der Stadtmauern, um uns weiter zu unterhalten.

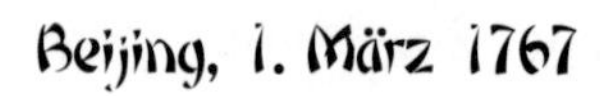

Beijing, 1. März 1767

Die westlichen Missionare in der Hauptstadt haben sich in zwei Lager gespalten, mit den Jesuiten auf der einen und allen anderen Orden auf der anderen Seite. Obwohl ich eigentlich zu keinem Lager gehöre, werde ich in den Streit hineingezogen. Dazu gehört, dass es innerhalb der Jesuiten auch zwei Stimmen gibt. Die einen meinen, dass ich als aufrechter Christ in Zukunft sicher ihre Partei ergreifen werde, auch wenn der Stern der Jesuiten im Vatikan stark gesunken ist. Die andere Gruppe steht mir eher feindselig gegenüber. Sie glauben, dass die Jesuiten nicht so eng mit Laien zusammenarbeiten und diese auch noch mit Unterkunft versorgen sollten. Außerdem halten sie mein Benehmen für freizügig und unorthodox. Sie wehren sich dagegen, dass ich hier mit ihnen in einer Gemeinschaftsunterkunft wohne, und manche haben bis heute kein Wort mit mir gewechselt.

Heute ließ mich den ganzen Tag ein Satz nicht los, den Attiret zu mir gesagt hatte: „Du bist nach China gekommen und erfährst die Gunst des Kaisers, aber trotzdem weißt du nicht, ob das ein Glücksfall ist." Früher habe ich mich immer für einen Pechvogel gehalten. Mehrmals bin ich dem Tod von der Schippe gesprungen und habe in meinem Leben schon unerträgliche Pein erlitten. Der frühe Tod meiner Eltern. Der Unfall meiner großen Schwester, die beim Reiten zu Tode stürzte. Der Gedanke, dass meine Geliebte vielleicht gerade in den Armen eines anderen liegt. Der unglückliche Verlauf einer noch früheren Liebe. All das, ob vergangen oder gegenwärtig, ist so unwirklich geworden, dass ich nur noch aufmerksam von Tag zu Tag lebe. Ich bin nicht davon überzeugt, dass Fortuna sich um mich schert. Ich denke vielmehr, dass es Fortuna grundsätzlich unmöglich ist, mir beizustehen. Ich bin jemand, der dazwischen steht und selten eine dezidierte Meinung hat. Ich bin ein Zuschauer. Gelegentlich achte ich mit Anteilnahme auf die, die noch mehr als ich vom Pech verfolgt sind, aber meist scheue ich Streit und Unannehmlichkeiten. Lieber genieße ich die Schönheit und lasse die Tage auf angenehme Weise vorüberziehen.

Ich habe auch Zweifel an der Festigkeit meines Glaubens. Ich glaube an Gott, aber auf meine Weise. Ich gebe nichts auf Gerüchte. Ich beurteile meine Erfahrungen und Gefühle selbst und lasse mich nicht von engen moralischen Vorstellungen binden. Auch wenn andere mich missverstehen, ändert dies nichts an meiner Wahrnehmung der Welt. Doch seit ich nach China gekommen bin, fühle ich mich unruhig und unbehaglich. Wie konnte ich so einfach in den Palast des Kaisers von China kommen und mich von Angesicht zu Angesicht mit ihm austauschen? Ich verstehe es bis heute nicht. Welche Tugend oder welches Können meinerseits haben dazu geführt, dass der Kaiser mich mit seiner Gunst und seinem Vertrauen bedenkt? Bin ich überhaupt in der Lage, die mir gestellte Aufgabe zu erfüllen?

Gleichzeitig ist es so, dass ich meine Oberflächlichkeit, Arroganz und Ignoranz umso stärker empfinde, je tiefer ich in die chinesische Kultur eintauche. Je mehr ich über ihre Finesse und ihren Reichtum erfahre, desto ferner fühle ich mich von Europa. Dann sucht mich die Einsamkeit heim. Ich habe eigentlich keine Angst vor der Einsamkeit, ja ich fürchte nicht einmal den Tod. Was mir Angst macht, ist, mich selbst zu verlieren und meine Stimmungen nicht mehr kontrollieren zu können. Werde ich eines Tages verrückt? Vielleicht sogar so verrückt, dass ich es gar nicht merke? Früher hatte ich nur Augen und Ohren für Oberflächlichkeiten, die ich nie wirklich durchdrungen habe. Erst das Mysterium China hat meinen Wissensdurst und meine Sehnsucht erweckt.

China. China, das ist die Frau, die ich nur einmal traf.

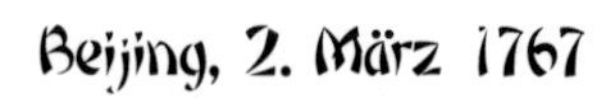

Beijing, 2. März 1767

Die Liebe ist wie das Leben. Es gibt Geburt, Alter, Siechtum und Tod. Die Liebe zwischen Helena und mir war bereits siech, und jetzt sieht es so aus, als würde sie sterben. Die Nabelschnur, die uns verband, ist längst gerissen, unsere Leben sind voneinander getrennt. Zeit und Raum haben diese Trennung vertieft und nun ist Helena in weiter Ferne entschwunden. Unsere gemeinsame Zeit war jede Minute wert. Meine Erinnerungen an sie sind wundervoll, auch wenn sie der Vergangenheit angehören. Jeder sollte nun sein eigenes Leben weiterleben. Von Anfang an war unserer Verbindung kein Glück beschieden. Sie war voll von Hindernissen und Enttäuschungen. Ich weiß nicht, wie oft mich meine Schwester Anna vorwurfsvoll angesehen hatte, weil meine skandalöse Liebe auch Schande über sie brachte.

„Dabei passt ihr als Paar nicht einmal zusammen!" Ich habe nie auf die Meinung anderer gehört, ich war lediglich verärgert über ihre verurteilenden, moralischen Blicke. Wenn ich heute daran zurückdenke, sehe ich, dass ich meine ganze Familie in sinnlose Schwierigkeiten gebracht hatte, indem ich nur um mich selbst kreiste. Wieso beharrte ich darauf, eine verheiratete Frau zu umwerben? War es meine eigene Natur? Musste ich die Regeln der profanen Welt herausfordern? Konnte ich nicht mit dem Normalen zufrieden sein? Oder trieb mich meine ausschweifende Leidenschaft? Habe ich einen Hang zur Selbstzerstörung? Ich war mir nie sicher, ob sie den Reichtum und das Ansehen, das Webermann ihr bot, tatsächlich aufgeben würde. Würde sie ihren vornehmen Ehemann verlassen, um bei mir, einem mittellosen Gelehrten, Zuflucht zu suchen? Selbst wenn sie eingewilligt hätte, hätte sie wirklich das gewöhnliche Leben ertragen? Hätte sie mit mir zusammen ihr ganzes Leben in einem gewöhnlichen Haus verbringen können? Solange wir uns liebten, solange ich sie liebte, galten diese Probleme nicht. Aber liebe ich sie noch?

Ich liebte sie wie noch niemanden in meinem Leben. Ich zweifle nicht an meiner Liebe zu ihr. Wir teilten so viel unvorstellbare Schönheit. Ihr sinnliches Talent war für mich wie vom Himmel gesandt. Einmal sagte sie: „Ich bin auf die Erde gekommen, um dich kennenzulernen." Ich fühlte genauso. Wenn es sie nicht gäbe, hätte ich diese Welt, diese Menschen, diese Reise und mich selbst nicht verstehen können. Erst durch sie erfuhr ich die Wahrheit der Liebe, denn sie ließ mich meine eigene Sinnlichkeit und Sinne entdecken. Vor ihr wusste ich wenig über die Liebe. Mein Einsatz und meine Erfahrung im Leben gingen nie sehr tief. Sie erweiterte meine Kenntnisse über meinen Körper und seine Bedürfnisse. Verglichen mit ihr war ich nur jung und ungestüm. Sie, die Erfahrene, lehrte mich zu warten und mich der Freude langsam zu nähern. Durch sie wurde ich vollständiger und wahrhaftiger. Aber unsere Liebe lebte nur in den dunklen Kammern der Seele und im Geschwätz der Leute. In jedem einzelnen Augenblick hing der Schatten von Webermann über mir.

Liebe sollte so sorgfältig wie Porzellan behandelt und liebevoll bewahrt werden, aber ich war sorglos und unaufmerksam. Helena auch? Wir waren nicht vorsichtig genug und so zerbrach unsere Liebe wie Porzellan. Ein einzigartiges Porzellan. So leicht ist es zerstört.

Beijing, 11. März 1767

„Es ist widerlich! Ihr Ausländer verbreitet mit eurem Geschwätz doch nur Unruhe! Es ist ein Skandal!" Ein Absolvent der Hanlin-Akademie[9] beschimpfte mich lauthals vor dem Palasttor. Der Gelehrte hatte von einem

9 Anm. d. Ü.: Im 8. Jahrhundert gegründete Einrichtung, die nur den gelehrtesten Männern offen stand.

unter den Eunuchen zirkulierenden Gerücht gehört, dass ich heißes Wasser in Eis verwandeln könnte. Er war extra hierhergekommen, damit ich die Angelegenheit richtigstellte. Wenn ich diese Äußerung nicht zurücknähme, so stellte er unumwunden klar, würde er eine Eingabe an den Kaiser verfassen.

Nachdem ich einen Bericht von Étienne François Geoffroy von Der Königlichen Akademie der Wissenschaften in Paris gelesen hatte, hatte ich nebenbei einem Eunuchen von dem Experiment erzählt. Ich hatte nicht damit gerechnet, dass sich dies so schnell verbreiten oder einen Hanlin-Gelehrten auf den Plan rufen würde. Ich versuchte es ihm zu erklären, aber er wollte nicht zuhören.

„Die ganzen Lügen die Ihr erzählt, werden Euch selbst entlarven! Wenn man nachts lange genug läuft, trifft man auf Geister!“ Er beharrte darauf, dass es nur eine Möglichkeit gäbe, den Schwindel zu entlarven: „Ihr müsst es jetzt, hier und gleich demonstrieren. Gelingt es, nehme ich alles zurück. Gelingt es nicht, dann, verzeiht meine Unhöflichkeit, werde ich das dem Kaiser mitteilen lassen. Hier ist das Reich des Kaisers. Wie könnt Ihr hier Eure Barbareien verbreiten!“ Mir blieb nichts anderes übrig, als mich nach meinem Dienst im Palast zu einer Demonstration in einem Zelt vor der Hanlin-Akademie bereit zu erklären. Ich schwor, dass ich die Wahrheit gesagt hatte: Ich könnte neben einem Feuer Wasser zu Eis machen.

Ich kam vorbereitet. Viele Gelehrten waren bereits dort, um dem Spektakel beizuwohnen. Sie setzten sich in einem Kreis um ein großes Kohlebecken und schienen bereit für einen großen Spaß. Ich tat gelassen und scherzte: „Will jemand etwas Kaltes zu trinken? Vielleicht könnte jemand etwas Schnee und Wasser holen?“ Genau wie die Gelehrten setzte ich mich mit gekreuzten Beinen an die Feuerstelle. Als es so warm geworden war, dass die meisten Gelehrten ihre Kappen abnahmen, forderte ich einen von ihnen auf, die beiden metallenen Schüsseln für das heiße Wasser und den Schnee zu halten. Einen anderen bat ich, das Kohlebecken etwas zur Seite zu stellen. In diesem Durcheinander mischte ich den heimlich mitgebrachten Salpeter unter das Eis. Niemand bemerkte etwas. Während mir der eine Gelehrte dabei half, das Wasserbecken über die Glut zu halten, stellte ich die Schneeschüssel darüber. Nach einer Weile war der Schnee geschmolzen und das Wasser darunter war zu Eis gefroren.

Ein Literatus mit einem Ziegenbart wollte das nicht glauben und schob sich mit skeptischem Blick ein Stück Eis in den Mund. „Es ist wirklich Eis! Das ist unfassbar!" Die anderen Scholaren berührten einer nach dem anderen den Eisklumpen und wollten von mir wissen, wie ich das gemacht habe. Ich rekapitulierte den Versuchsablauf, ließ aber die Stelle mit dem Salpeter[10] aus.

Einige der Akademiker hatten das Ganze in Erwartung großer Schadenfreude beobachtet und mein grandioses Scheitern erwartet. Sie hätten es nicht für möglich gehalten, dass heißes Wasser wirklich zu Eis werden kann. Der, der mich beim Kaiser anschwärzen wollte, bellte plötzlich laut: „Wir sollten nicht auf die Schliche der ausländischen Teufel hereinfallen!" Er stand auf, drehte sich mit einem Ruck um und ging. Noch im Gehen bezichtigte er mich der Hexerei, aber es standen auch einige Gelehrte bei mir, die mir anerkennend auf die Schulter klopften, um mich zu trösten. Vor Einbruch der Dunkelheit zerstreute sich die Menge.

Ein Eunuch hastete zu mir, um seiner Bewunderung Ausdruck zu verleihen: „Herr aus dem Westen, könntet Ihr mir diesen Trick beibringen? Ich würde es gern lernen!"

„Ja", sagte ich, zog ihn leicht am Ärmel und fügte leise

---

10 Anm. d. Ü.: Das Auflösen des Salpeters im Schnee oder in Wasser verursacht eine endotherme Reaktion, so dass die Temperatur auf etwa minus 20 °C absinkt.

hinzu: „Wenn du mir in einer anderen Angelegenheit Auskunft geben kannst."

„In welcher Angelegenheit denn?", fragte der Eunuch mit weit aufgerissenen Augen.

„Sag mir, wo der Brennofen im Palast liegt?", flüsterte ich.

„Woher wisst Ihr denn, dass es im Palast einen gibt?"

„Was meinst du? Wie viel Tratsch gibt es im Palast?"

„Ach so. Das." Der junge Eunuch lächelte.

Beijing, 19. März 1767

Nach den Beschreibungen des jungen Eunuchen müsste der Ofen in der Nähe der Halle der Seidenraupenzucht sein, wenn es denn überhaupt einen gab. Ich beschloss, einen Besuch zu riskieren. Vor einigen Jahren gab es einen jungen Franzosen, der in der Seidenherstellung sehr bewandert war. Er bereiste Japan, wo er verschiedene Herstellungsverfahren lernte und kombinierte. Außerdem verstand er sich aufs Färben. Der Kaiser verlieh ihm ein Läuferamt in der Halle der Seidenraupenzucht. Aber nach zwei Jahren konnte der Franzose das Heimweh nicht mehr ertragen. Ohne dies mitzuteilen, verließ er China, was den Kaiser außerordentlich verärgerte. Obwohl sein Amt wie auch meines „Läuferamt" genannt wird, bedeutet dies nicht, dass man sich im Palast frei bewegen darf. Wo immer man hingeht, wird man von zwei Eunuchen begleitet und es ist nicht gestattet, sich irgendwo ohne Auftrag aufzuhalten. Man geht immer mehr oder weniger auf den gleichen Wegen zu den gleichen Orten. Aber ich gehöre mittlerweile zu den wenigen, die die Erlaubnis haben, auch andere Hallen des Palastes aufzusuchen. Gewöhnliche Beamte kommen nicht weiter als bis zur Halle der Gewissenhaften Regierung in der Nähe des Eingangstores.

Ohne besondere Ermächtigung des Kaisers ist es ihnen verboten weiterzugehen. Ich hatte diese Sondererlaubnis im Handumdrehen erlangt. Ich beschloss daher, einfach zur Halle der Seidenraupenzucht zu gehen, ohne jemanden um Erlaubnis zu fragen. Ich tat so, als müsste ich mich erleichtern, und verzichtete auf die Begleitung eines Eunuchen. Stracks marschierte ich auf mein Ziel zu. Innerlich waren meine Nerven zum Zerreißen gespannt. Aber, so dachte ich, ist der gefährlichste Ort nicht zugleich auch der sicherste? Mir fiel das chinesische Sprichwort ein: „Um ein Tigerjunges zu bekommen, musst du in die Höhle des Tigers gehen." Im schlimmsten Fall könnte ich sagen, dass ich mich verlaufen habe, was in einem derart weitläufigen Park durchaus passieren kann.

Der Kaiser von China misst der Landwirtschaft einen hohen Stellenwert bei und so verwandelt er sich symbolisch einmal im Jahr in einen Bauern und pflügt eigenhändig ein Feld im Palast. Die Kaiserin wiederum übernimmt dann die Verantwortung für das Aufziehen der Seidenraupen und das Spinnen der Seide. Das ist der Hintergrund für die Halle der Seidenraupenzucht. Diese Halle liegt hinter einem großen Hain mit Maulbeerbäumen im Norden des Yuanmingyuan.

Ich sah keine Anzeichen menschlichen Lebens und nichts bewegte sich. Hier würde ich jetzt allenfalls auf Konkubinen und ihre Dienerinnen treffen. Mir war bewusst, dass diese Unternehmung äußerst riskant war, aber irgendetwas trieb mich an. Schnell, aber umsichtig hastete ich zum Maulbeerbaumhain. Hinter der Halle der Seidenraupenzucht wandte ich mich nach links und kam zur Seidenmanufaktur. Im Torbogen gewahrte ich eine menschliche Gestalt. Sofort ging ich in Deckung und entfernte mich auf Zehenspitzen. Ich sah mich beim Rückzug um, konnte aber keinen wie auch immer gearteten Brennofen entdecken. Nicht einmal einen Hauch von aufsteigendem Rauch. „Aiya!" Erst bei diesem verblüfften

Ausruf bemerkte ich den Eunuchen, der sich zum Pinkeln in den Maulbeerhain gehockt hatte. Er starrte mich zornig an, stand hastig auf und lief davon.

Beijing, 22. März 1767

Ja, das Schicksal hat mich nach China verschlagen. Je besser ich China verstehe, desto einsamer fühle ich mich, weil niemand da ist, mit dem ich diese wunderbaren Erfahrungen teilen kann. Das verschafft mir ein Gefühl von Verwirrung und von der Vergeblichkeit des Lebens. Hier zu bleiben und zu lernen ist nun mein Ziel geworden. Hätte ich das nicht, wäre ich längst gestorben, und viele Male seither.

Mein Leben kreist um Wahrheit und Liebe. Ich suche die wahre Liebe und kämpfe für die Liebe zur Wahrheit. Die Wahrheit der Liebe. Die Liebe zur Wahrheit. Was ist Wahrheit? Was ist Fälschung? Ist die Grenze zwischen beiden unscharf? Wie wahr ist die Wahrheit? Wie falsch sind Illusionen? Kann man die Wahrheit greifen oder verfolgen? Und die Liebe? Was ist Liebe? Wie liebt man?

Manchmal fühle ich mich, als würde ich bloß auf der Oberfläche der Dinge dahingleiten, und weder weiß ich noch bekümmert es mich, wie seicht diese Oberfläche ist. Wie viel Tiefe liegt unter dieser Oberfläche? Auch das weiß ich nicht und werde es vielleicht auch nie wissen.

Und jetzt?

Warum erschöpfe ich mich damit, Liebe und Wahrheit näherzukommen? Wenn ich so machtlos bin, wird die Wahrheit vielleicht auf ewig außerhalb meiner Reichweite bleiben. Und auch die Liebe unerreichbar. Plötzlich wird mir bewusst, dass die Wahrheit keinen äußeren Aspekt hat und somit auch keinen Weg, der zu ihr führt. Alles, was ich habe, sind winzige Verbindungen und grobe

Vermutungen. Tatsächlich verdeutlichen mir Erfahrungen von Wahrheit und Schönheit nur, wie unvollständig ich bin. Und weil dies so ist, wird mein Verlangen nach Liebe umso größer.

In einsamen Stunden tröste ich mich mit dem Gedanken, dass ich nach China gekommen bin, um mich selbst kennenzulernen. Früher wusste ich nicht, dass mich etwas mit China verbindet. Jetzt weiß ich es. Früher interessierte ich mich – von der Liebe einmal abgesehen – nur für Mineralogie. Die Reise hierher hat mich völlig verändert. Die Chinesen meinen, dass ich über die Tugend der Bescheidenheit verfüge, dabei ist vielleicht gerade das meine Charakterschwäche. Ich habe mich selbst nie für liebenswert gehalten. Wenn jemand mich nicht liebte, dann lag das allein an meinen Fehlern, weil ich es nicht wert war, geliebt zu werden. Doch wenn es sein muss, verwende ich all meine Kraft, um mich einem Menschen liebenswert zu machen, tue alles, um der zu gefallen, die ich liebe. Ich habe mal geglaubt, dass Helena diejenige ist, die ich am tiefsten liebe. Aber jetzt weiß ich nicht mehr, ob ich sie überhaupt noch liebe. Ich weiß nur, dass ich immer weniger an sie denke. Das ist ein neuer und unerwarteter Seelenzustand. Ich empfinde darüber Schuldgefühle, aber gleichzeitig fühle ich mich frei. Noch letzten Monat tat mir mein Herz so weh, wenn ich nur an sie dachte. War der Schmerz damals vielleicht der eines amputierten Gliedes? Tatsächlich hat der Schmerz nur nachgelassen, ist aber immer noch da. Seit ich entdeckt habe, dass ich unvollständig bin, bin ich ein anderer geworden. Seit ich mir meiner Einsamkeit bewusst bin, bin ich empfänglicher für meine Umgebung. Ich spüre auch eine mir feindlich gesonnene Kraft, so als würde ich heimlich überwacht und beobachtet. Ich weiß nicht genau, ob ich mir das einbilde.

Das Bild jener Frau tröstet mich. Und heute wird mir in aller Deutlichkeit bewusst, dass ich etwas unternehmen muss, um sie zu finden. Ich muss sie wiedersehen.

Liebe Helena,

immer wenn ich auf einen Brief von Deiner Hand warte, empfinde ich die ungeheure Weite der Welt. Jeder Brief von Dir erschüttert mich tief. Danke, dass Du mir so häufig schreibst.

Ich versichere Dich meiner innigsten Anteilnahme über das Ableben Deiner Mutter und bitte Dich, Dich nicht von Deinem Kummer überwältigen zu lassen.

In meinem letzten Brief habe ich Dich gefragt, ob Du bereit wärst, Sachsen zu verlassen, um an meine Seite zu kommen. Nun fragst Du in Deinem Brief als Erstes, wann ich zurückkommen werde. Du schreibst von den zahllosen Mühsalen einer solchen Reise und dass Du fürchtest, Dich nicht an das Leben an einem anderen Ort gewöhnen zu können. In der Tat war es eine abwegige Idee, eine Frau zu fragen, ob sie die Reise nach China allein antreten würde. Ich hatte schon immer eine Neigung zum Unrealistischen. Ist das nicht genau der Grund, warum ich so unbekümmert hier gelandet bin?

Trotz meiner tiefen Liebe zu Dir solltest Du die Hoffnung, mich in absehbarer Zeit in Sachsen wiederzusehen, besser aufgeben. Ich weiß nicht, wie lange ich hier bleiben muss, um meinen Reisebericht über China zu verfassen und die Illustrationen dafür anzufertigen. Im Moment folge ich nur meinem Schicksal. Sicher ist nur, dass ich nicht innerhalb der Zeit nach Sachsen zurückkommen werde, in der Du mich erwartest.

Ich denke oft an Dich, aber ich fühle immer stärker, wie ungewiss die Zukunft ist. Mein Wunsch wäre, dass sich unsere Liebe füreinander in eine Kraft verwandeln lässt, die es uns beiden erlaubt, auf gute Weise weiterzuleben. Unsere gemeinsame Zeit war von solcher Schönheit und Güte, dass ich die Erinnerung daran für immer in Ehren halten werde.

Geliebte, ich bitte Dich, Dich daran zu erinnern: Manchmal scheint das Leben nicht lebenswert zu sein, aber wenn man einfach weiterlebt, kommt vielleicht der Tag, der es auf einen Schlag wieder lebenswert macht. Dass wir keine gemeinsame Zukunft haben, ist mein größter Verlust.

Ich kann Dich nur bitten: Gräme Dich nicht und pass gut auf Dich auf!

Falls Du mir weiterhin schreiben willst, sende die Briefe bitte wie gehabt an die Jesuitenmission in Beijing.

Es sendet Dir all seine Liebe
Dein Wilhelm

Beijing, 18. April 1767

Niemand weiß, dass ich danach lechze zu erfahren, wo in Beijing sich dieses Mädchen aufhält. Mittlerweile ist mir das wichtiger als alles andere geworden.

Heute habe ich zum ersten Mal in Begleitung eines Eunuchen die äußere Stadt erkundet. Er hatte zwei Pferde mitgebracht und folgte mir wie ein Schatten. Als wir das zweite Stadttor hinter uns gelassen hatten, wurde mir bewusst, dass ich die letzten Wochen in Beijing wie im Gefängnis verbracht hatte, einem Gefängnis der Seele. Beim Arbeiten im Palast war mir gar nicht aufgefallen, dass ich von mehreren Mauern so umschlossen war, dass Davonlaufen nicht möglich war. Ist das nicht ein Gefängnis? Beijing wirkt wie ein hermetisches Labyrinth, mit den kaiserlichen Gemächern tief in seinem Innersten. Es gibt vier große Tore und außerhalb der Mauer steht eine weitere Mauer. Zwischen den beiden fließt ein Fluss. Als ich am Beihai-See und den Prinzenhöfen vorbeiritt, sah ich zurück auf diesen mysteriösen Ort, in dem die Macht Chinas eingesperrt ist. Tausende Jahre von Machtkämpfen, Blut, Schweiß und Schminke haben sich in eine unauslöschliche Mauer aus Gerüchen verwandelt. Innerhalb dieser Stadtmauern gibt es nur Ehrfurcht, Einsamkeit, Stille und Tod. Die Farbe der Mauer war wie eine Klage, die sich mit meinem Kummer zusammenschloss.

Nach einem Stück Brachland kam ich zu einer breiten Straße mit vielen Seitengassen. Als ich abstieg, schwor ich, mir in Beijing einen westlichen Sattel anfertigen zu lassen. In China sind nicht nur die Pferde unbeschlagen, sondern außerdem die Sättel schrecklich unbequem. Wenn die Chinesen einen westlichen Ausländer durch die Straßen reiten sehen, werfen sie sich befremdete Blicke zu. Einmal wurde ich eingekreist und am Weiterreiten gehindert, weil sie sich zusammenrotteten und mich anstarrten. Sie zeigten auf mich und lachten lauthals. Es spielte keine Rolle, dass ich für mein Haar keine Pomade und keinen Puder mehr benutzte, und kaum eine Rolle, dass ich chinesische Gewänder trug und chinesische Grüße, Verbeugungen und Kotaus gelernt hatte. Als ich mit einem kleinen inneren Schmunzeln eine Verbeugung ausführte, waren alle überrascht und erfreut. Ich fühlte mich wie ein Schauspieler.

Mit dem Pferd am Zügel sah ich mich um. Überall waren Menschen. Viele Männer und nur wenige Frauen. Die Frauen, die ich zu sehen bekam, waren entweder noch Mädchen oder schon alt. Die Banner mit den Markenzeichen der Geschäfte flatterten im Wind. Goldene Schriftzeichen auf Holztafeln an einigen Geschäften wirkten besonders anziehend. Mir stach das Zeichen für Porzellan ins Auge. Es setzt sich aus den Schriftzeichen für „Dachziegel" und „einmal" zusammen. Da ich mich umsehen wollte, verlangsamte ich meinen Schritt und stand vielen Passanten im Weg. Einige Männer mit Tragestangen eilten durch die Straßen und stießen unentwegt laute Rufe aus. Sie befürchteten sicher, die rothaarige Langnase würde ihre Ware umstoßen. Der Eunuch, der mich zu meinem Schutz begleitete, folgte mir schweigend. Er hatte zu nichts eine Meinung. Weder kannte er die Straßen noch konnte er ein einziges Zeichen lesen. Er war wirklich wie ein Schatten. Wo immer ich hinging, folgte er mir.

Die Luft war angefüllt mit sonderbaren Gerüchen. Es roch nach Tierfutter, nach Löss, der seit Jahren Regenwasser filtert, nach Blumenduft, nach den Fermenten alten Weins und Sojasoße und anderem, was ich nicht recht benennen kann. Ich habe gehört, dass der Gestank der Baumwollbinden, mit denen sich die Chinesinnen die Füße umwickeln, unbeschreiblich und ganz und gar unerträglich sein soll. Vielleicht roch ich auch dies, vermischt mit all den anderen Gerüchen. Aber die Düfte dieses Tages belebten und bezauberten mich. Nach einer Weile machten sie mich gleichwohl benommen und schläfrig.

Beijing 19. April 1767

Im Teehaus war es unglaublich laut, aber das war gerade gut. Wir beide waren uns einig, dass auf diese Weise niemand sonst uns würde klar verstehen können.

„Seit wir das letzte Mal miteinander sprachen, habe ich einige Merkwürdigkeiten herausgefunden", sagte Pater Gao Mingsi und befingerte seinen Bart, um besser Tee trinken zu können.

„Vielleicht liegt es an meinem schlechten Einfluss?", fragte ich höflich.

„Vielleicht. Aber es gibt ein paar Dinge, bei denen es nicht schaden könnte, wenn ich sie Ihnen erzähle, um zu sehen, was Sie davon halten." Gao senkte mit dem Kopf auch die Stimme und schob sich noch dichter an mich heran. „Der Eunuch aus dem Haus des Thronfolgers hatte jemanden zu mir geschickt, um mich auszufragen. Er wollte Ihre Meinung zu den zwei Koppchen wissen, die der Kaiser durch Sie begutachten lässt."

„Was wollte er denn erfahren?" Ich verstand nicht.

„Das weiß ich auch nicht. Ich weiß nur, dass dieser Eunuch heimtückisch und grausam ist. Er hat einen sehr schlechten Ruf." Pater Gao fuhr fort: „Heißt das, er hat bei Ihnen keine Nachforschungen anstellen lassen?"

„Nein."

„Wenn sich ein Eunuch von so üblem Charakter so für Ihre Arbeit interessiert, frage ich mich, ob nicht im Geheimen irgendetwas vor sich geht." Gao ließ seinen Blick durch das Teehaus schweifen. Mittlerweile waren ein Geschichtenerzähler und ein Trommelspieler eingetroffen.

„Was haben Sie ihm geantwortet?"

„Ich habe ihm gar nichts gesagt, weil ich auch gar nichts weiß." Pater Gao versank ins Grübeln, bis ihm plötzlich etwas einfiel: „Das Sonderbarste ist allerdings, dass mir Chen, der Verwalter-Eunuch, heute ausrichtete, dass ich nicht mehr ins Quartier zum Glückszepter kommen müsse, um Sie zu unterstützen."

„Ach. Was? Davon wusste ich nichts. Wer hat Ihnen das erzählt? Und was ist der Grund dafür?" Ich war schockiert.

„Der Grund sind Sie. Sie hätten gesagt, dass Sie meiner nicht mehr bedürften."

„Nein. Das stimmt nicht. Nichts davon ist wahr. So etwas habe ich nie gesagt", widersprach ich eilig und hätte dabei fast meinen Tee verschüttet. In diesem Moment räusperte sich der Geschichtenerzähler und begann zum Dröhnen der großen Trommel zu erzählen. Mein Herz fühlte sich an wie dieses Trommelfell, bis zum Ersticken gespannt.

Beijing, 20. April 1767

Ein alter Mann, ein Kind und eine junge Frau stellten auf der Straße ihre Künste zur Schau. Das Kind triezte einen Affen, bis er schließlich durch die Menge ging und jeden Einzelnen mit ineinandergelegten Händen und einer Verbeugung grüßte. Auch mir entbot er diesen

Gruß und die Menge hörte nicht auf, sich zu belustigen. Mein Augenmerk war allerdings ganz auf die junge Frau gerichtet, die sich auf eine Holzbank vor einem Baum gesetzt hatte. Sie war still und in sich gekehrt. Ihre geheimnisvolle Art zog mich an und lenkte mich von dem Spektakel ab. Der alte Mann forderte die Zuschauer murmelnd auf, ein paar Münzen zu bezahlen. Dann zog er eine Schnapsflasche aus dem Ärmel, trank ein paar Schlucke, spuckte die Hälfte auf den Boden und rieb seine Hände. Die Zuschauer warfen einige Kupfermünzen in die Mitte. Der alte Mann nahm drei Wurfmesser und sah in aller Ruhe zu der jungen Frau. Mit einem Zischen flog eines der Messer in ihre Richtung. Sie senkte ruhig die Augen, atmete ruhig und wirkte nahezu madonnenhaft. Das Messer flog knapp über ihren Kopf hinweg und landete präzise im Baumstamm. Wilder Applaus brandete auf. Der Vorgang verstörte mich und ich war auch von dem ganzen Drumherum sprachlos vor Entsetzen. Dass diese Menschen, egal ob alt, ob Frau, ob Kind, davon leben mussten, schien so selbstverständlich zu sein wie ein Essen daheim. Es sah so aus, als würden sie über eine alles akzeptierende Geduld verfügen und sich gleichzeitig über das Schicksal lustig machen. Grausam und sanftmütig zugleich.

Dies war das zweite Mal, dass ich in Beijing eine Chinesin aus einem perfekten Winkel und Abstand betrachten konnte. Nicht zu weit weg, dass ihre Konturen undeutlich würden, und nicht zu nah dran, dass es nur noch zu Intimitäten kommen könnte. Das erste Mal war es diese Mandschurin vor der Apotheke gewesen, die mich aus meinen Träumen weckte. Davor hatte ich nur flüchtige Blicke auf schattenhafte, schöne Frauen in den Gassen werfen können: eine Gestalt auf winzigen Füßen, die sich an der Wand abstützte. Ein Blick aus dem Dunkel einer Sänfte. Gelegentlich eine Frau, die einen Vorhang hob, um hinauszublicken. Aber dies waren nur undeutliche und verschwommene Bilder gewesen, die in mir kleine Strudel hervorgerufen hatten, die schnell wieder versiegt waren. Sie waren echt und wahrhaftig gewesen, aber zu weit weg.

Diese Frau hier hatte Ähnlichkeit mit der Mandschurin, nach der ich mich Tag und Nacht sehnte. Aber während die eine über eine gewöhnliche, wenn auch geheimnisvolle Schönheit verfügte, war bei der Mandschurin ein edler, tief verborgener Charakter zu spüren gewesen. Sie könnten Schwestern sein. Oder waren es Schwestern? Nein, ich verwarf diesen Gedanken sogleich. Nach ihrer Kleidung und Sänfte zu schließen, musste es sich bei der Mandschurin um eine Prinzessin handeln. Eine mandschurische Prinzessin, die in einer Apotheke einkaufen geht?

Das glänzend schwarze Haar der Akrobatin war zu einem Zopf geflochten und mehrere Schichten leicht transparenter Seide wickelten sich eng um ihren schlanken Körper. Weil ihre Füße nicht gebunden waren, bewegte sie sich flink. Ein hübsches Gesicht mit den lidfaltenlosen Mandelaugen und weißer, zarter Haut. Die vollen Lippen mit blutroter Farbe bestrichen. Ihr Blick war nach unten gerichtet, ohne ausweichend zu sein. Sie stand in aller Selbstverständlichkeit da. Keine Unterwürfigkeit war an ihr zu sehen und auch keine Klage. Das alles verlieh ihr fast den Nimbus einer Heiligen. Als ich sie so betrachtete, entstand in mir der Wunsch, sie zu beschützen.

Ein weiterer Dolch schoss an ihrem rechten Ohr vorbei. Mir stockte der Atem.

Enthusiastischer Applaus erhob sich erneut neben mir und nahm so schnell kein Ende. Das Mädchen hob den Kopf, sah mich kurz an und schlug die Lider schnell wieder nieder. Ich errötete. Ich argwöhnte, dass sie in der Kunst des Gedankenlesens versiert war und somit wusste, was mir durch den Kopf ging.

Erneut hob der Alte seine rechte Hand. Schsch! Sofort wurde es so still wie in einem menschenleeren Tal. Die Spannung dieser Stille ließ mir kalten Schweiß ausbrechen. Ich hatte fürchterliche Angst, dass der Alte einen Fehler machte. Mit einem Zischen flog der Dolch, und während er tief in den Baumstamm eindrang, griff sich das Mädchen plötzlich ans Ohr. Die Stille hatte auf einmal etwas Bedrohliches. Alle hielten den Atem an. Man hätte eine Stecknadel fallen hören können. Nun stand das Mädchen auf und zeigte ihr Ohr, das völlig unverletzt war. Das Ganze war nur ein Trick gewesen und es gab eine neue Runde frenetischen Applaus. Auch ich schloss mich an und hörte nicht auf zu klatschen. Das Mädchen entbot der Menge mit zusammengelegten Händen ihren Gruß. Danach nahmen sie und der Alte jeweils ein langes Schwert von dem Kind entgegen. Beide nahmen ihre Position ein, hoben ein Bein und starrten sich an. Dann begannen sie zu kämpfen. Es ging hin und her. Ihre Hiebe und Paraden folgten so schnell aufeinander, dass die beiden kaum auseinanderzuhalten waren. Der alte Mann bewegte sich langsam, aber grimmig wie eine Schlange, die plötzlich zustoßen kann, während das Mädchen das Schwert schnell und präzise handhabte, als würde sie Melonen schneiden. Die Menge johlte, und weder der alte Mann noch das Mädchen waren bereit nachzugeben. Plötzlich traf er sie mit einem Hieb am linken Unterarm. Sie stürzte zu Boden, hielt ihren schwer verletzten linken Arm umklammert und krümmte sich wie eine Garnele zusammen. Sie zitterte am ganzen Körper und ihr Gesicht wurde fahl. Eine blutverschmierte linke Hand lag im Staub.

Mir war, als sei es meine Hand, die da abgeschlagen worden war, und ich litt unerträgliche Pein. Ich trat einen Schritt vor und wollte die Verletzung des Mädchens untersuchen, aber der alte Mann stieß mich zornig weg. Zwischen uns schien eine tiefe Feindschaft zu herrschen.

Benommen sah die Menge weiter zu. Der alte Mann entschuldigte sich mit einem Gruß beim Publikum und half dem Mädchen auf die Füße. Zu meiner Überraschung sprang das Kind mit dem Affen hervor. Es hielt eine alte Schale und bat damit um Kupfermünzen. Die Menge zerstreute sich wie ein Bienenschwarm, aber viele Leute warfen auch Silber und Kupfermünzen in die Schale. Auch ich zog sofort Münzgeld hervor. Ich hatte meinen Wunsch, dem Mädchen helfen zu wollen, noch nicht aufgegeben, aber der Alte ließ mich nicht nur nicht zu ihr, sondern im Gegenteil, er verfluchte mich mit wüsten Beschimpfungen.

Ich sah zu, wie sich die Menge zerstreute. Der alte Mann hob die abgeschnittene Hand auf und ließ mich keinen Schritt näher kommen. Mir blieb nichts anderes übrig, als mich seufzend auf den Weg zu machen. Ich war so verstört, dass ich eine Weile nicht mehr wusste, wo ich mein Pferd angebunden hatte. Ich konnte es nicht ertragen, dass vor meinen Augen irgendeine Frau, die mir gefällt, verletzt wird. Von einer derart schweren Verletzung ganz zu schweigen.

Beijing, 2. Mai 1767

Es half nichts, ich musste wieder zu der Apotheke gehen. In und um das Geschäft bewegten sich Ströme von Leuten, aber die Mandschurin war nicht darunter. Natürlich war sie nicht da. Ich befragte den Eigentümer, aber der sah mich nur lächelnd an. Nach einer Weile schüttelte er den Kopf. Mein Herz versank in einem endlosen, stummen und namenlosen Meer.

Beijing, 3. Mai 1767

Ich ritt ziellos durch die Straßen. Traurig blieb ich endlich am Straßenrand stehen und grübelte. Wo sollte ich nach ihr suchen? Niedergeschlagen versuchte ich, eine Mauer zu erklimmen. Ein Wachmann war damit nicht einverstanden und wollte mich davon abhalten. Aber ich ignorierte ihn und stieg weiter. Der Wachmann war verblüfft und wusste nicht, was er tun sollte. Glücklich erreichte ich die Mauerkrone. Leider hatte ich kein Fernglas und die Mauer war recht weit vom Marktplatz und den großen Straßen entfernt. Man konnte nicht wirklich etwas erkennen. Und natürlich sah ich die Mandschurin nicht.

Außerhalb der Mauer kehrte ein Mann mit Kamelen heim. Das Klingeln der Glöckchen machte mich traurig. Weiter weg schlug ein buddhistischer Mönch einen Holzfisch. Dieses monotone Geräusch klang in meinen Ohren wie Musik. Ich konnte meine Tränen kaum zurückhalten. Der Mann, der hier und jetzt auf der Mauer steht, bin das wirklich ich? Oder könnte es auch jemand anderes sein? Jemand, der so ist wie ich? Und wo bin ich dann eigentlich, wenn er ich ist?

Ich stieg von der Mauer und ging wieder Richtung Stadt. Plötzlich hörte ich Hufgeklapper und eine Staubwolke verhüllte den Himmel. Der Staub blies mir in die Augen und ich wollte gerade mein Taschentuch herausziehen, als ich undeutlich einen Mann wahrnahm, der seinem Pferd die Sporen gab. Mit einem langen Schwert hieb er nach mir. Ich wich flink aus, aber wegen des Schmerzes, den der Sand in meinen Augen hervorrief, konnte ich sie kaum mehr öffnen. Hilflos und bewegungsunfähig stand ich da. In diesem Moment hörte ich noch jemanden herangaloppieren. Ich hielt ein Auge fest geschlossen, öffnete das andere so weit wie möglich und spähte nach links und rechts. Ein junger Mann erschien von irgendwoher in meinem Gesichtsfeld, und ohne das geringste Zögern setzte er auf meinen Angreifer los und verfolgte ihn. Ich war wie vom Donner gerührt. Wundersamerweise war ein Retter erschienen! Ich rannte die Mauer wieder herauf und hielt Ausschau. Die Reitkunst des jungen Mannes war hervorragend. Noch nie habe ich jemanden so reiten sehen. Abgesehen davon war er auch in der Lage, Pfeil und Bogen zu nehmen und den Pfeil im Galopp abzuschießen. Ich bewunderte ihn für seine unübertroffene Reitkunst und sein fehlerloses Schießen. Wo kam er her?

Der Pfeil traf den Mann, der mich hatte töten wollen, doch trotzdem entkam dieser verwundet. Mein Retter, ein anmutiger junger Mann, wirbelte herum und kehrte in die Stadt zurück. „Vielen Dank für Eure Güte, mein Leben zu retten!“, sagte ich. Er schaute überrascht, denn er hatte wohl nicht erwartet, aus meinem Munde Chinesisch zu hören. Er lachte und stieg eilig vom Pferd.

„Wisst Ihr, warum der Mann Euch ans Leben wollte?“, fragte der noble Spross.

„Ich habe keine Ahnung.“ Ich machte einen Schritt, beugte mein Knie, legte die Hände ineinander und entbot ihm meinen Gruß.

Das amüsierte den jungen Mann.

„Gütiger Retter, bitte nehmt meine Verbeugung an“, sagte ich.

Höchst interessiert musterte er mich. „Habt Ihr Feinde?“, fragte er mich.

„Nein. Ich wohne innerhalb der Stadt. Außerhalb kennt mich keine Menschenseele“, antwortete ich wahrheitsgemäß.

„Ihr seid kein Missionar, oder?“, fuhr er neugierig mit der Befragung fort.

„Nein. Sehe ich so aus?“, fragte ich zurück. Das amüsierte den jungen Mann noch mehr.

Meine Bekleidung konnte nicht als orthodoxe chinesische Kleidung gelten. Zwar war das Obergewand aus schwarzer

Seide im chinesischen Stil geschneidert, aber der Schnitt war nicht zum Reiten geeignet. Darunter trug ich ein mehrfarbiges Hemd. Das Ganze gipfelte in einer unpassenden Kappe.

„Woher seid Ihr?", fragte er, ein Lachen unterdrückend.

„Ich bin kein Missionar, wohne aber in der Mission bei der Nordkirche", sagte ich. „Ich bin aus Sachsen."

„Sachsen neben Preußen?"

„Ja." Jetzt war es an mir, über das geografische Wissen des jungen Mannes erstaunt zu sein. Im Palast war mir, als wüsste noch nicht einmal der Kaiser, wo Sachsen liegt, von den Eunuchen mal ganz abgesehen.

„Parlez vous français?", fragte mich mein Gegenüber.

„Oui, oui. C'est très bien! Vous parlez français!" Es war wirklich unfassbar! Da traf ich in Beijing in China einen Chinesen, der Französisch sprach! Auch wenn er nur einfaches Französisch beherrschte, und das auch nicht fließend. Ihn umgab der Hauch des Ungewöhnlichen und er hatte nichts von der Ruchlosigkeit der Eunuchen an sich, mit denen ich sonst Umgang hatte. Er war wie eine kühle Brise am sonnigen Tag, frisch und erfreulich.

Der junge Mann war ein mandschurischer Fürstensohn. Er war ursprünglich zum Bogenschießen und Reiten außerhalb der Stadt verabredet gewesen, als er zufällig mitbekam, wie dieser Schurke mich töten wollte. Er kommentierte das mit einem Sprichwort: „Siehst du auf der Straße eine Ungerechtigkeit, eile mit dem Schwert zu Hilfe." Er vermutete, dass der Attentäter ein Beamter sein müsste, da man so etwas wie dessen Langschwert nicht häufig sähe. Außerdem war seine Reitkunst hervorragend, was man bei normalen Banditen nicht anzutreffen pflegt.

„Ein Beamter? Warum sollte der hinter mir her sein?"

„Das solltet Ihr besser bald herausfinden", meinte der junge Mann freundlich. Er stellte sich mir selbst als Mitglied der Familie Pu vor. Sein französischer Name sei Christian. „Wohin wolltet Ihr eigentlich?“, fragte er.

„Ich wollte nach Antiquitäten schauen.“ Ich begann, mich verlegen zu fühlen, weil ich fürchterlich derangiert aussah. Mein Pferd war verschwunden und ich war staubbedeckt. Er überlegte kurz und sagte: „Wenn Ihr Antiquitäten suchen wollt, zeige ich Euch die Tage einen guten Ort.“

Beijing, 8. Mai 1767

Herr Pu und ich gingen zusammen zum „Haus des Jadeschatzes“. Die Dazhalan-Straße am Qian-Tor war belebt und laut. In der Chinesenstadt war einerseits alles wohlgeordnet und voll prächtiger Höfe, andererseits ging es turbulent und geschäftig zu. Ein Laden reihte sich an den anderen. Es gibt Läden mit Allerlei aus Nord und Süd, mit Porzellan, mit bunter Seide, mit seltenen Edelsteinen, mit chinesischen Heilkräutern und so weiter. Das Auge konnte gar nicht alles auf einmal erfassen. Ich folgte Pu und seinen zwei Dienern in eine wirklich chinesische Stadt.

Das „Haus des Jadeschatzes“ war ein herrschaftliches Hofhaus. Die Holzbalken, Türen und Fenster der Empfangshalle und sogar die antiken Regale, Tische und Stühle waren aus Goldfiligrankampfer gefertigt. Aus einem jadegrünen Weihrauchbrenner stieg ein feiner Rauchfaden auf. Es war ein Ort erhabener Eleganz, die für mich das Wesen Chinas ausmacht. Der Besitzer und mein junger Begleiter schienen auf vertrautem Fuß zu stehen. Er rief sofort jemanden, der sich um die Pferde kümmern sollte, und ließ uns Wasser kommen, damit wir uns die Gesichter waschen konnten. Anschließend goss er uns Tee ein. Die beiden Pferdeknechte beobachteten die Straße.

Der Besitzer hieß Le und erzählte, dass vor einigen Jahren zwei ausländische Kaufleute vorbeigekommen wären und ihm einiges Porzellan abgekauft hätten. Er sprach sehr lebhaft davon, weil ihm dieses Ereignis noch immer klar vor Augen stand. Ausführlich berichtete er von ihrem Auftreten und welche Antiquitäten sie mochten, als könnte er seiner Aufregung von damals immer noch nicht Herr werden.

„Verehrter Herr Le, zeigt doch bitte unserem Gast ein paar Stücke antiken Porzellans und Jade." Pu sprach freundlich, gemessen und mit einer klaren Stimme. Unser Gastgeber war einverstanden und bat uns, in die Bibliothek zu gehen. In diesem mit Duft erfüllten Zimmer kamen meine Gedanken völlig zur Ruhe. Alles, was ich in diesem Moment vor mir sah, schien ich im Traum schon mal erlebt zu haben. Oder war ich jetzt in einem Traumland?

Herr Le goss einen hundertfünfzig Jahre alten Pu'er-Tee auf und kredenzte ihn mir in einem Koppchen, das aus der Zeit der nördlichen Song stammte. Dieses Koppchen war von tief dunkelbrauner Farbe und auf dem Boden zeichnete sich ein getrocknetes Blatt ab. Mir mundete nicht nur der Tee vorzüglich, sondern ich verliebte mich auch in das Koppchen.

„Was ist das für ein schönes Koppchen?", fragte ich geradeheraus. Herr Le holte noch ein paar andere hervor. Eines schien wie mit Öl gesprenkelt, die Oberfläche eines anderen sah aus wie Hasenfell im Mondlicht. „Das sind alles Koppchen vom Jian-Brennofen mit Tianmu-Glasur." Er fuhr fort, ein in gelben Satin gewickeltes Bündel auszupacken. Es kam ein graugrüner Porzellanteller von der Art zum Vorschein, die wir „Seladon" nennen. Auf dem Boden war als ockerfarbenes Relief ein durch Wolken fliegender Drache mit gespreizten Klauen zu sehen. Der Rand war mit Pflaumenblüten dekoriert. Das Seladon strahlte in verführerischem Glanz. Sorgfältig betrachtete ich es.

„Es ist echt."

In Jingdezhen hatte ich nie Seladon von dieser Qualität gesehen. Es war ein absolutes Meisterwerk.

„Hier habe ich noch einen." Herr Le holte einen weiteren, ähnlichen Teller hervor, auf dem der fliegende Drache verschwunden war und nur die Pflaumenblüten übrig geblieben waren.

„Wo kommt das her?", fragte ich. Am unglaublichsten fand ich, dass das Porzellan nicht so aussah, als sei es kürzlich ausgegraben worden, sondern als käme es frisch aus dem Ofen.

„Es stammt aus dem Longquan-Ofen aus der Zeit der Yuan-Dynastie. Es heißt, dass die Perser die grüne Glasur sehr schätzen. Dies könnte ein Überbleibsel einer Lieferung an den persischen Hof sein. Aber sicher ist das nicht. Dieses Porzellan ist so kostbar, weil es Vergiftungen verhindern kann. Legt man etwas Giftiges darauf, verfärbt es sich. Das ist äußert selten! Seht die Weisheit unserer Vorfahren!" Herr Le war wirklich ein Liebhaber von Antiquitäten und man konnte sehen, dass er Geschmack hatte. Aber ein Porzellan, das sich beim Zusammentreffen mit Gift verfärbt? Ich habe solche Legenden auch in Europa gehört, doch früh gelernt, dass sie jeder wissenschaftlichen Grundlage entbehren. Sie sind falsch, bloße Gerüchte von der Straße.

„Ist es teuer?", fragte ich nonchalant.

„Das hier? Dieses Porzellan ist teurer als Gold." Herr Le spreizte drei Finger von seiner Hand ab. Meinte er drei, dreißig oder etwa sogar dreihundert Tael? Ich fragte nicht weiter nach. In der Tat war gutes Porzellan teurer als Gold. Warum hätte August der Starke sonst Truppen dagegen eingetauscht?

Herr Le präsentierte noch viele andere Porzellangefäße, darunter ein aktuelles, kaiserliches Stück. „Jemand hat dieses Porzellan unter Einsatz seines Lebens aus dem kaiserlichen Ofen herausgeschmuggelt. Eigentlich hätte es zerstört werden sollen. Das war ein äußerst gefährliches Unternehmen. Wenn er erwischt worden wäre, wäre er zum Tode verurteilt worden", erklärte mir Herr Le. Er betonte, dass das Porzellan unverkäuflich wäre und er es nicht einmal an seinem Todestag verkaufen würde. Es war eine blauweiße, sechslappige Vase mit zwei röhrenförmigen Henkeln am Hals. Die Vase war nicht groß, aber oberhalb der bauchigen Mitte langgezogen. Auf der oberen Hälfte flogen große und kleine Fledermäuse dekorativ durch Wolken, im unteren Teil waren ein See und Berge abgebildet. Auf der sechsfach eingekerbten ovalen Basis standen erwartungsgemäß die sechs Zeichen für „Kaiserliche Ware von Qianlong der großen Qing". Trotz ihrer ganzen Pracht war die Grundfarbe unvollkommen. Aber diesen Gedanken behielt ich für mich.

In diesem Moment hörten wir von draußen Schritte und Le schickte jemanden zum Nachsehen. Er fuhr fort: „Wir Chinesen mögen Fledermäuse, weil sie wie ‚Glück' ausgesprochen werden. Sie symbolisieren Glück."

Wir hörten einen Streit und die zwei Pferdeknechte preschten in den Hof. Im selben Moment wickelte Le in einer blitzschnellen, gut geübten Bewegung die Vase in Stoff ein und verstaute sie in einem Schränkchen, das hinter dem Regal verborgen war. Er gab uns ein Zeichen, still zu bleiben, richtete sein Gewand und ging raus.

„Hat das vielleicht mit Euch zu tun?", fragte Pu leise. Ich sah ihn einen kurzen Blick Richtung Fenster werfen und verstand seinen Wink sofort. Wir stiegen aus dem Fenster. Pu lief mit fliegenden Schritten voraus und winkte mir zu, dass ich mich beeile und ihm folge. Sehr schnell lag das „Haus des Jadeschatzes" hinter uns.

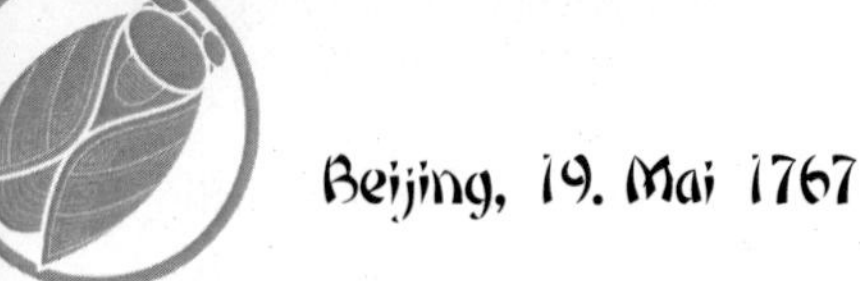

Beijing, 19. Mai 1767

Als die Sonne über Beijing unterging, flogen Wildgänse über den Horizont. Die Dämmerung füllte die alte Stadt mit einer feierlichen Stimmung. Die Stadtmauern, die ihre Geheimnisse fest umschlossen und bewahrten, wurden noch undurchdringlicher. Um einen Strichjungen im Kurtisanenviertel loszuwerden, machte ich einen langen Umweg. Dieser Strichjunge trug Frauenkleider, hatte seine Haare zu einem Knoten geschlungen und war von biegsamer Gestalt. Geschminkt wirkte er sogar verführerischer als viele Frauen. Aber ich war bedrückt und nicht in der Stimmung, mich mit ihm zu unterhalten. Er lief mir unverdrossen nach, so dass mir nichts anderes übrig blieb, als zum Stadttor rauszugehen. Ohne Ziel lief ich durch die Außenbezirke. Die über allem thronenden Stadtmauern saßen mir im Genick. Nirgends eine Menschenseele, nur mein langer Schatten. Einsam, trostlos und unverbesserlich. In dieser Stadt nach einer Frau zu suchen, ist wie nach meiner eigenen Richtung zu suchen oder nach der Bestimmung meines Lebens. Von dem Strichjungen war kein Schatten mehr zu sehen. Auf einmal stellte ich mir die alte Frage: Was will ich eigentlich? Ist es nicht lächerlich und absurd, diese Frau zu suchen?

Der Himmel verdunkelte sich allmählich zu einem Kupferrot und die Silhouette der fernen Berge tröstete mich ein wenig, wie eine einst vertraute Liebe. Als ich umkehren wollte, um zurück in die Stadt zu gehen, kam ich an einer Ebene mit einigen unordentlich verteilten Grabsteinen vorüber. Zufällig bemerkte ich in geringer Entfernung einen Mann, der dort auf dem Boden kauerte. Ein unerträglicher Gestank traf mich mitten ins Gesicht. Leise schlich ich mich an und stellte verblüfft fest, dass es sich bei dem schwarz Gekleideten ebenfalls um einen Ausländer handelte. Sein Rücken kam mir vage bekannt vor. Vor ihm erstreckte sich eine große Grube, und in dieser Grube ... Ich trat näher und riss meine Augen auf. In einer riesigen Beingrube lagen zahllose Skelette und Leichname. Die aufgestapelten Leichen verströmten diesen übelkeitserregenden Gestank. Dichte Schwärme von Schmeißfliegen schwirrten herum und am Himmel kreisten die Geier. Neben dem Mann im purpurnen Gewand, über das er einen schwarzen Mantel geworfen hatte, stand ein Korb, in das er ein Baby gebettet hatte, das seinen letzten Atemzug tat. Der Mann vollzog murmelnd den Taufritus für einige andere Babys, die noch atmeten. Die Szene erfüllte mich mit unbeschreiblichem Grausen, und doch konnte ich mich nicht abwenden. Ich hielt mir ein Taschentuch vor die Nase und dachte darüber nach, wie ich dem Priester mit diesen elenden und hungrigen Kindern helfen könnte. Ihr Atem schwebte wie Spinnfäden durch die Luft, unterbrochen durch leises Wimmern.

Ich hatte noch nie so eine Leichengrube gesehen und wusste nicht, warum darin so viele tote Kinder waren. Der schwarz gewandete Priester erhob sich und schwenkte den Weihrauchbehälter in jede Richtung. Er war blass und seine Lider hingen schwer. Man konnte sehen, dass er sich vollständig Gott geweiht hatte, dass er in seiner Hingabe bereit war, sogar in die Hölle zu gehen, um andere zu retten.

Als ich meine Wasserflasche hervorholte, um einem Baby zu trinken zu geben, hörte er ein Geräusch und drehte sich um. Wir beide starrten uns an. Vor Schreck rang der Priester nach Luft und keuchte: „Wo kommen Sie her? Was machen Sie hier?"

„Ich kam nur zufällig hier vorbei. Verehrter Vater, ich bin sehr bewegt von Ihrer Güte. Diese unschuldigen Kinder wurden gesegnet", sagte ich. „Mein Name ist Wilhelm Bühl und ich stamme aus Sachsen. Derzeit wohne ich bei der Nordkirche in der Stadt."

„Ah, ah, Ihr seid dieser Mineraloge, der die Schätze des

Kaisers untersucht?“ Das Gesicht des Priesters entspannte sich.

„Ja, ich habe tatsächlich etwas Mineralogie gelernt und konnte damit von Nutzen sein. Was hat es mit diesen toten Kindern auf sich?“

„Die Chinesen werfen illegitime Kinder oder Mädchen, die sie für wertlos halten, lebendig hier hinein“, sagte der Priester. „Es gibt namenlose Grabhügel und Leichengruben in der Umgebung jeder chinesischen Stadt. Die Toten, die niemand beerdigen will oder für deren Beerdigung es kein Geld gibt, werden zusammen mit den unerwünschten Kindern hier reingeworfen. Ob sie leben oder sterben, wird dem Schicksal überlassen.“

Schockiert wich ich einen großen Schritt zurück, obwohl ich das nicht wollte.

„In Europa, zum Beispiel in Preußen, gibt es auch die Tradition, Kinder verhungern zu lassen, indem man sie sogenannten Engelmacherinnen zur Pflege gibt, aber dort ist das längst nicht so verbreitet wie hier. Chinesen mögen keine Mädchen.“ Der Priester erzählte, er sei Franziskaner, und kurz nachdem er nach China gekommen sei, sei die Mission unter Druck geraten. „Aber“, sagte er, „Gott wählt für uns nie den leichten Weg.“ Nach seiner Auffassung sei die Himmelpforte von vornherein sehr schmal und er als Missionar habe die Pflicht, jeden Tag das Wort Gottes zu verbreiten. Seine wichtigste Aufgabe ist es, in der Morgendämmerung und vor Sonnenuntergang zu den Massengräbern zu gehen und nachzusehen, ob jemand gerade ein Kind abgelegt hat. Auf diese Weise hat er schon zehn Kinder gerettet, die er von seinen chinesischen Dienern aufziehen lässt. Aber sie haben keinen Platz für noch mehr Kinder. Darum hofft er nur noch, jeden Tag Kinder taufen zu können, bevor sie sterben, auf dass sie der Güte Gottes teilhaftig werden und friedlich in den Himmel fahren. Er trage immer Baumwolle zum Aufsaugen von Flüssigkeit und eine Porzellanflasche mit heiligem Wasser bei sich, damit er die Kinder, die er in ihren letzten Atemzügen liegend finde, damit besprenkeln könne.

Schweigend verließen wir zusammen die Leichengrube.

Der Missionar stammte ursprünglich aus Österreich. Nach dem Eintritt in den Franziskanerorden war er zunächst zur Mission nach Südamerika geschickt worden, obwohl er eigentlich nach China wollte. In Südamerika musste er drei Jahre warten, bis es so weit war. Er erzählte mir offen, wie tief enttäuscht er von der Situation in China war, weil die Mission nur schleppend vorankam. Er hatte sich davon schon fast entmutigen lassen, aber dann hatte er sich entschieden, die ausgesetzten Kinder zu taufen. Das sei eine Arbeit, die er von Herzen gern verrichte. Er sprach sehr ergriffen davon. Als Weltreisender trägt er ein tiefes Verständnis über die Welt in seiner Brust. Er konnte mir nicht nur die Ereignisse des Siebenjährigen Krieges so erklären, als handle es sich um vertraute Erbstücke, sondern mir auch den Rückweg zu meiner Unterkunft klar verständlich beschreiben.

Wie kann dieser Mensch im fernen Osten so vertraut mit den Geschehnissen des Krieges in Europa sein? Das war wirklich unerklärlich. Dass ich bei den Jesuiten wohnte, erstaunte ihn. Er wollte etwas dazu sagen, hielt aber inne.

Als sich die Nacht über uns senkte, wurde die Luft unangenehm kühl. Nachdem wir das Feld der namenlosen Gräber verlassen hatten, schwiegen wir. Gemeinsam erreichten wir das Tor und betraten die Stadt. Wir verabschiedeten uns und ich verfiel in Laufschritt. Außer der Kälte gab es dafür eigentlich keinen Grund. Nur einen inneren Druck. Ich weiß, es lag an der Mandschurin, die ich nicht mehr aus dem Kopf kriege. Ich lief so lange durch die Dunkelheit, bis ich nicht mehr konnte. Dann erst blieb ich stehen und rang nach Luft.

Beijing, 20. Mai 1767

Das Leben im Palast gleicht einem feierlichen Theaterstück. Während des Stückes muss man jedwedes Gefühl mit ganzem Herzen und voller Geisteskraft kontrollieren, was manchmal unerträglich schwierig ist. Ich bin eine Marionette, die ausweglos in diesem Stück gefangen ist. Ich verstehe immer weniger, welche Rolle ich eigentlich spiele.

In meinem jetzigen Leben habe ich nur einen Wunsch: diese Frau noch einmal zu treffen. Ich muss ihr noch einmal begegnen. Ich muss.

Ich habe heute sehr lange in der Kirche gebetet. Ich habe gelobt, diese Frau zu finden, und Gott dafür um Hilfe gebeten.

Beijing, 21. Mai 1767

Sie trug ein rot-grünes Obergewand mit purpurbestickten, sehr weiten Ärmeln. Deshalb konnte ich ihre schmalen, schneeweißen Hände sehen, die einen Fächer hielten. Der ganz leicht geöffnete, hellbraune, rot mit Blumen bestickte Halsausschnitt war bestrickend. Ihr Obergewand reichte bis über die Knie und ihr teegrüner, gefältelter Rock raschelte, wenn sie ging. Und darunter? Ich ließ meiner Vorstellung freien Raum: ein ebenmäßiger Körper, wie der eines Mädchens. Ihre Brüste eher voll, ja, wenn ich mich richtig erinnere. Ihre Füße standen auf hohen Chopinen. Die Absätze dieser Schuhe waren oben weit und schmal in der Mitte, so dass sie wie Blumentöpfe aussahen. Sie ging langsam und wiegte sich dabei in der Hüfte. Als ich das zum ersten Mal gesehen hatte, konnte ich meine Augen nicht abwenden. Die Vorstellung lässt mein Herz immer noch erbeben. Glücklicherweise hatte sie ihre natürlichen Füße. Ihr glänzend rabenschwarzes Haar war zu einem Knoten geschlungen, aus dem vorn ein paar kurze Strähnen fielen. Ihr Gesicht war von feiner Schönheit und schimmerte wie Porzellan. An was erinnere ich mich noch? Ein Paar großer Augen, tief wie Lotosteiche. Die Pupillen funkelten wie Tau in der Morgensonne. Die kleinste Bewegung von ihr machte mich wehrlos. Und diese unvergleichlichen Lippen! Fülle und Reiz wie Wasserkastanien aus dem Süden Chinas. Sie schienen auf meinen kaum beherrschten Kuss zu warten. Ach, holde Maid, weißt du von meinem unendlichen Sehnen in dieser unerträglichen Nacht?

Beijing, 29. Mai 1767

Ich schlug mein Skizzenbuch auf, nahm ein Stück Zeichenkohle zur Hand und wollte den Abend malend verbringen. Was würde Watteau in diesem Augenblick zu mir sagen? Watteau war der französische Maler, den ich von allen am meisten schätzte. Er hatte einen ganz eigenen Blick auf die Welt. Mit kaltem Blick und heißem Herzen malte er seine innere Welt. Jedes seiner Bilder bewegte mich, weil die Bilder seines Geistes dieselben sind wie meine! Ich war der Pierrot unter seinem Pinsel. Ein melancholischer Pierrot?

Meine Behausung bei den Jesuiten lag im hintersten Teil, an der die Kirche umgebenden Mauer, und war mit einem Bett, einem chinesischen Schrank, den offenbar sonst niemand wollte, Tisch und Stuhl ausgestattet. Ich bin sehr froh, dass ich einen Ort habe, an dem ich sein kann. Dieses Zimmer ist mein schützender Hafen geworden. Oft sitze ich hier, schreibe Tagebuch oder zeichne in mein Skizzenbuch. Manchmal trinke ich hier den Sorghumschnaps, den die Tartaren verkaufen. Ich habe mich an dieses Leben gewöhnt. Mir ist, als würde ich schon seit jeher so leben. Es gibt keine Freiheit, keine Ehre, und egal wo ich hingehe, sind nur Männer. Ich friste mein Leben unter Mönchen und Eunuchen. Wir helfen uns gegenseitig. Wie konnte ich mich an so ein Leben gewöhnen? Gehört das Leiden von Anfang an zu meinem Wesen? Oder bin ich vom Wesen her wie ein Eunuch oder ein Mönch? Eunuch oder Mönch? Wenn ich so darüber nachdenke, entringt sich mir ein bitteres Lachen.

China ist stolz. Die Chinesen haben kein Verständnis von anderen Ländern. Wenn sie auf der Landkarte der Jesuiten sehen, dass China gar nicht in der Mitte der Welt liegt und nicht so groß ist, wie sie immer dachten, reagieren sie mit ablehnendem Unglauben. Sie halten die Landkarte für falsch und vermuten, dass die Rothaarigen sie absichtlich falsch gezeichnet haben. Die meisten glauben, dass die Erde ein Quadrat ist und dass die Sonne darum kreist. Sie sind zufrieden mit der Situation, wie sie jetzt ist, und wollen keine neuen Antworten suchen. Sie beten, aber sie glauben nicht, obwohl es hier alle nur erdenklichen Götter gibt. Chinesen wissen alles über alles, aber manchmal stimmt ihr Wissen nicht mit der Wirklichkeit überein. Das China, auf das Montesquieu ein Loblied sang, existiert nicht mehr.

Eine Weile hatte ich das sonderbare Gefühl, dass mich jemand heimlich beobachtete, mich vielleicht sogar meucheln wollte. Ich habe in diesem Zimmer so viele Tage und Nächte mit dem Lesen der Bücher aus der Klosterbibliothek zugebracht, mit Denken und Grübeln, mit Malen, Tagebuchschreiben und dem Lauschen nach den uralten Geräuschen, die gelegentlich aus der Stadt hier hereindringen.

Draußen ist ein Garten, in dessen vorderem Teil die Kirche steht. Links davon befindet sich die Kapelle Congregation du Saint Sacrement, die auf allen Seiten von einer Veranda im chinesischen Stil umgeben ist. Zu

Himmelfahrt wurde im Hof ein großes Zelt aus Segeltuch mit einem hohen Bogen mit bunten Bändern und Wimpeln in der Mitte aufgestellt. Auch glücksverheißende Symbole der Chinesen sind dort angebracht. Im Zelt hängt ein chinesisches Verspaar zum Preisen von Jesu Herz. Es war alles auf eine elegante Art arrangiert, ganz wie in Europa. Wären nicht die chinesischen Diener gewesen, die hierhin und dahin liefen, hätte man denken können, in Südfrankreich zu sein.

Jetzt am Abend trank ich starken Sorghumschnaps und wurde langsam betrunken, aber kein bisschen müde. Ich saß am Tisch und zeichnete mit Kohle die Brücke vor dem Anyou-Palast im Yuanmingyuan, die mich schon immer sehr beeindruckt hat. Meine Finger waren schwarz von der Kohle, und als ich den Kopf hob, stellte ich fest, dass auch der Himmel kohlschwarz war.

Diese europäischen Adligen glauben China zu kennen, aber sie sind blind. Sie denken, China sei so wie auf den bestickten Gobelins, die sie sich in die Schlösser hängen. Oder wie die Pagoden, die sie von Architekten bauen lassen, die noch nie in China waren. Oder wie die fetten, sich in weiche Seidenstoffe hüllenden Damen, die, kokett mit den Haaren spielend, über chinesische Teppiche wandeln und bei Tisch chinesisches Porzellan verwenden. Porzellan, das nur nach ihrem Geschmack hergestellt wurde, um es ihnen zu verkaufen! Sie halten sich sogar für die modernsten Menschen, die zu dem auserwählten Kreis gehören, China wirklich zu kennen. Das ist ein himmelhoher Irrtum. Himmelhoch.

Ich bin erregt und hellwach. Viel zu wach. Mir fällt auf, dass ich beim Skizzieren in mein Tagebuch unwillkürlich die Figur einer Frau abbilde. Der Frau, die ich nur einmal gesehen habe.

Beijing, 30. Juni 1767

Als ich das Fenster öffnete, um frische Luft hereinzulassen, meinte ich, im Zelt den Schatten eines Menschen zu sehen. Ich schaute genauer hin und stelle fest, dass es bloß ein paar chinesische Wimpel waren, die im Wind wehten. Ich zog meine Schuhe aus, legte mich ins Bett und war schnell tief eingeschlafen. Plötzlich wachte ich wieder auf. Von draußen drang ein leises Geräusch an mein Ohr. Ich lauschte angestrengt, konnte aber nicht herausfinden, was es war. Rührte es von meinen regelmäßigen Gästen her, den Mäusen? Ich stand auf und öffnete die Tür. Es war totenstill. Irgendetwas sagte mir, dass ich meine Pistole besser griffbereit hätte. Ich drückte mich ins dunkle Gebüsch und schlich mich langsam voran. Im Refektorium nahe der Kapelle flackerte eine Kerze. Der abrupte Wechsel zwischen hell und dunkel schien eine Nachricht zu enthalten. Ich hielt die Luft an und schlich weiter. Ich kauerte mich unter das Papierfenster und hörte gedämpfte Stimmen. Erst konnte ich nicht sagen, in welcher Sprache sie sich unterhielten, aber als ich noch mal konzentriert lauschte, erkannte ich, dass es Chinesisch war.

Die eine Stimme war tief und hatte einen starken Akzent, es musste also ein Ausländer sein, vermutlich ein Missionar. Der andere war Chinese und der Stimme nach zu urteilen ein junger Mann, vielleicht sogar ein Kind. Oder war es etwa eine Frau? Es konnte doch keine Frau sein!

„Ich habe gehört, dass er sechzig Mal mit dem schweren Stock geschlagen wurde, bis er ohnmächtig war. Er ist zwar wieder zu sich gekommen, aber in sehr schlechter Verfassung ... Gestern Morgen kamen zwei Beamte und wollten wissen, ob er in letzter Zeit häufig da gewesen ist ... Wenn er wirklich in den Yuanmingyuan gebracht wurde, wäre das seltsam, denn das widerspricht dem Erlass des Kaisers. Ein ganz normaler Straftäter wäre dem Kriegsministerium zur Bestrafung zu übergeben gewesen."

„... widerspricht nicht dem kaiserlichen Erlass. Er beharrte darauf, Christ zu sein ..."

Ich lauschte angespannt und achtete im Dunkeln darauf, meine Pistole unter der Kleidung zu verbergen. Im Himmel sah ich einen flackernden Lichtschein, mal rot, mal weiß. Ich vermutete, dass in der Stadt ein Feuer ausgebrochen war. Leise schob ich mich zurück in den Garten. Es war noch nichts zu riechen, aber dann hörte ich, wie draußen Stimmen laut wurden. Eilig zog ich mich zurück. Als ich gerade vom Garten in mein Zimmer wollte, erschien plötzlich wie ein Geist ein Pater vor mir und ich erschrak fast zu Tode. Es war Pater Lamarque.

„Ich wollte nur nachsehen, ob die Zisterne noch voll genug ist", sagte Pater Lamarque. Er war bleich und wirkte bekümmert, als habe er eben etwas Schlimmes erfahren. Ich antwortete nicht und auch Pater Lamarque sprach nicht weiter. Er trug ein schwarzes Gewand mit Kapuze und verschwand sehr schnell im Dunkel der Veranda.

Beijing, 1. Juli 1767

Ich stand in aller Frühe auf und begab mich ins Refektorium. Eine Gruppe Missionare mit kummervollen Gesichtern hatte sich in der Mitte versammelt und diskutierte. Es herrschte eine eigenartige Stimmung. „Pater Lamarque ist heute Morgen von uns gegangen", sagte einer von ihnen. „In nur wenigen Monaten haben wir zwei wichtige Brüder verloren. Wer weiß, ob die Prüfungen, die uns Gott auferlegt, nicht erst begonnen haben?" Er hielt beim Sprechen die Augen gesenkt, gab aber unverhohlen seine Gedanken preis. Ein anderer sagte, dass sie auf den neuen apostolischen Präfekten Zacharie warteten. Ein

Pater sei gerade zusammen mit einem Diener zu ihm gegangen, um ihn zu holen.

Ich stand in einer Ecke des Refektoriums. Noch ein Pater tot? Beklommen sah ich auf die sich leise unterhaltenden Jesuiten und wusste nicht, ob ich ihnen von meinen Beobachtungen erzählen sollte. Der bleichgesichtige Pater, den ich gestern mitten in der Nacht getroffen hatte, war doch niemand anderes als Pater Lamarque! Und um was war es in dieser nächtlichen Unterhaltung gegangen? Vielleicht war es seine Stimme in der Nacht gewesen? Ich war mir nicht ganz sicher. Schnell wälzte ich alles mehrmals in meinem Kopf hin und her. Es muss Pater Lamarques Stimme gewesen sein. Er ist der Einzige hier, der so fließend Chinesisch sprach. Wenn ich mich richtig erinnere, sprach er nicht nur fließend, sondern konnte auch chinesische Poesie verfassen, sogenannte Jue-Gedichte, Vierzeiler mit siebensilbigen Versen. Pater Lamarques bekümmerte Miene ging mir nicht mehr aus dem Sinn. Ich setzte mich hin, schnitt zwei Scheiben Brot ab und beschmierte sie mit Butter. Alle waren vom Tod Lamarques noch zu schockiert, als dass mir jemand Gesellschaft geleistet hätte.

„Sollten wir nicht erst die Möglichkeit ausschließen, dass er ermordet worden ist?“, sagte plötzlich jemand. Dieser Satz erschreckte mich. Was, wenn er ermordet worden war? Er wird sich wohl kaum selbst getötet haben?

„Meine lieben Patres, letzte Nacht habe ich Pater Lamarque im Garten getroffen. Noch kurz vor seinem Tod erfüllte er aufs Gewissenhafteste seine Pflichten. Ich halte es für unwahrscheinlich, dass er sich das Leben genommen hat“, tat ich vorsichtig meine Meinung kund.

„Niemand hier nimmt an, dass er sich selbst getötet hat. Pater Lamarque war niemand, der seiner Verantwortung aus dem Weg geht. Es stimmt, dass er den Tod nicht gefürchtet hat, aber er war von einem göttlichen Auftrag erfüllt. Es ist ausgeschlossen, dass er Hand an sich gelegt hat. Niemand hält das auch nur für möglich." Der mittlerweile eingetroffene Präfekt Zacharie redete sich in Rage. Warum oder auf wen er wütend war, schien er selbst nicht zu wissen.

Plötzlich kam mir ein Gedanke: Könnte es sein, dass der Anschlag letzte Nacht mir gegolten hatte? Oder war es anders herum: Hätte auch früher schon Pater Lamarque das Opfer sein sollen? Alle diese Gedanken lagen mir auf der Seele.

Die Absicht des Kaisers, das Missionieren zu verbieten, wird immer deutlicher. Kann es wirklich sein, dass diese scharfsichtigen und aufmerksamen Missionare das noch nicht bemerkt haben? Der Kaiser von China hat keine hohe Meinung vom Christentum. Wie viele Missionare starben hier schon als Märtyrer? Kann es sein, dass Pater Lamarque auch als Märtyrer starb? Ist das Ganze eine Intrige? Aber was für eine Intrige?

Die Missionare verließen das Refektorium und gingen in die Kirche, um zu beten. Ich folgte ihnen. Der Präfekt Zacharie kam zu mir und sagte: „Du weißt es vielleicht nicht, aber Pater Lamarque war unser Käsemeister. In Zukunft werden wir alle auf seinen einzigartigen Käse verzichten müssen. Wer hätte im fernen China damit gerechnet, dass jemand über diese speziellen Techniken verfügt?" Er seufzte. „Er stammte aus einer adligen französischen Familie. Sein Vater war Truchsess am Königshof, und so konnte seine von den Ahnen geerbte Küchenkunst das Heimweh von uns fern der Familie lebenden Missionaren lindern."

Viele Missionare hatten rot geschwollene Augen. Ich konnte ihren Anblick kaum ertragen. „Der Kaiser der großen Qing hat uns dieses Stück Land für unsere Kirche verliehen, damit wir in Frieden Gott dienen, beten und uns versenken können. Ich kann nicht glauben, dass sich jemand diesem kaiserlichen Willen widersetzt, sich hier hereinschleicht und unseren Bruder meuchelt", sagte der Präfekt.

Ich erzählte ihm wortwörtlich, was ich gestern Nacht gehört hatte. Er seufzte. „Pater Lamarque war der aufrichtigste und reinste Mann Gottes, den ich kenne. Der Märtyrertod von Pater Ravenne in Henan hatte ihn ziemlich mitgenommen. Als dann noch die Ma-Familie wegen ihres Glaubens Schwierigkeiten bekam, wurde er regelrecht trübsinnig. Doch seinen Glauben hat das nie erschüttert." Seine Miene war düster. Er erzählte mir von dem Leid, das die Mas, eine katholische Familie in der Stadt, zu erdulden hatten. Dann fand die nächtliche Unterhaltung also zwischen Lamarque und jemandem statt, der von den Schwierigkeiten der Mas berichtete.

Die Mas sind weitläufig mit dem Kaiser verwandt. Wegen ihres Glaubens wurde das Familienoberhaupt verhaftet. Er sollte zugeben, dass sein Gott niemals über dem Kaiser steht. Das hat er verweigert. Er stellt den wahren Gott über alles, sogar über sein eigenes Leben. Deswegen muss er unendliche Schmerzen erdulden, und nun waren auch noch zwei seiner Söhne inhaftiert worden.

Alle kamen zusammen, um für Pater Lamarque die Messe zu lesen. Die betrübte Stimmung übertrug sich auf mich. Ich sang die Choräle mit solcher Hingabe, dass auf einmal Tränen über meine Wange liefen. Mir war nicht ganz klar, um wen ich weinte. Um Lamarque? Um mich selbst? Um meinen längst verstorbenen Vater? Meine Mutter, die sich unglücklich neu vermählt hatte und auch verschied? Meine Geliebte? Helena? Die Frau, die ich nur einmal sah?

Beijing, 9. Juli 1767

Die Schwierigkeiten der Nordkirche hörten nicht auf.

Die Beerdigung hatte immer noch nicht stattgefunden, weil die Todesursache von Lamarque weiterhin ungeklärt war. Gleichzeitig gab es Unruhe um Perrot, der sich geweigert hatte, für den Kronprinzen etwas zu bemalen. Das hatte den Zorn des zukünftigen Kaisers erregt. Es hieß, dass sich der Prinz sogar bei seinem Vater, dem Kaiser, beschwert hätte. In der Bibliothek begannen einige Missionare eine aufgeregte Debatte. Obwohl sie mich einluden, an der Diskussion teilzunehmen, wusste ich doch, dass es ihnen nicht auf meine Meinung ankam.

Pater Bernard, ein Mann von hohem Alter, gefestigter Tugend und einer profunden Kenntnis der chinesischen Sprache, der das Buch der Wandlung ins Französische übersetzt und ein Buch über chinesische Philosophie verfasst hatte, unterstützte Frater Perrot voll und ganz. Bernard hatte als junger, ehrgeiziger Mönch und blühendes Talent, das er damals war, den Großvater des jetzigen Kaisers in Mathematik unterrichtet. Auch der Vater des Kaisers hatte ihn seinerzeit mit einer speziellen Aufgabe betraut, indem er ihn nach Frankreich zurückschickte, wo er den König bitten sollte, mehr tugendhafte und fähige Missionare hierher zu entsenden. Diese großen Aufgaben zeigen die Wichtigkeit Bernards für den chinesischen Kaiserhof, aber nun könnte eine einzige Kleinigkeit seinen Ruf ruinieren, könnten die langen und harten Jahre des Missionierens in China auf einen Schlag null und nichtig sein. Pater Bernard hatte bereits beim Thronfolger vorgesprochen und das Vorgehen von Perrot für angemessen erklärt. Das goss nur Öl ins Feuer.

Die Angelegenheit hatte vor wenigen Tagen begonnen, als ein Eunuch aus dem Haushalt des Kronprinzen Perrot eine Peitsche brachte, mit der Bitte, diese blau zu färben. Der Kronprinz war womöglich deshalb auf die Idee gekommen, weil nur die Franzosen über diese gewissen blauen Pigmente verfügten und Perrot zuvor für den Sohn des Thronfolgers Spielzeug in demselben Blau bemalt hatte. Dieses Blau hatte genau diesen eleganten und würdevollen Ton, der „Französischblau“ genannt wird. In der Nordkirche war noch etwas von diesem Pigment vorrätig. Das Problem war, dass Bernard die Peitsche zu Gesicht bekommen hatte und nicht endgültig klären konnte, wozu sie diente. Er hatte gesagt: „Sie sieht aus wie ein Ritualgegenstand buddhistischer Mönche, wie etwas Unreines, das in heidnischen Zeremonien verwandt wird.“ Er erklärte, dass Perrot etwas derart Unreines keinesfalls färben dürfe. Als Bernard erfuhr, dass der Auftrag vom Thronfolger stammte, war er umso mehr der Auffassung, dass Perrot nicht nachgeben dürfe. Perrot leuchteten die Einwände von Bernard ein und er wies das Ansinnen umgehend zurück. Die Missionare vertrauten auf die Autorität von Bernard in chinesischen Dingen und die Peitsche sah tatsächlich nicht wie eine gewöhnliche Reitgerte aus. Sie fanden auch keine andere Erklärung für ihre Verwendung. Einige chinesische Priester und Diener wurden befragt und schlossen sich der Meinung an. Wie hätten die Missionare also dem Befehl des Kronprinzen gehorchen können?

Als Perrot die Peitsche persönlich zum Palast des Kronprinzen zurückbrachte, sagte der Eunuch, der sie entgegennahm, erschrocken: „Das ist nur eine Kleinigkeit. Wieso macht Ihr das nicht?“ Perrot erklärte die Gründe, aber der Eunuch war zu ungeduldig, um ihm genau zuzuhören. „Wenn der Kronprinz will, dass Ihr malt, dann malt!“, sagte der Eunuch schroff. Seine Augen blitzen zornig.

Aber Perrot gab nicht nach: „Bitte zweifelt nicht fälschlich an unserer Rechtschaffenheit. Wir sind von sehr weit her in Euer geschätztes Land gekommen, nur um unserem Gott zu dienen. Wir sind Missionare und dürfen unter gar keinen Umständen dem Willen Gottes zuwiderhandeln, auch wenn es nur um eine Kleinigkeit geht."

Der Eunuch wurde wütend und hob die Stimme: „Also gut. So undankbar seid ihr also. Aufgrund der großen Güte des Kaisers dürft ihr in unserem großartigen Land der Mitte leben. Der Kaiser der Großen Qing hat euch immer gut behandelt und ihr besitzt die Unverschämtheit, einen derart kleinen Gefallen zu verweigern! So sei es denn!" Er befahl einem Diener, die Peitsche in Empfang zu nehmen und den Gast zur Tür zu bringen. Er selbst ging voller Groll ins Innere des Palastes. Die Nachricht verbreitete sich rasant.

Der Kronprinz schäumte vor Wut. Er war gerade zurück nach Beijing gekommen, als er davon hörte. Schnurstracks begab er sich zu seinem Palast. Noch einmal wurde Perrot mit zwei anderen Missionaren, die fließend Chinesisch sprachen, beim Kronprinzen vorstellig, um ihm die Hintergründe zu erklären. Der empfing sie und hörte sie an. Nicht in der Lage, seinen Ärger zu unterdrücken, tadelte er sie: „Nun habt ihr die Güte meines kaiserlichen Vaters empfangen, aber wollt nicht einmal eine so kleine Färberei ausführen. Damit macht ihr euch völlig lächerlich. Ihr erniedrigt euch unvermeidlich selbst." Die Missionare wiederholten ihre wahren Motive. Sie erklärten, wenn der Kronprinz nur beweisen würde, dass die Peitsche nicht zu heidnisch-religiösen Zwecken eingesetzt würde, dann würden sie sie sofort bemalen. Die drei Männer knieten sogar vor ihm. „Wir bitten Euch eindringlich um Verständnis ..."

Der Kronprinz verlor die Fassung und brüllte sie an: „Wenn Wir sagen, dass diese Peitsche kein buddhistischer Ritualgegenstand ist, dann habt ihr das zu glauben. Ich muss euch gar nichts beweisen! Was Wir sagen, gilt." Nach einer Weile beruhigte sich der Kronprinz wieder. Er ließ die Missionare zu einer Theatervorführung bringen, damit sie sich selbst davon überzeugen konnten, dass die

Peitsche ein gängiges Requisit ist. Sie war tatsächlich kein buddhistisches Utensil. Nach dem Theaterstück traten sie wieder vor den Kronprinzen. Er fragte sie, ob sie verstanden hätten. „Wisst ihr jetzt, was das ist?"

Aber Perrot bestand auf seinen Zweifeln. Er fuhr fort, dem Kronprinzen den Grund für seine Zweifel zu erläutern, weil er in einem chinesischen Geschichtsbuch ein ähnliches Ding gesehen hatte, das zu anderen Zwecken verwandt wurde. Die beiden Missionare, die Perrot begleiteten, blieben stumm.

Der Kronprinz war von der Penetranz des Missionars endgültig erzürnt. Er sagte: „Du, ein Ausländer, kennst unsere Traditionen also besser als wir?" Er erhob sich von seinem Stuhl, lief auf und ab und blieb schließlich stehen. „Ich der Kronprinz schwöre bei meiner Ehre, dass diese Peitsche in keiner Hinsicht buddhistisch benutzt wird. Wenn du, Priester, immer noch zu behaupten wagst, dass du im Recht bist, dann male ein Kreuz auf den Boden und schwöre darauf."

Ein mandschurischer Beamter sagte zu Perrot: „Wenn du das nicht beschwören kannst, dann gestehe deinen Irrtum und mach einen Kotau vor dem Kronprinzen."

Perrot warf sich sofort zu Boden, um den Kotau auszuführen.

Die beiden anderen Missionare zogen sich zurück. Ihnen blieb nichts anderes übrig, als dem in Haidian wohnenden Castiglione in aller Eile Nachricht von dem Vorfall zu geben. Sie hofften auch, dass dieser im Palast nachfragen könnte, ob der Kaiser von der ganzen Angelegenheit weiß. Die zwei Missionare wollten daher Maultiere für den Weg nach Haidian satteln. Der Kaiser hielt sich außerdem im nahe gelegenen Yuanmingyuan auf, so dass sie auf alles vorbereitet sein mussten.

„Weiß denn jemand von euch, wozu so eine Peitsche dient?", fragte Pater Hervouet und warf mir einen Blick zu. Ich sagte nichts dazu. Ich hatte schon häufig buddhistische

Rituale beobachtet und nie war dabei mit einer solchen Peitsche gewedelt worden.

„Ich wäre bereit, die Missionare nach Haidian zu begleiten", sagte ich stattdessen. Die Diener beeilten sich, Maultiere und ein Pferd zu satteln. Ich warf mir meinen Werkzeugbeutel über die Schulter und zeigte den Missionaren, die nur selten zum Yuanmingyuan ritten, den Weg. Ich gab meinem Pferd die Sporen. Ab und an drehte ich mich um und sah, dass der Abstand zwischen mir und den Missionaren immer größer wurde, obwohl die Sorge sie zur Eile trieb. Langsam senkte sich die Dämmerung auf uns. Es schien ein Abend wie jeder andere zu sein. Die Straßen Beijings lagen ungerührt im Dämmerlicht.

Beijing, 10. Juli 1767

Perrot hatte eine eiskalte, knochenzermürbende Nacht in einem Verschlag aus Grasmatten verbracht. Heute Morgen hieß es, er würde zu Zuchthaus oder vielleicht sogar zum Tode verurteilt werden. Die zwei Missionare und ich warteten bei den Kasernen von Haidian ängstlich auf irgendwelche Nachrichten. Die beiden Missionare bewunderten Perrot wegen seines unbeugsamen Glaubens und seiner Bereitschaft, für Gott nötigenfalls zu sterben. „Es gibt keinen größeren Gnadenerweis!" Ich konnte ihnen ansehen, dass sie innerlich alles andere als gefasst waren. Sie wollten ihre Angst nur mit Vernunft überspielen. Am Nachmittag ritten wir zurück zur Residenz des Kronprinzen, wo uns gestattet wurde, Perrot zu sehen. Ich erschrak bei seinem Anblick. Er war abgemagert und ergrauter, als ich ihn in Erinnerung hatte. Wir sprachen Französisch und ich versicherte ihm, dass diese Peitsche wirklich kein kultischer Gegenstand sei. Ich hoffte, Perrot möge von seinem Starrsinn ablassen, aber er sah mich nur irritiert an. „Im Angesicht Gottes kann ich in dieser Angelegenheit nicht nachgeben. Es wird dir nicht gelingen, mich zu einem Kompromiss zu überreden. Gott wird mir helfen. Ich werde, ganz im Gegenteil, noch beharrlicher werden."

„Wegen dieser Peitsche? Wieso beharrst du darauf, obwohl du dir nicht einmal sicher bist?" Daraufhin verstummte Perrot und sah mit einem sturen Gesichtsausdruck ins Leere.

„Du weißt, dass das nur geschieht, um die Jesuiten zu diffamieren?" Beinahe hätte ich den Kopf geschüttelt. Plötzlich erkannte ich, in welcher Angst die Missionare lebten. Dabei war es abwegig zu glauben, dass das Ganze eingefädelt worden war, um die Jesuiten zu diffamieren.

Der Kaiser war mit anderen Aufgaben beschäftigt und hatte seit einer Weile keine Ausländer mehr empfangen. Ich betätigte mich als Bote und ritt zwischen Haidian und Beijing hin und her. Wegen der Eile hatten die Missionare vergessen, Geschenke mitzubringen. Dabei wussten sie nur zu genau, dass Stockungen in der Verständigung durch seltene Geschenke aus dem Westen wie Armbanduhren oder Augengläser behoben werden konnten. Deshalb hatten sie derlei Geschenke eigentlich immer in petto. Wenn Geschenke den Weg nicht ebneten, konnten im Notfall Silbertael helfen. Meine Begleiter und ich ritten im gestreckten Galopp zurück zur Kirche. Noch bevor wir ihn verständigen konnten, hatte der apostolische Präfekt der Beijinger Gemeinde Geschenke im Keller vorbereiten lassen.

„Da sind Sie ja endlich!", sagte Frater Alphonse. „Ich warte schon eine Ewigkeit auf Sie!" Der Aufseher über die Speicher war angewiesen worden, mit mir in den Keller zu gehen, um die Geschenke zu holen.

„Kann ich eine private Angelegenheit mit Ihnen besprechen?", fragte er zögerlich.

„Selbstverständlich. Erzählen Sie!" Ich sah ihn an. Er schien unter einer großen Last zu ächzen.

„Wären Sie bereit, eidlich für mich zu bürgen?", fragte er. Ein Dominikaner, der vor Jahren nach Beijing gekommen war, hatte ihn beim Heiligen Stuhl beschuldigt, dass er durch den Handel mit Goldmünzen in Beijing riesige Summen Geld verdient hätte. Wenn er das nicht richtigstellen könnte, wäre nicht nur sein Name in Misskredit geraten, sondern es würde sich zusätzlich die ohnehin ungünstige Lage der Jesuiten verschlechtern. Frater Alphonse sagte mit schmerzverzerrtem Gesicht: „Alle wissen, dass ich das zum Vorteil aller mache. Ich selbst habe persönlich nicht das Geringste davon." Ich hatte bei ihm schon einmal spanische Dublonen getauscht, und alle in der Stadt wussten, dass sein Kurs der gleiche ist wie der der Händler außerhalb. Auf diese Weise konnte er gar keinen Profit machen. Niemand würde an seiner Ehrlichkeit zweifeln, aber warum beschuldigt ihn dann jemand?

„Weil der Jesuiten-Orden durch solche Verleumdungen schwächer wird. Die anderen wollen den Jesuiten schaden und treten nach, wenn sie am Boden sind." Wieder die Jesuiten! Das Thema war allgegenwärtig! Immer wieder hörte ich davon. Mit heiserer Stimme bat mich der Missionar, in diesem Bestätigungsschreiben die Angreifer nicht zu erwähnen. Es würde ausreichen, wenn ich meine Gedanken zur Kernfrage zum Ausdruck brächte.

„Wer hat die Anklage denn verfasst?", fragte ich.

„Das weiß ich selbst nicht. Es war ein anonymer Brief an den Heiligen Stuhl. Ich habe bereits zwei Brüder in Frankreich um einen Leumundsbrief gebeten, aber mein Ruf ist schon so angeschlagen, dass das vielleicht nicht ausreicht. Wenn ich nicht zurückschlage, machen diese nach Macht gierenden Intriganten im fernen Rom daraus einen veritablen Vorgang!"

„Und mein Brief wird überzeugen?"

„Ja. Jedes Zeugnis außerhalb der Kirche und des Klerus hat in dieser Angelegenheit Überzeugungskraft. Außerdem sind Sie der Liebling des Kaisers von China. Wessen Zeugnis könnte mehr Gewicht haben?"

„Der Liebling des Kaisers?" Ich leugne nicht, dass das meiner Eitelkeit schmeichelte, aber ich hegte tiefe Zweifel.

„Unsere Gemeindearbeit hängt in großem Stil von Zuwendungen aus Europa ab. Früher haben wir ohne Vertun und mit frohem Herzen unser Geld für den Bau von Kirchen und die Rettung der Armen und Waisen gegeben. Einige bezahlten das sogar aus eigener Tasche." Frater Alphonse wechselte das Thema. Er schien aufrichtig. „Aber wegen dieser Verleumdungen ziehen sich unsere früheren Unterstützer zurück." Sein Gesicht verfinsterte sich. Ganz offensichtlich ärgerte er sich schon seit einer Weile darüber. Seinem unaufhörlichen Redefluss konnte ich entnehmen, dass dem Jesuitenorden Schlimmes drohe, wenn diese Anklagen Erfolg hätten. „Nun wurde auch der Erzbischof in Paris von diesen Gerüchten beeinflusst. Es wurden nicht nur die Zahlungen an das Apostolische Vikariat immer weiter verzögert, sondern zu allem Überfluss wurde mittlerweile auch meine jährliche Zuwendung gestrichen", sagte der Missionar wutschnaubend. Während wir uns im Dämmerlicht des Kellers unterhielten, dachte ich über seine Bitte nach.

Später fanden wir im Keller eine nagelneue Blumenvase aus Sèvres, zwei vergoldete Kerzenhalter und ein erlesenes Schränkchen im bayerischen Stil. Wie dies hierhergekommen sein mochte, konnte ich mir nicht erklären. Außerdem entdeckten wir hinter einer Grasmatte ein Bild der Anbetung der drei Weisen aus dem Morgenland, das Attiret damals in Kanton gemalt hatte. Ein ähnliches Bild war dem Kaiser dargeboten worden, dem es sehr gut gefiel. Dieses Bild war eine andere Version. Der erst kürzlich verstorbene apostolische Präfekt Le Febvre hatte es immer sehr geschätzt und eigentlich in der Nordkirche aufhängen lassen wollen. Doch bevor er dazu gekommen war, war er bereits verschieden. Während Frater Alphonse weiter von den Schlichen und Irrtümern der Dominikaner berichtete, konzentrierte ich mich völlig auf die Betrachtung der Vase aus Sèvres. Sie war mit einem Lilienmuster bemalt, dem Wahrzeichen der Bourbonen. Hatte Louis XV sie geschickt?

Sie war aus Weichporzellan, aber die Qualität der Malerei, des Dekors und der Farben war außergewöhnlich. Konnte es sein, dass sie Porzellan höchster Qualität nach China schickten? Ich starrte die Vase an und bekam von Frater Alphonses Redefluss nichts mehr mit. Ich versuchte herauszufinden, wann diese Vase hergestellt worden war. Sie musste von den Dubois-Brüdern aus Vincennes sein.

Als wir die Geschenke gerade nach oben tragen wollten, sah ich jemanden von der anderen Seite in den Keller stürmen. Ich folgte diesem Missionar bis vor einen anderen Raum, aber dort schloss er in aller Hast die Tür. Ich versteckte mich hinter der Tür und lauschte. Frater Alphonse stand mit einem ängstlichen und zugleich argwöhnischen Gesichtsausdruck hinter mir. Ich presste mein Ohr an die Tür, konnte aber keinen Laut hören. Wir gingen wieder nach oben.

Nachdem ich das Gelände untersucht hatte, fand ich auf dem Boden ein Paar Läden, die sich öffnen ließen. Ich stemmte sie auf, steckte den Kopf hindurch und sah hinunter. Beinahe hätte ich mir vor lauter Schreck eine Beule gestoßen: Einige Patres waren im Keller dabei, den Brustkorb von Pater Lamarque zu öffnen, um ihn heimlich zu obduzieren.

Ich lud die Geschenke auf den Wagen, trank kaum ein Glas Wein und hieß den Kutscher losfahren.

Ich wurde tatsächlich heimlich überwacht. Ein Reiter in Palastuniform folgte mir. Ich kreiste durch die Hutonggassen, um ihn abzuschütteln, aber nach einigen Anläufen kam er mir entgegen. Sein hinter ihm reitender Diener stieg sofort ab. Sie versperrten mir den Weg.

„Mein Herr würde gern ein paar Worte mit Euch wechseln“, sprach mich der Reiter höflich an. „Ihr, werter ausländischer Herr, seid eingeladen.“ Sein Tonfall duldete keinen Widerspruch. Ich folgte ihnen in ein nahe gelegenes Teehaus, wo sie vom Besitzer verlangten, im oberen Stockwerk ein Zimmer herzurichten. Der Zutritt irgendwelcher Personen sei nicht gestattet. Immer noch ohne konkrete Vorstellung, um was es ging, folgte ich ihren Anweisungen und setzte mich.

Der Höfling machte mir Komplimente zu meinem chinesischen Gewand und erklärte, dass ich durch das Annehmen der chinesischen Tracht einen außergewöhnlichen Charakter erkennen ließ. Danach stellte er sich als Generaleunuch des Kronprinzen vor und erklärte, dass dieser etwas mit mir zu besprechen wünsche.

Er fragte freundlich: „Ich habe gehört, dass Ihr bereits neulich in der Residenz des Kronprinzen vorstellig wurdet.“

„Ja, ich habe den Missionar Perrot besucht.“

„Oh. Ihr selbst seid aber kein Missionar?“ Als er mir Tee einschenkte, bemerkte ich, dass der Nagel seines kleinen Fingers knapp drei Zentimeter lang war. Sein Gesicht schimmerte ölig.

„Nein, bisher nicht“, sagte ich mit einem schiefen Lächeln.

„Eurer Chinesisch ist wirklich exzellent. Das ist selten. Der Kronprinz hörte davon. Er hat auch gehört, dass Ihr einige europäische Sprachen sprecht. In der Tat ein seltenes Talent!“ Mein Gegenüber lächelte über das ganze

Gesicht und wies die Kellner an, sich nach dem Servieren von Tee und Kleinigkeiten zurückzuziehen. Ich hätte mit „Nali, nali" antworten können, der chinesischen Floskel, mit der man Lob zurückweist. Aber ich sagte nichts und trank still meinen Tee. Seit ich nach China gekommen war, wunderte ich mich kaum mehr über etwas. Alles lief so natürlich ab wie in einem sorgfältig arrangierten Theaterstück. Genau genommen atmete alles den Hauch einer Komödie, ohne deswegen an Spannung einzubüßen.

„Wir möchten Euch bitten, uns mit Euren außergewöhnlichen Fähigkeiten bei einer bestimmten Angelegenheit zu helfen ..." Er zog einen Beutel hervor, den er zuvor verborgen gehalten hatte. Er öffnete den Beutel und ließ mich einen Blick auf ein Bündel Briefe darin werfen. Dann verschloss er ihn wieder. „Bitte lest, worum es in diesen ausländischen Briefen geht."

Das Bündel enthielt sicher mehr als ein Dutzend Briefe und ich war alarmiert.

„Sind das Briefe, die die Missionare nach Hause schicken?"

„Ihr seid ein kluger Mann", sagte der selbst erklärte Generaleunuch der Residenz des Kronprinzen und fixierte mich. Er schien ängstlich darauf bedacht, sich korrekt auszudrücken. „Aber das sind Briefe, die den Missionaren aus Europa geschickt wurden."

„Nein!", entfuhr es mir. „Ich kann das nicht machen. Wenn jemand einen Brief schreibt, dann geht er davon aus, dass kein anderer als der Adressat diesen Brief liest. Das wäre den Missionaren gegenüber unlauter. Sie haben ein Recht darauf, ihre privaten Angelegenheiten für sich zu behalten."

„Wenn uns niemand den Inhalt dieser Briefe übersetzt, dann müssen wir sie vernichten", sagte der Generaleunuch in aller Seelenruhe, als ginge es um das Normalste auf der Welt. „Abgesehen davon hat der Kaiser der großen Qing den ausländischen Missionaren in seiner großen Güte gestattet, innerhalb der Hauptstadt zu wohnen. Wir wissen bis heute nicht, ob nicht einige von ihnen sich kaiserlichen Erlassen widersetzen oder die Interessen des chinesischen Volkes verletzen. Wir zweifeln nicht an der Reinheit der Motive, die sie nach China kommen ließen, aber manchmal verursacht gerade ein unbeabsichtigter Irrtum den größten Schaden ..." Ich schwieg. Ich war in eine Zwickmühle geraten. Dieser Generaleunuch repräsentierte den zukünftigen Kaiser der großen Qing. Den Prinzen, der erst vor Kurzem einen Missionar streng bestraft hatte, weil dieser ihm nicht zu Willen sein wollte. Konnte ich seine Forderung ablehnen? Ich war schachmatt.

„Mein Chinesisch ist nicht gut, genauso wenig wie mein Portugiesisch. Mein Italienisch ist passabel, aber auch nicht fließend." Meine Ausreden waren begrenzt und ich durchforstete meinen Kopf nach besseren. „Außerdem habe ich die Arbeit, mit der der Kaiser mich betraut hat, noch nicht vollendet." Ob ein Chinese mein Ausweichen versteht? Unabhängig von der Sprache und dem Menschen kommt es wohl vor allem darauf an, ob der andere mich verstehen will. Dann wird er mich auch verstehen. Wenn nicht, dann nicht.

„Na gut, dann könnt Ihr ja jetzt einen Blick darauf werfen." Er wollte den Beutel öffnen, aber ich schob dem sofort einen Riegel vor. „Jetzt muss ich mich sputen. Ich muss den Patres in Haidian etwas bringen. Wäre es akzeptabel, wenn ich sie mir danach ansehe?"

Mit diesem Zug hatte ich unerwartet Erfolg. „Einverstanden", sagte der Generaleunuch und übergab mir den Beutel mit den Briefen. „Dann nehmt sie mit. Wenn Ihr fertig gelesen habt, werden wir Zeit für ein kleines Gespräch finden. Dann könnt Ihr sie mir zurückgeben."

Ich war äußerst widerwillig, hatte aber keine andere Wahl. „Was wollen Sie wissen? Welche Art Nachricht interessiert Sie?" Das war eine wirklich gute Frage. Ich durchschaute die Unzufriedenheit des chinesischen Hofs mit den Missionaren nicht. Diese Blüte von talentierten Männern aus dem Westen, die mit Hingabe dienen und von Selbstaufopferung beseelt sind, die ihr Leben und ihre Gelehrsamkeit China widmen. Womit könnten die Chinesen unzufrieden sein?

„Ich würde zum Beispiel gern wissen, ob die Missionare anderen die Augen herausschneiden." Der Generaleunuch zwinkerte ein paar Mal, aber er schien nicht zu scherzen.

„Die Augen herausschneiden? Wozu das denn?", fragte ich ungläubig.

„Es heißt, die Missionare schneiden die Augen heraus, um damit Augengläser herzustellen." Mein Gegenüber sprach völlig ernst und schien nicht den geringsten Zweifel an seinem Vortrag zu haben.

„Um Augengläser herzustellen, braucht man keine Augen!", rief ich, wurde aber sofort freundlich zum Schweigen gebracht. „Unserem Wissen nach gibt es unter den Missionaren eine große Anzahl von Fraktionen, die sich untereinander nicht gut verstehen. Ich würde gern Eure Meinung darüber hören." Es schien, als wolle er mir alle seine Absichten im Laufe des Tages erst nach und nach enthüllen, aber ich war nicht im Geringsten in der Stimmung dazu. Ausdruckslos sah ich mein Gegenüber an.

„Wie mag es Frater Perrot wohl gehen?", fragte ich vorsichtig.

„Ach der. Sein größter Fehler ist es, dem Kronprinzen nicht zu trauen. Er geht sogar so weit, der kaiserlichen Größe und Würde des Kronprinzen zu misstrauen, so dass die Todesstrafe angemessen ist." Der Generaleunuch sprach völlig unbekümmert.

„Todesstrafe? Er wird zum Tode verurteilt?", fragte ich.

„Das weiß nur der Himmel. Ich hoffe, Euer Gott – oder vielleicht sein Gott – kann ihn beschützen."

Ich konnte die sachliche und kalte Art des Generaleunuchen nicht begreifen. Aber was hilft ein Streit mit jemandem ohne Mitgefühl? Ich war spontan von seiner gnadenlosen Haltung abgestoßen. „Ich muss jetzt aufbrechen. Gehaben Sie sich wohl!" Ich stand auf. Ich musste weg von diesem Menschen, von dieser Angelegenheit, von diesem Ort.

„Ich werde jemanden zu Euch schicken. Wenn es so weit ist, dann geht mit ihm mit. Ich kann Euch vergewissern, dass der Kronprinz Leute mit Talent erkennt. Nie würde er jemanden auswählen, den er nicht achtet. Gebt gut auf Euch acht. Wir werden uns wiedersehen."

Gemeinsam traten wir vor das Gasthaus und ich hörte das Krächzen einer Krähe, die am Himmel über uns kreiste. „Krakra", krächzte sie.

„Diese Vögel sind widerwärtig, nicht wahr?", stellte ich beiläufig fest.

Wir verabschiedeten uns und ich sah ihnen nach. Ein Stein lastete auf meinem Herzen. Ich verstaute die Briefe in meiner Tasche und blickte ins Leere. Das Krächzen dieser verdammten Krähe hallte noch vom Himmel und wurde immer lauter. Wenn es möglich wäre, Kugeln nachzukaufen, hätte ich sie am liebsten abgeschossen.

Beijing, 4. August 1767

Die Angelegenheiten des Herzens sind so subtil, dass sie kaum zu verstehen sind. Sie sind keine Mathematik, man kann sie nicht addieren und subtrahieren. Sie sind auch keine Physik, sie lassen sich nicht messen und noch viel weniger berechnen. Sie kümmern sich nicht um moralische Prinzipien und es mangelt ihnen an Logik. Die ganze Liebe entspringt der Imagination. Es ist genau so, wie du es dir vorstellst. Liebe hängt auch mit Sehnsucht zusammen. Je weniger du etwas haben kannst, desto größer wird die Sehnsucht danach. Hat man sich erst zu sehnen begonnen, geht man dem Gefühl in die Falle. Ist also Sehnsucht der Antrieb der Liebe?

Ich wusste früher nicht, dass ich so eine Art Mensch bin. Ich sehne mich so sehr nach dieser Frau. Kann es sein, dass sich ein Teufel in mein Herz geschlichen hat? Oder hat mich ein Engel zu meinem vollständigen Selbst erweckt? Beginne ich langsam, mich selbst zu verstehen? Ist das endlich mein wahres Selbst? Kann ich in einer Stadt so groß wie Beijing jemanden finden, den ich nur einmal gesehen habe? Ist das möglich?

Weil ich sie in der Xi'anmen-Straße getroffen habe, denke ich, dass sie in diesem Gebiet wohnen muss, vielleicht im Umkreis einer chinesischen Meile.

Ich lief in Richtung Westen durch die Hutongs der Hammelgasse und hielt sorgfältig nach Anhaltspunkten Ausschau. Es gab keinerlei Anhaltspunkte. Sie konnte nur aus einer reichen Kaufmannsfamilie oder einer adeligen Familie stammen. Aber innerhalb der Mandschustadt gab es ausschließlich reiche Kaufmanns- und Adelsfamilien. Was noch? Wo immer ich hingehe, sind nur alte Leute und Kinder. Heimatlose Hunde folgen mir. Bin ich schon wahnsinnig geworden? Jedermann weiß, dass ein heiratsfähiges Mädchen in China nur in den seltensten Fällen sein Gesicht in der Öffentlichkeit zeigt. Wie soll ich sie also auf den großen, belebten Straßen finden?

Ich hatte ihre Sänfte vor dem Torbogen auf der Xisi-Straße gesehen! Unter großen Anstrengungen war ich ihr gefolgt. Die vier Sänftenträger waren eiligen Schrittes gelaufen, und auch ich hatte meinen Gang beschleunigt. Ich weiß nicht, wie lange wir so gelaufen waren. Wir hatten die Pferdemarktbrücke überquert, und erst am Tempel der weißen Pagode hatten die Träger angehalten. Ich näherte mich gerade der Sänfte, als ihre Insassin ausstieg. Es war eine alte Dame gewesen.

Als ich mich zum Gehen umwandte, hatte ich plötzlich eine Idee: Wenn ich in aller Stille an sie dächte und nie damit nachließe, wenn ich dies andächtig und fromm täte, dann würde sie wieder auftauchen. Also denke ich in aller Stille an sie. Manchmal werde ich dabei von anderen Einfällen unterbrochen, manchmal durch meine Sehnsucht nach ihr. Dann konzentriere ich mich wieder. Für einen Moment konnte ich mir ihr Gesicht nicht mehr vorstellen. Das erschreckte mich zutiefst: Wenn ich mich nicht mehr an sie erinnern kann, dann wäre sie für immer aus meinem Leben verschwunden. Von dem Zeitpunkt an hätten wir keine Verbindung mehr. Entgegen meinen Befürchtungen erinnerte ich mich allmählich wieder an ihr lächelndes Gesicht, dieses schöne und kluge Gesicht.

Hochverehrter Freiherr von Seydewitz,

in diesem Brief möchte ich Ihnen von dem Order-Porzellan aus Jingdezhen berichten. Mit Order-Porzellan bezeichnet man Porzellan, das von europäischen Kaufleuten in China in Auftrag gegeben wurde. Ich glaube, dass dieses Arrangement bereits vor zweihundert Jahren seinen Anfang nahm und diese lange Tradition dazu geführt hat, dass es heutzutage in Jingdezhen diverse sehr effektive Kataloge gibt, bis hin zu vorgefertigten Musterstücken und Standardformen. Ich füge diesem Brief einen solchen Katalog bei.

Üblicherweise hat ein Tellermuster in Jingdezhen einen Durchmesser von knapp 11 sächsischen Zoll[11] *und man kann aus verschiedenen Randdekorationen auswählen. Auch bei den Teetassen kann man zwischen verschiedenen golddurchwirkten Mustern wählen. Ich glaube, dass die europäischen Kaufleute schon vor einigen Dekaden damit begonnen haben, ganze Porzellan-Service zu bestellen. Aus Plaudereien mit älteren Handwerkern habe ich erfahren, dass sie keine Ahnung haben, wozu die Suppenterrinen und Salzstreuer eigentlich dienten. Ich habe in Jingdezhen sogar Senffässchen und Zuckerdosen*

11 Anm. d. Ü.: ca 25 cm.

gesehen, die für einen holländischen Händler angefertigt worden waren.

Ich liste Ihnen hier eine Bestellung der East India Company von letztem Jahr auf:

15 Vorlegeplatten in drei verschiedenen Größen
8 runde und zwei achteckige Salatschüsseln
24 kleine Teller in zwei verschiedenen Größen
100 große Teller für den Hauptgang
4 Kerzenhalter
4 Salzfässchen
2 Butterdosen und 2 Gewürzflaschen

Auf dieser Liste fehlen die Suppenschüsseln. In der Regel ist die handwerkliche Qualität des Order-Porzellans exzellent. Abgesehen vom Essgeschirr gibt es Zuckerdosen, Schöpfkellen, Ölkrüge, Essigflaschen, Eisbehälter, Wasserkrüge, Vasen mit Portraits etc. pp. Einmal habe ich auch Nachttöpfe und Barbierschüsseln gesehen. Die Barbierschüssel hatte einen Durchmesser von fast 15 sächsischen Zoll[12] *mit einer runden Vertiefung am Rand, um das Kinn abzulegen. Außerdem habe ich eine große Schüssel mit ausgekehltem Rand gesehen, eine Bestellung der DuPonts in Frankreich. In dieser Schale konnten acht eisgekühlte Weingläser serviert werden.*

Es gibt auch europäische Händler, die auf den selbst mitgebrachten Mustern bestehen. Ich habe silberne Behälter aus Holland und Schweden gesehen, Kerzenständer aus Zinn sowie bemalte Holzmodelle aus Formosa und sogar Originale aus Europa. Sie verlangen, dass aus Porzellan identische Gegenstände hergestellt werden. Wenn die Händler genug Geduld haben, können die Handwerker in Jingdezhen nach einigen Versuchen perfekte Nachbildungen produzieren. Von der Bestellung bis zur Auslieferung dauert es zwei Jahre. Nachdem die europäischen Händler in Kanton eine Bestellung aufgegeben

12 Anm. d. Ü.: ca 35 cm.

haben, segeln sie ab und kommen zwei Jahre später wieder, um ihre Waren in Empfang zu nehmen. Die chinesischen Händler in Kanton geben in Jingdezhen die Bestellung auf und kehren später mit der Ware nach Kanton zurück.

In meinem letzten Brief hatte ich vergessen zu berichten, dass ich außer dem Schwanenservice des Grafen von Brühl auch eine große, mehrfarbige Meißener Obstschale auf hohem Fuß gesehen habe. Die Schale bestand oben aus Gitterwerk und an ihrem Fuß kletterten Chinesenkinder hinauf. Ich bin überzeugt, dass auch diese Schale auf einem Werk von Kändler basiert. Die Kunstfertigkeit der Handwerker in Jingdezhen beim Glasieren, Vergolden und Einfassen des Porzellans ist bemerkenswert, und aus den Händen chinesischer Modellierer und Maler erscheinen die chinesischen Kinder umso liebenswerter.

Aus den zwei Stücken, die so fern aus Meißen nach China gekommen sind, schließe ich, dass Meißens Technologie nicht mehr überlegen ist. Dies beschwert die Bürde meiner Reise zusätzlich. Welche Kunst der Porzellanherstellung soll ich in China für Meißen eigentlich finden? Welche Art von Technologie ist vonnöten, dass Meißen einen jähen Aufschwung erlebt?

Lassen Sie mich darüber erst Klarheit gewinnen. Im nächsten Brief werde ich meine Überlegungen en detail erläutern.

Mit dem ergebensten Respekt und den besten Wünschen für Ihre Familie

verbleibe ich Ihr
Wilhelm Bühl

Beijing, 5. August 1767

Der Sturm war leise heraufgezogen. Doch dann brach er los.

Die Situation ausländischer Missionare in China lässt sich mittlerweile am besten mit einem chinesischen Sprichwort beschreiben: Wenn das Dach undicht wird, regnet es in dieser Nacht.

Perrot ist nach wie vor im Kerker der Residenz des Kronprinzen. Ich pendelte viele Male als berittener Bote für die Jesuiten zwischen dem Yuanmingyuan und Beijing hin und her. Obwohl ich kein hingebungsvoller Christ und schon gar kein Jesuit bin, stehe ich seit einiger Zeit mit den Missionaren in der Hauptstadt auf gutem Fuß. Wenn der Kaiser nun Maßnahmen gegen die Missionare ergreift, kann ich mich nicht heraushalten. Das lässt mein Gewissen nicht zu. Die Missionare hatten sich an den zwölften Sohn des Kaisers um Hilfe gewandt, doch der weigerte sich, die Bittschrift an den Kaiser weiterzuleiten.

Der Generalgouverneur von Fujian hatte den Bericht eines Bezirksmagistrats erhalten, in dem es hieß, dass die ausländischen Missionare vom chinesischen Volk Unmengen an Geld einsammeln. Damit wollten sie eine große Kirche bauen, in der sich dann Frauen und Männer vermischen würden. Der Generalgouverneur hatte umgehend Maßnahmen ergriffen, um den Glauben zu verbieten. Unter anderem erließ er einen Befehl, der es den chinesischen Gelehrten untersagte, den christlichen Glauben anzunehmen. Bei Zuwiderhandlung wird ihnen ihr Titel aberkannt und sie werden streng bestraft.

Zwei Missionare in Fujian hatten sich bei der lokalen Bevölkerung versteckt. Obendrein hatten chinesische Gläubige eine Miliz gegründet, die die Patres vor den bewaffneten Garden der Obrigkeit beschützte. Dies erboste den Generalgouverneur von Fujian derart, dass er eine Eingabe an den Thron verfasste. Die Sendung wurde mit einer Feder versehen, was einen Eiltransport nach Beijing garantierte. Der Generalgouverneur war der Auffassung, dass die beiden spanischen Dominikaner-Patres Lügen und einen heterodoxen Glauben verbreiteten. Außerdem hätten sie behauptet, dass sie das Geld der chinesischen Bevölkerung auf einen kaiserlichen Erlass hin für den Kirchenbau verwenden. Wenn sie tatsächlich einen Erlass des Kaisers gefälscht hatten, war dies ein schweres Verbrechen, das untersucht werden musste. Der momentane Aufenthalt der beiden Missionare war unbekannt.

Seit dieser Eingabe des Bezirksgouverneurs an den Kaiser wandte sich die Lage für Perrot zum Schlechten.

„In einer solchen Angelegenheit hätten sie keinen so fundamentalen Fehler machen dürfen!", seufzte ein Jesuitenpater kopfschüttelnd. „Ich empfinde mit ihnen, obwohl die Dominikaner in letzter Zeit gegenüber unserem Orden nicht die geringste Freundlichkeit an den Tag gelegt haben. Egal ob Dominikaner, Franziskaner oder Augustiner, es sind alles unsere Brüder. Wir wissen doch schon lange, dass die Chinesen so viel Wert auf die absolute Trennung von Männern und Frauen legen. Aber diese beiden mussten unbedingt junge Frauen zu Nonnen weihen und Männer und Frauen in der Kirche aufeinandertreffen lassen. Das gab den Anklägern die Gelegenheit einzuhaken."

Eine Reihe derartiger Zwischenfälle konnte nur ein böses Ende nehmen: Der Kaiser verbot das Christentum. Die Vorahnungen der Missionare wurden schließlich wahr. Der kaiserliche Erlass war bereits verkündet, mit dem Abriss oder der Entweihung der Kirchen schon begonnen worden. Chinesen mussten dem christlichen Glauben abschwören und wurden bei Zuwiderhandlung streng bestraft. Die Früchte von zweihundert Jahren Herzblut für die Mission wurden zerstört und ausgelöscht.

Alle Missionare liefen mit besorgt gerunzelter Stirn herum. Um Perrot zu retten, war ihnen letztlich nichts anderes übrig geblieben, als einen hochrangigen Beamten zu bestechen. Der hatte zugesagt, sich etwas zu überlegen, vermied es aber lange, sich mit ihnen von Angesicht zu Angesicht zu treffen. Erst im letzten Augenblick ließ er sich sehen. Aber er hatte ihr Geld und ihre Bitten nicht enttäuscht. Wenn die ausländischen Maler keine

Gelegenheit einer Audienz beim Kaiser bekamen, dann, so schlug er vor, sollten die Missionare wegen einer Uhr um eine Audienz ersuchen. Der Kaiser hatte vor nicht allzu langer Zeit Perrot damit beauftragt, eine Taschenuhr zu reparieren. Diese von Perrot reparierte Uhr könnten sie nun überreichen und dabei Fürsprache für ihn halten. Die Missionare hielten das für eine aussichtsreiche Vorgehensweise.

Nach drei Tagen des Wartens kam endlich ein Eunuch aus dem Ministerium für innere Angelegenheiten mit guten Nachrichten. Der Kaiser würde die Missionare empfangen und die von Perrot reparierte Uhr begutachten. Dies erleichterte die Missionare ein wenig. Aber der für die Audienz ausgewählte Missionar war sehr besorgt, ja man könnte sogar sagen, er war über alle Maßen verängstigt. Er fürchtete, die Eunuchen könnten ihn zum gegebenen Zeitpunkt am Sprechen hindern oder dass er nach Überreichen der Bittschrift festgenommen würde. Immerhin hatte sich der Kaiser sogar geweigert, die Petition Castigliones anzunehmen, obwohl dieser als Lieblingsmaler des Kaisers immerhin mit dem Titel eines Palastbeamten dritten Grades geehrt worden war.

Der Missionar konnte deshalb die ganze Nacht kein Auge zutun. Am nächsten Tag brachen er und einige Brüder im Morgengrauen Richtung Palast auf. Nachdem sie von einem für die Kaiserfamilie zuständigen Beamten durchsucht und für unbedenklich erklärt worden waren, wurden sie in den Palast geführt, um auf ihre Audienz zu warten.

Sie warteten sehr lange. An diesem Tag regnete es heftig und die Gewänder und Schuhe der Jesuiten weichten durch. Schließlich durften sie unter der überdachten Veranda des Büros für Militär- und Politikangelegenheiten weiter warten. Sie warteten bis zum Einbruch der Nacht.

Beijing, 18. August 1767

Als ich mich dem Quartier zum Glückszepter näherte, sah ich einige Schüler von Castiglione, die Ölgemälde in eine Ecke vor dem Quartier zum Glückszepter trugen. Dort wurden sie angezündet. Verständnislos lief ich hin und fragte gleichermaßen erregt wie verwirrt: „Warum? Warum verbrennt ihr Castigliones Bilder?"

„Castiglione hat uns darum gebeten", sagte Ling Mei, der Schüler, auf den Castiglione besonders stolz war.

Ich verstand immer noch nicht. „Warum hat er euch gebeten, die Bilder zu verbrennen?"

Aber in dem hastigen Durcheinander beachteten sie mich nicht weiter. Offenbar fiel der Malunterricht heute aus. Ich setzte mich auf die Stufen der Halle und sah den Schülern zu, wie sie herein und hinaus eilten. Dann standen sie neben einem großen Wasserbehälter, um notfalls eine Feuersbrunst zu verhindern. Sie schauten ins Feuer, als stünden sie vor einem gewaltigen Feind. Schließlich erzählte mir Ling Mei, dass der Kaiser Castiglione angewiesen hatte, sich von nun an auf das chinesische Malen zu konzentrieren. Es sei nicht länger angebracht, dass im Quartier zum Glückszepter westliche Bilder entstünden, und auch die Schüler bräuchten keine westlichen Maltechniken mehr zu erlernen. Nur die chinesische Malerei sei wahre Malerei. Das war der Grund, warum Castiglione seine Schüler aufgefordert hatte, Skizzen von Menschen aus früheren Jahren zu verbrennen.

Der Befehl schockierte mich. Die beiden Malschulen sind völlig unterschiedlich. In der chinesischen Malerei wird eine künstlerische Stimmung gemalt. Sie hat einen literarischen und philosophischen Charakter. Sie ist der westlichen Malerei, in der Technik die höchste Bedeutung hat, gänzlich entgegengesetzt. Aber wie kann man sagen, dass die chinesische Malerei die einzig wahre

Malerei sei? Und wieso müssen andere Bilder verbrannt werden?

Ich betrat Castigliones Atelier. Er stand vor der Staffelei und starrte mit leerem Blick auf das Portrait der Kaiserinmutter. Mein plötzliches Eintreten ließ ihn auffahren. Er sah erschöpft aus. Ich trat näher und fragte: „Der Kaiser von China ist tatsächlich der Meinung, dass die chinesische Malerei die westliche übertrifft?"

„Dieser Auffassung ist er in der Tat. Aber man kann ihm das kaum zum Vorwurf machen. Immerhin hatte er noch keine Gelegenheit, westliche Meisterwerke zu sehen, sondern nur die wenigen Portraits, die ich angefertigt habe", rechtfertigte Castiglione den Kaiser.

„Wie bringt Ihr es über Euch, die in harter Arbeit gemalten Bilder zu verbrennen?"

„Ich bin nur ein Missionar. Meine Lebensaufgabe besteht darin, Gottes Willen zu folgen. Malen ist nur eine Methode, Gott zu gefallen oder ihm zu dienen. Wenn ich daraus eigenes Vergnügen ziehen kann, dann ist das sicherlich ein Glück für mich, aber ich bestehe nicht darauf. Abgesehen davon war ich mit den meisten Bildern selbst nicht zufrieden."

„Meister, ist der Kaiser wegen der Missionare nicht gut auf die westliche Kunst zu sprechen?"

„Nein. Ich denke, der Kaiser hat die Prinzen seines Clans überschätzt. Sie verstehen die westliche Malerei genauso wenig wie das Christentum."

„Hat sich einer von ihnen beschwert? Finden sie, dass die Abbildung des menschlichen Körpers obszön sei?" So etwas hatte ich von Pater Gao gehört.

Castiglione antwortete nicht. Er stand auf, nahm aus einer Lade ein Buch und gab es mir. Ich sah kurz auf den Titel: „Wissenschaft des Sehens".

„Das ist das Buch, das ich zusammen mit dem großen Gelehrten Nian Xiyao geschrieben habe. Es bietet eine detaillierte Analyse der Perspektive in der westlichen

Malerei", sagte er. „Erst später habe ich verstanden, dass sich Chinesen nicht für Perspektive interessieren, sondern nur die Technik der naturalistischen Darstellung bewundern."

„Ist der Unterschied zwischen chinesischer und westlicher Kultur zu groß? Werden wir uns gegenseitig nie verstehen können?" Ich sprach Zweifel aus, die mir auf der Seele lagen.

„Möglich. Auf einigen Gebieten haben beide Seiten gleiche Standards. Aber in der Ästhetik sind die Unterschiede in Geschmack und Sichtweise in der Tat sehr groß."

„Wie schätzt Ihr Eure Position ein? Ein Fremder, ein westlicher Maler, wie passt Ihr Euch an das Leben in China an?"

„Das ist eine lange Geschichte. Aber wenn es Sie interessiert, gibt es zwei Redewendungen, die es zusammenfassen."

„Wie lauten die?"

„Arbeite mit deinen Talenten, aber handle gegen deine Gewohnheiten." Castiglione lächelte beim Sprechen und fügte hinzu: „Und der zweite Satz: In China tue alles ganz in Ruhe."

„Wie erfasst Ihr den Unterschied zwischen chinesischer und westlicher Kultur?", fuhr ich fort zu fragen.

„Für mich wie für alle anderen Missionare steht die Hingabe an Gott im Vordergrund. Wenn meine Aufgabe darin besteht, Maler am chinesischen Hof zu sein, muss ich natürlich den Geschmack des Kaisers berücksichtigen, aber ich tue mein Möglichstes, meinen Prinzipien nicht untreu zu werden."

„Was haltet Ihr von chinesischem Porzellan?" Ich legte die Karten auf den Tisch.

„Die Chinesen haben das Porzellan erfunden und verfügen insofern über einige hervorragende Techniken, die wir im Westen immer noch nicht ganz erfassen. Aber ich persönlich glaube, dass es nur eine Frage der Zeit ist, bis diese auch in Europa gemeistert werden. Ich persönlich schätze das Porzellan aus Meißen und Sèvres sehr."

„Mögt Ihr auch das Song-Porzellan?"

„Das ist etwas völlig anderes. Natürlich gefällt mir Song-Porzellan! Ich mag die Kultur der Songzeit, und wie der Kaiser mag ich sogar die dünnen Kalligrafiestriche des Song-Kaisers Huizong."

Ich hätte gern mit Castiglione weiter über Porzellan diskutiert, aber wir wurden unterbrochen. Ein Eunuch stürzte herein und verkündete eilig: „Der Kaiser ruft den Bediensteten Castiglione zur Audienz!"

Beijing, 19. August 1767

„Perrot ist gerettet! Der Herr hat ihn beschützt!" Die Missionare erzählten aufgeregt und durcheinander vom Verlauf der Begegnung zwischen Castiglione und dem Kaiser. An diesem Tag hatte der Kaiser endgültig beschlossen, dass er die ihm unbekannten Missionare nicht empfangen wolle, und rief stattdessen direkt Castiglione zur Audienz. Castiglione war schon darauf vorbereitet, bestraft und aus China verwiesen zu werden. Innerlich gefestigt war er bereit, die Angelegenheit mit klaren Worten zu besprechen. Aber der Kaiser ließ ihn nicht zu Wort kommen. Stattdessen sprach er über eine Stunde lang ganz gelöst. Er sagte, dass Perrot seit seiner Ernennung zum Xingzou, dem Läuferamt, einen Automatenmenschen konstruiert hätte, so dass er für den Erfolg und die harte Arbeit einen Verdienst erworben hätte. Weil er diesmal geirrt und seine persönliche Sicht der Dinge zu sehr betont habe, habe er sich unpassend verhalten. Jedoch sei das Vergehen nicht todeswürdig. Wenn er in Zukunft nicht mehr so arrogant aufträte, wäre es genug.

Bezüglich des Religionsverbots des Generalgouverneurs von Fujian wiederholte der Kaiser seinen Standpunkt. Er sagte, er dulde nicht, dass die Chinesen diesen Glauben ausübten, aber den Ausländern sei er gestattet. Darüber hinaus könnten die Missionare in Beijing wohnen bleiben.

Castiglione warf sich umgehend zu Boden, um dem Kaiser durch Stirnaufschläge für seine Gnade zu danken. Danach ergriff er den letztmöglichen Moment, und ohne auf die Erlaubnis des Kaisers zu warten, öffnete er den Mund und sprach über die elenden Lebensumstände einiger westlicher Missionare. Als diese nach China gekommen seien, hätten die Beamten einen Eid verlangt, dass sie bis zu ihrem Tod hier blieben und nie wieder abreisten. Im Gegenzug wurden ihnen rote Pässe für ein lebenslanges Bleiberecht ausgestellt. Nun stünden sie vor der Ausweisung und hätten weder einen Ort, an den sie zurückkehren, noch einen, an den sie gehen könnten. Die Missionare erzählten, Castiglione seien beim Reden Tränen über die Wangen gelaufen.

Der Kaiser war verblüfft und sagte unmittelbar: „Gut. Es ist gut." Er schien den damaligen Befehl zum Eid vollständig vergessen zu haben und reagierte ungehalten. Als er sah, dass sein hochgeehrter Maler Tränen vergoss, sagte er: „Wenn dem so ist, müssen diese Missionare nur vor Uns erscheinen und ihre Absicht, in Beijing bleiben zu wollen, kundtun. Dann lassen Wir sie bleiben."

Der Kaiser wartete keine Antwort von Castiglione ab, sondern erhob sich und ging. So gab es keine Möglichkeit, bezüglich des Leides der Ma-Familie um Nachsicht zu bitten. Während ich den Berichten der Zeugen der Audienz lauschte, schien es mir, als ob der Kaiser tatsächlich dieser Bitte aus dem Weg gegangen sei. Aber viele Missionare sahen das anders.

„Der Kaiser hat zum Ausdruck gebracht, dass die Missionare bloß ihren Willen zum Bleiben erklären müssten, um eine entsprechende Bewilligung zu erhalten." Sie glaubten, das Religionsverbot diene lediglich der Kontrolle der Gesamtsituation, sei eine Strategie, um seine Regierung zu festigen. Immerhin sei das Land so riesig, dass strenge Maßnahmen zum Erhalt der öffentlichen Ordnung erforderlich waren.

„Zeigt der Kaiser abgesehen davon nicht größte Duldsamkeit gegenüber den Missionaren, indem er einen auf Abwege gekommenen Pater nicht bestraft?"

„Tatsächlich ist er uns innerlich immer noch zugeneigt und lehnt auch das Christentum nicht ab. Ansonsten hätte er uns keine Zeit gewährt." Die Missionare sprachen mit großer Überzeugung.

Mir war bewusst geworden, dass die Missionare in einen gewaltigen Religionssturm geraten waren. Wie konnte die Mission in China fortgesetzt werden? Würden in Zukunft noch schlimmere Unbill auf sie warten? Daran schien kein Zweifel zu bestehen.

Die eigentliche Frage war: Ist die Mission in China für den Westen wirklich nötig? Konnte es sein, dass sie eher eine Art Despotismus war? Ich hörte mal einen Chinesen sagen: „Wir sind niemals in euer Land gekommen, um zu missionieren, und werden dies auch niemals tun. Also geht bitte zurück in euer Land, um dort euren Glauben zu verbreiten." Immer wieder habe ich in den Gesprächen einiger Patres ängstliche Hilflosigkeit verspürt. Niemals würden sie das aussprechen, aber die Augen können den Zweifel nicht verbergen. Manches Mal sah ich sie sich selbst fragen: Oh Herr, hast du uns verlassen?

Als Frater Attiret vor Kurzem erkrankt war, hatte ich ihm Ginseng mit einer Beschreibung geschickt, wie er einzunehmen sei. Aber Attiret wollte partout keinen Ginseng. Er wiederholte nur seinen Lieblingssatz: „Wenn Gott mich zu sich ruft, dann antworte ich ruhig und voller Freude."

Beijing, 21. August 1767

Seit Wochen wälzte ich mich in der Nacht hin und her und fand kaum Schlaf. Ich wusste immer noch nicht, ob es ein Befehl des Kaisers oder des Kronprinzen war, oder – noch schlimmer – nur der Befehl des Boten? Warum musste ich das tun? Heimlich die Briefe dieser Männer lesen. Tatsächlich hatte ich sie schon gelesen. Die scharfe Klinge der Tugend stellte mich in Frage. Ich sah mich selbst, mein Leben voller unehrlicher Arbeit, ich, ein armseliger Heuchler, ein feiger Denker. Ein kühler Beobachter, der heimlich Pfeile verschießt.

Das dicke Bündel Briefe besteht zum einen Teil aus Briefen innerhalb der Gemeinden in China, ein Austausch zwischen dem apostolischen Präfekten und den Patres in Beijing mit den Patres in den Provinzen. Die andere Hälfte sind Nachrichten der Familien oder Gemeinden in Europa. Nach der Lektüre wusste ich mehr über die Schwierigkeiten der Missionare im aktuellen Religionsstreit und auch über das Dilemma der katholischen Ma-Familie. Außerdem mischte sich darunter nicht erwähnenswerter priesterlicher Klatsch.

Trotzdem konnte ich diesen Briefen eine wertvolle Information entnehmen: Ich erfuhr, dass es einen Missionar gab, der sich vortrefflich auf die kaiserlichen und höfischen Geheimnisse verstand, ein Jesuit der Südkirche namens Hildebrandt. Er sollte sogar kundig im Hinblick auf die kaiserliche Sammlung von Artefakten sein. Vielleicht verstand er sich auch auf Porzellan? Vielleicht könnte er mir helfen? Er war zwar ein Sonderling mit einer verworrenen Handschrift, aber sein Latein war exquisit.

Nachdem ich die Briefe gelesen hatte, überkam mich plötzlich das Bedürfnis zu beichten. Ein mir bislang unbekanntes Bedürfnis. Aber auch wenn ich beichten wollte, hätte ich niemanden dafür. Wem sollte ich schon beichten?

Die meisten Missionare, die ich kenne, scheinen in ihrer eigenen Welt zu leben. Sie wohnen schon so lange in China, dass sie die hiesigen Gepflogenheiten angenommen haben und niemals einfach ihre Gedanken preisgeben. Das liegt vermutlich auch daran, dass ihr Status als Missionare so eindeutig ist. Sie müssen nur Gottes Willen herausfinden und sich in ihr Leben in China einfügen. Einen anderen Lebensweg haben sie nicht. Die Patres aus der Nordkirche stammten alle aus Frankreich, und weil es relativ viele waren und sie mit dem Kaiserpalast recht enge Beziehungen pflegten, gab es nur wenig Kontakte mit der Südkirche. Obwohl beide dem Jesuitenorden angehörten, gab es zwischen der Nordkirche und der Südkirche Konkurrenzen, wobei die Auseinandersetzungen sowohl offen als auch im Verborgenen ausgetragen wurden. So respektlos es war, fand ich durch die Briefe auch heraus, dass es zwischen allen Orden des Beijinger Vikariats Differenzen gab. Das größte Problem war, dass die Führung und der elitäre Stil der Jesuiten nicht nur in Europa, sondern auch in China vor unerwarteten Herausforderungen stehen. Aber vieles war vielleicht auch den Übertreibungen und dem Klatsch unter den Patres geschuldet. Es war mir nicht möglich zu entscheiden, was in den Briefen der Wahrheit entsprach und was nicht. In der Tat gab es nur eines, was mich wirklich interessierte, und das war, was der Kaiser eigentlich von uns Ausländern hielt.

Ich ging im Zimmer auf und ab und maß die Einsamkeit einer Beijinger Nacht in Bechern schwer trinkbaren Sorghumschnapses. Dann setzte ich mich an den Tisch und grübelte. Als der Himmel hell wurde, ging ich ins Refektorium und brühte mir einen Kaffee, den ich in einem türkischen Geschäft gekauft hatte.

Beijing, 22. August 1767

„Dürfte ich Sie damit behelligen, für uns zum Haus der Mas zu gehen?“ Am frühen Morgen wartete Pater Zacharie bereits im Refektorium auf mich. Er erklärte, dass sie den Mas Kruzifixe und Rosenkränze schicken wollten, dass sie aber befürchteten, damit die Verfehlung der Mas nur noch zu vergrößern, wenn jemand davon erführe. Es müsste also in äußerster Heimlichkeit geschehen. Zacharie informierte mich über die neuesten Vorkommnisse hinsichtlich der Ma-Familie. Das Oberhaupt war nach einem zehntägigen Hungerstreik in ein ernstes Delirium gefallen. Mit gemischten Gefühlen und unter unentwegtem Seufzen kam ich dieser Bitte nach. Es schien eine Absolution für meine Sünde zu sein, für die ich mich vage schämte. Vielleicht konnte ich durch die Übernahme dieser Aufgabe mein aufgewühltes Herz beruhigen.

„Gut. Ich breche so schnell wie möglich auf.“ Gleichzeitig war mir bewusst, wie gefährlich diese Angelegenheit war.

Das Anwesen der Mas liegt in den Hutongs nahe dem Trommelturm. Im Hof steht eine alte Robinie. Von außen sieht man bereits erste Anzeichen des Verfalls. Der Lack an den Türen war schon vor langer Zeit abgeblättert und eine Art Düsternis lag über dem Anwesen, auf das die Robinie tiefe Schatten warf.

Ich betätigte den Türklopfer einige Male, bis ein Diener die Tür einen Spalt weit öffnete, um zu fragen, was ich wolle. Er zeigte ob meines ausländischen Gesichts nicht die geringste Überraschung, ging wieder hinein, um mich zu melden, und ließ mich draußen warten. Vor dem Tor standen zwei Steinlöwen und zwei Trittsteine zum Absteigen. Nach einer Weile ließ mich der Diener eintreten. Kaum drinnen stieß ich auf eine bemooste Schattenwand, die auf beiden Seiten von kleineren, schräg stehenden Mauern flankiert wurde. First und Dachbalken waren in einem ordentlichen Zustand, aber mit alten, schlichten Ziegeln gedeckt. Die Mauer selbst war mit purpurnen Reliefs verziert, die von Rissen durchzogen waren.

Ich ging durch eine grüne Kassettentür und trat in das Haupthaus. Das Anwesen war nach Süden ausgerichtet, wie es dem chinesischen Brauch entspricht, egal ob Kaiserpalast oder gewöhnliches Haus.

Der Mann bot mir im Empfangsraum einen Stuhl an und hieß mich warten. In diesem Haus, das aus vier Gebäuden rund um einen Innenhof bestand, bewegten sich zwar Menschen, aber es war keine Spur von ihnen zu sehen. Ich konnte ihre Schatten gleichsam hin und her gehen fühlen, doch war es unmöglich zu erkennen, wer wo war, als wären die Menschen hier körperlos und ohne Stimme. Jemand öffnete im Empfangsraum einen Wandschirm aus geschnitztem Holz mit jadegeschmückten Kassetten. Jemand anderes setzte sich dahinter. Vage sah ich etwas Haarschmuck und schloss daraus, dass hinter dem Wandschirm ein junges Mädchen saß.

„Ich bin die Tochter von Ma Juese. Gibt es etwas, das Ihr zu besprechen wünscht?" Wie die Missionare es mir gesagt hatten, gehörte diese Stimme hinter dem Wandschirm tatsächlich einer Frau.

„Ich bin von der Kirche geschickt worden. Ich stamme aus dem Kurfürstentum Sachsen und mein chinesischer Name lautet Wei Han." Angezogen von der vermuteten Schönheit des Mädchens sprach meine Seele für mich. Hinter dem Wandschirm nahm sie Brief und Päckchen entgegen. Als sie den Brief las, hörte ich sie seufzen und versuchte, mir ihren Gesichtsausdruck vorzustellen.

„Würdet Ihr eine Antwort überbringen?" Ihre Stimme war traurig, aber so natürlich und unmittelbar wie der Wind, der über die sächsischen Felder streift.

Ich war verstört. „Selbstverständlich. Ich bin gern zu Euren Diensten." Ich war bezwungen von dieser Stimme und meiner Vorstellung ihrer Gestalt. Ich weiß, dass sie sich inmitten einer Katastrophe, einer Tragödie befand. „Wenn ich irgendetwas tun kann, um Euch, Eurem Vater und Euren Brüdern die Bürde zu erleichtern, würde ich mit Vergnügen mein Äußerstes geben."

Die Frau hinter dem Schirm sprach: „Mein Vater sagt, dass der Körper, den er Gott opfert, nur ein Stück Fleisch ist. Er fürchtet sich nicht. Er ist glücklich, weil er bald zu Gott gehen wird. Darum kann er alles ertragen." Ihre Stimme klang ruhig, aber auch ein wenig besorgt. „Ich bin sehr bewegt von Eurer warmen Fürsorge und möchte Euch im Namen meines Vaters und meiner Brüder danken."

Die Frau zog sich zurück und blieb eine Weile verschwunden, bis sie mit einem Brief hinter den Wandschirm zurückkehrte. Als sie ins Zimmer kam, konnte ich sie für einen Moment undeutlich sehen. Mir war, als hätte ich für einen Augenblick das Leuchten ihrer Augen wahrnehmen können. Dieses ruhige, schlichte, besorgte, aber auch überaus edle Gesicht war von einem mysteriösen Schimmern erhellt. Ich starrte wie ein Wahnsinniger und mit wachsendem Bedauern auf den Wandschirm. Ich wusste plötzlich mit unumstößlicher Gewissheit: Es war die Frau, nach der ich mich Tag und Nacht sehnte!

Ich war wie vom Blitz getroffen. Erinnerte sie sich noch an mich? Ich konnte es nicht sagen. Ich konnte nur ihrer gleichmäßigen Stimme zuhören, in der eine gewisse Bewegung mitschwang. „Ich danke Euch vielmals für Eure Hilfe. Bitte übermittelt den Patres meinen tiefsten Respekt. Ohne ihre Hilfe wäre mein Vater noch viel mehr im Kummer versunken." Sie kam hinter dem Wandschirm hervor und übergab mir persönlich den Brief. „Diese Jade-Zikade soll meinen Dank für Eure Mühe ausdrücken. Es ist nur ein ärmliches Pfand." Sie zog einen kleinen Beutel aus ihrem Ärmel und hielt ihn mir hin. Eilig trat ich näher. Ich konnte meinen Blick nicht von ihrem Gesicht abwenden. Ich vergaß sogar, mich zu bedanken. Noch nie habe ich ein so schönes Antlitz gesehen, einen so sanften

Ausdruck. Dieses Gesicht voller Gefühl erzählte mir von ihrer Machtlosigkeit. Nachdem ich gesehen hatte, wie sie wieder hinter dem hölzernen Wandschirm verschwand, schien mein Blick zu ihr durchdringen zu können.

„Danke", sagte sie, bevor sie ging. „Gebt gut auf Euch acht."

Ich schwelgte in Erinnerung an dieses Gesicht und erlebte gleichzeitig ein lange entbehrtes Gefühl: die offenen Felder Sachsens, als würde ich wie früher in den Tälern und Bergen den Duft der weiten Erde einatmen, ihre unermessliche Zärtlichkeit. Mir war, als sei ich nach Hause zurückgekehrt.

„Werter Herr Ausländer, hier geht es lang." Ein Diener erschien und riss mich aus meinen Gedanken, als ich noch versonnen vor dem dunklen Wandschirm stand. Ich ertappte mich dabei, wie ich das auf die Jade gemalte Bild einer biegsamen jungen Frau betrachtete, die einen bestickten Ball in die Luft warf. Der Diener führte mich in einen rückwärtigen Hof, um mir die Familienkapelle zu zeigen. Diese kleine Kapelle lag versteckt im Garten und sah von außen wie eine Bibliothek aus. Aber innen wurde sie zu einer mit weißem, geschnitztem Marmor verkleideten Kapelle, einem Ort voller Stille und Eleganz. Unwillkürlich kniete ich vor der Jungfrau Maria nieder, zündete eine Kerze an und opferte Räucherstäbchen. Betäubt starrte ich die Statue an. In dieser mysteriösen und dämmrigen Kapelle versank ich für lange Zeit in der Betrachtung der Jungfrau. Nach einer Weile schien sie mich anzulächeln und ich lächelte zurück.

Mit dem Bild der Frau in meinem Herzen kehrte ich zur Nordkirche zurück und lächelte auf dem ganzen Weg. Ich hatte mich nach ihr gesehnt, schon bevor ich sie verlassen hatte. Jetzt drohte diese Erinnerung wie das mittägliche Gewitter in meinem Kopf zu explodieren, immer und immer wieder. Es regnete, es tropfte und rann ohne Unterlass.

Beijing, 25. August 1767

„Das Purpur der songzeitlichen Jun-Ware durchzieht den ganzen Körper, das Purpur des Yuan-Porzellans verdichtet sich zu zwei Fischen.

Das Purpur der songzeitlichen Jun-Ware durchzieht den ganzen Körper, während das Purpur einer Jun-Imitation auf der Hälfte verblasst.

Das Purpur der songzeitlichen Jun-Ware zeigt sich großteils auf der Außenseite, das Purpur der mingzeitlichen Jun-Ware zeigt sich gleichermaßen innen und außen.

Das Purpur der songzeitlichen Jun-Ware durchzieht den ganzen Körper, das Purpur einer Jun-Imitation bildet ein willkürliches Muster."

Das waren meine Kommentare zur Glasur der Jun-Ware. Ich habe diese Zeilen in meinen Bericht für den Kaiser eingefügt. In diesem Bericht teile ich dem Kaiser außerdem mit, dass die beiden Koppchen, die er mir zur Begutachtung gegeben hatte, echte Jun-Ware sind. Ich bin sehr stolz darauf, meinen ersten Bericht an den Thron mit nur sehr wenig Hilfe verfasst zu haben. Allerdings hat die Entscheidung, die Koppchen für echtes Song-Porzellan zu erklären, nur sehr wenig mit meinen mineralogischen Kenntnissen zu tun, eher damit, dass ich im Haus der kostbaren Jade viel echtes Song-Porzellan gesehen habe.

Das entscheidende Charakteristikum von Song-Porzellan sind seine Tränen. „Die Glasur von Jun-Ware fühlt sich vollkommen glatt an, doch innen verlaufen gröbere Risse. Immer wieder läuft daher Glasur herunter und sammelt sich auf dem Boden. Das wird ‚Tränenspur' genannt." Diese Tränen lassen sich schwerlich fälschen.

Porzellantränen. Auch Porzellan kann Tränen vergießen.

Die zwei Behältnisse des Kaisers aus Jun-Porzellan haben Tränen vergossen. Abgesehen davon weist die Glasur von Jun-Ware einen ätherischen Schimmer von milchigem Blau auf, der sehr leicht zu erkennen ist, wenn man einmal Originale gesehen hat. Der Besitzer des Hauses der kostbaren Jade erzählte mir außerdem, dass die gekrümmten Risse in der Glasur der Jun-Ware, die „Regenwurmspuren im Schlamm" genannt werden, ein weiteres Merkmal echter Jun-Ware sind.

Beijing, 26. August 1767

Ich stand vor dem Yamen des Generals der Neun Tore, dem Gendarmeriekommandanten der Hauptstadt. Der Name verweist auf die neun Tore in der Beijing umgebenden Mauer, denn der General war für den Schutz und die Verteidigung der Hauptstadt verantwortlich. Ich wurde durch die vielen Schichten seiner verschachtelten Höfe und Gebäude geführt, in denen sich militärischer Drill und das Schlagen der Trommeln vermischten und von den Wänden widerhallten. Wir kamen zu einem Übungsplatz der Kavallerie, auf dem aufgewirbelter Staub die Sicht vernebelte. Für einen Augenblick dachte ich, ich hätte den Kaiser gesehen. Ein wie der Kaiser in lange gelbe Gewänder gehüllter Mann saß auf einem Podest vor dem Truppenübungsplatz. Überall knieten und verbeugten sich Leute. Ich hatte die ungute Vorahnung, dass hier jemand öffentlich geköpft werden sollte. Dies war also der Kronprinz. Er hatte ein ebenmäßiges Gesicht und war hochgewachsen. Der General der Neun Tore kniete auf dem Boden, während er dem Kronprinzen die Übungen der Soldaten erklärte.

Die Soldaten trugen nur leichte Kleidung und keinerlei Rüstung, obwohl die Muster auf der Oberbekleidung an einen Harnisch erinnerten. Sie trugen Schwerter und Lanzen als Waffen und bewegten ihre Hände und Füße mit geschmeidigen Bewegungen. Ihre Waffenkunst war auf allerhöchstem Niveau.

Der mit vielen Titeln dekorierte Kronprinz brannte schon immer für die Kampfkünste. Vermutlich war er gekommen, um die Darbietungen der Soldaten zu genießen.

Als sich die Vorführung dem Ende zuneigte, kämpften die Soldaten zum Schlag der Trommeln Mann gegen Mann. Ich verstehe ehrlich gesagt nicht, wieso es in China keine Schusswaffen gibt. Wie kann man denn nur gestützt auf Körperkraft, Schwerter, Lanzen und Pfeil und Bogen in den Kampf ziehen? Bei einer Plauderei mit einem Missionar hatte ich gehört, dass die Qing-Kaiser sich nicht im Geringsten für die moderne Schießkunst interessieren. Sie sind der Auffassung, dass die Waffen eines Helden Pfeil und Bogen sind und dass alles Übrige nicht der Erwähnung wert sei.

Nach Abschluss der militärischen Übung ließ der Kronprinz alle Soldaten abtreten, so dass nur noch ein paar seiner Begleiter und ich übrig waren. Er ging ins Zelt, entledigte sich seiner gelben Amtsrobe und der dazugehörigen Kappe und zog stattdessen ein informelles Gewand an. Nun konnte ich ein glattes Gesicht und einen langen, schwarz glänzenden Zopf erkennen.

Er ließ mich näher zu ihm geleiten. „Nur so kannst du deutlich sehen“, sagte er. Dann rollte er den Ärmel auf, nahm Pfeil und Bogen, zielte und schoss ohne zu zögern drei Pfeile ab. Jeder von ihnen traf unfehlbar ins Schwarze. Dann schoss er mit fast derselben Technik rechts und links auf seitliche Ziele. Vereinzelt wurden Rufe der Bewunderung laut. Auch ich konnte nicht anders und applaudierte.

Mir wurde mitgeteilt, dass ich dem Kronprinzen und seinen Begleitern zurück in seine Residenz folgen solle, da er mich befragen wolle. In Gesellschaft anderer Männer folgte ich der Sänfte des Kronprinzen durch das Tor des Erdfriedens, während die Leibgarde durch Schreien und Schläge mit der Peitsche in die gaffende Menge die Straße räumte. Nach der Rückkehr in den Palast hatte der

Kronprinz zunächst andere wichtige Angelegenheiten zu erledigen und hieß mich in der Studierstube im vorderen Hof warten. Ein mandeläugiger Bote eines ausländischen Tributstaates stand mit mir im Hof und wartete darauf, die erstklassige Stute, die er am Zügel hielt, übergeben zu dürfen. Ein anderer Tributbote in hochgebundenen Röcken und barfuß in Sandalen vertrieb sich die Zeit mit Betelkauen. Als der Kronprinz die Tributboten endlich entlassen hatte, empfing er mich.

Der Kronprinz erzählte mir, dass er Pferde liebe und dass die Stute ein Tributgeschenk aus Kasachstan sei. Mit einer Handbewegung lud er mich ein, mich an Tee und Beikost zu bedienen, und fragte, ob ich chinesisches Essen möge. Anschließend entließ er alle Bediensteten um uns herum.

Der Kronprinz fragte mich etwas auf Mandschurisch. Bedauernd erklärte ich, dass ich kein Mandschurisch verstünde, und er wiederholte auf Chinesisch: „Hast du von der chinesischen Sekte Weißer Lotos gehört?" Ich verneinte. „Der Weiße Lotos ist ein geheimer, heterodoxer Kult, der sich angeblich aus dem Buddhismus herleitet. Die Mitglieder versammeln sich und stiften überall Unfrieden, um einen eigenen König einzusetzen." Mit einer kraftvollen und sonoren Stimme sprach der Kronprinz ein wohltönendes Chinesisch. „Wir haben gehört, dass die ausländischen Missionare in einem geheimen Kontakt zum Weißen Lotos stehen." Ich lauschte ruhig und wagte keinen Mucks. „Ist das so?", fragte der Prinz und schoss einen Blick auf mich ab.

„Eure Majestät, Christentum und Buddhismus haben keinerlei Verbindung. Es ist völlig unmöglich, dass die Missionare Kontakt zum Weißen Lotos haben." Ich fand die Frage lächerlich und stellte mir vor, wie erstaunt die Patres wären, wenn sie davon hörten.

„Wir fragten, ob du es weißt, nicht ob du es dir vorstellen kannst. Wir wollen nur wissen, ob du in den Briefen irgendwelche Hinweise darauf gefunden hast oder nicht.“ Der Prinz klang etwas ungehalten, aber der Rhythmus seiner Worte änderte sich nicht. Ich tat so, als würde ich gründlich darüber nachdenken, und antwortete: „Nicht einen einzigen.“

„Also gut“, sagte der Prinz und fuhr fort: „Außerdem möchten wir wissen, ob die Jesuiten Kontakt zu Bruder Acht haben.“

„Wer ist denn Bruder Acht?“ Obwohl ich mich in diesem Moment kaum ertrug, blieb mir nichts anderes übrig, als meine Rolle weiterzuspielen. Was mich ein kleines bisschen erleichterte, war, dass ich wirklich nicht wusste, wer Bruder Acht war. Jemand warf sofort von der Seite ein, dass Bruder Acht der achte Sohn des Kaisers sei. Es wurde auch ein Name genannt, und aus Sorge, dass ich den Namen nicht deutlich verstünde, schrieb ihn jemand für mich nieder. Der Name sagte mir nichts. Ich konnte mich wirklich nicht erinnern, ihn schon einmal gehört zu haben, und antwortete: „Nein.“

„Wirklich nicht?“ Der Prinz hob ungläubig die Stimme.

„Wirklich nicht“, antwortete ich mit Bestimmtheit. Aber innerlich entstand plötzlich der Hauch einer Sorge, als hätte ich etwas übersehen oder mich geirrt.

„Was ist mit Ma Juese? Haben die Missionare die Angelegenheit Ma Juese angesprochen?“

„Nein“, sagte ich. Das war gelogen. In den Briefen wurde die Not der Familie Ma häufig erwähnt. Die Missionare erzählten sich gegenseitig von dem Mut und den tiefen Einsichten von Ma Juese. Sie schrieben bewegt und ausgiebig über seine Taten und überlegten mit ganzer Kraft, wie sie ihm helfen könnten. Aber was sie sich auch ausdachten, war in meinen Augen wenig sinnvoll.

„Nun gut. Würdest du das bei deinem Leben beschwören?“ Der Prinz wirkte sehr freundlich und seine Stimme ließ keinerlei Drohung erkennen.

„Ja.“ Ich hatte noch nie auf Chinesisch geschworen. Der

Prinz ließ mir den Schwur vorlesen und verlangte, dass ich nachspreche. Stumm rief ich Gott an. Um der Sicherheit der Missionare willen konnte ich nur Gottes Vergebung erflehen.

„Gut. Sehr gut.“ Der Prinz war zufrieden und ließ mir einige Silbertael als Geschenk übergeben. Ich kniete sofort nieder und dankte für seine Güte. Der Prinz drehte sich ohne ein weiteres Wort um und ging, um sein neues Pferd auszuprobieren.

Aufgewühlt und voller Reue verließ ich die Prinzenresidenz. Ich war nicht in der Stimmung, zur Kirche zurückzukehren, und ritt ziellos durch die Straßen. War ich in eine Falle getappt? Ich hatte immer gedacht, ich sei nach China gekommen, um Porzellanarkana zu ergründen. Aber statt ein Geheimnis zu ergründen, schien ich selbst zu einem gigantischen Geheimnis zu werden. Mittlerweile war ich zu jemandem geworden, den ich verabscheute. Von nun an wird mir der falsche Eid folgen und schließlich zu einem Fluch werden.

Beijing, 30. August 1767

Heute Abend zog mich Frater Alphonse in einen Wandelgang im hinteren Garten. „Pater Lamarque starb an vergiftetem Essen.“ Das Gesicht des Missionars hatte den ernsten Ausdruck eines toten Baumes. „Das hat die Sektion ergeben.“

„Vergiftet? Wieso Pater Lamarque? Wer würde so etwas tun?“ Ich hatte eine ganze Reihe von Fragen, erwartete aber keine Antworten. Vielleicht gab es gar keine. Widerwillig berichtete Frater Alphonse von einigen seiner jesuitischen Brüder, die die Ergebnisse ihrer letzten anatomischen Studien so bemerkenswert fanden, dass sie diese für den Kaiser zusammenstellen wollten. „Aber“, sagte Frater

Alphonse, „ich bin absolut dagegen. Denn die Chinesen glauben an die Wiedergeburt. Damit die Seele wieder in die Welt kommen kann, muss der Leichnam unversehrt sein." Aus diesem Grund hatten die Jesuiten in der Vergangenheit auch keine menschlichen Leichen zur Verfügung, sondern mussten Tiere aufschneiden. Wenn dieses Buch tatsächlich veröffentlicht würde, könnte dies ein noch schlechteres Licht auf den Orden werfen.

Ich fragte: „Wurde Pater Lamarque mit Zinkpulver vergiftet?"

„Ganz genau. Woher wissen Sie das?"

„Ich habe bloß geraten", sagte ich leichthin. „Was das Anatomiebuch für den Kaiser angeht, stimme ich Ihnen vollkommen zu." Ich sah den Pater an. „Es gibt kaum etwas Absurderes als die Idee, für den Kaiser von China eine Anatomiestudie zusammenzustellen, an der er nicht das geringste Interesse haben dürfte."

„Ich hoffe immer noch, dass Sie für mich bürgen", gab der Pater offen zu. „Die Monsunwinde werden bald die Schiffe in den Hafen von Kanton bringen, und ich hoffe, Euren Brief mit meinem zusammen abzuschicken."

„Ach, das war mir vollständig entfallen", entschuldigte ich mich.

Beijing, 31. August 1767

Seit vielen Tagen warte ich im Quartier zum Glückszepter darauf, dass der Kaiser mich rufen lässt. Doch der Kaiser scheint Wichtigeres zu tun zu haben. Weder befragt er mich zu der Arbeit, mit der er mich beauftragt hat, noch lässt er sich seit langer Zeit überhaupt bei seinen Malern im Quartier zum Glückszepter sehen. Ich weiß nicht, ob er mit meinem Bericht zum Jun-Porzellan zufrieden war. Vielleicht sind keine Nachrichten gute Nachrichten.

Meine Stimmung steigt und fällt. Doch der wahre Grund dafür liegt vermutlich gar nicht in meinem Dienst für den Kaiser.

Seit ich bei den Mas war und die Frau wiedergesehen habe, bin ich vollständig aufgewühlt, während ich äußerlich versuche, Nonchalance zu wahren. Oft trage ich eine ruhige Miene zur Schau. Trotzdem wird mein Verlangen immer stärker. In der Nacht tötete ich einen Hundertfüßer, der mir im Schlaf über das Gesicht gekrochen war, mit einer derartigen Gewalt, dass ich vor mir selbst erschrak.

Ihr chinesischer Name ist Ma Lian. Ich hörte, dass sie auch einen französischen Namen hat: Beatrice. Welches Talent brauche ich, um jeden Tag an deiner Seite zu sein, Ma Lian?

Ich weiß schon, dass die Wahrheit, die ich kenne, nicht unbedingt die wahre Wahrheit ist und dass es viele andere Wahrheiten gibt, Wahrheiten, die ich niemals kennen werde. Was weiß ich also über das alles? Und was weiß ich nicht?

Ich bemerke einige Persimonenbäume außerhalb des Quartiers zum Glückszepter und lasse meinen Blick auf die Jadezikade in meiner Hand sinken. Ich halte sie ganz fest, als ob ich dadurch eine Verbindung zwischen unseren Herzen herstellen könnte. Schemenhaft sehe ich sie und höre vage ihre unendlich sanfte Stimme. Immer wieder sinne ich über den Tag nach, an dem wir uns trafen. Diese Begegnung ist in mein Herz eingraviert.

Ich habe mich verliebt, bin in die Geschichte meiner Vorstellung gestürzt. Mich dürstet danach, in diese gefühlvollen Augen zu sehen, diese Brunnenaugen, die meine Seele aufgesogen haben. Ma Lian wurde mein Universum in Miniatur, und das Universum wurde mir zu einer Ausdehnung von Ma Lian.

Beijing, 1. September 1767

Wieder einmal kam der Kaiser unangekündigt. Er wurde nur von einem Diener begleitet und wollte auch nicht, dass andere Eunuchen anwesend waren. Ich kniete nieder, sobald ich seiner ansichtig wurde. Der Kaiser ließ mich gnädig wieder aufstehen und äußerte Zufriedenheit mit meiner Arbeit. Er sagte, dass ich ihn bisher noch nie enttäuscht habe. Dann ließ der Kaiser ein Bündel bringen und auswickeln. Darin befand sich eine kleine, steinerne Axt. „Wir möchten gern wissen, was das für ein Stein ist."

Ich warf einen Blick darauf und verbarg meine Verblüffung. Obwohl ich seit vielen Jahren Steine begutachte, hatte ich die Farbe dieses Edelsteins noch nie gesehen. Er war von einer Art transparentem, reinem Weiß, das die Chinesen „Schafsfettweiß" nennen, voller Würde und Geheimnis.

Der Kaiser fragte mich: „Ist diese Axt echt?"

„Ich weiß es nicht", antwortete ich wahrheitsgemäß.

„Wir lassen dir Zeit, sie gründlich zu untersuchen", sagte der Kaiser milde. „Wir wollen alles über diesen Stein wissen. Ob er echt ist oder falsch. Sein Alter und seine Herkunft."

„Ich höre und gehorche." Ich war erleichtert. Meine Stimme war fest und ohne Zweifel.

Der Kaiser war von hohem Wuchs, und obwohl er bereits in den Fünfzigern oder Sechzigern war, wirkte er so, als wäre er erst in seinen mittleren Jahren. Intelligent und schneidig, neugierig auf die Welt und reaktionsschnell. Ich weiß nicht genau warum, aber ich hielt viel von ihm. Es kam mir gleichsam natürlich vor, für ihn zu arbeiten, und auch er schien mir herzlich gesonnen. Er kümmert sich um mich und verhält sich mir gegenüber anders als gegenüber anderen. Es ist eine große Ehre für mich, für ihn wie ein Ochse zu ackern.

Beijing 10. September 1767

Ich muss so schnell wie möglich diesen geheimnisvollen Fürstensohn finden. Vielleicht kann er mir helfen, das Geheimnis der weißen Jadeaxt zu ergründen. Ich habe den Besitzer des Hauses des Jadeschatzes nach der Adresse meines damaligen Begleiters gefragt und auch, ob er in letzter Zeit da gewesen sei.

„Nein", antwortete er. Er schrieb den chinesischen Namen und die Adresse des Adelssprosses auf einen Zettel und gab ihn mir. „Er kommt normalerweise nicht hierher, wenn er nichts zu besorgen hat. Sucht ihn besser dort."

Eine seiner Konkubinen hatte vor ein paar Tagen einen Jungen geboren und Herr Le war damit beschäftigt, die Gäste zu begrüßen, die ihm mit Geschenken ihre Aufwartung machten. Glücklich lud er mich ein, zum Essen zu bleiben, aber ich hatte es eilig zu gehen und wiederholte nur, dass ich ihm an einem anderen Tag wieder einen Besuch abstatten würde. Dann gab ich meinem Pferd die Sporen.

Vor Einbruch der Dunkelheit führte mich die Adresse vor das Anwesen eines Beile, eines kaiserlichen Verwandten. Ich zögerte. War es möglich, dass der Adelsspross der Sohn eines Beile war?

„Was ist Ihr wertes Begehr?", fragte der stämmige Torwärter brüsk.

„Ich wollte fragen, ob Seine Durchlaucht der ehrenwerte Pu hier wohnt." Ich zeigte dem Torwärter den Zettel mit dem Namen und er warf einen kurzen Blick darauf.

„Er ist nicht da", antwortete der Torwärter kalt. „Außerdem ist er keine Durchlaucht, sondern Prinz Pu."

Beijing, 11. September 1767

Wieder einmal brach ich zum Anwesen der Mas auf. War ich zu einem Sklaven meiner Gefühle geworden, der sprang, wenn sie riefen? Offensichtlich gab es eine geheimnisvolle Macht, die mich zog.

„Die junge Herrin ist nicht da“, gab mir der Torwärter am Haus der Mas deutlich Bescheid. Ich setzte mich und wartete zwei Stunden. Ich war ganz ruhig, denn ich dachte nur daran, ihre Stimme wieder zu hören, wieder einen Blick auf sie zu erhaschen. Der Torwärter streckte dann und wann seinen Kopf herein, als würde er mich überwachen. Er gab mir zu verstehen, dass dieser unangemeldete Besuch ungehobelt sei. Ich wartete trotzdem noch eine Stunde und teilte dann meinen Rückzug mit. „Ich werde es an einem anderen Tag mit dem Besuch versuchen.“ Ich fragte mich, ob Ma Lian nicht doch zu Hause war. Wollte der Torwärter meinen Besuch vielleicht bloß nicht ankündigen?

Ich ritt um das Anwesen herum, stellte mich vor der rückwärtigen Mauer auf den Pferderücken, streckte meinen Kopf und versuchte hineinzusehen. Tatsächlich sah ich eine junge Frau, war aber unsicher, ob es tatsächlich Beatrice war. Die Frau erschrak, als sie mich sah, und verbarg sich umgehend im Inneren des Hauses. Ich blieb in der Gasse. Unfähig, eine Entscheidung zu treffen, konnte ich weder vor noch zurück. Sollte ich gehen oder bleiben? War sie es gewesen?

Dann sah ich, dass der Bambus innerhalb der Mauer so hoch gewachsen war, dass die Mauer unter seinen Blättern fast völlig verschwand. Daneben stand eine weiße Kamelie mit zauberhaften, zarten Blüten. Ich brach mir einen Blütenzweig ab, zur Erinnerung an diesen hinteren Garten und seine Verbindung zu Ma Lian.

An diesem Abend legte ich den gepflückten Kamelienzweig in eine schattengrüne Schale aus Porzellan. Immerzu ließ ich in mir das Gesicht von Ma Lian erstehen, bis ich in einem tiefen Traum versank, noch bevor ich es geschafft hatte, mich zu entkleiden. Die Blüten begleiteten mich in den Schlaf.

Beijing, 13. September 1767

Bei Tagesanbruch kam ich an der Südkirche an, weil ich mich mit dem alten Pater Hildebrandt unterhalten wollte. Ich hatte schon viel von seinen großartigen Erfolgen gehört. Er hatte seinerzeit für den Großvater des jetzigen Kaisers eine Landkarte angefertigt. Darüber hinaus kennt er sich mit dem Abbau von Jade aus und hatte außerdem das Yijing, das Buch der Wandlung, und das Lun Yu, die Gespräche des Konfuzius, ins Deutsche übersetzt. Er und Pater Bernhard waren beide Hauslehrer des Großvaters des Kaisers gewesen. Aber Pater Hildebrandt ist ein Sonderling. Er hat sich immer weiter aus dem Leben zurückgezogen und zeigt am Umgang mit anderen kein Interesse mehr.

Pater Hildebrandt stammte aus Bayern. Als er zusammen mit Castiglione und einigen portugiesischen Missionaren in der Südkirche wohnte, hielt sich dort eine Weile auch der Preuße und große Astronom und Missionar Adam Schall von Bell auf. Seit ich nach Beijing gekommen war, hatte ich Hildebrandt aufsuchen wollen, aber nachdem ich die Briefe der Missionare gelesen hatte, war ich regelrecht versessen darauf, ihn kennenzulernen.

Die Südkirche war mit dem Geld des Vaters des jetzigen Kaisers erbaut worden. Sie war größer als die Nordkirche, wurde aber in einer Feuersbrunst zerstört und später wieder aufgebaut. Es heißt, dass sie jetzt weniger imposant sei.

Hildebrandt führte mich durch sein Atelier. In seinem

Zimmer stapelten sich vielerlei Kuriositäten, die er von unterschiedlichen Reisen mitgebracht hatte, wie zum Beispiel ein Stück Holz in der Form eines Beines, einen Stein mit einer nabelähnlichen Vertiefung oder einen Bernstein mit einer eingeschlossenen Fliege. Er fing an, von den Jahren zu erzählen, als er und einige andere Missionare für die Zeichnung von Landkarten die Grenzen Chinas bereist hätten. Er selbst wäre am Amur und in Russland gewesen. Aus Tibet wäre er wegen der Höhenkrankheit beinahe nicht zurückgekommen. Pater Hildebrandt löffelte ein winziges Stück Papayapaste aus einer Flasche, um es als Tee aufzubrühen. Diese Paste hatte er aus Birma mitgebracht und etwas davon damals auch dem Kaiser geschenkt. Er erklärte, dass dieser Tee Asthma heilen und das Leben verlängern könne. Die Papayapaste war so alt, dass sie zu einer schwarzen Schmiere geworden war. Ich rührte meinen Tee nicht an.

Pater Hildebrandts Geschichten ergossen sich in einem endlosen Redefluss. Ich musste weder antworten noch Fragen stellen. Nach kurzer Zeit hatte er mir fast sein ganzes Leben erzählt. Wie er Jesuit geworden war, wie er nach China gekommen war, wie er für den Kaiser Karten angefertigt hatte und auch wie er von seinem Amt als Assistent des Direktors der Sternwarte zurückgetreten war. Wegen seines Alters musste er nicht mehr täglich in den Palast und konnte sich stattdessen auf Gebet und Studium konzentrieren, wie es in den letzten zehn Jahren seinem Herzenswunsch entsprach.

Pater Hildebrandt scheint vom aktuellen Kaiser der Großen Qing mehr als enttäuscht zu sein. Zwar äußerte er kein Wort der Kritik, aber er hörte nicht auf, dessen Großvater zu preisen. Früher hatte er als Tutor den früheren Kaiser zweimal am Tag unterrichtet, einmal am frühen Morgen und einmal am späten Abend. Er und drei andere Missionare unterwiesen ihn in Mathematik, Physik, Chymie und Astronomie. Der großartige Kaiser von China saß mit ihnen zusammen und machte fleißig Notizen. Kein einziges Mal hatte er den Unterricht versäumt.

„Der Großvater des Kaisers war wirklich der größte Herrscher des Ostens. Er war heldenhaft, klug und von hoher Moral. Er regierte mit Fleiß und liebte sein Volk." Hildebrandt sprach voller Bedauern. „Wir haben diesen großen Kaiser verloren und sind mit ihm auch der größten Möglichkeit zur Verbreitung unseres Glaubens verlustig gegangen."

„Bist du gläubig?", fragte er mich plötzlich und ließ seinen Blick über meine Hände gleiten.

„Ja, aber ich bin sicher kein sehr disziplinierter Gläubiger", antwortete ich, ohne zu zögern, und sah ihn an. „Der Gott, an den ich glaube, ist der gleiche wie Eurer, aber die Art zu glauben ist eine andere." So drückte ich es aus. Ich wagte nicht zu sagen, dass meine Tendenz zum Mystizismus erheblich zugenommen hatte, seit ich nach China gekommen war. Ich hatte verstanden, dass Glauben allein nicht ausreicht, sondern dass es der eigenen Erfahrung bedarf. Und dass eine Wahrheit nicht unbedingt wahr sein muss, solange ich sie selbst noch nicht erlebt habe.

„Du bist aus Dresden. Bist du Lutheraner?" Erst jetzt fiel mir auf, dass der Pater auf einem Auge blind war, dass eine Pupille zu einem weißen Stein geworden war. Mit dem anderen Auge sah er mich an und fragte, ohne meine Antwort abzuwarten: „Gut. Was willst du wissen?"

„Es geht um Jade. Und um Porzellan." Ich hatte zu viele Fragen und wusste auf einmal nicht, womit ich beginnen sollte.

„Du fragst sehr konkret", sagte Hildebrandt sarkastisch. Er nahm ein Stück weißer Jade aus einer Lade. „Wenn du Jade verstehen willst, dann musst du zuerst die Chinesen verstehen." Ich nahm die Jade. „Weißt du, wo diese Jade herstammt?", fragte mich der Pater. Er sprach Deutsch mit einem sehr starken bayerischen Akzent. Mit seinem weißen Vollbart und dem einen grauweißen Auge wirkte er freundlich auf mich und sehr sonderbar.

„Aus der Liulichang?“ Ich hatte von einem Eunuchen gehört, dass die Geschäfte in der Liulichang die hochwertigste Jade verkaufen.

Der Priester sah mich verwirrt an. Es schien, als hätte er den Namen dieser Straße noch nie gehört.

„Das ist Khotan-Jade. Weiß ist die feinste aller Jade. Diese Jade kommt aus Khotan.“ Ich hatte den Reisebericht des venezianischen Kaufmannes Marco Polo gelesen und erinnerte mich an die Erwähnung von Qarqan. In diesem großen Gebiet Turkestans gab es Jaspis und Achate. Die Menschen verkauften sie mit großem Gewinn in Khotan.

„Meint Ihr Qarqan an der Seidenstraße?“, fragte ich ihn.

„Das ist nicht die Seidenstraße. Das ist die Jadestraße.“ Der Pater starrte auf meinen Kragen.

„Jadestraße? Bisher habe ich nur von der Seidenstraße gehört, aber noch nie von der Jadestraße“, meinte ich in der Annahme, dass er sich versprochen hätte.

Der einäugige Pater zog ein altes, schäbiges Heft hervor und sagte: „Das liegt daran, dass du ignorant und schlecht informiert bist.“ Auf einmal fragte er mich: „Weißt du, was Jade ist?“

Ich antwortete nicht und rollte nur die weiße Jade in meinen Händen.

„Weißt du, was Jade ist?“, fragte der Pater jetzt mit erhobener Stimme.

Ich antwortete schnell: „Nein.“

„Das chinesische Zeichen für Jade – 玉 – besteht aus dem Zeichen für König – 王 – mit einem Stein“, erklärte der Pater selbstzufrieden. „Der Stein der Könige ...“

Ich nickte.

„Noch eine Frage: Weißt du, was weiße Jade ist?“ Der alte Mann schien die Befragung zu genießen.

„Die Zeichen für weiß – 白 – und Jade – 玉 – ergeben

zusammen das Zeichen Huang – 皇 –, wie in Huangdi, der Kaiser." Ich war froh, immerhin so viel zu wissen.

„Aha! Du bist also gar nicht völlig verblödet. Ich hoffe, dass du jetzt endlich verstehst, warum chinesische Kaiser so viel Wert auf Jade legen." Der Pater verdrehte das eine gute Auge und sah mich an.

„Daher kommt das also!", antwortete ich gehorsam, mit dem Vorsatz mich mit dem sonderbaren Priester gut zu stellen. „Wenn dem so ist, hat dann die Jadestraße eine längere Geschichte als die Seidenstraße? Habt Ihr die Jadestraße bereist? Und den Abbau der Jade gesehen?", fragte ich nicht ohne Neugier.

„Damals kamen wir bloß bis zum Jade-Pass bei Dunhuang. Alles Weitere weiß ich nur vom Hörensagen. Heutzutage ist der Abbau von Jade streng kontrolliert. Sie nennen es den ‚Jadebann'. Der derzeitige Kaiser liebt Jade, also hat er einige Clanmitglieder verpflichtet, dort für ihn Jade abzubauen." Der alte Pater fuhr fort, in dem alten Heft herumzublättern. Er zeigte mir die Zeichnungen, die er auf der Jadestraße gemacht hatte.

„Mein werter Pater, wisst Ihr, ob der Kaiser innerhalb des Palastes Porzellan herstellen lässt?"

„Natürlich weiß ich das. Er stellt dort Jingtailan her", sagte der Sonderling abfällig.

„Jingtailan? Leuchtendes Blau?" Davon hatte ich noch nie gehört.

„Man nennt es auch ‚in Faden eingelegte Glasur'. Die Technik haben Franzosen mitgebracht. Dabei wird die Glasur zwischen Grate auf einer Kupferform aufgetragen."

„Der Kaiser imitiert in seinem Palast die französische Zellenschmelzkunst und stellt Cloisonné her?"

„Er hat auch großes Interesse an dem bunten Emailporzellan, das für den Export hergestellt wird."

„An buntem Emailporzellan?"

Der Pater erzählte mir außerdem, dass er im Quartier zum Glückszepter einmal gefälschtes Song-Porzellan gesehen habe und den Verdacht nicht losgeworden sei, dass der Kaiser ein gewisses Interesse an der Fälschung von Song-Porzellan habe. Aber mehr wollte er nicht sagen, egal wie sehr ich auch in ihn drang. Oder wusste er selbst nicht mehr?

Beijing, 16. September 1767

„Wen hat der Kaiser denn zum Abbau der Jade geschickt?", fragte ich den alten Mann. Er war in Gedanken versunken und sagte nichts. Ich leistete ihm beim Schweigen Gesellschaft. Tatsächlich leistete ich ihm schon den ganzen Nachmittag Gesellschaft. Ich fand, dass er meinem alten Lehrer, Herrn Dillinger, ähnelte. Ein Bild aus meiner Kindheit in Dresden tauchte in mir auf, als ich auf Geheiß meiner Eltern Herrn Dillinger ein Weihnachtsgeschenk überbrachte.

„Der Mann, den der Kaiser zur Überwachung der Jadestraße losgeschickt hatte, ist kürzlich festgenommen worden. Er ist ein wahrer Gläubiger, ein hingebungsvoller Christ. Aber der jetzige Kaiser will nicht, dass kaiserliche Verwandte an Christus glauben. Er hat verlangt, dass sie abschwören, aber er widersetzte sich. Der Kaiser hat ihn einsperren lassen. Wir beten Tag und Nacht für ihn."

„Geht es um das Oberhaupt der Ma-Familie, Ma Juese?", fragte ich alarmiert. Der Pater nickte, sah mich aber etwas verwundert an, als wollte er fragen: Was weißt du davon?

„Er müsste nur erklären, dass er nicht an Gott glaubt, oder so tun als ob, und dann käme er frei?", fragte ich den alten Pater. Erst als ich zu Ende gesprochen hatte, fiel mir die Unziemlichkeit der Bemerkung auf.

„Das wird er nicht tun. Deshalb bewundern wir Ma Juese so sehr. Er ist ein Mann von hoher Moral, edel und rein. Er wird nicht lügen." Sein Gesicht verfinsterte sich und seine Stimme wurde heiser: „Das ist alles Teil eines Machtkampfes im Palast!“ Der alte Priester sah mich mit seinem einen, funkelnden Auge an. „Der Kaiser hat achtzehn Söhne. Jeder von ihnen will Kaiser werden. Zwar hat der Kaiser den Kronprinzen bereits ernannt, aber es scheint, dass er ihm gegenüber in letzter Zeit misstrauisch geworden ist, weil er gar so dringend Kaiser werden will. Er umgibt sich zu seiner Würde mit Soldaten. Er verlangt schon jetzt Tributgeschenke von den Gesandten. Der Kaiser hat ihn deswegen häufig zurechtgewiesen. Die anderen Söhne werden unruhig und denken, dass der Kaiser vielleicht seine Meinung ändern wird, dass die Krone möglicherweise nicht auf den jetzigen Thronfolger übergehen wird. Unter ihnen sind der erste und der achte Sohn am aktivsten im Ringen um den Kaisertitel. Die beiden intrigieren, zuweilen zusammen, um den Kronprinzen unter Kontrolle zu halten, und dann wieder gegeneinander. Ma Juese hat sich mit dem achten Sohn immer gut verstanden. Diese Unterstützung des Achten mag den Ärger des Ersten erregt haben. Vielleicht hat jemand heimlich den Kaiser über dessen Glauben unterrichtet, nur um ihm eine Falle zu stellen. Eine Warnung an alle, sich nicht auf die Seite des achten Sohnes zu stellen.“

„Hochverehrter Pater, woher wisst Ihr das alles?“ Ich fand es unglaublich, dass der Pater, der seit Jahren das Haus nicht mehr verlassen hatte, die Hofangelegenheiten so genau zu kennen schien wie seine eigene Westentasche.

„Das sind nur Schlussfolgerungen, vielleicht sogar Vorurteile. Aber was immer auch die Wahrheit sein mag, denk sie dir als ausgedachte Geschichte, deren Echtheit die Zeit zeigen wird.“ Der alte Mann seufzte und deutete mit dem Wedeln seiner Hand an, dass er müde war und ich gehen sollte. Ich stand auf und verabschiedete mich. Als ich heraustrat, sah ich mich noch mal nach ihm um. Der alte Priester war auf seinem Stuhl eingeschlafen.

Beijing, 17. September 1767

„Ein Prinz nebst Gefolge wartet in der Kirche auf Euch“, informierte mich der chinesische Priester in meinem Zimmer.

Ein Prinz?

Tatsächlich war es Pu. Er hatte erfahren, dass ich vor einer Woche bei ihm gewesen war, und war deswegen zu einem Gegenbesuch aufgebrochen. Der junge Pu war in der Tat ein Prinz. Er stammte aus einer adeligen Familie und sein Vater hatte vom Kaiser den Titel „Doroi-Beile“ erhalten, Prinz dritten Grades. Außerdem hätte seine ältere Schwester gerade in die kaiserliche Familie eingeheiratet, erzählte er mir offen. Trotz seines Status als Prinz benimmt er sich ganz ungezwungen. Er fühlt sich als normaler Mensch und ich bewundere ihn sehr dafür. Er zeigt nicht die geringste Arroganz bezüglich seiner Herkunft und sagte, dass er kein ehrgeiziger Mensch sei und sich lieber amüsiere als zu studieren. Doch als Spross einer Adelsfamilie muss er sich natürlich Mühe geben, auf seinen Status achten und die Gelehrsamkeit der Familie hochhalten. In einem Leben voller Langeweile war er sehr erfreut, meine Bekanntschaft zu machen.

Ich erzählte ihm im Verlauf des Gesprächs, dass ich mich in die Tochter der Ma-Familie verliebt hätte, und bat ihn um Botendienste und Unterstützung. Etwas peinlich berührt erklärte er, dass ihn das in eine ziemlich heikle Lage versetze, aber weil ich sein Freund sei, würde er versuchen, mir zu helfen. Er sagte, dass die Beharrlichkeit, mit der die Mas, ob jung oder alt, am christlichen Glauben festhielten, dem Kaiser erhebliche Bauchschmerzen verursache, weswegen alle Mitglieder des weit gefassten kaiserlichen Clans ängstlich darauf bedacht waren, sich von ihnen fernzuhalten. Von Unterstützung oder Hilfe ganz zu schweigen. Sogar der bloße Austausch von Höflichkeiten könnte für beide Seiten Schwierigkeiten bedeuten. Aber dass ich Ma Lian verfallen sei, wundere ihn nicht. Als sie Kinder waren, hatte er die Gelegenheit gehabt, sie zu treffen, und auch jetzt noch bewundere er sie sehr. Er sagte, dass Ma Lian gut in Poesie, Kalligrafie und Malerei sei und sich außerdem auf die Guqin-Zither verstünde. Es heißt, sie sei ein großes Talent. Sie glaubt wie ihr Vater an den christlichen Gott, und schon als sehr junges Mädchen hatte sie darauf bestanden, nicht heiraten zu wollen. Seit ihr Vater in Ungnade gefallen war, war das Thema einer Eheschließung ohnehin obsolet.

Pu sah mich neugierig an und fragte: „Ist denn das Mädchen auch an Euch interessiert?“

Ich schüttelte den Kopf, um anzudeuten, dass ich es nicht wisse. Dann nickte ich und sagte: „Ich hoffe es.“ In der Tat war ich mir keineswegs sicher.

Pu erzählte mir, dass Beatrices Familie eine lange Tradition in Bezug auf Jade habe. Sie und ihre Familie verstünden sich auf Antiquitäten und schätzten antikes Porzellan und antike Jade sehr. Sie habe einen untrüglichen und eleganten Kunstgeschmack.

Am Ende unserer Unterhaltung sah Pu mich ernst an und erinnerte mich daran, dass ich von dieser ganzen Angelegenheit auch nicht das Geringste nach draußen dringen lassen dürfe. „Sonst wird es Euch, mir und ihr schlecht ergehen!“ Ich versicherte ihm, dass ich niemandem gegenüber und unter keinen Umständen etwas darüber verlauten lassen würde.

Beijing, 1. Oktober 1767

Der Kaiser war für eine gewaltige Siegesfeier nach Jehol gereist. Jehol liegt nordöstlich von Beijing und wurde von den Tartaren gegründet. Der Großvater des Kaisers ließ dort eine Reihe Paläste errichten, um in seiner Heimat jagen gehen zu können. Gerade war eine Rebellion der Dschungaren erfolgreich unterdrückt worden. Der Dschungarenfürst Amarsanaa[13] hatte dem Kaiser von China seine Dienste angeboten und führte die Abtrünnigen Namoku, Banjur und andere zurück ins Reich. Der Kaiser wollte sie in Jehol zur Audienz rufen, um ihnen Prinzentitel zu verleihen und sie mit Land, Edelsteinen und dergleichen zu beschenken.

Die Missionare in der Stadt waren darüber sehr erfreut, denn der Kaiser brauchte allein für Hin- und Rückreise mehr als zehn Tage. Für die sonst häufig wegen der Besuche bei Hof ausfallenden Gebete und Versenkungen, war nun ausreichend Gelegenheit.

Ich verbrachte ganze Tage außerhalb der Stadtmauern flanierend in der Gegend der Dazhalan-Straße. Ich entdeckte einige Antik-Läden in der Liulichang und der zweiten Langfang-Straße und befragte die unterschiedlichsten Leute nach der weißen Jadeaxt. Am liebsten ging ich jedoch zu Meister Le, der mich immer mit Klippen-Tee oder Tieguanying-Tee aus Fujian bewirtete. Ab und zu ließ er für mich auch jemanden auf der Guqin-Zither spielen.

Heute traf ich mich mit Pu und hörte nicht auf, ihn nach Neuigkeiten in Bezug auf Ma Lian zu befragen. Er war unschlüssig. Er äußerte die Hoffnung, jemand möge zum Vorstand der Ma-Familie ins Gefängnis gehen und ihn drängen, nicht weiter auf dem christlichen Glauben zu beharren. Er verstand nicht, warum Ma Juese nicht wenigstens pro forma nachgeben konnte. Sonst würde seine ganze Familie zugrunde gehen.

„Diese Sturheit", sagte der Prinz seufzend, „wird die ganze Tragödie ein noch grausameres Ende nehmen

---

13 Anm. d. Ü.: (1720–1757). Amarsanaa unterwarf sich zunächst den Mandschuren, führte aber später einen Aufstand gegen die Qing an, um das Dschungarenreich wiederzubeleben.

lassen." Ich hielt meinen Mund. Ich verstand, warum Ma Juese nicht nachgab.

Der junge Prinz und ich schlenderten zu den Bücherständen in der Liulichang-Straße. Dieser Ort wurde vor allem von den Studenten frequentiert, die sich der Palastprüfung unterziehen wollten. Pu, der gern durch alte Bücher blätterte, half mir, Zhao Ruchens Bestimmungsbuch für antike Jade zu kaufen, und außerdem erwarb ich diverse bemalte Porzellankacheln aus der Ming-Dynastie. Sie waren aus Jingdezhen und sehr ansprechend bemalt.

Bei Einbruch der Dunkelheit kehrte ich in die Stadt zurück. Ich war noch nicht ganz an der Kirche angekommen, als mich jemand rief: „Mein Herr! Mein Herr!" Es war ein Gehilfe des Mundschenks, der hier auf mich gewartet hatte. „Der Kaiser befiehlt, dass Frater Attiret und Ihr unverzüglich nach Jehol kommt."

„Oh! Was gibt es Eiliges? Was ist der Grund dafür?", fragte ich und befürchtete, dass der Kaiser mich wegen der weißen Jadeaxt befragen wollte. „Wo ist Frater Attiret?"

„Er befindet sich bereits in der Kasernenherberge von Haidian, wo Fürst De ebenfalls auf Euch wartet, damit Ihr alle gemeinsam aufbrechen könnt." Der Diener gab vor, nicht zu wissen, welche Aufgabe mich erwartete. Er war ein schweigsamer junger Mann.

Ich packte hastig ein paar Sachen und folgte dem Diener nach Haidian. Frater Attiret hatte gehört, dass er in Jehol einige Bilder für den Kaiser malen sollte, und hatte Papier und Farbe vorbereitet. „Was wird meine Aufgabe sein?" Ich war besorgt. Ich hatte noch nichts zu der weißen Jadeaxt zu sagen.

„Der Kaiser hat dein Kommen befohlen", sagte Fürst De. „Aber sowohl deine Kappe als auch die Länge deines Gewandes sind falsch. Ist es möglich, dass dich im Quartier zum Glückszepter noch niemand darauf aufmerksam gemacht hat? Hast du auch andere Kleidungsstücke und Kopfbedeckungen? In Jehol wird ein Bankett mit internationalen Gästen gegeben, so dass deine Ausstattung in jeder Hinsicht angemessen sein muss."

Ich wurde in ein anderes Zimmer in der Herberge gebracht und aus einem Koffer mit einer langen Robe, einer Kappe und sogar einer Perlenkette versorgt. Frater Attiret sollte ein besseres Pferd bekommen, aber er wollte nicht. Er wollte nichts anderes, als sein gewohntes Maultier reiten, und noch viel weniger wollte er in einem Bambuskorb reisen.

Am frühen Morgen passierte unsere Gesellschaft das Nanding-Tor und mittags waren wir schon jenseits der Großen Mauer. Hätte uns der Gehilfe des Mundschenks nicht zur Eile angetrieben, wären Frater Attiret und ich gern etwas geblieben, um den spektakulären Anblick der Mauer zu genießen.

Kurz bevor sich die Nacht auf uns herabsenkte, erreichten wir eine Poststation. Hier stand, wie auf dem ganzen Weg, eine Unterkunft ausschließlich für den Kaiser und wir übernachteten in Zelten davor. Noch waren wir nicht weit von der zehntausend Meilen langen Mauer entfernt. Und Ma Lian war in meinem Herzen.

Jehol, 8. Oktober 1767

Nach sechs Tagen Marsch kamen wir in Jehol an und wurden in einem Palast untergebracht. Von hier aus war es nicht weit zum mandschurischen Heimatland der Qing-Kaiser, ein Land voller Berge und ausgedehnter Wälder, die sich zum Jagen eignen. Seit jeher kamen die Kaiser gern hierher, um mit Pfeil und Bogen zu jagen.

Frater Attiret und ich hatten jeder ein eigenes Zimmer. Attiret wurde verkündet, dass er sich darauf vorbereiten solle, ein Bild der Zeremonie anzufertigen. Immer noch wusste niemand, was eigentlich meine Aufgabe sein sollte.

Endlich erzählte mir jemand, dass ich nur Frater Attiret begleiten und ihn mit meinen Sprachkenntnissen unterstützen solle.

Der Kaiser dehnte seinen Palast und seine Gärten in Jehol immer weiter aus, und jedes Jahr, wenn im Beijinger Sommer die Hitze unerträglich wurde, kam er hierher. Dass die Zeremonie im Herbst stattfand, war eine Ausnahme.

Der gesundheitlich anfällige Frater Attiret hatte sich auf der Reise eine Erkältung eingefangen. Sein Kopf war ihm schwer, er lief wackelig, sein Gesicht war blass und alles tat ihm weh. Im Morgengrauen wurde er trotzdem in die große Halle des Jehol-Palastes geführt, wo er elf mongolische Fürsten malen sollte, die ins Reich zurückgekommen waren. Der Kaiser wünschte, diese elf Ölgemälde den Fürsten als Belohnung zu überreichen.

Ich hatte es schon oft bedauert, dass Frater Attiret und ich nie wirklich die Gelegenheit hatten, uns auszutauschen. Jetzt verbrachten wir zwar Tag und Nacht zusammen, doch ich hatte ihm weder von meinen Sorgen erzählt noch ihn um Unterweisung beim Malen gebeten. (Ich schämte mich immer noch, ihm meine Skizzen zu zeigen.) Stattdessen fing Frater Attiret plötzlich an, sich mir zu offenbaren. Er erschreckte mich mit der Bemerkung, dass seine Tage gezählt seien.

„Aber wir sind noch jung", hinderte ich ihn am Weiterreden.

„Ich weiß sehr deutlich, dass ich nicht lange leben werde. Meine Gesundheit lässt das nicht zu."

„Ah, lieber Frater, selbst wenn du nicht sehr alt wirst, ist es doch nicht sehr wahrscheinlich, dass du der Güte des Herrn schon so bald teilhaftig wirst."

„Doch. Ich fühle, dass dieser Tag nicht mehr sehr fern ist." Frater Attiret wirkte ruhig und entspannt.

Ich kümmerte mich um den erkrankten Priester, kochte ihm Chrysanthementee und röstete Heilkräuter, dolmetschte für ihn und wehrte all diese Menschen ab, die so laut sprechen und dabei Speichel versprühen mussten. Der Raum, in dem Frater Attiret malte, war ausgerechnet der Wartebereich für die große Halle, wo ein ständiges Kommen und Gehen herrschte. Es war laut und ein fortwährender Betrieb. Die mongolischen Fürsten und chinesischen Beamten umstanden den Maler und fragten ihm ein Loch in den Bauch. Dass Frater Attiret einerseits antworten und andererseits malen musste, erschöpfte ihn völlig. Am unerträglichsten fand er das lauthals ausgestoßene Gelächter der chinesischen Beamten. Sie hörten nicht auf, Fragen zu stellen, die sie selbst zum Lachen brachten, und jedes Mal, wenn ich antwortete, konnten sie kaum noch an sich halten. Dieses Gelächter wirkte angesichts Frater Attirets krankheitsbedingter Schwäche grausam. Sein Gesicht wurde immer blasser und der Schweiß hörte nicht auf zu strömen. Ich schlug gegenüber dem Gehilfen des Mundschenks vor, dass man dem Maler doch eine Pause gönnen sollte. Diese wurde ihm gewährt.

Mitten in der Nacht wurde ich von heftigem Klopfen an meiner Tür geweckt und griff sofort nach meiner Pistole, die ich unter dem Kopfkissen versteckt hatte. Mit der Pistole bewaffnet schlich ich hinter die Tür.

„Wei Han!" Frater Attiret rief meinen chinesischen Namen. In seine Decke gewickelt war er zu mir gekommen, weil jemand versucht hatte, in sein Zimmer einzudringen. Vermutlich wollte ein Dieb europäische Gegenstände stehlen. Doch er ging leer aus.

Jehol, 9. Oktober 1767

Die ganze Nacht wälzte ich mich schlaflos hin und her. Ma Lians lächelndes Gesicht ging mir nicht aus dem Sinn. Sie ist meine Seelenverwandte.

Am frühen Morgen stand ich auf, klopfte an Frater Attirets Tür, aber niemand antwortete. Nur ein beängstigendes Schweigen. Könnte ihm etwas zugestoßen sein? Ich brach die Tür auf. Frater Attiret fuhr erschrocken aus seinem Rosenkranzgebet hoch. Ich zog mich in mein Zimmer zurück und wartete, bis er sich fertig gewaschen hatte. Nicht weit entfernt hörte ich ein Gespräch. Mein Zimmer lag wegen der mit Papier verklebten Fenster im Dämmerlicht. Ich befeuchtete meinen Finger, stocherte damit ein Loch in das Papier und schaute hindurch. Die Herbstsonne schien warm und der Kaiser und ein paar Konkubinen vergnügten sich im Garten. Sie spielten Fußfederball. Die chinesischen Konkubinen mit den eingebundenen Füßen wirkten sonderbar behindert, wenn sie nach dem Federball liefen. Eine schälte eine Mandarine und fütterte den Kaiser. Ich war mir nicht sicher, ob das ein interessantes Leben war? Der Kaiser hat unzählige Konkubinen und eine zunehmende Schar von Nachkommen. Ein so riesiges Land wird von einer Person regiert. Ich versuchte, mich in ihn hineinzuversetzen. Was geht ihm durch den Kopf, wenn er so im Garten zwischen den Blumen sitzt? Und warum will er unbedingt wissen, was es mit der weißen Jadeaxt auf sich hat?

Jehol, 10. Oktober 1767

Der Kaiser hatte den Gehilfen des Mundschenks geschickt, um mich zu holen. Der hieß mich auf der Stelle mitkommen.

„Muss ich mich nicht umziehen?“, fragte ich.

Er schüttelte den Kopf mit einem Ausdruck, der zu sagen schien, dass ich, egal was ich mir anzöge, immer unpassend aussehen würde. Ergeben sagte er: „Das wird schon gehen.“ Er trieb mich zur Eile an.

Erst ritten wir und anschließend lief ich ihm auf einem kleinen Bergpfad hinterher. Schließlich kamen wir in einem einsam gelegenen Studierzimmer des Kaisers an.

„Nun, da du dich mit Porzellan auskennst, zeigen Wir dir ein paar schöne Stücke." Der Kaiser trug ein informelles, helles Gewand und strahlte viel Energie aus. Er wirkte wieder wie ein junger Mann. Vielleicht tat ihm das Leben fern des Palastes gut. Er saß allein in der Studierstube und schrieb mit sehr eleganten Schriftzeichen Kalligrafie. Keine Konkubine hatte ihn begleitet und er kam mir fast wie ein normaler Mann vor. So gefiel er mir am besten.

Er ließ einiges Porzellan aus bemalten Holzkästen holen und mir vorführen. Ich traute meinen Augen kaum. Es handelte sich ausschließlich um Ru-Ware, von der ich zwar träumte, die ich aber erst zwei Mal in meinem Leben gesehen hatte, und noch nie in dieser Fülle. Wenn von Seydewitz jetzt da sein könnte, wäre er sicher außer sich vor Aufregung. In den Kästen befanden sich insgesamt neunundzwanzig Stücke. Es waren verschiedene Geschirrteile wie Teller, ovale Waschschüsseln, dreifüßige Schüsseln etc. Wohlproportionierte, originale Ru-Ware in klassischen, würdevollen Formen. Die Glasur schimmerte feucht in einem grünstichigen Blau, versetzt mit einem leicht roséfarbenen Glanz. Ich war so bewegt von der Schönheit des Porzellans, dass ich fast in Tränen ausbrach. Drei der neunundzwanzig Stücke hatten eine sehr ungewöhnliche Form. Es waren weder Teller noch Schüsseln, aber sie hatten je vier Füße auf der Unterseite.

„Diese drei wurden zum Katzenfüttern verwandt. Hältst du sie für originale Song-Ware?", fragte mich der Kaiser.

„Ich denke schon."

Weil ich beim Freiherrn und in Jingdezhen je ein Stück Ru-Ware gesehen hatte, wusste ich, dass diese kleinen schwarzen, sesamsamenartigen Punkte ein Charakteristikum von Ru-Ware waren. Aber Katzennäpfe? Ich hätte nicht für möglich gehalten, dass Menschen dieser Epoche so viel Aufwand mit ihren Katzen betrieben hatten. Der Kaiser genoss meine Antwort. Danach sollte ich die Qualität der neunundzwanzig Teile beurteilen. Er wollte wissen, woran ich sie unterscheide. Ich begutachtete jedes einzelne Stück sehr sorgfältig. Dabei entdeckte ich etwas Ungeheuerliches: Der Kaiser hatte in jedes Stück Ru-Ware ein eigenes Gedicht eingraviert. Diese Gedichte waren entweder in die Schüsseln und Teller geritzt oder auf deren Unterseite. Er empfand dieses seltene Porzellan aus dem 12. Jahrhundert als sein persönliches Eigentum. Doch die gewöhnlichen Verse passten nicht zu der Schönheit des Porzellans. Der Kaiser ließ mich eines der Gedichte vorlesen:

> „Strahlender als Ding-Porzellan,
> veredelt durch geheime Techniken.
> Seine Seltenheit lässt die Gelehrten
> begehrlich überall danach suchen."

Mein Geschmack unterschied sich nicht sehr von seinem, aber damit, dass er die Schönheit der Ru-Ware zerstört hatte, war ich nicht einverstanden. Ihm schien das nicht einmal bewusst zu sein.

„Ah! Ein außergewöhnlicher Ausländer!" Er klopfte anerkennend auf den Tisch. „Wunderbar!" Er fragte mich nach der weißen Jadeaxt. Ich antwortete, dass ich noch etwas Zeit bräuchte, um zu einem endgültigen Ergebnis zu kommen. Der Kaiser entließ mich und ermahnte mich, die Wahrheit bald ans Tageslicht zu bringen. Mit einem Kotau stimmte ich zu.

Als ich mich auf dem Bergpfad entfernte, verstand ich im Grunde meines Herzens immer weniger, warum der Kaiser seine Gedichte in diese unvergleichlich kostbaren

Gegenstände ritzen musste. Abgesehen davon war ich in Sorge, weil ich immer noch keine Lösung für das Rätsel mit der Jadeaxt gefunden hatte.

Plötzlich kam mir in den Sinn, dass er auch als Kaiser die perfekte Schönheit dieser Kunstgegenstände genauso wenig zerstören sollte, wie seine Macht als Sohn des Himmels missbrauchen. Ich weiß nicht, warum ich auf einmal so aufgebracht war. Vielleicht hätte ich das einfach nicht sehen sollen. Das war ein Verbrechen, ein Verbrechen gegen die Schönheit.

Jehol, 11. Oktober 1767

Während Frater Attiret bettlägerig war, lief ich allein durch die Gärten und Hügel des Sommerpalastes. Es war viel freier hier. Verglichen mit Beijing oder dem Yuanmingyuan gab es hier entschieden weniger Wächter und Eunuchen.

Um das Festbankett am Abend vorzubereiten, liefen alle anwesenden Eunuchen geschäftig umher. Anscheinend war ich der einzige Mensch, der nichts zu tun hatte, und so schlenderte ich müßig durch die Palastanlage. Kurz vorher hatte ich auf dem Weg in den Palast einen schwer beladenen Ochsenkarren gesehen. Hinter ein paar Bäumen verborgen, vernahm ich zufällig das Geschwätz der Ochsentreiber. Sie sagten, dass es sich um Porzellan aus dem Yuanmingyuan handle.

„Das sind Geschenke, die der Kaiser den von Ferne angereisten Gästen überreichen möchte. In nur wenigen Tagen mussten wir sie heranschaffen."

Als ich hörte, dass es um Porzellan aus dem Yuanmingyuan ging, spitzte ich die Ohren und trat hervor, um sie zu befragen. „Was sind das für Geschenke?", fragte ich sie.

Einer der Arbeiter, der mit dem Transport betraut war, antwortete: „Es ist das Lieblingsporzellan des Kaisers, Famille rose."

In dem Moment erschien eine ganze Gruppe von Eunuchenaufsehern, um die Ware in Empfang zu nehmen, und wir mussten das Gespräch beenden. Ich fragte ihn noch nach seinem Namen, trat zur Seite und prägte mir dabei die Gesichter der Arbeiter gut ein, in der Hoffnung, später noch einmal mit ihnen reden zu können. Außerdem sah ich, dass die Holzkisten, in denen das Porzellan verstaut war, innen und außen mit Stroh umwickelt waren. Auf dem Ochsenkarren befanden sich mindestens hundert Kisten.

Jehol, 14. Oktober 1767

Ich blieb bei Frater Attiret, um ihm Wasser zu kochen und Essen zuzubereiten. Jeden Tag ließ der Kaiser Gerichte überbringen. Fürst De ließ eine mit gelber Seide umhüllte Platte nach der anderen liefern und sagte: „Der Kaiser hat noch nie jemandem hintereinander so viele imperiale Speisen gewährt." Er klang eifersüchtig.

Obwohl keine Fastenzeit war, wollte Frater Attiret nur vegetarisch essen, aber er brachte ohnehin kaum einen Bissen runter. Ich konnte kaum ertragen zu sehen, wie schlecht es ihm ging. Ich bereitete ihm ein Mahl aus Weizengrütze und gekochten Kartoffeln. Währenddessen kostete ich mit großem Vergnügen von den kaiserlichen Speisen:

Schwalbennest mit feinen Entenstreifen, fettes Huhn mit gebratenem Chinakohl, eine Platte mit gedämpftem Huhn und Hirschschwanz, mit gebratenem Huhn gefüllter Winterbambus, ein Feuertopf mit in Wein gekochter Ente, eine Suppe mit Schwalbennestern und feinen Streifen von

Hühner- und Rindfleisch, mit Hirschgeweih gedämpfte Ente, gegrillter Hirsch, Bratente, mit Fleisch und Pilzen gefüllte Dämpfbrötchen, Sandan-Maultaschen, geräuchertes Huhn mit Salzschinken, Huhn mit Shiitakepilzen und kurz gebratene Entennieren.

Diese Speisen wurden in zwei großen Behältern geliefert, um sie warmzuhalten. Bis sie bei Attiret ankamen, waren die Gerichte zwar trotzdem eiskalt, schmeckten aber immer noch sehr gut. Schwalbennester esse ich nicht so gern, aber mit der Bratente war ich sehr zufrieden.

Der Kaiser hatte auch einen Leibarzt geschickt, der auf Frater Attirets Arm „Cembalo spielte". Er diagnostizierte lediglich eine schwere Erkältung und sagte, dass Frater Attiret „zu viel Feuchtigkeit hätte, dazu obere Kälte und untere Hitze." Frater Attiret und ich hatten nicht daran gedacht, westliche Medizin auf die Reise mitzunehmen, daher nahm er die Verschreibung des Leibarztes an. Die Medizin wurde uns fertig vorbereitet gebracht und Attiret sollte sie erhitzt einnehmen. Er tat, wie ihm geheißen. Aber seine Krankheit wandte sich nicht zum Besseren. Er nahm seine Malerei in der großen Halle gleichwohl wieder auf. Die Fürsten, die er malte, waren über alle Maßen verblüfft über die Ähnlichkeit, wenn sie ihre Abbilder auf der Leinwand betrachteten. Sie schienen nicht zu verstehen, wie all das abgebildet werden konnte. Viele stellten sich hinter den Maler und beobachteten jeden Pinselstrich, als wollten sie so das Geheimnis enthüllen. Nur die chinesischen Beamten hörten nicht mit ihrem üblichen Gelächter auf. Das Lachen klang echt, und es ist möglich, dass sie damit keinen Verlust ihrer Würde verbanden und auch niemandem damit schaden wollten. Trotzdem war es unerträglich anzuhören, weil es schien, als sei es mit einem Hauch von Gespött angefüllt.

Attiret vervollständigte die Bilder der elf zurück ins Reich gekommenen Mongolenfürsten in nur wenigen

Tagen. Außerdem malte er an einigen großen Tableaus, auf denen der Kaiser sie empfängt. Der Kaiser ließ sich die Bilder jeden Tag zur Begutachtung vorlegen. Danach wurden sie dem Maler wieder zurückgebracht. Der Kommentar des Kaisers bestand nur aus zwei Worten: „Sehr gut!" Er ordnete außerdem an, dass Frater Attiret früher nach Beijing zurückkehren dürfe, um die großen Tableaus dort fertigzustellen. Jeden Abend fiel Attiret in einen todesähnlichen Schlaf, als verbände ihn nichts mehr mit den Dingen der Welt.

Jehol, 15. Oktober 1767

Ich fragte im Palast herum, wo sich die Arbeiter, die das Porzellan gebracht hatten, aufhielten. Schließlich erzählte mir ein Eunuch, wo der Porzelliner namens Zhuang wohnte. Ich war außer mir vor Freude und nutzte die Gelegenheit, als der kranke Attiret sich am Abend ausruhte, um dem Handwerker zu Hause einen Besuch abzustatten. Er war sehr freundlich und bewirtete mich mit Schnaps. Er sagte, dass sie hauptsächlich Vasen, Teekannen und Teller mit gleichem Dekor mitgebracht hätten, wobei die Vasen lampionförmig und mit einem verschlungenen Blumen- und Zweigmuster auf himmelblauem Grund verziert seien. Das Porzellan sei für die Mongolenfürsten bestimmt. Sie seien alle sehr erleichtert gewesen, dass sie es gerade noch geschafft hätten, das Porzellan rechtzeitig abzuliefern.

„Brennt ihr das Porzellan im Palast?", fragte ich forsch.

Achtlos antwortete Herr Zhuang: „Ja, wir ..." Plötzlich verstummte er und vergewisserte sich, dass niemand zuhörte.

„Wie? Interessierst du dich für Porzellan?"

Ich nickte. „Ich würde euch zu gern mal beim Brennen zusehen."

„Wenn es dir gelingt, 67, den Vorsteher des kaiserlichen Ofens, zu überreden, dann kannst du uns zusehen."

„67?", fragte ich.

„So heißt er; er heißt 67."

Zhuang beantwortete mir auch die schon lange gehegte Frage, wieso der Kaiser im Palast einen eigenen Ofen betreibt. „Weil er mit eigenen Augen sehen will, wie es gebrannt wird", sagte er. Der Kaiser male sogar selbst und schreibe Kalligrafie, die die Handwerker dann auf das Porzellan malen sollen. In letzter Zeit scheine er jedoch Bilder von Castiglione als Vorlage zu bevorzugen. Einmal sei er höchstpersönlich gekommen, um den Brand zu überwachen. Er hätte eigenhändig Rohlinge aus Jingdezhen ausgewählt und viel Zeit damit verbracht, den Handwerkern zu erklären, wie sie die Glasur auftragen sollten.

Offenbar ist der Ofen eine der Spielereien des Kaisers. Zhuang sagte, dass der Kaiser das bunte Porzellan aus Kanton nicht sehr schätze und ihm songzeitliches Porzellan am teuersten sei.

„Natürlich. Jemand, der sich mit Porzellan auskennt, muss Song-Porzellan mögen", sagte ich. Ich fragte ihn, ob während des Brandes irgendwelche geheimen Prozesse am Werk seien, und er antwortete, dass manche trotz des gleichen Materials wahre Wunder wirken könnten, und zwar nicht nur durch Unterschiede in der Glasur, sondern durch graduelle Veränderung der Befeuerung. Als er ein Amt in den Öfen von Jingdezhen innegehabt hatte, habe er einen Töpfer gekannt, der beim Brennen Rauch in fünf Farben herstellen konnte.

Jehol, 16. Oktober 1767

Während der langen einsamen Nächte zeichnete ich erst meine Eindrücke von den Gebäuden, Blumen und Bäumen in Jehol. Unter dem Ansturm der Herbstwinde blieb mir allerdings nichts anderes übrig, als die Läden zu schließen. Danach verlor ich die Stimmung zum Malen.

Woran Ma Lian wohl gerade denkt? Womöglich an mich? Oder grämt sie sich weiter über das Schicksal ihres Vaters und ihrer Brüder? Wie kann ich mich ihr nähern? Wie nähert man sich einer chinesischen Frau? Wird sie sich von mir küssen lassen? Was soll ich ihr sagen? Mein Herz springt hoch in meiner Brust. Wenn ich sie wiedersehe, was soll ich zu ihr sagen? Welchen ersten Satz? Ma Lian, du kannst nicht wissen, wie sehr ich mich in diesem Moment nach dir sehne oder wie ich mich in der Vergangenheit schon nach dir gesehnt habe. Ma Lian, ich kann nicht anders, ich vermisse dich. Ich will deine Haut berühren, ich will deine Seele berühren. Ma Lian, solltest du mich schon vergessen haben, lass mich mich dir noch einmal vorstellen: Ich heiße Wei Han und stamme aus Sachsen. Ich sehne mich danach, dich in meinen Armen zu halten, dich ganz fest in meinen Armen zu halten. Weißt du das?

Jehol, 17. Oktober 1767

Ich begleite Attiret zurück nach Beijing. Sein Gesundheitszustand hat sich weiter verschlechtert. Trotzdem besteht er darauf, nach Beijing zurückzukehren. Natürlich war er nun nicht mehr in der Verfassung, die Große Mauer zu malen, und auch ich würde nur auf die Schnelle eine Skizze anfertigen können.

Ein Eunuch ergriff auf dem Rückweg die Gelegenheit und sagte: „Ausländischer Herr, einer der Generäle unter dem Mongolenfürst Bangul glaubt an Gott. Vor einigen Tagen wollte er Frater Attiret aufsuchen, um ihn um ein Kruzifix und eine chinesische Bibel zu bitten. Weil es schon Nacht war, wurde er leider für einen Dieb gehalten. Aus Angst, ein Missverständnis zu verursachen, zog er sich wieder zurück. Wäre es möglich, dass Ihr den Priester um ein Kruzifix für ihn bittet?"

Frater Attiret übergab dem Eunuchen prompt sein Kruzifix und seinen Rosenkranz. „Eine chinesische Bibel gibt es noch nicht. Sie muss erst gedruckt werden." Nach einer kurzen Diskussion mit dem Frater beschlossen wir, den Namen des Generals zu notieren, um ihm später ein Exemplar zukommen lassen zu können. Derzeit gibt es nur Abreibungen einzelner übersetzter Passagen, aber die große Aufgabe der vollständigen Bibelübersetzung ist noch nicht bewältigt.

„Er heißt Yashir. Seine Frau glaubt so inbrünstig, dass er schließlich von ihr beeinflusst wurde. Beide würden sehr gern getauft werden." Der Eunuch erzählte weiter, dass Yashirs Frau zwar in ihrer Heimat sei, dass aber Yashir selbst sich noch nicht auf den Rückweg gemacht habe, sondern in einer Herberge auf Nachricht warte.

Obwohl es Pater Attiret so schlecht ging, bestand er darauf umzukehren, um den Mann zu taufen. Unsere Reise verlängerte sich so um zwei Tage.

Beijing, 24. Oktober 1767

Kaum war ich in Beijing angekommen, begab ich mich zum Anwesen des Beile, um dem Prinzen Pu einen Besuch abzustatten. Er sagte, er hätte mich schon erwartet. Weil er wusste, dass ich mich mit dem Geheimnis der weißen Jadeaxt beschäftigte, stellte er mich einem ungewöhnlichen Mann vor.

Der Meister der Studios von Kiefer und Bambus hieß Li und sagte von sich selbst, dass er verrückt nach Jade und ein Exzentriker sei. Seine Liebe zur Jade sei eine Obsession geworden und er wende seine ganze Kraft dafür auf, Jade zu finden und zu sammeln. In seinem Laden gab es jede nur erdenkliche Kuriosität. Nur Jade verkaufte er nie.

Die ganze Zeit über spielte er mit Jade in seinen Händen und sagte, das heiße „Jade schwenken". Damit könne man dunkel und stumpf gewordene Jade wieder zum Leuchten bringen oder sogar die Farbe der Jade verändern. Er liebte es zu sagen: „Ein Edler legt nicht ohne Grund seine Jade ab."[14] Er sagte auch, dass Jade zur Seele durchdringe, dass sie ein lebender Organismus sei und kein kalter, toter Stein. Außerdem glaubte er wie die meisten Chinesen, dass Jade Übles verhindert, dass sie vor Dämonen bewahren kann, wenn man sie am Körper trägt.

Ich denke, dass die Jade die Seele der chinesischen Kultur verkörpert. Früher habe ich viele Redewendungen in Bezug auf Jade für Aberglauben gehalten, aber mittlerweile bestehe ich nicht mehr darauf. Ich empfinde allmählich so etwas wie die Existenz von Mysterium und Fügung – oder halte dies zumindest für möglich. Vielleicht ist der ernsthafte Glaube an die Jade selbst eine Kraft?

Jetzt verstehe ich erst, was mit dem warmen Glanz der Jade gemeint ist. Dieser warme Glanz hat gewisse Gemeinsamkeiten mit Porzellan. Insbesondere mit Ru-Ware sind die Ähnlichkeiten profund. Tatsächlich ahmt Ru-Porzellan Jade nach. In der Song-Dynastie gab es eine Vorliebe für Schlichtheit und Einfachheit, also versuchten die Porzelliner ein Porzellan zu erschaffen, das in die Gefilde der Jade reichte, um ihm die Aura von etwas zu verleihen, was die Natur selbst geschaffen hat.

---

14 Anm. d. Ü.: 君子無故玉不離身。Aus dem Liji, dem Buch der Riten, einem konfuzianischen Klassiker von etwa 200 v. Chr.

Ich gab dem Ladenbesitzer die Jadezikade von Ma Lian zur Ansicht. Der befühlte und betrachtete sie sorgfältig.

„Die Zikade symbolisiert die Wiedergeburt. Normalerweise ist sie eine Grabbeigabe, die dem Toten in den Mund gelegt wird, in der Hoffnung, dass der Tote wie die Zikade wieder aufersteht." Seinen Augen fingen an zu leuchten. „Diese Jade ist ein alter Jadeit aus Birma und noch nie begraben gewesen. Das ist extrem selten. Der jetzige Kaiser mag Jadeite auch sehr gern." Er liebkoste die Zikade bewundernd. „Würdet Ihr mir verraten, woher Ihr sie habt?"

Ich ließ ihn zappeln. Ich bin davon überzeugt, dass ich nichts, was mit Ma Lian zu tun hat, enthüllen sollte. Ich fürchte, dass ich bestraft werde, wenn ich nur das kleinste Fitzelchen ausplaudere. Oder dass ich das Fräulein Ma nie wiedersehe, wenn die Wahrheit ans Licht kommt.

„Ich weiß, wo sie herkommt", sagte Herr Li mit aufgerissenen Augen.

Als er weitersprechen wollte, fiel ich ihm ins Wort: „Ihr müsst es nicht aussprechen! Es spielt keine Rolle, ob Ihr es wisst oder nicht." Es war mir unangenehm, dass Herr Li so viel wusste, obwohl es genau genommen kein dunkles Geheimnis ist. Nur dass sich das Abbild von Ma Lian unauslöschlich in mein Herz gegraben hat. Niemand, nicht einmal ich selbst, weiß, ob es zwischen ihr und mir ein Geheimnis gibt. Warum hat sie mir diese unschätzbar wertvolle Jade geschenkt? Ich gebe mir darauf selbst die Antwort: Weil sie mich liebt. Das ist das Geheimnis zwischen uns beiden.

„Wisst Ihr etwas über eine schafsfettweiße Jadeaxt?" Ich wechselte das Thema, um nicht in den Rätseln des Herzens zu versinken.

„Eine schafsfettweiße Jadeaxt?", fragte Herr Li nach. „Ihr fragt nach einer schafsfettweißen Jadeaxt?" In seinen Fingern wendete er wieder ein Stück Jade.

„Der Kaiser hat eine“, sagte ich direkt und mit ernster Miene.

„Ah! Die weiße Jadeaxt des Kaisers ...“ Herr Li schloss die Augen und schien über etwas nachzusinnen.

Ich sah, wie er die Augen bedächtig wieder öffnete und, als wäre nichts gewesen, an einem Jadering zu reiben begann, wie er beim Bogenschießen verwandt wird. Auf ihm war ein Hirschkopf abgebildet.

„Es gibt viele Gerüchte über die weiße Jade in der Hauptstadt. Ehrlich gesagt weiß ich nichts darüber, und wenn ich etwas wüsste, würde sich Unglück über mich ergießen.“

„Was denn für ein Unglück?“ Ich verstand nicht.

Der Ladenbesitzer sah meine Ratlosigkeit und zog seine Hand über den Hals.

Beijing 2. November 1767

Ursprünglich wollte ich in der 2. Langfang-Straße bummeln gehen, aber kaum saß ich im Sattel, fand ich mich auf dem Weg zu den Hutongs, in denen die Ma-Familie wohnt. War es mein Pferd, dem ich den Namen „Hündchen“ gegeben hatte, das mich hierhin brachte? Oder hat jemand anderes in mir das entschieden? Dieser andere in meinem Herzen verhält sich oft entgegengesetzt zu meinen Entscheidungen. An den wichtigen Wegkreuzungen in meinem Leben musste ich mich ihm immer unterordnen. Er erträgt es nicht, sich an Konventionen zu halten, und plötzlich springt er hervor. „Ruhig! Ruhig Blut!“, ermahne ich diesen anderen in mir, aber meine Augen wurden vom Anwesen der Mas magisch angezogen ...

Eine große Menschenmenge mit Pferden hatte sich um das Anwesen versammelt. Zwei leichte Sänften mit grünen Vorhängen und eine beachtliche Anzahl Menschen und Pferde wartete auf dem kleinen Platz vor dem Tor. Alarmiert zog ich mich in eine unbeachtete Ecke zurück. Schließlich verließ die Gruppe das Anwesen. Ein Gesicht kam mir vertraut vor, ich war mir aber nicht ganz sicher. Manchmal habe ich noch Schwierigkeiten, chinesische Gesichter auseinanderzuhalten, doch ich meine, dass dieses Gesicht einem Diener des Generaleunuchen des Kronprinzen gehört. Kann es sein, dass der Generaleunuch des Kronprinzen den Mas einen Besuch abgestattet hat? Ich klopfte an das Tor und bat darum, empfangen zu werden.

Wieder einmal wurde ich vor den Wandschirm geführt. Mein Herz schlug wie das eines erschreckten Rehkitzes.

„Hat Euch der apostolische Präfekt geschickt?", fragte das Mädchen hinter dem Schirm.

„Nein. Ich bin aus eigenen Stücken gekommen." Ich wurde rot. Wie könnte ich ihr sagen, dass mich eine unwiderstehliche Macht an ihre Seite zieht? Dass sie mich so stark anzieht? Ich wollte nie wieder gehen.

„Was ist dann Euer Begehr?" Ihre Stimme strich wie eine leichte Brise Bergluft über mich.

„Waren die Leute des Kronprinzen in böser Absicht hier?", fragte ich vorsichtig, obwohl ich nicht sicher war, ob mir die Frau hinter dem Schirm traute.

„Ihr wisst also alles?" Ihre Stimme klang sehr ruhig. „Der Kronprinz hat sie geschickt, um wegen des Todes meines Bruders zu kondolieren und sich nach Mutters Befinden zu erkundigen."

„Mein tief empfundenes Beileid wegen des Ablebens Eures Bruders." So erfuhr ich, dass das Schicksal dieser Familie noch unglückseliger war, als ich es mir vorgestellt hatte.

„Vielen Dank für Eure Anteilnahme." Die Stimme klang sehr gerührt, ich hörte genau heraus, dass das nicht nur Höflichkeit war.

„Haben die Leute des Kronprinzen noch etwas gesagt?", wagte ich zu fragen. Mit Blick auf den Schatten, den ihre Silhouette hinter dem Wandschirm warf, hätte ich viel lieber gefragt: „Hast du mich vermisst? Hast du an mich gedacht?"

„Nein, nur das Übliche. Dass der Kronprinz uns über die Schwierigkeiten hinweghelfen würde, wenn unser Vater nur einverstanden wäre, von seinem Glauben abzuschwören."

„Aber er wird nicht abschwören?"

„Mit Sicherheit nicht." Eine Dienerin huschte ins Zimmer und bedachte mich mit einem leichten Nicken. Dann verschwand sie hinter dem Wandschirm, um sich leise mit der jungen Herrin zu besprechen. Ein Diener trat ebenfalls ein und stellte sich hinter mich, als wollte er mich zum Aufbruch drängen. Ich wollte so gern noch bleiben und dem Mädchen zuhören, egal über was wir sprachen, aber der Diener war ein deutlicher Hinweis, dass ich mich verabschieden sollte.

„Ihr seid also ..." Ich wusste nicht, was ich sagen sollte, und nahm schließlich meinen ganzen Mut zusammen: „Wisst Ihr, dass der Kaiser eine schafsfettweiße Jadeaxt in seinem Besitz hat?"

„Ah, wieso fragt Ihr nach der weißen Jadeaxt?", fragte Ma Lian hinter dem Paravent. „Der Kronprinz ließ mich gerade auch danach fragen."

„Tatsächlich?" Ich hob meine Stimme vor Aufregung. „Was haben sie gefragt?" Ich erhaschte einen Blick auf die Dienerin, die in Richtung Mal Lian heftig gestikulierte, aber Ma Lian beachtete sie nicht.

„Der Kronprinz wollte wissen, ob der älteste Sohn des Kaisers die Jadeaxt meiner Familie gestohlen hat."

„Hat er sie gestohlen?"

„Nur mein Großvater und mein Vater wissen über solche Dinge Bescheid. Wir anderen wissen nichts davon." Sie fuhr fort: „Kann ich Euch noch weiter behilflich sein?"

Ihre Stimme vibrierte voll Gefühl und war unvergleichlich erotisch. Dieser verhasste, dieser arrogante Wandschirm! Wie gern hätte ich sie gebeten, hervorzukommen und mir gegenüberzusitzen, oder mit mir durch die Straßen zu schlendern, egal ob in den belebten, quirligen Hauptstraßen oder auf den Feldern außerhalb der Stadtmauern.

Ich brach auf und wanderte allein durch die Gassen von Beijing. Ich ging, wohin Hündchen mich trug. Mein Gesicht zierte ein albernes Lächeln, während ich an sie dachte. Mir kam alles wie ein Traum vor. Wie glücklich ich mich schätzen konnte, immer und überall an sie denken zu können. Wie gern ich an sie denke. In meinen Gedanken habe ich sie schon tausend Mal geküsst, ja sogar tausend Mal berührt. Ich war so in Gedanken versunken, dass ich mich erst Stunden später der schwierigen Frage des Kaisers zuwandte.

Beijing, 5. November 1767

Ich saß in der Südkirche und betete. Außer mir war keine Menschenseele da. Ich holte die Jadezikade hervor und betrachtete ihre dünnen Flügel. Dann hielt ich sie ins Licht, das durchs Fenster hereinfiel, um die Maserung betrachten zu können. Zärtlich streichelte ich sie, wie man eine Frau streichelt. Die grenzenlose Zärtlichkeit der schimmernden und geschmeidigen Haut.

„Herr Wei, Pater Hildebrandt ist jetzt wach", sagte ein chinesischer Priester, der in die Kirche gekommen war. „Er ist gestern bei der Vesper plötzlich kollabiert und in eine Ohnmacht gesunken", erklärte der Priester. „Mitten in der Nacht ist er wieder zu sich gekommen. Pater Luo hat ihn untersucht und festgestellt, dass sich sein Puls und sein Blutdruck wieder stabilisiert haben. Pater Luo hat ihn außerdem zur Ader gelassen."

„Hat er etwas gesagt, seit er wieder zu sich gekommen ist?“, fragte ich den jungen Pater, der die ganze Nacht nach Pater Hildebrandt gesehen hatte.

„Kein Wort“, antwortete er ruhig und mit einem Anflug von Ehrerbietung. Wir gingen zusammen zu Hildebrandts Zimmer, der Priester ließ mich ein und zog sich dann diskret zurück. Ich sah, dass das Feuer in Hildebrandts einem Auge viel düsterer geworden war. Sein Gesicht war ausgezehrt und seine Lippen bleich wie der Tod.

„Wollt Ihr etwas trinken?“ Ich näherte mich dem Pater. Seine Lippen bewegten sich etwas, aber er schien nicht sprechen zu können. Ich goss Wasser ein und hielt ihm das Glas an die Lippen, doch der alte Pater war außerstande, sich auch nur im Geringsten zu rühren. Ich sah einen Löffel auf dem Tisch und flößte ihm damit Wasser ein. Die Hälfte lief wieder heraus. Ich setzte mich ihm gegenüber, rückte das Kruzifix an der Kette auf seiner Brust zurecht und nahm seine Hand. Hildebrandt sah mit seinem einen Auge vage irgendwohin. Er bewegte dann und wann die Lippen, um zu sprechen, doch dann schloss er nur erschöpft seine Augen. Später versank er wieder im Dämmer des Schlafes.

Ich weiß nicht, wie lange ich gewartet hatte, bis der Pater wieder aufwachte. Diesmal fütterte ich ihn mit ein bisschen Ziegenmilch, aber der Pater erbrach sie gleich wieder, was mich einen Moment in Panik versetzte. Wieder bewegte er die Lippen, ohne dass er einen Laut herausbrachte.

„Wisst Ihr vielleicht von einer schafsfettweißen Jadeaxt im Besitz des Kaisers?“ Ich wusste, dass der Pater geschwächt war und Ruhe brauchte, aber ich musste einfach fragen. Das Auge des alten Paters zuckte in seiner Höhle hin und her. Er schien etwas zu sagen zu haben. Ich beobachtete ihn mit höchster Konzentration und wartete begierig, was es war. Doch den ganzen Nachmittag brachte er kein Wort hervor, bis er schließlich wieder in der Ohnmacht versank.

Beijing, 6. November 1767

Ich stand vor dem Tor der Mas und betrachtete die beiden Türklopfer. Es waren Löwenköpfe aus Messing, die je einen Eisenring im Maul hielten. Ich betrachtete sie lange. Sehr lange. Dann erst klopfte ich an. Derselbe Torwärter, der mich vor wenigen Tagen höflich gegrüßt hatte, sagte nur ausdruckslos: „Die junge Herrin ist nicht da.“ Eilig wollte er das Tor wieder schließen, als fände gerade etwas Wichtiges statt.

„Wann kommt sie zurück?“ Ich versuchte, die Tür aufzuhalten.

Der Wärter stand dahinter und schwieg.

Ich hatte den Kopf fast durch den Türspalt gestreckt, da sagte er: „Bitte kommt nicht wieder. Das verursacht der jungen Herrin nur weitere Scherereien. Geht weg!“, sagte er und versuchte erneut, die Tür zu schließen. So schroff abgewiesen zu werden, verwirrte mich. Der Wärter nutzte die Gelegenheit und schloss das Tor.

Ich sah auf die geschlossenen Torflügel und setzte mich enttäuscht auf die Stufen davor. Die Wintersonne schien und ich warf einen kurzen Blick nach oben. Meinem Körper war zwar warm, aber mein Herz verknotete sich und kein Lächeln brach sich Bahn.

Beijing, 7. November 1767

Wieder ritt ich ziellos durch die Stadt, ohne den geringsten Gedanken darauf zu verschwenden, wohin mich mein Weg führen würde. Ich ließ Hündchen laufen, wie er wollte, doch seine Stimmung war heute genauso düster wie meine. Einmal wurde er wild und versuchte mich abzuwerfen. Nur mit sehr viel Kraft konnte ich ihn wieder beruhigen.

Jemand rief: „Bonjour!“ Dieser Jemand stellte sich als Prinz Pu heraus.

Hocherfreut trieb ich mein Pferd zu ihm und lupfte die Kappe zum Gruß. „Gerade habe ich an Euch gedacht.“ Ich war so beglückt, als würde ich mutterseelenallein und unter ungekannten Strapazen eine Wüste durchqueren und wäre plötzlich auf einen Menschen gestoßen.

„Aiya, habt Ihr?“ Meine Worte machten ihn trotz seines Status ziemlich verlegen. „Ich wollte Euch unbedingt meinen Freund hier vorstellen. Das ist der junge Herr der Ma-Familie, der jüngere Bruder von Ma Lian.“

Zu guter Letzt lernte ich also auch Ma Lians kleineren Bruder kennen, der noch schüchterner zu sein schien, als der Prinz es war. Ein kultivierter, hübscher junger Mann mit großer Ähnlichkeit zu seiner Schwester. Er sagte, sein französischer Name sei Jérôme, auf Chinesisch heiße er Ma Xin. Ich schlug vor, die beiden sofort in ein Teehaus einzuladen, aber sie wollten nicht recht.

„Wir wollten außerhalb der Stadt den Brüdern der Ma-Familie Opfer bringen; es würde nichts schaden, wenn Ihr mitkommt“, schlug Pu vor und ich war sofort einverstanden. Wir ritten und plauderten, während wir uns einem baumbewachsenen Hügel näherten. Wir rasteten im Tempel der weißen Wolke und bewunderten die fünfhundert Luohan, die Jünger Buddhas, darin, bevor wir unseren Weg fortsetzten. Wir stiegen erst wieder ab, als wir einen weit entfernten Friedhof erreicht hatten.

„Wie erging es Ihrer Schwester in letzter Zeit?“, fragte ich Ma Xin, als ich nicht länger damit warten konnte.

„Wegen der drohenden Hinrichtung unseres Vaters geht es ihr natürlich nicht sonderlich gut.“ Er klang klar, vernünftig und direkt.

Die Neugier zwang mich zu fragen: „Was macht sie den ganzen Tag zu Hause?“

„Weil unser Vater und der ältere Bruder nicht mehr da sind und unsere Mutter krank darniederliegt, hat sie nicht viel Muße. Abgesehen davon ist sie streng gläubig. Ihre freie Zeit widmet sie Gott."

„Sagen Sie mir: Was ist Ihre Schwester für ein Mensch?", wagte ich mich weiter vor. Meine Gedanken kreisten pausenlos um sie. Als ich Ma Xin in die Augen sah, zog er peinlich berührt die Augenbrauen zusammen.

„Sie ist freundlich, versteht sich aufs Zitherspiel, aufs Dichten und auf Stickarbeiten." Ma Xin deutete auf einen neu errichteten Grabstein und sagte in nun deutlich gedrückterer Stimmung: „Sehen Sie, da liegt unser großer Bruder. Er wurde erst kürzlich hier bestattet. Daneben liegt unser Onkel."

„Oh, bitte verzeihen Sie." Ich zog meine Gedanken zurück zu dem Ort, an dem ich stand, einem frischen Grab. Ich legte meine rechte Hand auf mein Herz und trauerte: „Möge Gott Euch, den ich nie kennengelernt habe, und Eure Seele im Himmel behüten, möge Gott Eure Schwester behüten, möge Gott uns ..."

„Das ist alles nur wegen seines Glaubens?" Ich schüttelte seufzend den Kopf und wusste doch längst, dass dieses Reich die christliche Doktrin ablehnt und mit voller Absicht die Gläubigen massakriert.

„Der Kaiser konnte meinen Großvater noch nie ausstehen, und so hetzt er allmählich seine Nachkommen zu Tode", erklärte der schmale junge Herr mit weicher Stimme. Er holte Räucherstäbchen und Streichhölzer aus einer Satteltasche, entzündete sie für die Toten und legte die Hände zum Gebet aneinander. Ich kniete am Grab ihres großen Bruders nieder. Da ich ihn nie gekannt habe, betete ich eher für sie als für ihn. Sind sie vielleicht Opfer eines grausamen Machtkampfes geworden? Ich betete um ein Wunder. Ich würde alles für ein Wunder geben. Ich würde alles tun, wenn ich nur ihr Leid lindern könnte.

„Seid Ihr auch Katholik?", fragte mich Pu.

„Nein, trotzdem glaube ich an Jesu heilige Taten."

Lächelnd fuhr ich fort: „Jedenfalls bin ich kein Missionar und gehe auch selten in die Kirche. Und Ihr?"

„Um ehrlich zu sein, interessiere ich mich sehr für den christlichen Glauben, aber ein Christ bin ich nicht", sagte Pu gedankenversunken. „Wer würde noch Christ werden wollen, der das Leiden der Ma-Familie sieht?"

„Und Sie?", fragte ich Ma Xin.

„Ich bin Christ. Ich habe die Bibel mehrmals gelesen und kann viele Verse auswendig. Immer wenn ich betrübt bin, rezitiere ich laut Verse aus der Bibel. Ich mag ihren Klang und lese sie immer und immer wieder. Manchmal kopiere ich auch Absätze daraus. Das besänftigt mein Gemüt." Ma Xin sprach sanft und gelassen.

„Was würden Sie tun, wenn jemand Sie zwingen würde, von Ihrem Glauben abzuschwören, wie Ihr Vater?" Ich fing an, für diesen jungen Mann Mitleid zu empfinden, ohne zu wissen, ob er das Schicksal von Ma Juese teilen würde.

„Bis zum heutigen Tag hat mich noch niemand gezwungen." Ma Xin setzte sich auf eine Steinbalustrade vor einem Grabstein. Er wirkte etwas verloren. „Aber wenn mich jemand wirklich zwingen wollte, würde ich darauf beharren, dass Gott mein Herr ist."

In dem Moment nahm Pu einen Stein auf und warf ihn weit in einen Hain. Ein Schwarm Vögel flatterte auf.

„Ich hoffe, dass dieser Tag nie kommen möge. Sie sollten für Ihren Glauben nicht leiden müssen", versuchte ich ihn zu trösten. „Und natürlich werde ich niemals jemandem davon erzählen."

„Danke, Monsieur." Ma Xin zeigte ein strahlendes Lächeln.

Pu sagte nichts, sondern holte nur Proviant aus einer Satteltasche und bat mich zuzugreifen.

„Ich habe Ihre Schwester nur zwei oder drei Mal gesehen, aber ich glaube, ich habe mich in sie verliebt", bekannte ich Ma Xin, doch der schien das Wort „Liebe" nicht zu verstehen, denn er verzog das Gesicht und fragte Pu: „Was meint er damit?“

Pu brach nach kurzem Schweigen in Gelächter aus und sagte zu Ma Xin: „Dir ist wirklich nicht zu helfen.“

„Beatrice, Ma Lian ...“, wandte ich mich an Pu und fuhr fort zu fragen: „Was haltet Ihr von ihr?“

„Was ich von ihr halte? Hm, sie ist sehr schön und verfügt über ein starkes Gerechtigkeitsempfinden. Sie hat alles versucht, um Vater und Bruder zu retten“, sagte Pu voller Wärme. Ich verschlang jedes seiner Worte und barg sie im Herzen. Ich fragte Ma Xin: „Ihre Familie scheint recht groß zu sein. Gibt es noch mehr?“

„Nein. Jetzt sind es nur noch meine große Schwester und ich, außerdem eine Tante und ihre kleinen Kinder. Meine Mutter lebt auch noch, aber sie ist sehr krank. Von der Familie sind nur noch die Frauen, die alten, schwachen und jungen übrig. Die Männer sind alle weg. Früher wurden sie zum Frondienst verbannt. Viele Jahre waren die fähigen Männer nicht in der Hauptstadt. Dann starb einer nach dem anderen oder wurde eingesperrt.“ Mir wurde ganz elend bei seiner Erzählung.

„Ach, was für eine erbarmungswürdige Familie!“ Ich seufzte, hob meinen Kopf, betrachtete den blauen Himmel und die weißen Wolken und sagte lange nichts.

Mit einem Zischen flog ein Pfeil durch unsere kleine Gruppe und schlug in einen Baumstamm. Die Luft wurde eng. Hastig duckten wir uns hinter den Grabstein. Ein schwarz gekleideter Mann galoppierte davon. Ich rannte zu meinem Pferd, saß auf und folgte ihm. Die beiden Adelssprösslinge sprangen ebenfalls geschwind auf ihre Pferde und folgten mir auf dem Fuße. Wir trieben unsere Pferde dem Schwarzgekleideten nach in das Wäldchen, verloren ihn aber schnell aus den Augen.

„Wer kann das gewesen sein?“, fragte Ma Xin verständnislos.

Wir ritten zu dem Grabstein zurück. Pu zog den Pfeil

aus dem Baumstamm und die beiden inspizierten ihn genau. Ich trat näher, um auch einen Blick darauf zu werfen.

„Vorsicht, er ist vergiftet", sagte Ma Xin.

Die Wälder um uns herum waren voll namenloser Bedrohungen und der Wind ließ die Gräser erzittern.

„Gehen wir! Wir sollten umkehren." Pu warf den Pfeil weg und klopfte mir auf die Schulter. „Ihr solltet vorsichtiger sein. Wir wissen zwar nicht, hinter wem der her war, aber Vorsicht ist nie verkehrt."

„Schon gut. Bitte macht Euch meinetwegen keine Sorgen!", sagte ich. Ich sagte nicht, dass ich mich schon mehr oder weniger an derartige Bedrohungen gewöhnt hatte, dass sie zu meinem normalen Leben zu gehören schienen. Ich konnte einfach nur weiterleben. Ich war nicht mehr so ängstlich wie früher. Auch die zwei warnende Verse „Was man weiß, als Wissen gelten lassen. Was man nicht weiß, als Nichtwissen gelten lassen" waren doch schon immer mein Motto gewesen, dachte ich. Was sollte ich also tun? Warum mich beunruhigen? Das Schlimmste, was passieren könnte, wäre der Tod. Ich muss allerdings zugeben, dass der Tod wieder an Schrecken gewonnen hat, seit ich mich in Ma Lian verliebt habe. Ich will wirklich nicht sterben. Ganz im Gegenteil. Ich will leben, gut leben für Ma Lian.

Als die beiden sich daran machten, die Pferde zu besteigen, um zurückzureiten, machte sich Niedergeschlagenheit in mir breit. „Können wir uns wiedersehen? Wo kann ich Sie finden?", fragte ich dringlich. Mir wurde plötzlich deutlich bewusst, dass Ma Xin der Schlüssel war. Ohne diesen Schlüssel würde ich das Rätsel meines Herzens nicht lösen können. Ich fürchtete sehr, er würde sich ohne Warnung verabschieden und mich dadurch jeder Möglichkeit berauben, mich Ma Lian zu nähern.

Ma Xin schwieg. Er sah Pu an, als sollte der eine Entscheidung fällen.

Pu dachte kurz nach. „Gut. Ihr solltet zu keinem von

uns kommen. Ihr wisst, dass das Haus der Mas überwacht wird, und auch ein Besuch bei mir ist heikel. Das Beste wird also sein, dass wir Euch aufsuchen. Macht Euch bitte keine Sorgen, wir werden kommen." Er klang entschieden.

„Ein Mann, ein Wort." Ich sah sie an und gab ihnen zum Abschied fest die Hand. Sie waren diesen Brauch nicht gewohnt und lösten ihre Hände schnell.

Gemeinsam verließen wir den Hain. Ich ritt hinterher. Schon lange hatte ich mich nicht mehr so sorglos und glücklich gefühlt wie an diesem Tag. Ich war dankbar, Ma Xin getroffen zu haben, und fand, dass ich Ma Lian einen großen Schritt nähergekommen war. Ich glaube, dass ich sie bald in meinen Armen werde halten können.

Beijing, 14. November 1767

Auf dem Heimweg war ich derart müde, dass ich auf dem Pferd unmerklich einnickte. Hündchen wanderte ziellos umher. Ich schreckte hoch, als ein dünner Streifen Baumwolle durch mein Gesicht fuhr. Ein unbeschreiblich kleiner Mann hatte den Stoffstreifen an eine Bambusstange geknotet und mir damit über das Gesicht gewedelt. Sein Lächeln enthüllte eine Reihe makellos weißer Zähne. Einer dieser lästigen Sandstürme hatte wieder aufgefrischt.

„Sie sind ...", hob ich an, als er plötzlich einen Salto schlug. Völlig verwirrt stieg ich ab.

Der Zwerg kam näher und flüsterte, dass ein gewisser Zhou Yiran in einem nahe gelegenen Gasthaus auf mich warte. „Ihr müsstet mir nur folgen." Dann löste er eine Zimbel von seiner Hüfte und schlug sie leise.

„Zhou Yiran?" Ich blickte skeptisch und fragte mich, ob der Zwerg sich einen Spaß mit mir erlaubte.

„Pater Zhou von den Vinzentinern. Er möchte, dass ich Euch zu ihm führe." Die Augen des von Kopf bis Fuß in

Schwarz gewandeten kleinen Mannes quollen hervor und verliehen ihm einen starrenden Blick. Er erinnerte mich an einen Luohan im Tempel der weißen Wolke, der auch genau solche Augen hatte. Ich folgte ihm mit eigenartig schweren Gliedern. Nicht weit entfernt stand der Pater inmitten einer Gruppe Bettler, die seine Leibgarde zu sein schienen, denn als er ein paar Schritte vorwärts machte, traten sie gleichermaßen vor. Da waren eine Bettlerin mit zerzaustem Haar, die ein Kind im Arm hielt, ein bizarr gekleideter alter Mann, einige Personen, die Trommeln und Zimbeln schlugen, und einer auf Stelzen. Pater Zhou gab ihnen ein paar Kupfermünzen, woraufhin sich die Gruppe nach einem gebührenden Durcheinander zerstreute. Wie sich herausstellte, war mir Pater Zhou, oder Pater Almerás Zapatero, kein Unbekannter. Er war es, der mich auf der Beerdigung von Le Febrve über den Tod des Eunuchen informiert hatte. Der hochgewachsene spanische Vinzentiner hatte ein offenes Gesicht. Er hatte zwei Jahre in Indochina missioniert, bevor er vor über drei Jahren nach China gekommen war.

Er sagte, er sei noch mal auf mich zugegangen, um „eine wichtige Warnung auszusprechen“. Er argwöhnte, dass ich von den Jesuiten ausgenutzt werden könnte, weil ich bei ihnen in der Kirche wohnte. Pater Zhou ging davon aus, dass ich als Sonderbotschafter des sächsischen Kurfürsten nach China gekommen wäre, was ich umgehend dementierte.

„Ich bin aus rein persönlichen Gründen hier in China.“

„Gut. Aber es gibt Dinge, über die Ihr Bescheid wissen müsst. Habt Ihr schon zu Abend gegessen?“, fragte der Pater und führte mich zu einem kleinen Imbiss. Wir nahmen Platz. Der glupschäugige Zwerg folgte uns, stellte sich vor den Tisch und ließ seinen Blick auf diesem ruhen. Der Pater gab ihm noch ein paar Kupfermünzen. Daraufhin machte er einen Handstand und ging zufrieden davon.

„In Europa ist der Plan der Jesuiten, den schwachen König Joseph I von Portugal zu meucheln, gescheitert. Alle Welt weiß, dass ihnen jedes Mittel recht ist und dass sie furchtbare Intriganten sind", hetzte Pater Zhou mit leiser Stimme, während ich wie die Chinesen mit Essstäbchen Speisen auftat. „Aber die Zeit wird ihre schamlosen Lehren ans Licht bringen. Die Gerechtigkeit hat bereits über ihre schrecklichen Machenschaften triumphiert, ihre Kollegien dem Erdboden gleichgemacht und ihren ergaunerten Ruhm vernichtet." Pater Zhou redete und redete. Er sprach mit großer Bestimmtheit und geriet schließlich in Rage. „Gerade wegen der Verderbtheit und Gier der Jesuiten ist die christliche Missionsarbeit in der chinesischen Gemeinde rückläufig. Auch der Kaiser hat ihretwegen das Vertrauen in die Missionare verloren." Pater Zhou Yiran sprach Latein, wobei er gelegentlich einzelne französische und spanische Wörter einwarf.

„Intrigen, Schamlosigkeit, Verderbtheit und Gier? Mein guter Pater, nichts davon stimmt mit dem überein, was ich weiß." Ich fischte mit den Stäbchen ein paar Nudeln aus der Rinderbrühe, starrte darauf und war sehr darauf bedacht, dass sie mir nicht entglitten. „Im Namen des Herrn werde ich Ihnen ein Beispiel geben. Wussten Sie, dass der Jesuit und Palastmaler Castiglione in der Stadt ein Laienleben führt? Er hat zwei Kinder adoptiert, Haus und Grund erworben, und in seinem Haushalt arbeiten diverse Dienerinnen!"

Zhou Yiran aß nichts, sondern sah mich nur unverwandt an. Seine Unterstellungen hatten mich erschreckt. „Castiglione? Unmöglich!"

„Doch. Alle Welt weiß davon, sogar der Kaiser verzeiht ihm das. Nur Sie haben keine Ahnung." Zhou Yiran zog aus einer mitgeführten Tasche eine Schriftrolle. „Da Ihre Fähigkeiten im Chinesischen so gut sind, können Sie das genauso gut selbst lesen." Es handelte sich um eine Abschrift der Anklage gegen Castiglione. Darin wurde darauf hingewiesen, dass Castiglione am Ufer des Yongdingflusses nicht weit von Nanyuan entfernt einem Dorfbewohner namens Cai Yongfu Ackerland und Ufergelände mit Reetgras abgekauft hatte. Das Grundstück von Cai war jedoch Bannerland und durfte daher nicht verkauft werden. Castiglione hatte damit genau genommen illegal kaiserliches Mandschuland besetzt. In den Augen von Pater Zhou glomm Wut.

„Haben Sie mal seine luxuriöse, grüne Sänfte gesehen? Wo er hingeht, wird er von einer Horde Diener begleitet. Ist das die Art Leben, die ein Missionar führen sollte?"

„Castiglione würde viel lieber reiten, aber die Sänfte ist eine Gunst des Kaisers, die er nicht auszuschlagen wagt." Das wusste ich, weil sich Castiglione mir gegenüber gerechtfertigt hatte. „In seiner Eigenschaft als oberster Hofmaler und als Mann fortgeschrittenen Alters ist die Sänfte nicht wirklich übertrieben. Außerdem ist es eine chinesische Art der Fortbewegung."

„Dann sagen Sie mir: Ist er ein Missionar oder ein Hofbeamter? Sie wissen, wie viele Missionare in den Provinzen in Kerkern schmoren oder sogar hingerichtet wurden. Aber um ihm ein Stück Schweinekamm in Sojapaste zu besorgen, auf das er zufällig Appetit hat, werden Leute durch die halbe Stadt geschickt! Und wenn einmal die Sohlen seiner Stoffschuhe nicht dick genug sind, muss jemand neue nähen. Er ist jetzt schon so lange am Kaiserhof, aber hat sich die Misere der Mission seither gebessert?"

„Soweit ich weiß, hat Castiglione schon drei Mal sein Leben riskiert, als er den Kaiser bat, das Leben der Missionare zu schonen." Ich fühlte Zhou Yirans Zorn und versuchte ihn mit einer milden Stimme zu besänftigen. Doch dies zeigte genauso wenig Effekt wie die katholische Mission in China.

Zhou Yiran erwiderte sofort: „Hat der Kaiser ihm seinen Titel entzogen? Hat sich etwas an der Situation der Missionare in den Provinzen geändert? Wissen Sie, wie viele Märtyrer es in China schon gegeben hat?" Sein Speichel flog in alle Richtungen, als er sich nicht mehr zurückhalten konnte. Glücklicherweise konnte uns niemand um uns herum verstehen. Ich sah mich um. Die Chinesen neben uns waren wohl schon bei der dritten Runde Schnaps und auch nicht eben leise.

Vernunft und Meinung gingen nun getrennte Wege. Ich glaubte nicht an die Anschuldigungen, die Zhou gegen Castiglione erhob, und ich teilte auch nicht seine Meinung, dass die Jesuiten ein Haufen heuchlerischer und durchtriebener Intriganten waren. Aber ich wollte gern wissen, warum Zhou Yiran so wütend war. Seine Anklagen und Schmähungen nahmen an Schärfe immer mehr zu. Er beschränkte sich nun nicht mehr auf die heutigen Jesuiten, sondern fiel auch über längst Verstorbene her. So soll nach Zhous Worten der Jesuitenmissionar Johann Adam Schall von Bell nicht nur eine Familie gehabt, sondern für den Kaiser von China auch Waffen hergestellt haben. Ein solches Benehmen sei nicht zu tolerieren. Ich zog die Augenbrauen hoch, legte die Stäbchen ab und sagte bestimmt: „Ich kenne Castiglione nicht als gierigen, korrupten Menschen, und selbst wenn es so wäre, bedeutet das nicht, dass alle Jesuiten so sind."

Pater Zhou hatte wie die meisten Missionare einen langen Bart, doch bei ihm war jedes Härchen an seinem Platz. Er ignorierte meine Worte und fuhr mit seiner Tirade fort. Schließlich erwähnte er den Jesuiten, der den Posten des Direktors des Kalenderamtes innehatte.

„Die letzten zwei Jahrhunderte wurde dieses Amt von den Jesuiten kontrolliert. Anstatt die chinesischen Kaiser in Astronomie zu unterrichten, haben sie ihnen nur ein paar veraltete Instrumente gebastelt. Ihre Hauptaufgabe ist es, den kaiserlichen Kalender zu erstellen, nach dem die abergläubischen Chinesen ausrechnen, ob sich ein Tag für die

Eheschließung eignet. Oder für eine Beerdigung. Durch ihre astronomische Arbeit wissen sie außerdem, wann eine Sonnen- oder Mondfinsternis auftreten wird. Auf diese Weise kann der Kaiser dies der Welt verkünden. Auf die Spitze getrieben sind sie nur des Kaisers Astrologen!"

Zhou ließ seine Augen umherschweifen, bis er sicher war, dass außer mir niemand ihn verstand: „Der Jesuit, der derzeit als Direktors des Kalenderamtes waltet, versteht nicht das Geringste von Astronomie. Er kann weder Sonnen- und Mondfinsternisse vorhersagen noch Sonnenaufgang und Sonnenuntergang berechnen." Ich war verblüfft, dass Pater Zhou mit Astronomie so vertraut zu sein schien. Worum ging es hier?

„Und der ganze chinesische Hof weiß nichts davon?", fragte ich skeptisch.

„Die Chinesen können das nicht wissen. Niemand weiß davon. Alle Zahlen wurden von Pariser Almanachen abgekupfert. Er muss nur die Pariser Zeit in chinesische Zeit umrechnen." Entrüstet verschränkte Pater Zhou seine Arme. „Doch als es vor einer Weile in der Südkirche gebrannt hatte, wurden die Almanache ein Opfer der Flammen. Der Direktor der Sternwarte ist deswegen in Panik geraten. Er wartet dringend auf weitere Almanache aus Europa. In der Zwischenzeit grübeln alle Jesuiten in der Stadt über einen Ausweg nach. Der Betrug ist kurz davor aufzufliegen."

„Ah!" Ich war sprachlos. Nach einer Weile des Schweigens sagte ich: „Wieso erzählen Sie mir das alles?"

„Weil ich befürchte, dass die Jesuiten Sie ausnutzen", wiederholte Pater Zhou nunmehr ganz ruhig. „Letztlich sind Sie ein unschuldiger Außenseiter, der nicht ihren Plänen zum Opfer fallen sollte." Er behauptete: „Die Jesuiten gelten heutzutage in Europa nur noch als Wanderratten, von allen beschimpft und getreten. Nur hier in China können sie ihre Ränke noch treiben, weil die Chinesen ihre Schliche noch nicht durchschaut haben."

„Nein. Ich tue nur, was ich tun muss. Ich bin gewiss kein Mitglied des Jesuitenordens. Doch sie haben noch nie etwas Ungebührliches von mir verlangt." Ich sprach gelassen, doch in mir brodelte es. „Vielen Dank für Ihre Besorgnis, aber was soll ich Ihrer Meinung nach jetzt tun?", fragte ich schließlich.

Bedächtig antwortete Pater Zhou: „Sie sollten sich schnellstmöglich von den Jesuiten distanzieren. Ansonsten kommt das Unglück vielleicht schneller über Sie, als Sie sich umdrehen können."

Ich beobachtete die Chinesen neben uns bei ihren unter lautem Getöse stattfindenden Trinkspielen. Dabei war die Anzahl aller auf Kommando in die Mitte gehaltenen Finger zu erraten. Der Verlierer musste ein ganzes Glas auf ex trinken.

„Die Chinesen verabscheuen Ausländer. Wenn Sie mit ihnen Umgang haben, müssen Sie sie so behandeln, wie sie es gewohnt sind. Durch ihre Kompromisspolitik erniedrigen sich die Jesuiten selbst." Pater Zhou sprach nun über die Missionsarbeit, bei der er naturgemäß ganz eigene Prinzipien verfolgte. „Natürlich ist das Missionieren, wie jeder weiß, im fernen Osten sehr mühsam, weil die Kulturunterschiede so groß sind. Manchmal beneide ich die Märtyrer, denn sie wurden schon vom Herrn voller Glorie zu ihm gerufen."

Ich wusste immer noch nicht, wie ich auf die Attacken des Missionars gegen die Jesuiten reagieren sollte. Immerhin kannten wir uns kaum. Mir war auch immer noch nicht klar, warum es mein Gegenüber auf sich nahm, mich wiederholt zu warnen.

„Ich hoffe, Sie stehen auf unserer Seite und unterstützen uns, um die Leitung des Kalenderamtes zu übernehmen. Vielleicht können Sie beim Kaiser ein gutes Wort für uns einlegen." Endlich gab Pater Zhou seine Absichten preis.

Die Männer neben uns in dem Gasthaus veranstalteten

ein unglaubliches Getöse. Der Schmerz spaltete meinen Kopf. Diese Stadt ist zwar stets voller Lärm, aber erst in diesem Moment stellte ich fest, wie schwer all diese Geräusche zu ertragen waren.

Beijing, 15. November 1767

„Es ist wahr." Frater Perrot war noch ganz verschlafen, nachdem ich ihn durch heftiges Klopfen geweckt hatte. Er hatte die Tür geöffnet und blieb für das Gespräch im Türrahmen stehen. „Unser portugiesischer Direktor der Sternwarte ist ein Gimpel. Chinesisch kann er auch kaum. Als der vom Kaiser favorisierte Minister Heshen krank war, hat er ihn erfolgreich behandelt. Deshalb ist er befördert worden."

„Woher weißt du, dass er so dumm ist?", fragte ich, um der Sache auf den Grund zu gehen.

„Er ist genau wie die Chinesen. Er kennt nicht einmal die Koordinaten der Sonnenbahn. Außerdem versteht er nicht, dass das größte Problem der chinesischen Astronomie darin besteht, dass sie die Positionen der Himmelskörper nicht akkurat berechnen können. Er macht immer die gleichen Fehler."

„Dann ist alles, was der Vinzentiner Zhou erzählt hat, wahr?", murmelte ich.

Pater Perrot wurde langsam wacher, ließ mich eintreten und schenkte mir ein Glas Wasser ein.

„Du weißt doch so viel. Warum wirst du nicht der Direktor der Sternwarte?", war mein plötzlicher Einfall. „Schämt er sich nicht, wenn er mit dir spricht, obwohl er so wenig weiß?"

Perrot starrte mich wortlos an. Er schien meine Frage nicht verstanden zu haben. Nach einer Weile sagte er: „Er spricht nie mit mir, und wenn wir uns begegnen, würdigt er mich keines Blickes. In seinen Augen bin ich ein Niemand.“ Perrot begann heftig zu husten.

Da bemerkte ich erst, wie krank Perrot aussah. Er war unglaublich bleich und ausgezehrt. Ich fragte: „Wie geht es dir?“

„Ich verrate dir ein Geheimnis. Tatsächlich kamen die vom Kalenderamt vor Kurzem zu mir und wollten, dass ich ihnen heimlich helfe, um zu verhindern, dass ihr Schwindel auffliegt“, sagte Perrot seufzend.

„Warst du einverstanden?“

„Nein. Der Orden in Frankreich wollte zwar, dass ich ihnen helfe, aber das stand in einem Brief von vor über einem Jahr. Unser Orden befindet sich mittlerweile überall in Europa in einer besorgniserregenden Lage und die Kommunikation ist abgebrochen. Ich bin mir unsicher, ob ich den Orden in Schwierigkeiten bringe, wenn ich mich weiterhin weigere zu helfen. Ich möchte mich nicht schuldig machen, Öl ins Feuer zu gießen.“

„Du bist nicht bereit zu helfen?“

„Ich befinde mich in einem Zwiespalt. Die Jesuiten stehen großen Schwierigkeiten gegenüber und ich sollte meinen Mitbrüdern helfen, wie es sich gehört. Aber gerade diese Leute haben sich mir gegenüber in der Vergangenheit so ekelhaft benommen. Sie haben mir praktisch nicht den geringsten Respekt gezollt.“

„Hast du einen französischen Almanach?“

Perrot wurde wieder von einem heftigen Hustenanfall übermannt, der sehr lange andauerte. Auf einmal zog er ein Taschentuch heraus und spuckte Blut. Notgedrungen mussten wir unsere Unterhaltung hier abbrechen. Ich eilte los, um einen Arzt aufzutreiben.

Beijing, 18. November 1767

Ich begleitete einige Missionare auf den Tartarenmarkt, um Lebensmittel einzukaufen. Sie erstanden große Mengen Reis, sonstiges Getreide, Mehl und Öl zum Kochen. Auf dem Rückweg zur Kirche blieb der Ochsenkarren im hohen Schneematsch stecken. Als wir versuchten, den Wagen zu befreien, schob sich aus den engen Gassen plötzlich ein gutes Dutzend ausgemergelter Bettler. Es waren dieselben Bettler von neulich, diesmal allerdings mit Verstärkung. Einige schlugen wild mit ihren Knüppeln auf den Schnee und Matsch, andere sprangen mit ihren löchrigen Schuhen auf dem Schnee auf und ab. Schnell war der dicke Schnee beseitigt und sie bettelten mich und die Missionare an. Prompt gab ich ihnen einige Kupfermünzen. Die Bettler schoben mit vereinten Kräften den Ochsenkarren an und die Räder lagen schließlich wieder frei. In dem Durcheinander griffen einige nach den Waren auf dem Wagen, bis ein Missionar sie anschrie, sie sollten die Finger davon lassen. Erst dann zerstreute sich die Gruppe verärgert.

Am Nachmittag ging ich spazieren. Ich war erst ein paar Schritte gegangen, als ich ein Gejohle hörte. Es klang wie eine Mischung aus Jammern und wildem Gelächter. Außerdem rührte jemand die Trommel und ein anderer schlug den Gong. Ich sah mich verstohlen um. Mehrere Hundert Bettler folgten mir. Der Zwerg, den ich vor Kurzem getroffen hatte, war mitten unter ihnen. Sie sangen und tanzten. Einige rasselten mit Bambusklappern, andere klingelten mit Glöckchen, die an Rinderknochen befestigt waren, wieder andere schlugen auf mit Ziegenhaut bespannte Bambustrommeln. Einige geschminkte und schreiend bunt gekleidete Bettlerinnen mit blumengeschmückten Mützen trugen Bambusstangen, von denen farbige Schnüre mit Kupfermünzen baumelten. Auch sie tanzten und sangen und drehten sich und wirbelten im reinsten Dämonentanz herum. Verdattert stand ich da und starrte sie an.

Ich traute mich nicht, ihnen mehr Geld zu geben. Ich schlich mich die Gasse hinaus, doch Hunderte Bettler folgten mir. Die Passanten blieben stehen und schauten. Viele Kinder schlossen sich dem Klamauk an, und sogar einige Straßenhändler marschierten mit, um ihre Waren zu verhökern.

„Fahrt zur Hölle!" Mit wütend gerunzelten Brauen ging ich weiter und weiter, doch die Bettlerschar folgte unbeeindruckt dem großen Ausländer mit den roten Haaren und der langen Nase. So ging es weiter, bis ich mich schließlich umdrehte. „Nehmt das Geld und verschwindet. Ich will euch nicht wiedersehen!" Ich warf alle Kupfermünzen, die ich bei mir hatte, auf den Boden und stürmte davon. Es entstand ein Tumult, als sich alle darum balgten. Ich war sie los.

Schnell entfernte ich mich. Ich weiß nicht, wie lange ich lief, bis ich endlich stehen blieb und wie betäubt in den endlosen Himmel starrte. Ein furchteinflößender Schrei durchbrach die ursprüngliche Stille. Die ganze Bettlerhorde war wieder da. In Panik rannte ich los, doch nun tauchten sie an jeder Ecke, in jeder Gasse wieder auf. Ein pferdgroßer Kerl setzte sich von der finsteren Dämonenschar ab. Er hielt ein Schwert in der Hand und führte es gegen den eigenen Leib, ein anderer zertrümmerte auf seinem Schädel einen Ziegel nach dem anderen und stieß bei jedem Stoß sonderbare Schreie aus. Ein Lahmer ganz in Weiß und mit einem hohen Hut auf dem Kopf summte eine gespenstische Melodie, als er einen langen Nagel hervorholte, den er sich in die Stirn trieb. Blut lief über sein Gesicht. Es war unerträglich.

Schließlich preschte der Zwerg mit einer scharfen Axt hervor und hieb damit wild durch die Luft. Ich wandte mich ab und wollte hurtig in eine andere Richtung rennen, aber Schaulustige füllten die Gassen, so dass nicht einmal mehr ein Wassertropfen hindurchgepasst hätte. Der Lärm der Münzen, der Trommeln, der sonderbaren Schreie, des Heulens, des Singens brandete auf und ab, und allmählich hatte mich die wie verrückt tanzende und um sich schlagende Horde umzingelt. Ich schloss die Augen. In meinem Kopf herrschte völlige Leere. Ich stand dort wie angewurzelt. Ich war von den dämonischen Schreien und dem schrecklichen Anblick der Gestalten völlig verängstigt und schloss die Augen. Plötzlich verstummten die entsetzlichen Schreie und es wurde beunruhigend still. Beim Geräusch von Pferdehufen öffnete ich die Augen wieder. Das Getrappel wurde langsamer und die Schar öffnete eine schmale Gasse. Es war mein Freund Pu, der auf mich zuritt.

„Benehmt euch! Seht gut hin, welche Heiligkeit mir folgt!", schrie er den Bettlern zu. Auf einem auf Bambusstangen gebundenen Stuhl saß ein in grellbunte Lumpen gehüllter Mann mit einer sehr hohen Kappe auf dem Kopf. Ganz entspannt wedelte er sich mit einem Fächer Luft zu, obwohl beinahe Winter war! Die Horde Bettler warf sich wie ein Mann vor ihm zu Boden. Der Mann stieg vom Stuhl und sagte zu mir: „Ich bitte für diese Belästigung um Verzeihung!" Dann schrie er die Menge an: „Rückzug!" Ohne jedes Vertun zerstreute sich die Menge in alle Richtungen.

Ich stand immer noch an der gleichen Stelle und sah zu, wie dieser stämmige Mann mit aufreizender Langsamkeit seinen Stuhl wieder erklomm. Die vier Träger hoben ihn hoch, und die wenigen, die noch da waren, verbeugten sich zum Abschied mit zum Gruß erhobenen Händen. Ich tat es ihnen umgehend nach. Ich wandte mich an meinen Freund, um ihm zu danken, und fragte: „Wer war das?"

„Das war der Fürst dieser Bettlergilde", sagte Prinz Pu lachend und sah recht geheimnisvoll drein.

„Die Bettler haben ihren eigenen König und eigene Gesetze?" Ich war bass erstaunt.

„Wenn Ihr es so ausdrücken wollt."

„Woher wusstet Ihr, dass mich diese Bettlerhorde plagte?", fragte ich weiter. „Steht Ihr in Kontakt mit Geistern?"

Er saß wieder auf. „Ja, selbstverständlich. Aber ich habe noch anderes zu erledigen und sollte mich sputen. Bis zum nächsten Mal!" Pu lächelte verschmitzt, drehte sich um und ritt los.

„Bitte wartet!" Doch es war schon zu spät, die Hufe trappelten davon.

Sehr verehrter Doktor Schrader,

die Missionare hier diskutieren, ob sie dem Kaiser eine bevorstehende Sonnenfinsternis ankündigen sollen, weil die Chinesen eine Sonnen- oder Mondfinsternis als unheilvolles Omen für das Land ansehen. Die chinesischen Kaiserhäuser haben schon immer sehr viel Wert auf die Astronomie gelegt und viele Jahrhunderte lang wurde diese Wissenschaft hier auch sehr fortschrittlich betrieben. Doch dann stagnierte die Entwicklung der Kalenderberechnungen, so dass sie darin zunehmend von den ausländischen Missionaren abhängig wurden.

Der erste Missionar, der Korrekturen am chinesischen Mondkalender vornahm, war der damalige Direktor der Sternwarte, Johann Adam Schall von Bell aus Köln. Er war dem italienischen Jesuiten Matteo Ricci nach China gefolgt. Ricci verfolgte die Strategie, sich und den Glauben an die hiesigen Bräuche und Gepflogenheiten anzupassen. Sein ausdauerndes Studium des Chinesischen erlaubte ihm, mit den größten chinesischen Denkern Umgang zu haben. Er übersetzte Konfuzius ins Lateinische und Euklids Elemente ins Chinesische. Adam Schall stand ihm in nichts nach und leistete einen großen Beitrag für die chinesische Astronomie. Beide Männer nutzten ihre wissenschaftlichen Kenntnisse, um zum Kaiser von China vorzudringen und um der christlichen Mission den Weg zu ebnen.

Im Sommer des Jahres 1644 machte Adam Schall beim Qing-Kaiser Shunzhi eine Eingabe und bat, eine astronomische Vorhersage öffentlich darlegen zu dürfen. Nach dem chinesischen Mondkalender befand man sich im achten Monat des Jiashenjahres (21. Jahr des 60er-Zyklus) und die Sonnenfinsternis fand genau zum von Schall berechneten Zeitpunkt statt. Der chinesische Mondkalender und der muslimische Kalender wichen davon ab. Danach machte der Qing-Kaiser Schall zum Direktor der Sternwarte und des kaiserlichen Kalenderamtes. Der Shunzhi-Kaiser besuchte Adam Schall gern, um dessen Instrumente zu bewundern und sie sich erklären zu lassen. Als sie einmal unter Bäumen Rast machten und zu ihrer Erfrischung Früchte pflückten, nannte der Kaiser Adam Schall „Mafa", was auf Mandschurisch „Großvater" bedeutet. Schall schenkte ihm erstklassigen Rotwein, den Missionare von den Kanarischen Inseln mitgebracht hatten. Daraufhin wies der Kaiser Schall an, selbst Wein zu keltern. „Ich werde im Herbst wiederkommen, um eine Flasche zu trinken." Der Kaiser sagte auch: „Niemand liebt mich, denn es geht den anderen nur um ihren persönlichen Nutzen oder um Ämter, nur Mafa ist ehrlich zu mir." So tief waren sein Respekt und seine Bewunderung für den Jesuiten.

Aber die Bewunderung war nicht von Dauer. Der Kaiser wurde ein hingebungsvoller Buddhist und entfernte sich darob immer mehr von Adam Schall. So konnten die konservativen Kräfte am Hof erstarken. Adam Schall wurde verleumdet, in den Kerker geworfen und zum Tode verurteilt. Am Tag der Hinrichtung wurde die ganze Stadt von einem Erdbeben erschüttert. Die Leute hielten das für ein Zeichen des Unmuts des Himmels, und so beeilten sich die Beamten, Schall wieder freizulassen. Aber kaum aus der Haft entlassen, starb Adam Schall an einer schweren Krankheit. Nach seinem Tod übernahm sein vorheriger Assistent, der Jesuit Ferdinand Verbiest, dessen Aufgaben. Auch er pflegte ein enges Verhältnis zum Kaiser und war ebenfalls ein hervorragender Astronom.

Damals war Verbiest in einen langwierigen Disput mit dem chinesischen Astronomen Yang Guangxian verstrickt. Der Kaiser ließ sie 1668 schließlich gegeneinander antreten. Sie sollten die Schattenlänge eines Stabs zu einer bestimmten Stunde berechnen. Die Vorhersage von Yang Guangxian war falsch und Verbiest gewann.

Die katholische Kirche in Beijing ist heute in zwei Fraktionen gespalten. Die einen möchten, dass der Jesuit Perrot Leiter des Kalenderamtes wird. Ein Amt, das – wie ich eben dargelegt habe – schon lange von Jesuiten geleitet wird. Die anderen, also alle anderen Orden, unterstützen einen vinzentinischen Kandidaten. Beide Seiten kämpfen im Verborgenen gegeneinander und suchen zur Unterstützung Männer mit Einfluss am Hof.

Da ich weiß, dass Sie ein tiefes Interesse an Astronomie haben, hoffe ich von ganzem Herzen, dass dieser Brief Ihr Gefallen findet. Bitte beten Sie für die Mission, dass die Leitung des Kalenderamtes letztlich an den fähigsten Mann geht.

Ich werde Ihnen weiterhin schreiben. Da diese Briefe weit über das Meer reisen müssen, wäre ich nicht verwundert, wenn Sie nicht alle erreichten. Wenn Sie mir schreiben wollen, dann adressieren Sie den Brief direkt an mich in der Jesuitenmission Beijing, das müsste genügen.

Bitte richten Sie Ihrer Mutter die besten Wünsche für ihre Gesundheit aus. Möge dieser Brief Sie und Ihre Familie in Glück und Frieden finden.

Gott sei mit Ihnen.
Wilhelm Bühl

Beijing, 19. November 1767

„Fremder Teufel, hält dich der Himmel hier?“ Der Zwerg saß auf meinem Bett, rauchte Wasserpfeife und spuckte diesen Satz förmlich aus. Ich schreckte aus meinem Traum hoch und saß senkrecht im Bett. Kein Zwerg weit und breit.

Allmählich gewöhnte ich mich an die Dunkelheit, die durch das Mondlicht, das durch das Papierfenster schien, erhellt wurde. Außer mir war niemand da. Ich schlief wieder ein.

Bei Tagesanbruch ging ich wie jeden Tag zum Quartier zum Glückszepter und inspizierte die schimmernd weiße Jadeaxt. Sie verriet mir nichts. Ich ging zu den Jadeschnitzern, die auch in der Halle arbeiteten. Die meisten Jadeschleifer stammten aus dem Süden, insbesondere aus Yangzhou oder Suzhou, und waren wegen ihrer Fähigkeit, den besten Jadeschleifer der Mingzeit, Lu Zigang, zu imitieren, rekrutiert worden. Einer erzählte mir, dass die Missionare zwar meinten, Gott habe die Menschen aus einer Rippe geschaffen, aber „wir Chinesen wurden aus Jade gemacht". Sie gaben mir die Stücke, die sie gerade schnitzten, zum Bestaunen. Einer der Meister hatte das Guanju, das erste Lied aus dem Klassiker „Buch der Lieder", für einen kaiserlichen Schwiegersohn vollständig in einen Ring graviert. Auch gab es Kleideragraffen aus Jade in der Form von Phönixen, die unvergleichlich erlesen gearbeitet waren. Freimütig erzählten sie mir, dass diese als Geburtstagsgeschenk für den dreizehnten Sohn des Kaisers gedacht waren. Aber ich konnte ihnen kein Wort über die Kostbarkeiten in den Schatzkammern entlocken. Das war tabu. Wenn ich unvorsichtig darauf zu sprechen käme, würden sie sofort in Schweigen verfallen.

„Wie fangt ihr an, wenn ihr bestimmen müsst, ob eine Jade echt ist oder nicht?", wechselte ich das Thema.

Ein Handwerker, der bisher nie bereit gewesen war, sich zu äußern, löste auf einmal seine Zunge: „Ich würde auf den Stil der Muster und Gravuren auf der antiken Jade achten, weil jede Zeit ihre eigenen Stile und Techniken hat, die einem Hinweise geben können."

Wenn ich bei den Mustern und dem Stil antiker Jade anfangen muss, wird mein ganzes Leben nicht ausreichen, das Geheimnis zu ergründen. Ich wusste einfach zu wenig.

Es war nicht mein Spezialgebiet. Selbst als Mineraloge hatte ich zu wenig Kenntnis über Jade.

Sollte ich China verlassen? Dieser Gedanke kam mir plötzlich auf dem Rückweg nach Hause. Ich war nicht in der Lage, die Wahrheit über diese Jade herauszufinden, und genau das könnte mein Schicksal besiegeln. Noch war der Kaiser im Sommerpalast in Jehol. Doch ich sehnte mich danach, Ma Lian wiederzusehen.

China ist wirklich nicht das China, das sich die Europäer vorstellen. Ich habe lange genug in China gelebt. Europäische Schiffe werden in Kürze in Kanton landen. Wenn ich mich bald auf den Weg Richtung Süden machte, sollte ich sie erreichen können, bevor sie die Rückreise antreten. Könnte ich Ma Lian überreden, mit mir zu gehen? Ich hatte keinerlei Sicherheit, nicht die geringste. Sollte ich China überhaupt verlassen?

Ich kenne die Wahrheit nicht, vielleicht werde ich sie mein ganzes Leben lang nicht kennen. China ist so hermetisch wie der Kaiserpalast. Die Chinesen brauchen uns nicht, und selbst wenn, dann nur wegen Kleinigkeiten wie Glas oder Pigmenten. Hat sich nicht auch der Kaiser einmal darüber lustig gemacht: „Die westlichen Ausländer sind solche Schaumbläser. Das ganze plumpe Zeug, das sie erfinden, taugt doch nur als Spielzeug für die Kinder." Er befürchtete sogar, dass die Lagerung der Geschenke aus Europa zu viel Platz in Anspruch nehmen könnte. Ich habe in den Lagerhäusern alle nur erdenklichen europäischen Apparate und Instrumente gesehen. Die meisten waren ausrangiert oder unsachgemäß gelagert, so dass sie vor der Zeit ruiniert waren. Selbst eine höchst extravagante Kutsche war achtlos zur Seite gestellt worden. Die Sitze waren hochwertig gepolstert und müssten wesentlich bequemer sein als die chinesischen Holzbänke. Aber ein Eunuch sagte: „In einer solchen Kutsche würde der Fahrer vor und über dem Kaiser sitzen. Wie sollte das gehen?"

Die Chinesen brauchen unsere Wissenschaft nicht. Sie sagen, der Kompass und die Drucktechnik wurden in China erfunden, ebenso wie das Schwarzpulver. Nur dass sie es nicht dazu benutzen, Feinde anzugreifen. Sie sind ausgesprochen selbstzufrieden und ignorieren sämtliche Erfindungen aus dem Westen. Sie glauben, dass praktisch alle Länder dieser Erde, inklusive Europa, barbarische Vasallen sind. Wenn Gesandte aus Europa kommen, gilt das als Ehrerbietungerweis dem Kaiser gegenüber, und die mitgebrachten Geschenke werden als Tributleistungen betrachtet. China hat keine Feinde. Sein einzig wirklicher Feind ist es selbst.

Heute Nacht fühle ich, wie grotesk meine Arbeit für den Kaiser ist. Die Zeit für meine Heimreise ist gekommen. Doch wenn ich noch ein Ziel im Leben habe, dann ist es, Ma Lian zu lieben und für sie zu sorgen. Ihretwegen muss ich noch bleiben. Diese Nacht ist eine heilige, mysteriöse und unbeschreibliche Nacht. In dieser abgeschiedenen Welt falle ich in einen trostlosen, einsamen Abgrund. Eine zärtliche Traurigkeit streichelt mein Herz.

Beijing, 20. November 1767

Ma Xin hatte mich freundschaftlich gefragt, was ich wirklich in China mache. Wer ich eigentlich sei. Ich antwortete, dass ich im Moment mit zwei Dingen beschäftigt sei. Das eine ist, die Aufgabe des Kaisers zu lösen, also die Echtheit der weißen Jadeaxt zu bestimmen. Das andere ist die Aufgabe, die mir Meißen gestellt hat, also die Suche nach dem Geheimnis des Ru-Porzellans. Das interessiert mich auch persönlich. Ich würde gern wissen, ob es noch jemanden gibt, der Ru-Porzellan herstellen kann.

Aber wer bin ich eigentlich? Das war eine sehr gute Frage, ich wusste es selbst nicht.

Prinz Pu hatte zu mir gesagt, dass es doch ein sonderbarer Zufall sei, dass Ma Xin Spezialist für Porzellan und Jade sei. Ma Xin hatte aber gleich abgewunken und nur gesagt, dass er mich mit einigen Leuten bekannt machen könne. So würde jeder von dem Wissen des anderen profitieren.

Der Spezialist für Porzellan, den Ma Xin mir nun vorstellte, hatte mit der Herstellung von Porzellan ein Vermögen gemacht. Seine Familie schwimmt in Geld und sie wohnen in einem herrschaftlichen Haus. Wir wurden zunächst in den hinteren Garten des Hofhauses geführt. Durch eine Tür kamen wir in einen feuchtkalten Raum mit Regalen an allen vier Wänden. Auf den Regalen standen Lage für Lage die erlesensten Porzellane. Es stellte sich heraus, dass uns der Mann zuerst seine Meisterstücke zeigen wollte: Grillenkäfige. Ihr Porzellan war ganz exquisit. Manches glich Song-Porzellan wie aufs Haar. Dieser Porzellanexperte hatte im Ruhestand begonnen, sich mit ganzem Herzen dem Herstellen von Grillenkäfigen zu widmen. In einige war Siegelschrift graviert, andere trugen Vögel und Blumenmuster als Ritzdekor. Wieder andere waren als Relief gestaltet. Abgesehen von Inschriften, die die Grillen priesen, gab es glückverheißende Symbole. Ich war entzückt und konnte es kaum fassen, dass dieses erstklassige Porzellan nur dazu da war, Grillen aufzuziehen. Der alte Mann ließ sich lang und breit über Grillen aus. Als echter Grillenliebhaber ging er regelmäßig weite Strecken, um diese Tiere zu fangen. Jeden Tag gab er seinen Grillen Wasser zu trinken und fütterte sie mit Mücken, nur um sie dann in einen Grillenkampf zu schicken. Porzellan und Grillen waren für ihn gleichermaßen wichtig. Ich hatte vorher noch nie von Insektenkämpfen gehört, und meine Neugier stachelte ihn an, auf der Stelle eine Kampfarena aufzubauen. Er nahm einen weißen Porzellantopf, der wie Ding-Ware aussah, und verteilte Lösserde darin, ganz wie eine Miniatur einer westlichen Arena. Dann suchte er ein Paar Insekten mit ungewöhnlich kräftigen Hinterbeinen und langen Fühlern heraus. Mit einem kleinen Pinsel strich er über die Hinterleiber der Insekten, die sich daraufhin aufrichteten und in dem Behälter übereinander herfielen. Wie verzaubert sahen wir dem Grillenkampf zu.

Der Porzellanexperte erklärte, imitiertes Ding-Porzellan habe ihn reich gemacht. Er sagte, egal ob Ding- oder Jun-Porzellan, sogar die Porzellantränen könne man nachmachen. Um Song-Porzellan zu bestimmen, können die Porzellantränen also nicht das einzige Kriterium sein. Stattdessen können sie einen auf die falsche Fährte locken.

„Könnt Ihr auch Ru-Porzellan nachmachen?"

„Nein, nur Ding- und Jun-Ware."

„Wo wurde das Ru-Porzellan ursprünglich hergestellt? Und gibt es noch jemanden, der das kann?"

„Da das Ding-Porzellan aus dem Landkreis Quyang in Hebei stammt und das Jun-Porzellan aus Henan, muss der Ru-Ofen auch dort in der Nähe gestanden haben. Es wurde zu der Zeit hergestellt, als der Song-Hof in den Süden flüchten musste. In der Tat wurden schon damals nur wenige Stücke hergestellt, und diese wenigen waren ausschließlich für den kaiserlichen Gebrauch bestimmt. Kaum etwas davon kam in Umlauf. Jedes einzelne Stück ist eine Rarität. Ich weiß, dass schon viele versucht haben, Ru-Porzellan nachzumachen, aber ich habe nie etwas gesehen, das dem Original wirklich nahe gekommen wäre. Es ist nicht so leicht nachzumachen wie Ge-Ware. Die Straßen sind voll mit nachgemachtem Ge-Porzellan." Mit einem geheimnisvollen Gesichtsausdruck holte der alte Mann einige Behälter hervor. „Was sich heutzutage am besten verkauft, ist Duftporzellan." Die Stücke verströmten starke Gerüche nach Sandelholz oder sogar Pomade, die in die Nase stachen. Das war nicht das, wonach ich suchte. „Die Leute heute mögen dieses Zeug.

Nur wirkliche Kenner interessieren sich noch für so alte Sachen wie Ru-Porzellan."

„Aber ich, ich bin dem Ru-Porzellan ergeben!"

Der alte Mann schien mir irgendwie zugetan zu sein und gab mir vor dem Abschied noch eine Adresse. „Vielleicht kann dieser Mann Euch helfen. Viel Glück!"

Beijing, 21. November 1767

Die Gestalt des Mädchens fällt wie Mondlicht in meine Seele. Ihre Schönheit wühlt mich auf und beschämt mich. Je mehr ich sie idealisiere, desto mehr fürchte ich, die Beherrschung zu verlieren und eines Tages einen Nervenzusammenbruch zu erleiden. Sie ist immer da. Heute sah ich auf der Straße ein Mädchen in einer Sänfte sitzen. Als sie den Vorhang lüftete, um hinauszusehen, sah sie mich direkt an. Für einen Augenblick dachte ich, sie sei es. Ich kann immer noch nicht damit aufhören, in den Straßen nach Spuren von ihr Ausschau zu halten. Oft habe ich das Gefühl, dass wir uns von früher her kennen. Ist das Bild der Frau, die sich in mein Herz gebrannt hat, wirklich sie? Oder ist sie ihr einfach nur ähnlich? Ich kann nicht sicher sein. Ich kann mir über gar nichts sicher sein. Warum stehe ich hier? Warum bleibe ich in China? Bin ich aus der Norm gefallen? Aber was ist die Norm? Oder habe ich den Verstand verloren? Ist es möglich, dass Wahnsinn normal ist und die Norm Wahnsinn?

Obwohl ich mir nicht sicher sein kann, folgte ich der Sänfte. Die Straßen waren mir völlig unbekannt, als sich ein Sandsturm erhob. In diesem Sandsturm kam mir die Erinnerung an einen Moment in meiner Kindheit, als jemand im Nebel nach mir rief. Auch die Szene des Duells tauchte lebhaft vor meinem inneren Auge auf. Genau wie die Schmerzen der tiefen Wunde.

Beijing, 22. November 1767

Ich saß in der Klause von Pater Hildebrandt. Der Raum war von einem erstickenden Gestank erfüllt – eine Mischung aus Schweiß und Urin. Pater Hildebrandt stand auf der Schwelle des Todes. In den letzten zwei Tagen hatten seine Atmung und sein Herzschlag bereits mehrmals ausgesetzt und sein Geist hatte das Zimmer schon für immer verlassen. Vielleicht durchquert er gerade die Wüste Gobi. Auf der Seidenstraße nach Europa zurückzukehren war früher sein Wunsch gewesen. Aber sein Körper blieb in dieser Unterkunft der Südkirche, in einem typisch chinesischen Vierseitenhaus. Ein einsamer Körper, der vielleicht außer von Gott nie geliebt worden war. Aber liebte Gott ihn? Oder hatte er ihn verlassen?

Ich hegte noch einen Funken Hoffnung, dass mich Pater Hildebrandt vor seinem Tod auf den Weg zur Wahrheit führen könnte. Ich wartete, dass er mir auf irgendeine Weise ein Zeichen geben würde. Der Pater lag auf dem Bett, unfähig, die Augen zu öffnen. Schließlich hielt ich den Gestank nicht mehr aus und verließ das Zimmer.

Im Mittelgang der Kirche sah ich mich um. Ich betrachtete die Buntglasfenster an beiden Seiten und die Ölbilder von Castiglione, die an den Wänden hingen. Ich kniete mich in eine Kirchenbank und begann zu beten. Ich bat Gott, mir Stärke zu verleihen – Stärke, um die Wahrheit herauszufinden. Noch immer verspürte ich einen nagenden Zweifel, ob ich China nicht besser schnell verlassen sollte. Mein Verstand sagte mir, dass ich gehen sollte, aber mein Gefühl rief mir zu: Bleib! Ich nahm eine Lateinbibel, die auf der Bank lag, und öffnete sie. Ich hoffte eine Stelle zu finden, die mein Herz ausreichend erleuchten könnte. Wenn es göttliche Hinweise gibt, so betete ich zu Gott, sie mir jetzt zu gewähren. Noch nie in meinem Leben habe ich so hingebungsvoll gebetet. Feierlich blätterte ich durch die Seiten und kam zu Matthäus:

„Bittet, so wird euch gegeben; suchet, so werdet ihr finden; klopfet an, so wird euch aufgetan."

Aufgeregt schloss ich die Bibel. Da hatte ich meine Antwort. Ich sollte nicht aufgeben und nicht aus Angst zurückschrecken, weil ich die Antwort nicht kannte. Also sollte ich bleiben. Nur wer suchet, der findet.

Ich sollte wirklich öfter beten, vergaß es aber oft. Ich bin kein guter Gläubiger und deshalb auch kein Auserwählter Gottes. Ich wurde ruhig, sogar glücklich. Lange saß ich in der Kirche und wünschte mir so sehr, Ma Lian säße neben mir. Ich musste schnellstmöglich mit Ma Xin besprechen, wie ich vor der Ma-Familie einen Heiratsantrag stellen konnte.

Beijing, 23. November 1767

Prinz Pu bat mich um Entschuldigung, weil wir uns nicht mehr öffentlich treffen konnten. Die Diskussionen im Palast ließen nicht nach, und jemand hatte ihn gewarnt, den Umgang mit Ausländern zu vermeiden. Dieser Jemand wusste, dass Pu mit mir mal durch die Stadt gestreunt war. Das war zu einer heiklen Angelegenheit geworden, und gegenwärtig jagte ein Gerücht das nächste. Aus Gründen der Sicherheit würde er mich nicht mehr persönlich aufsuchen. In dringenden Fällen sollte ich einen Boten mit einer Nachricht zu ihm schicken.

Aber ich glaube, der wirkliche Grund war die Ma-Familie. Die Leute in der Hauptstadt mieden die Mas wie der Teufel das Weihwasser. Als Prinz aus der kaiserlichen Familie musste er immensen Druck verspüren, eine Seite zu wählen. Wer würde wollen, dass er sich gegen den Kaiser stellt?

Als ich Ma Xin von meinen Überlegungen erzählte, setzte er sich für Pu ein und meinte, ich bräuchte mir darüber keine Sorgen zu machen. Pu sei ausgesprochen loyal, und wenn ihn jemand gewarnt hätte, hieße das, dass die Lage sehr ernst sei. Im Moment müsste er in Deckung gehen, aber wenn sich der Sturm gelegt habe, sei er immer noch unser Freund.

Beijing, 28. November 1767

Pu stellte mich heimlich einem weiteren Antikenhändler vor. In dessen dämmrigem Laden bombardierte ich diesen mit Fragen und machte mir Notizen. Mein Eifer rührte den Ladenbesitzer und er präsentierte mir alte Jadestücke, die er normalerweise nicht ohne Weiteres hervorholte. Das wertvollste Stück war ein Jadeanzug, der einer menschlichen Gestalt erschreckend ähnelte. Obwohl ein Teil der Jadeplättchen schon matt geworden war, glänzte der Großteil fehlerlos und in vollkommener Schönheit. Zweitausend Jahre hatte der Jadeanzug treu einen toten Körper bedeckt, der längst verrottet war. Konnte es sein, dass etwas von der Essenz des Körpers auf die Jade übergegangen war? Der Jadeanzug war ein Bestattungsartefakt. Höchstwahrscheinlich hatten Grabräuber ihn ausgegraben, um ihn zu Geld zu machen. Der Jadeanzug interessierte mich nicht wirklich. Also zeigte mir der Ladeninhaber andere Jadeartefakte.

Meine Augen erfreuten sich am Anblick eines Gürtelornaments aus grüner Jade, das zu drei Drachen geschnitzt war. „Drachen sind Wesen aus der chinesischen Fantasie“, hatte ein Jesuit in einer Diskussion mit mir mal geschlossen. Ich stimmte ihm zu. Wurden im antiken Griechenland und in Babylon nicht auch immer wieder Tiere erwähnt, die es gar nicht gab?

Ich habe jetzt schon so viel alte Jade gesehen. Ich habe ihren Glanz untersucht und gelernt, ihn zu unterscheiden. Die beiden Arten Ölglanz und Wachsglanz treten häufig bei der grünen und weißlichen Khotan-Jade auf. Harzglanz kommt meist auf sehr dunkler Jade vor, während Seidenglanz äußerst selten und nur auf Muai-Steinen zu sehen ist. Außerdem gibt es Erdglanz, den ich mal an einem Sattelornament gesehen habe. Der Stein saugt das Licht auf und erscheint dadurch finster und matt.

Am meisten berührte mich ein Jadebecher. Das Weiß dieses elegant geformten Bechers war von etwas Grün durchzogen und strahlte eine unglaubliche Wärme aus. Je länger ich ihn betrachtete, desto weniger konnte ich meine Augen von ihm abwenden. Das war vermutlich die schönste Jade, die ich je gesehen hatte. Unwillkürlich stieß ich einen Seufzer aus: „Was für eine außergewöhnlich schöne Jade!" Ich streichelte den Becher und verschlang ihn mit den Augen. Etwas schien in mir zu schmelzen. In diesem Moment offenbarte sich mir die große Liebe der Chinesen zur Jade. Es ist unmöglich, sie nicht zu lieben. Wenn man Jade berührt, bildet ihr Glanz die Tiefe der eigenen Seele ab. Sie ist wie ein Spiegel, der die Bilder deiner Seele wiedergibt. Berührt man sie, verwandelt sich die Jade in die eigenen Gedanken.

Vorsichtig fragte ich den Inhaber, ob er mal eine schafsfettweiße Jadeaxt gesehen habe. Er sagte: „Von einer schafsfettweißen Jadeaxt habe ich noch nie gehört. Ich bezweifle, dass es so etwas gibt." Also bleibt das Ganze ein Rätsel, und ich habe nicht den Hauch einer Ahnung, wie ich es lösen soll.

Wie so oft holte ich die Jadezikade, die ich immer bei mir trage, hervor und küsste sie.

Beijing, 29. November 1767

Während ich mit einem Eunuchen zum Kohlelager ging, um Kohle für das Quartier zum Glückszepter zu holen, hörte ich aus weiter Ferne Pferde und Wagen innerhalb und außerhalb der Mauern. „Der Kaiser ist zurück!“ Der Eunuch beschleunigte seine Schritte und drängte mich zur Eile.

In der ganzen Stadt schien der Rhythmus unbestimmt schneller zu werden. Und so wie der automatische Mensch, den Perrot für den Kaiser angefertigt hatte, noch immer eine Teetasse in den Händen hielt, schienen sich alle Bediensteten des Kaisers unwillkürlich wie aufgezogen zu bewegen.

Der Kaiser ist wieder in der Hauptstadt. Für mich bedeutete das, dass die Stunde der Wahrheit gekommen war. Und was immer die Wahrheit auch sein mag, hatte ich die Vorahnung einer Katastrophe, die sich über mir zusammenbraute.

Liebste Anna,

ich möchte Dir versichern, dass die Briefe, die Du mir ins ferne China schreibst, der größte Trost sind. Deinem Brief entnehme ich, dass Du meinen letzten nicht erhalten hast. Aus diesem Grund werde ich in Zukunft immer mehrere Abschriften abschicken. Wundere Dich also nicht, wenn Du Wiederholungen bekommst. Ich möchte nur sicherstellen, dass die wenigen Worte tatsächlich in Deine Hände gelangen.

Liebste Anna, bitte werde des Schreibens nicht überdrüssig, ja, bitte schreibe mir öfter. Auf den unterschiedlichen Schiffen werden einige der Briefe sicher ihr Ziel erreichen. Obwohl ich es Dir schon in einem anderen Brief erzählt habe, wiederhole ich es noch mal in aller Kürze. Abgesehen von dem Auftrag aus Meißen muss ich hier für den Kaiser auch Jade bestimmen, obwohl ich mit Jade nicht sehr vertraut bin. Mir bleibt nichts anderes übrig, als hierhin und dorthin zu laufen und Experten um Rat zu fragen. Eine furchtbare Angst, diese Aufgabe nicht erfüllen zu können, begleitet mich auf Schritt und Tritt.

Über den Meißener Auftrag möchte ich hier nicht mehr erzählen. Wenn Du von Seydewitz begegnest, lass Dir von ihm berichten.

Du hattest mich gefragt, ob ich in China angenehme Tage verlebe. Ja. Ich habe einen dunklen Korridor hinter mir gelassen und glücklich den Horizont erreicht. Vorher war ich dumm und unwissend, aber jetzt habe ich mein Leben besser im Griff. Obwohl sich die materiellen Bedingungen nicht mit denen in Sachsen vergleichen lassen, wurde mein Seelenleben sowohl bereichert als auch erweitert. Die alte Verletzung ist längst verheilt und ich bin nicht nur gesünder als früher, sondern auch stärker.

Hast Du davon gehört? Helena und ich haben uns getrennt. Ich denke, dass ihr bisheriges Leben besser zu ihr passt, und ich kann es ihr nicht bieten. Sie ist ein guter Mensch, aber unsere gemeinsame Zeit ist abgelaufen. Es ist vorbei. Du hattest recht. Ich hätte schon früher die Aussichtslosigkeit dieses Verhältnisses erkennen sollen, aber jedes Ding folgt seinem eigenen Schicksal und Ablauf. Ich will nur sagen, dass ich ihr nichts übel nehme und nichts bereue. Im Moment kann ich die Erinnerungen an sie nur bewahren, und vielleicht, wenn ich sie später noch einmal hervorhole, kann ich dann besser verstehen, was in diesem Jahr eigentlich passiert ist.

Ich möchte Dir jetzt etwas erzählen und hoffe, Dich damit nicht noch mehr zu schockieren. Ich habe mich in eine Chinesin verliebt und habe vor, sie zu heiraten. Nach althergebrachter, chinesischer Sitte habe ich keine Möglichkeit, mit ihr allein zu sein, bevor wir nicht verheiratet sind. Wenn wir uns treffen, muss immer jemand dabei sein. Ich habe oft darüber nachgedacht. Wenn ich ihren Ruf nicht schädigen will, muss ich mich den hiesigen Gepflogenheiten anpassen und bei ihrer Familie um ihre Hand anhalten. Dafür brauche ich ein Brautgeschenk.

Meine liebes Schwesterchen, ich werde in nächster Zeit

nicht nach Sachsen zurückkehren können und versuche, mich im fernen Osten niederzulassen, um mit dieser Frau eine Familie zu gründen. Ich erhalte ein jährliches Salär aus Meißen, aber wenn Du mein Haus verkaufen würdest und mir etwas Kapital leihen könntest, würde sich diese ganze Angelegenheit beschleunigen lassen. Wenn Du möchtest, könntest Du auch die Familiengrundstücke außerhalb der Stadt für mich verkaufen. Bitte diskutiere das mit Deinem Ehemann Florian und teile mir mit, was Ihr entschieden habt. Die Frau, die ich ehelichen möchte, kommt aus einer adeligen Familie, die sich gerade in sehr speziellen Umständen befindet. Ich weiß schon, dass Du mich in Deinem nächsten Brief fragen wirst, wie wir in Zukunft wohnen werden, ob wir uns gegenseitig verstehen können. Ich kann Dir jetzt schon sagen, dass wir seelenverwandt sind und dass es zwischen uns keine sprachlichen oder kulturellen Barrieren gibt. Ich weiß genau, dass ich sie liebe. Egal ob am Ende der Welt oder bis diese Welt untergeht, werde ich immer bei ihr sein wollen.

Das bedeutet nicht, dass ich nie nach Sachsen zurückkehren werde oder dass wir uns nie wiedersehen werden. Nein, bitte bewahre den Glauben an meine Rückkehr. Im Moment konzentriere ich mich ausschließlich auf die Aufgabe, die mir der Kaiser von China gestellt hat, und darauf, so bald wie möglich zu heiraten. Mir fehlt die Zeit, über die weitere Zukunft nachzudenken. Aber ich habe den Gedanken, in die Heimat zurückzukehren, nie aufgegeben. Eines Tages werde ich heimkehren. Bitte warte geduldig, denn der Tag wird kommen.

Für die Zeit davor wünsche ich Dir, dass jeder Deiner Tage ein glücklicher Tag sein möge. Bestelle Florian Grüße von mir. Sollte Baron von Seydewitz Dir seine Aufwartung machen, bestelle auch ihm die besten Wünsche. Für den Moment muss er von meinen Heiratsplänen noch nichts erfahren. Versichere ihm nur, dass ich es nicht wagen würde, die von ihm gestellte Aufgabe zu vernachlässigen.

Immer Dein
Wilhelm

Beijing, 30. November 1767

„Den Anwesenden im Quartier zum Glückszepter“, verkündete ein Eunuch, „wird ein kaiserlicher Erlass verlesen!“

Wie alle anderen warf ich mich auf den Boden und vollführte drei Kniefälle und neun Kotaus, da ein kaiserlicher Erlass genau wie der Kaiser in Person zu behandeln war. Außer dem leisen Klopfen der Stirnaufschläge war in der Halle kein Mucks zu hören.

Es stellte sich heraus, dass der Kaiser zwei Maler belohnen wollte. Einer von ihnen war Frater Attiret, der für seine hervorragende Arbeit in Jehol mit zwei Ballen Seide bedacht wurde. Der andere war Frater Sichelbarth für das Portrait, das er von der Mutter des Kaisers gemalt hatte. Die Kaiserinmutter war hochzufrieden. Darüber hinaus ließ der Kaiser „gnädig gestatten“, wie der Eunuch verkündete, dass alle im Palast arbeitenden Ausländer an den Feierlichkeiten zum achtzigsten Geburtstag der Kaiserinmutter in knapp zwei Wochen teilnehmen dürften. Der Kaiser würde zu diesem Anlass eine große Festlichkeit mit Laternenschau im Yuanmingyuan abhalten. Die kindliche Pietät des Kaisers gegenüber seiner Mutter war allgemein bekannt. Um es seiner Mutter während der Geburtstagszeremonie zu ermöglichen, auf einem eigens dafür gebauten Lustbarkeitsboot Platz zu nehmen, ließ er Arbeiter Tag und Nacht den Fuhai-See im Garten mit Bambusstangen aufwühlen, damit das Wasser nicht gefröre.

Nachdem alle kniend den Erlass vernommen hatten, äußerten wir Dank für die Güte des Kaisers.

Bevor die beiden Eunuchen gingen, trat einer von beiden an mich heran, um mich zu warnen: „Bald nach der Feier für die Kaiserinmutter wird der Kaiser Euch zur Audienz rufen lassen. Wenn es so weit ist, dass Ihr zum Kaiser gerufen werdet, solltet Ihr Euch über alles im Klaren sein. Überstürzt nichts. Geht vorher zum

Ritenministerium, um Euch die Regularien erklären zu lassen. Denkt daran: Ihr dürft nur sprechen, wenn der Kaiser Euch dazu auffordert. Ihr dürft nur das antworten, was der Kaiser Euch fragt, und nichts anderes untermischen. Das wäre ein grober Verstoß, der bestraft werden müsste."

Beijing, 3. Dezember 1767

Ich saß in einer großen Sänfte des Kronprinzen und war auf dem Weg zu seiner Residenz. Als wir das Mittagstor durchquert hatten, wurden die Träger langsamer. Ich lüftete den Vorhang, um hinauszusehen, und sah bluttriefende Köpfe am Tor hängen. Ein wirklich erschreckender Anblick! „Das waren rebellische Generäle in der Uigurenregion", sagte jemand.

Die Sänfte wurde über die Türschwelle gehoben und in einem Vorzimmer der Empfangshalle abgestellt. Der Generaleunuch kam, um mich zu begrüßen, und hieß alle anderen, sich zurückzuziehen. Er war wie immer von vollendeter Höflichkeit und berichtete mir, dass der Kronprinz gleich bereit sei, mich zu empfangen, und dass er mich zu etwas befragen wolle. Dann deutete er freundlich an, dass ich in der Stadt wohl viele Freunde hätte.

„Wie kommt Ihr darauf?" Etwas perplex stellte ich meine Teetasse ab.

„Jemand hat gesehen, wie Ihr mit mehreren Leuten durch die Stadt geschlendert seid." Der Vorsteher nippte an seinem Tee.

„Das waren keine Freunde, nur flüchtige Bekanntschaften, die ich höchstens zwei Mal getroffen habe", sagte ich.

„Aus welchen Familien kamen sie? Und wieso kamen sie zu Euch?" Offenbar fand der Eunuch es unverständlich, wie jemand mit einem Ausländer Umgang haben wollte.

„Das weiß ich auch nicht recht. Sie wohnen nicht in der Stadt und waren nur zum Amüsement gekommen." Ich musste meine Freunde schützen.

„Ist das so?" Der Eunuch schaute skeptisch, fragte aber nicht weiter. Jemand kam herein, um mitzuteilen, dass ich mich in den Empfangsraum begeben solle, in dem mich der Kronprinz empfangen würde. Ausdruck und Benehmen der Bediensteten unterschieden sich in nichts von denen im Kaiserpalast, sogar das Protokoll war gleich. Alle trippelten leichtfüßig auf Zehenspitzen und wagten nicht, das geringste Geräusch zu machen. Ich wartete noch eine Doppelstunde, bevor der Kronprinz eintrat. Sobald ich ihn sah, sank ich für die Reihe Kotaus auf den Boden. Ich hatte dies nun schon so oft vollführt, dass mir der Ablauf in Fleisch und Blut übergegangen war. „Die Bewegungen nähern sich langsam dem Standard", hatte mich kürzlich jemand gelobt, was mich belustigte. In der Kirche hatte ich oft chinesische Gläubige gesehen, die vor dem Kruzifix den gleichen Ablauf von drei Kniefällen und neun Kotaus vollführten, was ich zunächst recht sonderbar fand. Mittlerweile hatte ich mich mehr oder weniger daran gewöhnt.

Der Kronprinz wirkte düster und verbreitete eine mörderische Atmosphäre. Er schien mit irgendeiner wichtigen Angelegenheit beschäftigt zu sein und war ungeduldig und gereizt. „Sag es Uns: Ist die weiße Jadeaxt Unseres Vaters des Kaisers echt oder gefälscht?" Er ging direkt und schnörkellos in medias res, was gar nicht der chinesischen Sitte entsprach. Ich hätte nicht gedacht, dass er mich das fragen würde.

Ich schüttelte den Kopf: „Ich weiß es nicht."

Verärgert sah er mich an und schob unaufhörlich eine buddhistische Perlenschnur durch seine Finger. Es war die gleiche Bewegung, mit der die Missionare ihren Rosenkranz beten, allerdings ohne einen Anflug von Ruhe. Ich befürchtete, dass er jeden Moment meine Auspeitschung befehlen könnte.

„Echt?“ Er sah mich an.

„Echt.“ Ich blieb dabei.

„Du hältst die Jadeaxt für echt?“ Er klang freudig erregt und seine Stimme wurde milder.

„Nein. Was ich sagen wollte, ist, dass ich ehrlich nicht weiß, ob die Jadeaxt echt oder falsch ist“, sagte ich äußerst vorsichtig.

„Ah.“ Der Kronprinz warf die Perlenschnur auf den Tisch. „Wir würden gern wissen, ob du Unserem Vater dem Kaiser dasselbe sagen wirst, wenn er dich fragt.“

„Ja, ich werde wahrheitsgemäß antworten.“

„Was wirst du antworten?“

„Ich werde antworten, was ich weiß.“

„Und was weißt du?“

„Ich weiß, dass ich nichts weiß.“

„Aiya! Raus mit dir, du Lügner. Wir haben genug von deinem Geschwätz. Sieh dich vor, dass Unser Vater der Kaiser dich nicht köpfen lässt.“ Der Kronprinz kochte vor Wut, aber ich hatte ein Geheimnis erfahren, nämlich dass der Kronprinz hoffte, die Jadeaxt möge sich als echt erweisen.

Wie hingen die Jade, das Land und sein König zusammen, abgesehen von der Verbindung durch die Schriftzeichen? Wieso war die Jade so wörtlich der Stein der Könige? Warum war die Echtheit dieser Jade für den Kronprinzen von solcher Bedeutung, dass es das Wichtigste in seinem Leben geworden zu sein schien?

„Warum ist die Echtheit dieser Jadeaxt von so großer Wichtigkeit?“, erlaubte ich mir zu fragen, was mich schlimmstenfalls mein Leben kosten könnte.

„Das wird ein Ausländer wie du nie verstehen können. Außerdem geht es dich nichts an.“ Der Kronprinz war noch immer ungeduldig, aber nicht mehr ganz so erregt. „Weißt du, wer dem Kaiser die weiße Jadeaxt geschenkt hat?“

Ich wusste nur, dass es außer dem Kaiser und mir noch andere auf der Welt gab, die unbedingt die Wahrheit über die Jadeaxt wissen wollten. Woher stammte die weiße Jadeaxt also?

Der Kronprinz stand auf und tigerte durch das Zimmer. Nach einer Weile sagte er: „Du kannst es genauso gut wissen. Es ist ein Geschenk des ältesten Prinzen."

„Des ältesten Prinzen?" Sofort fiel mir der Vinzentiner Pater Zhou ein, denn der arbeitete für den ältesten Prinzen. Dieser schickte ihn häufig los, um Nachforschungen über Angelegenheiten außerhalb der Stadt anzustellen. Und hatte sich nicht ein Eunuch, der für den ersten Prinzen arbeitete, kürzlich das Leben genommen?

„Ist es denn möglich, dass der älteste Prinz dem Kaiser eine falsche Jade zum Geschenk gemacht hat?"

„Das ist genau das, was Unser Vater der Kaiser und Wir gern wüssten." Der Kronprinz lief weiter auf und ab, hielt inne und setzte sich wieder. „Erstens darfst du nicht lügen, und zweitens darf nichts von dem nach draußen dringen. Du darfst ausschließlich Unserem Vater dem Kaiser und Uns darüber berichten. Widersetzt du dich dem trotzdem, bist du tot. Verstanden?"

„Ich höre und gehorche."

„Gut. Du darfst knien."

Beijing, 8. Dezember 1767

Ich war mit Ma Xin vor dem Huguo-Tempel verabredet. Er kam allein und machte einen ruhigen Eindruck. Ich fragte ihn, wie es seiner Schwester gehe.

Er warf mir einen Blick zu und lächelte. „Besser in letzter Zeit."

„Wieso besser?"

„Hast du mir nicht erzählt, dass du sie magst?"

„Das hat ihre Stimmung gehoben? Dann muss sie mich gern haben!"

„Das klingt logisch." Er lächelte mich an und schwieg.

„Ich würde sie sehr gern sehen. Kannst du mich zu ihr bringen?", bat ich ihn.

„Das ist ..." Ma Xin zögerte. „Ich bespreche das mit ihr, wenn ich zurück bin." Er wirkte so schüchtern, als sei er selbst Ma Lian.

Wir unterhielten uns über Jade und Porzellan. Er verblüffte mich. Zwar sah er wie ein Kind aus, das noch grün hinter den Ohren war, aber sobald er über Antiquitäten sprach, zeigte er reiche Kenntnisse und ein erstaunliches Erinnerungsvermögen. Je tiefer ich in die Welt eindrang, die er beschrieb, desto mehr bewunderte ich ihn. Ma Xin begleitete mich zu einem Ort, von dem mir der alte Grillenmann berichtet hatte. Es sollte sich um den Antiquitätenstand eines adeligen Mandschus am Huguo-Tempel handeln, dessen Vater ein Experte für Ru-Porzellan-Imitate war. Wir begannen mit unserer Suche außerhalb des Tempels, wo an Ständen aller Art Schmuck, Stoffe, Antiquitäten, Kalligrafien und Malereien, Blumen und Vögel, Grillen und Fische angeboten wurden. Es gab nichts, was es nicht gab. Dazwischen sagten Wahrsager die Zukunft voraus, gaben Akrobaten und Wushumeister Kostproben ihres Könnens. Es war ohrenbetäubend laut und eng. Endlich fanden wir den Mandschu, aber er war abweisend und wollte nicht einmal mit uns sprechen. Wir betrachteten einige alte Porzellangefäße und Jadestücke wie Armbänder, Haarnadeln und Ringe. Dabei griff ich nach einem neu wirkenden Jadehasen und fragte: „Was kostet der?" Der Jadehase war abstrakt, aber reizend schlicht geformt.

„Unverkäuflich. Unverkäuflich." Der Mann wedelte unglücklich mit der Hand. Das kam mir komisch vor und ich fragte neugierig: „Warum? Wollt Ihr denn nichts verdienen?"

„Oh, ich sehe, Ihr sprecht fließend Chinesisch. Gut. Normalerweise mache ich keine Geschäfte mit Ausländern, aber Ihr seid anders. Den Jadehasen schenke ich Euch." Seine Haltung mir gegenüber hatte sich auf einmal vollständig gewandelt und er behandelte mich nun äußerst zuvorkommend.

„Kennt Ihr einen gewissen Hu Shaoqing?", fragte Ma Xin an meiner Stelle.

„Wie sollte ich nicht? Das ist mein Vater." Seine Stirn umwölkte sich und er sah uns schweigend an.

„Ich würde ihn gern treffen", sagte ich.

„In welcher Angelegenheit?" Sein Blick war voller Skepsis.

„Ich möchte ihn einiges über die Herstellung von Porzellan fragen."

Der Mandschu sagte bestürzt: „Mein Vater ist letztes Jahr verstorben."

Als wir diesen Ort verließen, kam mir das Verhalten dieses Mandschus etwas sonderbar vor, aber Ma Xin meinte, dass er uns vermutlich die Wahrheit gesagt hatte.

Als ich mich umsah, wunderte ich mich gleich noch mehr: Der alte Mann, der vor nicht allzu langer Zeit dem Mädchen die Hand abgeschlagen hatte, stellte hier ebenfalls seine Kunst zur Schau, und die Hand des Mädchens war so unversehrt wie zuvor! Ungläubig starrte ich sie an. Das Mädchen entdeckte mich im gleichen Moment. Ihr Blick beschrieb eine Art Abwärtsbogen und fuhr mit der Vorführung fort, als sei nichts gewesen. Der Alte schien mich vollständig vergessen zu haben. Sie vollführten das gleiche Spektakel wie damals, und ich beobachtete das Gesicht des Mädchens, um dort womöglich ein Geheimnis zu entdecken. Alles war wie gehabt: die gleiche Stimmung, der gleiche Menschenauflauf, die gleiche blasse Haut mit denselben blutegelroten Lippen.

Plötzlich spürte ich Nässe an meinem rechten Bein. Ich sah an mir herunter und stellte fest, dass meine Beinkleider blutdurchtränkt waren. Gleichzeitig breitete sich in meinem rechten Bein ein stechender Schmerz aus.

Alarmiert sah ich um mich und entdeckte einen Mann, der sich verdächtig bewegte. Er hatte zuvor wie wir den Kunststücken des alten Mannes und des Mädchens zugesehen. Im Augenwinkel hatte ich bemerkt, dass er sich uns verstohlen genähert hatte. Aber nun trottete er eilig davon und ich nahm die Verfolgung auf. Ma Xin hatte ebenfalls bestürzt alles verfolgt, und er war wendiger als ich. Als sich der Mann zwischen den Vogelhändlern am Tempel durchdrückte, rempelte er eine Gruppe Männer an, die mit Vogelkäfigen in der Hand über Vogelgesänge diskutierte. Mensch und Tier erschraken gleichermaßen. Die Vögel schwirrten und flatterten und die Männer gaben nur schwerfällig den Weg frei. Als Ma Xin ihn fast erwischt hatte, duckte er sich hinter einen Riesen von Mann, der einen Vogelkäfig mit einem schön singenden Augenbrauenhäherling hielt.

Mit lauter Stimme fragte der Riese: „Was ist hier los?“

Nach Luft schnappend hatte ich aufgeholt und sagte: „Genau das wollte ich ihn fragen.“ Das Blut tropfte von meinem Oberschenkel auf den Boden. Ma Xin hockte sich hin, holte ein Taschentuch heraus, wie Frauen es benutzen, und drückte es auf die Wunde. „Ich verstehe nämlich nicht, warum er mich angestochen hat.“

Der Riese drehte sich zu dem Mann um, der sich hinter ihm versteckt hielt: „Hast du diesen ausländischen Herrn verletzt?“ Dieser schüttelte sofort den Kopf und setzte außerdem eine Mitleid heischende Miene auf. Ich diskutierte mit meinem Angreifer, aber der stritt alles ab. Ma Xin sagte, dass ein aufrechter Kerl für seine Taten die Verantwortung übernehmen würde. Warum also alles leugnen? Der Mann blieb halsstarrig dabei, mit uns in keinerlei Hinsicht verbunden zu sein. Der Riese schlug vor, die Beamten vom Yamen einzuschalten, aber ich lehnte ab.

„Das macht es auch nicht besser. Lassen wir ihn halt gehen.“ Der Riese stimmte mir zu, verbot aber dem anderen Mann, je wieder zum Huguo-Tempel zu kommen. Er sagte zu ihm: „Schleich dich!", und wandte sich dann wieder mir zu. „Seid Ihr auch nicht schwer verletzt?"

Ich sah, dass er gern gehen wollte, und antwortete schnell: „Nein, es ist nichts. Vielen Dank." Als ich mich mit Ma Xin verständigen wollte, war der dem Mann bereits wieder auf den Fersen. „Gut, das wär's", murmelte ich dankend zu dem Riesen und drehte mich um. Vorsichtig folgte ich Ma Xin und meinem Angreifer.

Über breite Straßen und durch enge Gassen kamen wir zu einem großen Anwesen. Der Mann hatte nicht bemerkt, dass er verfolgt wurde. Leicht klopfte er an das Tor und wurde bald darauf eingelassen. Ma Xin und ich liefen auf und ab und beobachteten das Haus. Wir beschlossen, bis zum Einbruch der Dunkelheit zu warten, dann leise die hintere Gartenmauer zu übersteigen und uns von da in das Anwesen zu schleichen. Ich weiß nicht, wie lange wir gewartet hatten, bis wir endlich über die Mauer stiegen. Es war ein Vierseitenhof mit vier rechteckigen Gebäuden um den Haupthof, wobei die Hauptgebäude mit den Seitenflügeln durch überdachte Wandelgänge verbunden waren. Wir versteckten uns an einem abseitigen Ort im Hof und lauschten auf die Geräusche seiner Bewohner. Der Schmerz in meinem Bein verschlimmerte sich. Der wendige Ma Xin schob sich vom Seitenflügel näher hinter das Haupthaus und verharrte wachsam im Schatten. Wir winkten uns kurz zu. Ich hörte die Trommel des Nachtwächters, der die Nacht ankündigte. Ma Xin stand unbeweglich wie eine Statue. Ich lauschte mit aller Macht und hörte Leute in der vorderen Halle reden, Katzen miauen und dass jemand in der Küche knisternd das Feuer entzündete. Ich roch Sandelholz.

Allmählich fühlte ich, wie erschöpft und hungrig ich war. Das Blut hatte meine Hose durchfeuchtet, aber der Blutfluss schien immerhin gestoppt zu sein. In diesem Augenblick kamen vorn Gäste an. Der Hinterhof versank in Stille. Undeutlich hörte ich, wie jemand den Seitenflügel betrat. An seiner Kappe erkannte ich den Mann, der mich am Nachmittag verletzt hatte. Ich sah zu Ma Xin, und der nickte. Wir hielten den Atem an und starrten auf die Tür des Nebengebäudes. Nach einer Stunde kam der Mann wieder heraus und schloss die Tür. In der Hand hielt er ein Holzkästchen.

In diesem Haus schien heute ein Bankett abgehalten zu werden, denn aus der Küche drang Geklapper in großem Stil und das Gepolter von vielen Menschen. Dort herrschte ein ständiges Kommen und Gehen. Ich roch gebratenes Hammelfleisch und hörte das Zischen des Fettes über einem großen Feuer. Ich hockte im Dickicht außerhalb eines Wandelgangs. Nach einer Weile kam Ma Xin aus dem Dunkel zu mir und flüsterte, dass er für mich Schmiere stehen würde. Wenn jemand käme, würde er einen Kiesel ans Fenster werfen. Das Gejaule einer Katze zwang Ma Xin zurück in den Schatten. Dabei rannte er mich fast über den Haufen und ich konnte einen Schmerzensschrei nur mühsam unterdrücken. Er hatte keine Zeit, sich zu entschuldigen, tätschelte nur meine Schulter und trieb mich zur Eile an. Die Tür des Seitenflügels war nicht abgeschlossen und ich schob sie auf. Der Himmel war schon seit einer Weile dunkel und nun verschwanden Stück für Stück auch die letzten Lichtstrahlen. Im dämmrigen Licht sah ich, dass es sich um einen Arbeitsraum handelte, und zwar um eine Jadeschleiferei. Irgendjemand schnitzte hier Jade. Schnell überblickte ich die Ausstattung des Raumes. An den Wänden stand ein Holzschrank mit mehr als einem Dutzend Lagen Schubfächer. Auf dem Tisch lagen Wetzstein und verschiedene Bohr- und Schneidewerkzeuge. Links davon standen mehrere große Wasserbehälter, die mit Holzdeckeln verschlossen waren. Auch stand dort eine Frauenstatue aus Jade, vermutlich eine Guanyin, die chinesische Bodhisattva des Mitgefühls. Etwas Blut tropfte auf den Boden und ich wischte es schnell mit einem Lappen vom Tisch auf. Ich versuchte einige Schubladen zu öffnen, aber sie waren alle verschlossen. Die Schlösser waren mit sieben unterschiedlichen Schriftzeichen versehen: Glocke, Hälfte, Mond, Ton, Ankunft, Gast, Boot. Ich vermutete, dass das eine Gedichtzeile sein könnte[15], aber wie sollte ich den Code entschlüsseln? Ich ließ von dem Schrank ab und öffnete die Holzdeckel der Wasserbehälter, in denen Steine im Wasser lagen. Schnell überblickte ich das Werkzeug auf dem Tisch und entdeckte unter einem Putzlumpen versteckt ein Stück schimmernder Jade. Ein Steinchen schlug ans Fenster. Ich steckte die Jade in den Beutel und verließ eilig den Raum. Draußen bedeutete mir Ma Xin, mich wieder ins Gebüsch zu kauern. Jemand mit einer Laterne ging vorbei. Ma Xin und ich überquerten den Wandelgang und kletterten eine Säule hoch. Ich sah eine weiße Perserkatze, die am ganzen Körper so lange Haare hatte wie eine Löwenmähne. Sie starrte mich aus zwei verschiedenfarbigen Augen an. Ma Xin war schon über die Mauer gesprungen. Ich kroch über die Dachziegel bis zum hinteren Garten. Dort verließen wir das Anwesen. Im Dunkel der Gasse griff Ma Xin erleichtert meinen Arm. Ich zeigte ihm meinen aufgestellten Daumen und umarmte ihn in einer Aufwallung von Dankbarkeit. Ich umarmte ihn so fest, dass ich seine Wärme und seine Aufrichtigkeit spürte.

Weil wir keine Lampe hatten, hangelten wir uns langsam vorwärts, bis wir auf eine Straße kamen, die von den Laternen anderer Menschen beleuchtet war. Ich sagte: „Wer gemeinsam mit mir durch solche Strapazen gegangen ist, ist wirklich mein Freund. Lass uns Freundschaft schwören!“ Nachdem Ma Xin kurz überlegt hatte, nickte er. Mich imitierend, legte er seine Hand auf die linke Brustseite und sprach seinen Schwur. Er lächelte

---

15 Anm. d. Ü.: Erstes Zeichen und letzter Vers aus dem Gedicht „Nächtlicher Ankerplatz an der Ahornbrücke“ von Zhang Ji (8. Jahrhundert).

beim Sprechen gutmütig wie ein sanftes Pferd. Bevor wir uns voneinander verabschiedeten, bestürmte ich ihn noch, seiner Schwester unbedingt meine Grüße zu bestellen und sie zu fragen, ob sie bereit wäre, mich zu treffen. Er nickte mehrmals ernsthaft. Ich war glücklich, auf diese Weise Ma Lian näherzukommen.

Beijing, 12. Dezember 1767

Obwohl mein Bein noch nicht völlig verheilt war, zwang ich mich um Mitternacht aufzustehen, um an der Geburtstagszeremonie für die Kaiserinmutter teilzunehmen. Hinter dem Xizhi-Tor überquerte ich die Brücke über den Flutgraben und wandte mich Richtung Nordwesten nach Haidian. Unentschlossen ritt ich durch die schwarze Nacht. Auf halbem Weg weigerte sich Hündchen plötzlich weiterzugehen. Sein weißer Atem stob im kalten Wind, er wieherte wild und trat um sich. Beinahe hätte er mich abgeworfen. Unter großen Anstrengungen erreichte ich endlich das große Palasttor. Die anderen Missionare und chinesischen Beamten trafen einer nach dem anderen ein, während am Horizont ein erster Lichtstreifen erschien.

Sravasti ist eine Tempelstadt innerhalb der Mauern des Yuanmingyuang, und es scheint, als würde sie Beijing mit seinem Yamen, mit Beamtenbüros und der Militärgarnison in Miniatur enthalten. Auch der Eingang sah von außen so aus wie das große Eingangstor von Beijing. Es gab eine belebte Marktstraße, eine Schauspielbühne und Restaurants, die auf ihren Türschildern Beijinger Bratente anpriesen. Es schien, als habe der Kaiser in seinem Palast eine eigene imaginäre Stadt gebaut. Während alle Welt das Leben eines Kaisers führen will, hält der Kaiser das Leben gewöhnlicher Leute auf dem Markt für das allergrößte Vergnügen. Was ist er nur für ein Künstler, dem es gelingt, diesen dekadenten, überbordenden Traum zum Leben zu erwecken? Eine ganze Horde Leute war außerhalb des Tores zugange: Träger mit Körben an Tragestangen, Ochsenkarren bei der Warenauslieferung und eilende Passanten. In der Marktstraße gab es Geschäfte jedweder Couleur, Gold- und Silberhäuser, Pfandleihen, Läden zum Aufziehen von Bildern, Antikengeschäfte, Läden, die Blumen, Vögel oder Pfannkuchen verkauften. Ich lief herum und genoss das weit gestreute Angebot. Alle Händler waren Schauspieler, die ihre Rollen äußerst lebhaft verkörperten. Ein Ladenbesitzer und ein Träger fingen auf offener Straße an zu streiten und keiner war bereit nachzugeben. Schnell bildete sich ein Kreis aus Passanten um sie herum, während der Verkäufer den Träger beschuldigte, eine Säule vor seinem Geschäft mit seiner Stange derart getroffen zu haben, dass ein Riss entstanden und ein Stück Ölfarbe abgefallen sei. Der Träger warf dem Ladenbesitzer im Gegenzug vor, dass er sich bei einem Sturz sein linkes Bein verletzt habe, da ihm der Ladenbesitzer im Weg gestanden habe. Beide waren vor Zorn rot angelaufen und stritten verbissen. Gerade in dem Moment, in dem jemand loslief, um einen Beamten aus dem örtlichen Yamen zu holen, riss dem Ladeninhaber der Geduldsfaden und er ließ seine Fäuste sprechen. Der andere schlug zurück und bald rangen die beiden auf dem Boden vor den Zuschauern, die dies als gute Darbietung goutierten und sogar so weit gingen, Partei zu ergreifen und ihren jeweiligen Kombattanten anzufeuern. Der lokale Beamte erschien zu Pferde inmitten einer Eskorte.

In diesem Moment winkte mir aus der Menge jemand zu – der Generaleunuch des Kronprinzen. Was machte der hier? Ich wunderte mich, hob aber umgehend meine Hände zum Gruß. Der Eunuch schob sich zu mir durch. „Die letzten Tage kam es mir immer wieder in den Sinn, mit Euch ein Schwätzchen zu halten“, sagte er, als er mich höflich mit den üblichen Phrasen begrüßt hatte. „Seine

Majestät der Kronprinz möchte Euch eine Schachtel mit Medizin zukommen lassen und wollte wissen, wann es am besten passt." Um zu vermeiden, dass einer der Missionare mithört, zog mich der Generaleunuch auf die Seite. „Wir wissen alle, dass Ihr vor Kurzem am Huguo-Tempel angestochen wurdet." Er senkte die Stimme. „Es sieht so aus, als wäret Ihr nicht ernsthaft verwundet worden, denn wie könntet Ihr sonst hier stehen, nicht wahr?"

Ich nickte.

Er fuhr fort: „Der Kronprinz will Euch das feinste Yunnan-Pulver schenken, welches bei äußeren Wunden sehr wirksam ist. Wenn Ihr es nur ein paar Mal auftragt, bleibt nicht einmal eine Narbe zurück."

„Ich wage nicht, das anzunehmen. Vielen Dank." Auch ich antwortete in höflichen Phrasen. Seit einer Weile schätzte ich diese chinesische Form von höflichem Austausch sehr. Dadurch bekam alles die Anmutung von Szenen in einem Theaterstück, in dem ich als Laiendarsteller mitspielen durfte. Solange die Zeilen des Stücks vorgetragen wurden, war alles in bester Ordnung und das Leben konnte wie gewohnt seinen Lauf nehmen.

„Habt Ihr in den letzten Tagen im Hinblick auf die weiße Jadeaxt Fortschritte gemacht?", fragte der Eunuch und sah mich durchdringend an. Vielleicht weil er von der Statur kleiner war als ich oder weil er vom Kronprinzen beauftragt war, mir Informationen zu entlocken, schaute er begierig zu mir auf.

„Nein, nichts Neues", antwortete ich bestimmt.

Aber der Eunuch gab seine Befragung noch nicht auf: „Hat der Kaiser Euch schon rufen lassen?"

„Nein, noch nicht", sagte ich.

„Verzeiht, dass ich Euch über Gebühr belästigt habe", sagte der Eunuch, und ich reagierte prompt mit einer in allen Gelegenheiten angemessenen Zeile auf das höfliche Stichwort: „Aber nicht doch. Wie könnte ich es wagen?"

Wir wandten uns wieder dem Streit des Ladenbesitzers

zu. Der Beamte hatte mittlerweile entschieden, gegen beide Unruhestifter eine Strafe von fünfzig Hieben mit dem schweren Prügel zu verhängen. Als seine Gehilfen zu den Prügeln griffen, nahm die Spannung zu. Die Gesichter der beiden Streithähne wurden weiß und grün, einer schrie: „Das ist Unrecht!“, und kroch vor dem Beamten auf dem Boden. Der andere warf sich nieder und rief: „Euer Ehren, bitte verschont mich!“ Doch der Beamte schüttelte ungerührt nur leicht den Kopf. Der wimmernde Träger vergoss bittere Tränen: „Ich habe eine alte Mutter zu Hause. Wie soll ich nach den fünfzig Schlägen mit dem schweren Prügel für sie sorgen?“ Seine Stimme wurde so schrill, dass sie weder von einem Mann noch von einer Frau zu kommen schien. Auch der Ladenbesitzer hörte nicht auf, um Gnade zu betteln, doch der Beamte blieb hart. „Nehmt sie mit!“ Als die beiden gerade abgeführt werden sollten, kamen Männer in Uniform, die mit Trommeln und Böllern die Straße räumten. „Der Kaiser kommt!“, rief einer laut. Einer nach dem anderen fiel auf die Knie.

Die kaiserliche Sänfte wurde von acht Männern getragen. Als der Kaiser ausstieg, schien er bester Laune zu sein. Kurz darauf traf auch die ebenso große Sänfte seiner Mutter ein. Der Kaiser trug eine blaue, drachenverzierte Satinkappe mit einem breiten Rand aus Zobelfell und einer Perlenspitze, dazu eine aprikosengelbe, mit schwarzem Fuchsfell eingefasste Drachenrobe aus durchwirkter Seide. Vor der Brust hingen einige Perlenschnüre. Er bat seine Mutter, ebenfalls auszusteigen. Prompt wurden zwei Klappstühle entfaltet, auf denen die beiden sich niederließen. Nachdem der Beamte und seine Gehilfen die Niederwerfungen vollzogen hatten, stellten sie sich in einer Reihe auf. Es war mucksmäuschenstill. Der Kaiser forderte den Beamten auf, seiner Mutter den Ursprung der Streiterei zu erläutern. Der Kaiser lauschte lächelnd und machte hin und wieder erklärende Ergänzungen für seine Mutter. Schließlich ließ er die Streithähne vortreten und hieß sie seiner Mutter den Ablauf vortragen. Beide erzählten ihr ihre Version. Der Kaiser schlug seiner Mutter vor, Zeugen zu vernehmen und selbst den Schaden an der Säule in Augenschein zu nehmen. Die Kaiserinwitwe entschied, dass der Schaden an der Säule nicht von einer Tragestange herrühren könne, sondern nur von einem scharfen Werkzeug. Sie erklärte beide Männer für unschuldig und belohnte sie jeweils mit Gold. Die Menge jubelte glücklich. Es war alles Theater.

Nun schallten Trommeln und Gongs von der Bühne neben der Marktstraße in den Himmel, um den Beginn einer Aufführung anlässlich des Geburtstages anzukündigen. Als ich mich dem Gefolge des Kaisers zur Bühne anschließen wollte, zog mich einer der Händler am Ärmel: „Werter fremder Herr, geht nicht. Kommt hier herein für eine Erfrischung. Wir haben alle Arten von Gütern – aus Übersee importierte und von überall aus dem Land." Jemand nutzte die Gelegenheit und wollte nach meinem Beutel greifen. Geistesgegenwärtig wehrte ich ihn ab. Es war ein Sula aus dem Quartier zum Glückszepter, der bei Pater Sichelbarth malen gelernt hatte. Ich war außerstande zu entscheiden, ob sein Betragen Teil einer Inszenierung sein sollte oder ob es sich um eine Missetat handelte. Immerhin könnte hier offener Diebstahl belohnt werden.

Wir folgten dem Kaiser zu einer Arena, auf der bereits einige große, weiße Jurten aufgestellt worden waren. Der Kaiser und seine Mutter bewunderten die Kunststücke der Reiter, Ringer und Akrobaten. Die Reitkunst der kaiserlichen Leibgarde wurde mit Begeisterung aufgenommen. Die Leibgarde des Kronprinzen nahm ebenfalls an der Vorführung teil und erregte noch größeres Aufsehen. Einige ritten dicht hintereinander, und ohne dass man es sich versah, waren sie auf das Pferd davor oder das Pferd neben ihnen gesprungen. Die Jubelrufe wollten kein Ende nehmen. Der Kronprinz wartete in der Zwischenzeit hochzufrieden seiner Großmutter auf und beantwortete ihre Fragen.

Die Ringer und Akrobaten zeigten das Übliche: Einige lagen auf dem Boden und wirbelten auf den Füßen immer mehr und noch mehr Porzellantöpfe herum. Andere warfen mit brennenden Ringen, und es kam immer noch ein Ring und noch ein Ring dazu. Chinesische Körper sind so weich, dass sie sich wie Bambus zu Halbkreisen biegen können. Sie sind wendig, kunstfertig und geschickt. Und obwohl sie so geschmeidig aussehen, sind ihre Muskeln erstaunlich ausdauernd. Sie sind alle Schlangenmenschen.

Der Kaiser und seine Mutter saßen in einer offenen Jurte, die anderen verteilten sich auf weitere fünf Zelte. Nach dem Essen wurden die Gäste nacheinander zum Zelt des Kaisers und seiner Mutter geführt, um sich vor ihr niederzuwerfen und ihr Glückwünsche auszusprechen. Als die Kaiserinwitwe hörte, dass ich gutes Chinesisch sprach, ließ sie mich ein paar Sätze sagen. Glücklicherweise war ich gut vorbereitet und hatte passende Sätze auswendig gelernt: „Möge der Himmel langes Leben schenken. Möge der Stern des Alters in allen Farben strahlen. Möget Ihr die Südberge an Alter übertreffen. Möge die Päonie in aller Pracht erblühen. Möge das Alter dem Ruhm gefällige Farben hinzufügen. Möge dem milden Bambus ewiger Frieden zuteilwerden. Möget Ihr alterslos wie die Mondgöttin sein.“ Bei jeder Sentenz lachte die Menge fröhlich. Offenbar hatten sie noch nie eine so blumige Eloge gehört, zumindest nicht von einem Ausländer. Die Kaiserinwitwe wirkte sehr erfreut. Sie sprach nicht mit mir, ließ mir aber einen bestickten Beutel überreichen. Ich kniete vor ihr, um ihn entgegenzunehmen. Als ich mich umsichtig zurückzog, bemerkte ich, dass mich der Kaiser aufmerksam zu beobachten schien. Auch er sagte nichts.

Die Gratulationszeremonie dauerte bis zum Abend. Doch der Kaiser gestattete den zum großen Teil schon hochbetagten Missionaren rücksichtsvoll, das Fest vor dem abendlichen Feuerwerk zu verlassen. Ich schloss mich ihnen an. Als wir vor dem großen Palasttor unsere Pferde und Maultiere losbanden, wartete der Generaleunuch des Kronprinzen bei den Ställen.

„Euer flüssiges Chinesisch kam ja sehr gelegen", sagte er. „Ich hatte vergessen, etwas zu erwähnen. Wisst Ihr, wer Euch an dem Tag angestochen hat?"

Ich schüttelte den Kopf.

„Es war einer von den Leuten des ältesten Prinzen. Ihr müsst Euch keine Sorgen machen. Von heute an wird der Kronprinz für Eure Sicherheit sorgen." Der Eunuch sprach voller Ernst und ließ keinerlei Feindseligkeit erkennen. Schnell sprach ich ihm meinen Dank aus und ritt mit den Missionaren davon. Als ich mich zum kaiserlichen Garten umwandte, wurde gerade das Feuerwerk entzündet. Myriaden von prächtigen Blumen und wundersamen Vögeln in tiefem Purpur und hellem Rot zerplatzten in blendenden Farben, goldene Schlangen tanzten in riesigen Flammen durch den Himmel.

Dieses gewaltige Feuerwerk über der mysteriösen gelben Erde schien in das Verlangen meiner Seele. Mich dürstet es nach solch vollkommener Schönheit. Mein ganzes Leben scheine ich auf der Suche nach solchen Momenten von Schönheit und Wahrheit zu sein. Oder ist das das Verlangen nach Liebe? Mit Blick in den überwältigenden Himmel stellte ich fest, dass ich Helena vollkommen vergessen hatte. Ich liebe sie wirklich nicht mehr. Ich liebe wirklich und wahrhaftig eine Frau namens Ma Lian.

Beijing, 15. Dezember 1767

Ich war in einem Lagerhaus für Antiquitäten. Es war dunkel und kalt wie in einem Keller. Diverse Eunuchen vom Büro für innere Angelegenheiten waren da. Sie lasen aus einem Register vor, die entsprechende Holzkiste wurde hervorgeholt, von Hand zu Hand gegeben und landete schließlich bei mir. Mein Ziel bei diesem Vorgehen würde nicht leicht zu erreichen sein, aber ich kam gut vorbereitet und hoffte, auf Anhieb erfolgreich zu sein. Wenn nicht, stand mein Leben auf dem Spiel. Ich hatte niemandem davon erzählt und tat ganz gelassen, obwohl ich extrem angespannt war. Ich erklärte, dass ich mich zur Untersuchung setzen müsste und dass ich gern das Mikroskop hätte. Drei Eunuchen gingen heraus, um es für mich zu holen, so dass nur drei weitere Eunuchen im Raum zurückblieben. Ich sagte: „Das Licht hier ist aber ziemlich schlecht, oder nicht?" Die Eunuchen hielten mich für geschwätzig und taten so, als hätten sie mich nicht gehört.

Ich saß am Tisch und öffnete die Kiste. Darin lag in Goldsatin eingewickelt das große Geheimnis, unversehrt wie zuvor. „Immerhin", ich stieß einen Seufzer aus. Doch plötzlich schlugen meine Gedanken einen Haken: Was, wenn jemand die Jadeaxt gegen eine andere ausgetauscht hätte? Es gibt so viel Betrug und Verrat am Hof, dass kaum etwas so ist, wie es scheint. Aber das waren nur Mutmaßungen. Wenn so viele Eunuchen die ganzen Lagerhäuser überwachen, kann da überhaupt etwas Ungehöriges passieren? Vorsichtig schlug ich den Goldsatin auseinander und untersuchte die Jadeaxt sorgfältig. Meine Augen glitten zu einer kleinen Scharte an der rechten Oberseite. Ich stellte die Holzkiste zur Seite und ging zum geschnitzten Fenster, wo ich den Wollvorhang mit einem Ruck herunterriss. Sofort kam ein Eunuch gelaufen und fuhr mich an: „Es ist verboten, den Vorhang abzunehmen, du grober Affe ..." Die zweite Hälfte seines Satzes verstand ich nicht deutlich.

„Grober Affe?", fragte ich nach. Die drei Eunuchen waren damit beschäftigt, den von mir heruntergerissenen Wollvorhang wieder anzubringen. Es war ihnen anzusehen, dass sie mich verabscheuten. Solange sie noch durch die Unordnung abgelenkt waren, holte ich ganz schnell einen kleinen Beitel hervor, den ich in meiner Kleidung versteckt hatte, und kratzte aus der Scharte einen kleinen Span Jade. Beitel und Span waren gut verwahrt, bevor die Eunuchen sich wieder umdrehten. Erneut untersuchte ich die Jadeaxt gründlich. Die von mir ausgekratzte Scharte war nicht tief und außer mir würde das kaum jemand entdecken. Ich musste es wissen: Was war das Geheimnis dieser Jade?

Das Mikroskop wurde herangeschafft, aber die gesprungene Linse war noch nicht repariert worden.

„Es ist repariert worden", beharrten die Eunuchen.

Ich sagte zu den Eunuchen, dass die Linse ganz klar und offensichtlich kaputt ist: „Sehen Sie hier! Man kann es mit bloßem Auge sehen."

Doch die Eunuchen blieben dabei: „Es ist repariert worden."

Wollte ich wirklich darüber streiten? Ich entschied mich dagegen.

„Gut. Dann soll es eben als repariert gelten." Ich gab nach, weil mir in den Sinn kam, dass Beharrlichkeit hier vielleicht ein noch übleres Ergebnis zeitigen könnte. Wenn sie wollten, konnten die Eunuchen den Spieß umdrehen und behaupten, dass ich derjenige wäre, der das Eigentum des Kaisers beschädigt hatte. Sinnlos zog ich die Stoffabdeckung vom Mikroskop und sinnlos bedeckte ich es wieder damit. Ich saß da und schaute ins Leere. Ich weiß nicht, wann ein Strahl der Wintersonne durch das Fenster stach, aber er ließ die schimmernd weiße Jadeaxt in der Holzkiste erstrahlen.

Ich verlangte nach Wasser und nahm wieder einmal eine Dichtemessung vor. Ich notierte jeden Schritt, trocknete die Jadeaxt ab und verstaute sie in ihrer Kiste. Einige Stunden später verließ ich den Lagerraum.

Beijing, 16. Dezember 1767

Die Wahrheit zeigte sich bald in meinem Zimmer. Heute lagen endlich die Jadefragmente, die ich vor einer Woche gestohlen und gestern abgeschabt hatte, nebeneinander. Mit einem kleinen Messer kratzte ich von dem gestohlenen Jadefragment einen Splitter ab. Dann maß ich durch das Wasserexperiment wiederholt die jeweilige Dichte. Damit verbrachte ich mehrere Stunden, bis die Antwort feststand: Die Dichte der beiden Splitter war identisch. Außerdem fand ich, dass auch die Ergebnisse zum Vergleich der Härte äußerst ähnlich ausfielen. Konnte es sein, dass beide Stücke aus einem Jadeblock stammten? Um diese Frage kreiste ich jetzt. Ich ließ mich auf den Stuhl sinken und grübelte. Ich musste einen ganz bestimmten Menschen noch einmal treffen.

Beijing, 17. Dezember 1767

Ich brachte einen Brief zum Haus der Mas, der diesmal an den jungen Herrn und nicht an Ma Lian gerichtet war. Der Torwächter, dem ich den Brief gab, sah bekümmert aus. Er äußerte sich nicht, nahm den Brief aber entgegen. Kurz darauf fanden sich vor dem Tor der Mas einige weiß gekleidete Leute ein. Sie schienen Vorbereitungen für eine Beerdigung zu treffen. Ich konnte nicht an mich halten und fragte nach, aber keiner von ihnen wollte mir antworten. Erneut klopfte ich an das Tor und fragte den Torwächter, wessen Begräbnis hier vorbereitet würde. Er schüttelte nur den Kopf und schloss die Tür wieder.

Ich machte mich sofort auf den Weg zur Südkirche außerhalb des Donghua-Tores, um Castiglione meine Aufwartung zu machen. Er wollte gerade in die Stadt aufbrechen, seine Sänfte stand draußen schon bereit.

„Ich bin untröstlich. Ma Han starb in größter Glorie für den Glauben. Er wollte lieber sterben, als zu lügen, als zu leugnen, dass er ein Christ ist. Er wollte lieber sterben, als Gott zu lästern. Der Kaiser hat ihm daher den Tod gewährt." Castigliones Stimme war schwach und er sah sehr niedergeschlagen aus.

Der große Bruder von Ma Xin und meiner Geliebten war also tot. Die Patres in der Südkirche wirkten alle sehr bekümmert. Vor Kurzem erst war der zweite Sohn der Ma-Familie gestorben, und nun war also auch der älteste von uns gegangen. Ma Hans Tod schien für die Patres eine Art Symbol zu sein, denn sie wollten ihn einfach nicht wahrhaben.

„Ma Han war der älteste Sohn von Ma Juese. Genau wie dieser und wie sein jüngerer Bruder war er in den Kerker geworfen worden, aber von den dreien war Ma Han der unbeugsamste gewesen und sein Starrsinn hatte die Untergebenen des Kaisers erzürnt." Das Unglück der Ma-Familie war so groß, dass alle Ausländer in Beijing tief betroffen waren. Aber abgesehen vom Mitgefühl waren sie außerstande, Hilfe anzubieten, was den Missionaren außerordentlichen Kummer bereitete.

„Gab es wirklich keine Alternative außer den Tod?" Auch ich musste zugeben, über die Möglichkeit ihrer Rettung nachgedacht zu haben, aber wie hätte diese Rettung aussehen können? Wenn es eine Möglichkeit gegeben hätte, sie zu retten, wäre ich sofort losgezogen, es zu versuchen, aber so oft ich Gott auch angerufen hatte, tat sich kein Weg auf.

„Es gab keinen anderen Weg. Wir können bloß beten." Castiglione erhob sich, um zu gehen. Ich folgte ihm aus der Kirche hinaus, sah zu, wie er seinen feisten Körper in die Sänfte wuchtete, und winkte ihm zum Abschied zu.

Beijing, 19. Dezember 1767

Die Jesuiten in Beijing waren schon eine ganze Weile sehr beunruhigt und die Atmosphäre in der gemeinsamen Unterkunft wurde immer gereizter. Um nicht für noch mehr Unruhe zu sorgen, hatte ich beschlossen, in eine Herberge in der Nähe der Nordkirche zu ziehen. Ich ließ das Ma Xin mitteilen und bat ihn, mich dort aufzusuchen.

Eilig räumte ich mein Zimmer auf, warf meine getragenen Kleidungsstücke in einen Korb und legte die Jadesplitter auf den Tisch. Nebenan zupfte jemand an einem Saiteninstrument, andere sangen und lachten. Es war schrecklich laut. Verärgert klopfte ich an die Tür, aber niemand antwortete. Wie ich so an der Tür stand, nahm ich einen seltsamen, rauchigen Geruch war. War das Opium? Die Tür ging auf. In dem kleinen Zimmer amüsierten sich fünf oder sechs Leute. Eine Frau mit Instrument hörte auf, daran zu zupfen, und sah mich herausfordernd an. Ein Mann lag auf dem Bett und brüllte: „He, Leute, schlagt diesem ausländischen Teufel den Kopf ab!“ Alle lachten. Einer fragte mich, ob ich an die falsche Tür geklopft hätte.

Höflich sagte ich: „Bitte seid etwas leiser, ich wohne nebenan.“ Ich sah, wie eine andere Frau eine Opiumpfeife stopfte.

„Nichts Ungehöriges hören, nichts Ungehöriges sagen, nichts Ungehöriges sehen. Hast du noch nie davon gehört?“[16], fragte ein Mann spöttisch. „Da kommt ein ausländischer Teufel in unser großartiges Reich und mag plötzlich unseren Lärm nicht. Raus, raus, raus!“ Er stand auf und griff mich am Schlafittchen.

„Loslassen!“ Ma Xin war die Treppe hochgekommen, erfasste sofort die Situation und schrie den Mann an. Der

---

16 Anm. d. Ü.: 非禮勿視，非禮勿聽，非禮勿言，非禮勿動。Konfuzius Lunyu 12. Buch. Dieser Spruch ist der Ursprung für die Darstellung der drei Affen.

warf ihm einen Blick zu, erstarrte und ließ verstummt los. Ma Xin und ich verließen das Zimmer.

„Wie hast du das gemacht? Wieso hat er dir so kleinlaut gehorcht?", fragte ich. Ma Xin zückte eine Nadel und sagte: „Das ist eine fliegende Nadel. Wenn die den richtigen Akupunkturpunkt trifft, wird der andere sofort ruhig. Wenn er einen anderen Punkt trifft, hier zum Beispiel, dann hätte er den Geist aufgegeben." Ich war wirklich verblüfft. Es war so mysteriös, als sei Zauberei im Spiel. Hätte ich es nicht mit eigenen Augen gesehen, hätte ich das im Leben nicht für möglich gehalten. Ich sah meinen jungen Freund mit ganz neuen Augen. Ich bat Ma Xin in mein Zimmer. Obwohl wir noch nicht so vertraut waren, kam es mir vor, als würde ich ihm durch das Öffnen meiner Zimmertür die Tür zu meinem Herzen öffnen. Für mich war er bereits wie ein Bruder, mein einziger wirklicher Freund in China, obwohl wir uns erst wenige Male getroffen hatten. Ich wusste nur, dass er der kleine Bruder von Ma Lian war und dass er der war, der ihr von allen Menschen auf der ganzen Welt am nächsten stand. Ma Xin sprach nicht viel über sich und noch seltener über seine Schwester, außer ich fragte nach ihr. Er sprach überhaupt nicht viel. Ich weiß gar nicht, warum ich ihm so völlig vertraue.

Er hatte mir einmal gesagt, dass seine Schwester mich mag. Ich ließ diesen wichtigen Besucher in meine derzeitig eher bescheidenen Lebensumstände eintreten. Leider konnte ich ihn nur in diesem Herbergszimmer empfangen. In Sachsen hatten mir meine Eltern ein präsentables Haus hinterlassen. Dort könnten wir durch Dresden streunen, ins Theater gehen oder eines der mir bekannten Cafés oder Restaurants aufsuchen. Vielleicht würde uns sogar Friedrich August III in das japanische Palais zum Tee einladen, oder wir könnten über die Wiesen reiten. Auch zähle ich ein paar kluge Opernsängerinnen und einige geistreiche, aber loyale Männer zu meinen Freunden.

Stimmt das? Habe ich noch Freunde? Als ich darüber nachsann, fiel mir auf, dass ich mein altes Leben nicht nur schon lange und weit hinter mir gelassen hatte, sondern dass es auch nichtig und leer gewesen war. Gab es meine Freunde noch? Es schien, dass mein neuer Freund mehr Farben und Formen in mein Leben gebracht hatte. Seit wann bin ich vor unseren Treffen eigentlich immer so voller Erwartung?

„Verzeih bitte, dass ich wegen des Todes meines großen Bruders erst jetzt kommen konnte." Ma Xin setzte sich. Er wirkte gelassen, aber ich sah auch seine Traurigkeit. Ich bemerkte, dass er um seinen Arm ein schwarzes Stück Stoff gebunden hatte.

„Ich danke dir für dein Kommen. Vielen herzlichen Dank!" Ich kochte ihm einen Tee. „Ich bedauere den Tod von Ma Han zutiefst. Es tut mir schrecklich leid. Ich bete für seine Seele."

„Ja. Unser größtes Unglück ist schließlich gekommen." Sein Gesicht verdüsterte sich und er schien dem Weinen nah zu sein. „Was gibt es so Dringendes?" Sein Kummer hatte mich angesteckt und ich schwieg eine Weile. Dann nahm ich das Stück weiße Jade heraus und zeigte es ihm. „Ich würde gern wissen, was du von dieser Jade hältst."

Kaum hatte er einen Blick darauf geworfen, setzte er sich aufrecht hin. „Woher hast du das?"

„Ich habe es an jenem Abend, als wir zusammen unterwegs waren, gestohlen. Was ist das Besondere an diesem Stein?"

„Er ist extrem selten und sieht genauso aus wie die Jade, die der älteste Sohn des Kaisers aus unserem Haus geraubt hat ..." Ma Xin unterbrach sich, stand auf, sah sich die Jade mehrfach ganz genau an und setzte sich wieder. In seinen Augen spiegelte sich Panik. „Du hast es an dem Abend gestohlen?", fragte er und senkte seine Stimme, vielleicht weil er fand, er habe zu viel gesagt.

„Ja“, sagte ich. Ich musste mehr über die Geschichte seiner Familie erfahren. Ich musste mehr wissen, aber die Zeit war knapp. In diesem Spiel wollte nicht nur der Kaiser endlich das ganze Blatt sehen, sondern mir trachtete auch jemand nach dem Leben.

„Ich habe mich umgehört. In der Osmanthusgasse wohnt ein Jadeschleifer namens Jiang Jin. Sein Vater war einer der besten Jadeschleifer aus dem Süden, der vom Kaiser so geschätzt wurde, dass er ein Amt im Palast bekam. Wegen eines Verstoßes gegen die Etikette wurde er jedoch wieder entlassen. Er wurde daraufhin schwermütig und starb. Die Kunstfertigkeit seines Sohnes Jiang Jin ist nah und fern berühmt und er hat einen Stand am Qianmen-Tor. Er könnte der Angreifer gewesen sein.“ Ma Xin sprach selbstbewusst und die Anspannung wich allmählich von ihm.

„Jiang Jin? Wieso sollte er mich töten wollen?“ Ich durchforstete mein Gedächtnis und dachte an die Zeit, als ich durch die Jadegeschäfte gestromert war und um Rat gefragt hatte. Hatte ich dabei diesen Mann beleidigt?

„Vielleicht ging es nicht darum, dich zu töten, sondern jemand anderen?“ Ma Xin wägte alle Möglichkeiten ab. „Der älteste Sohn des Kaisers hat sich mal von Jiang Jin einen Paravent aus hochwertiger Khotanjade schnitzen lassen.“

Ich dachte daran, was mir Pater Hildebrandt zu seinen Lebzeiten über die Jadestraße erzählt hatte. „Deine Familie war doch früher damit beschäftigt, Jade abzubauen?“

Ma Xin sah mich bestürzt an. „Woher weißt du davon? Wer hat dir das erzählt?“ Er sprach wie zu sich selbst. „Selbst wenn es so war, wie sollte die Ma-Familie den Abbau von Jade jetzt noch bewerkstelligen, wenn alle in Haft oder tot sind?“

„Wer ist denn jetzt damit betraut?“, fragte ich.

„Der achte Sohn des Kaisers ...“ Ma Xins Augen leuchteten auf. „Ich weiß, wem du in die Quere gekommen bist.

Der achte und der älteste Sohn des Kaisers sind Weggefährten." Langsam fand er zu seiner alten Gelassenheit zurück und schwieg.

Beijing, 20. Dezember 1767

Ma Xin führte mich zu einem Experten für die Identifizierung falscher Jade, der zurückgezogen in den Cuiwei-Bergen lebte. „Nur er kann dir sagen, ob die weiße Jadeaxt echt oder falsch ist."

Dieser Jadeschleifer hieß Feng Tingfeng und hatte früher wie Jiang Jin im Palast gearbeitet. Damals wollte der Kaiser, dass einige Jadeschnitzer über hundert Täfelchen aus der früheren Dynastie zu Gürtelanhängern umarbeiteten. Jiang Jin hatte dabei alte Jadetäfelchen gegen eigene, neue Jadestücke ausgetauscht. Zwar sahen sie identisch aus, aber Feng Tingfeng konnte sie trotzdem unterscheiden und meldete ihn. Jiang Jin wurde daraufhin aus der Gold- und Jadewerkstatt entfernt. Doch Feng Tingfeng wurde bald darauf Opfer einer Intrige und ebenfalls entlassen. Er zog sich in die Berge zurück, wo er die profane Welt nicht zu beachten brauchte.

Als wir am Cuiwei-Berg ankamen, sahen wir Feng Tingfeng schon von Weitem beim Feuerholzmachen.

„Wenn das Falsche als echt gilt, dann wird auch das Echte falsch", rezitierte der weißhaarige Feng mit einem Blitzen in den Augen. Er wartete nicht, bis wir uns vorgestellt hatten, sondern fing sofort an zu fragen: „Versteht der fremde Teufel unsere Sprache?"

Ma Xin und ich tauschten einen Blick.

„Ja, das tue ich", sagte ich und dann mussten wir alle lachen. Feng bestellt die Hänge des Cuiwei-Berges und lebt sein Leben außerhalb der Zwänge der Zivilisation. Seine Frau, die etwas älter war als er, hörte nichts mehr und saß den ganzen Tag auf ihrem bequemen, reich geschmückten Stuhl, weil sie auf ihren gebundenen Füßen nicht mehr laufen konnte. Außerdem hatte er einen jungen Knecht, der so geschickt war, dass er, „wenn man ihn nach wilden Kräutern schickt, zusätzlich mit einer Wildgans zurückkommt". Das Haus hatte Feng entworfen und über der Tür waren die zwei Zeichen „Behausung des Dummkopfs" eingraviert. Er nannte sich selbst den Bergmenschen vom Dummkopfhaus. Er war meistens mit Ackerbau beschäftigt, aber wenn er Muße hatte, rezitierte er Gedichte. Er war wahrlich kein gewöhnlicher Jadeschleifer.

„Er ist ein Dichter", erzählte mir Ma Xin.

Feng schien mit seinem Einsiedlerleben sehr zufrieden zu sein. Er zeigte uns seinen Hof. Auch dieser war als Vierseitenhaus um einen vergleichsweise großen Garten und Dreschplatz herum angelegt, auf dem gerade Lebensmittel wie Rettich und Bohnen zum Trocknen ausgebreitet waren. Feng holte aus seinem Studierzimmer drei Bücher. Eines war Kong Shangxins „Trivialitäten für die Beurteilung von Gold", das zweite war Lü Dalins „Illustrierte Abhandlung zur Prüfung von Antiquitäten" und das dritte Cao Zhaos „Wesentliche Kriterien der Antiquitätenbestimmung". Er sagte: „Wenn ihr wissen wollt, ob etwas echt oder falsch, alt oder neu ist, müsst ihr erst diese Bücher gründlich studieren."

Ich blätterte durch das zwölfbändige „Wesentliche Kriterien der Antiquitätenbestimmung", das die Erfahrungen der Sammler früherer Dynastien zusammenfasste. Es behandelte alle erdenkliche Themen, aber ich hatte keine Zeit mehr, Bücher zu studieren. Alles, was ich wissen musste, war, ob diese Jadeaxt echt war. Ich fragte Feng: „Warum sollte jemand Jade fälschen wollen?"

„Jade selbst kann man nicht fälschen. Was man fälschen kann, sind das Alter und der Stil. Die Qualität eines alten Jadeartefakts und eines neuen sind völlig unterschiedlich. Der alte Stil der Jadebearbeitung ging allmählich verloren.

Das, was ‚falsche Jade' genannt wird, meint nur eine Art nachgemachten Stil."

„Wann haben die Chinesen angefangen, sich so für nachgemachte alte Dinge zu begeistern?", fragte ich weiter.

„Der Stil für jedes Jadeartefakt wurde durch Jahrhunderte überliefert, bevor er verloren ging, aber er kann durchaus nachgemacht werden. Die Menschen der Song-Dynastie mochten Imitationen im Stil der Han-Dynastie, weil ihnen das ganz und gar Schlichte gefiel, wie zum Beispiel die Ergebnisse der Achtmessertechnik der Han-Dynastie. Achtmessertechnik heißt, ein Objekt in nur acht Schnitten im alten Stil zu formen. Es gibt aber auch Leute, die nicht nur den Han-Stil imitierten, sondern sogar noch ältere Objekte wie die Chiyou-Ringe[17]. Heutzutage imitieren Leute alte Stücke nicht, weil sie den alten Stil anstreben, sondern um sich Geld zu erschwindeln. Sie empfinden den Stil nach und behaupten dann, das Stück wäre echt alt."

Als Feng Tingfeng hörte, dass ich ein „Läuferamt" im Quartier zum Glückszepter hatte und dass Ma Xin entfernt mit dem Kaiser verwandt war, öffnete er uns sein Herz und gab alles preis. Er holte seine Schatzkiste hervor, die als Schubfach in seinen Schrank eingepasst war. Sie hatte kein Schloss, aber niemand von uns konnte sie öffnen. Doch sobald er sie abstellte, ging sie auf. Zuerst holte er zwei Jadescheiben hervor, die mit archaischen Drachenmustern auf einem brokatähnlichen Hintergrundrelief verziert waren. „Welche ist echt? Und welche ist falsch?", fragte er. Feng legte beide Scheiben auf den Tisch. Sie glichen einander wie ein Ei dem anderen, nur dass bei einer das Muster noch nicht ganz fertig graviert worden war. Diese Gravurlinien waren vermutlich nicht mit einem Messer geschnitten, sondern mit einem anderen Gerät

---

17 Anm. d. Ü.: 蚩尤 Chiyou war ein legendärer Stammesführer aus vorhistorischer Zeit. Diese archaischen Ringe sind häufig innen rund und außen gezackt.

geschliffen worden, aber mit was für einem? Und wie weit reicht die chinesische Geschichte eigentlich zurück?

Ich hatte mit Frater Perrot öfter darüber diskutiert. Er sagte, dass die chinesische Geschichte genauso alt ist wie die europäische und dass die Chinesen auch auf Noahs Arche gewesen sein müssen. Auch meinte er, dass die chinesische Schöpfergöttin Nüwa aus den Legenden Eva sein könnte. Andere hingegen bezweifeln, dass die chinesische Geschichte so früh beginnt. Sie vermuten, dass die Chinesen mit den Ägyptern zusammen eine Rasse bilden. Ich habe nie an diese Art der Verbindung geglaubt, halte es aber für möglich, dass die chinesische Geschichte früher beginnt, als allgemein behauptet wird. Zumindest was die feine und kunstfertige Steinbearbeitung anbelangt, habe ich eine solche zur Zeit Jesu im Westen noch nicht gesehen.

Ich zeigte auf die unfertige Scheibe. Feng fragte Ma Xin, und der zeigte auf die andere.

„Beide sind falsch", sagte Feng. Er holte zwei weitere Jadescheiben aus der Kiste, die einander wie ein Ei dem anderen glichen, nur dass wiederum eine noch nicht fertig bearbeitet worden war. „Die sind beide echt." Ich untersuchte alle vier Scheiben peinlich genau und entdeckte schließlich, dass die Gravurtechnik nicht ganz identisch war. So wiesen die gefälschten Scheiben eine unordentliche Handschrift auf, was darauf schließen ließ, dass sie mit ungleichmäßiger Kraft geschnitten worden waren.

„Welch göttliche Handwerkskunst!", seufzte Ma Xin. „Es heißt nicht umsonst: Der Norden hat seinen Feng Tingfeng! Aber warum interessiert sich ein großer Meister wie Ihr so sehr für gefälschte Jade?"

„Im Palast wollte der Kaiser, dass ich Jadeartikel im alten Stil herstelle. Zum Zeitvertreib erklärte ich anderen gegenüber falsche Jade als echt, nur um mir mit diesen Sammlern, die sich für unfehlbar hielten, einen Spaß zu erlauben. Immerhin hatte ich sehr lange die Patina der Jade erforscht und dadurch noch mehr über die Eigenschaften der Jade erfahren." Herr Feng sprach frei von der Leber weg, ohne einem Thema auszuweichen. Es schien ihm Vergnügen zu bereiten.

„Lieben die Ausländer auch Jade?", fragte er mich. Ich nickte und holte die Jadezikade hervor.

„Habt Ihr Eure Patiniertechnik gänzlich allein erfunden, ohne andere ..." Ma Xin unterbrach sich, als er die Jadezikade erblickte und seinen Blick nicht mehr abwenden konnte.

„Deine Schwester hat sie mir geschenkt", flüsterte ich ihm leise zu. Er nickte wissend, schien aber gedankenverloren.

„Im Palast gab es einen alten Jademeister namens Yao Jiaren, der die Patina recht ausführlich studiert hatte und von der Methode gesprochen hatte, Jade durch Färben altern zu lassen. Außerdem beschrieb Wang Xinyao in seinem Buch ‚Jadeaufzeichnungen' verschiedene Methoden. Ich probierte sie alle aus, um mein Auge zu schulen, so dass ich Jade unfehlbar differenzieren konnte." Feng war ein Sonderling. In einem Moment machte er sich über Jadesammler lustig, im anderen erzählte er unverblümt von seiner Leidenschaft für Jade. Er lebt in der Abgeschiedenheit der Berge und Wälder, spricht aber nur über Jade.

Er nahm die Jadezikade und hielt sie in die Sonne, um ihre Transparenz zu betrachten. „Diese Jade enthält eine Kraft. Die Aufrichtigkeit des Herzens verlieh ihr eine Seele. Sie ist gut. Ein guter Mensch hat sie gesammelt." Dann gab er mir die Zikade zurück und ich fädelte sie wieder auf die grüne Seidenkordel, die ich um den Hals trug.

„Ihr sagt also, dass es keine echte oder falsche Jade gibt, sondern dass eine falsche Jade nur ein nachgemachtes Objekt ist, das durch Patina auf alt getrimmt wurde, um die Sinne zu täuschen, so dass andere die neue Jade für alt halten?" Ich konnte es nicht erwarten, Feng nach seiner

Meinung zu der weißen Jadeaxt zu befragen, aber ich hatte noch keine Gelegenheit dazu, weil Feng ein Jadearmband mit einem blutroten Verlauf hervorholte.

„Dies nennt man gewöhnlich ‚Ziegenjade' – man bindet sie einige Jahre an das Bein einer Ziege. Dabei entsteht dieser Blutsfaden, der dem in einige Jahrhunderte alten Erbstücken sehr ähnlich sieht. Eine ähnliche Methode wendet man auch bei ‚Hunde-Jade' an, doch hier wird die Jade in den Bauch eines gerade getöteten Hundes gelegt. Am besten vergräbt man den Hund, bevor die Blutgerinnung eingesetzt hat, für einige Jahre. Wenn sie ausgegraben wird, weist sie erdige Blutstropfen auf der Oberfläche auf. Es ist nur ein Spiel!" Feng Tingfeng lachte zweimal trocken. Dann nahm er einen hühnerknochenweißen Chiyou-Armreif, dessen eingraviertes Linienmuster höchste Kunstfertigkeit aufwies. Es sah echt aus.

„Dieses Armband wurde geröstet, um die Patina zu erreichen, doch ist die Temperatur dabei schwer zu kontrollieren. Ich habe es mehrere Hundert Male versucht, bevor mir schließlich dieses Stück gelang. Seht den einzigen Unterschied zu dem echten Armreif. Er hat feine Feuerrisse, die ein echter nicht hätte." Ma Xin und ich priesen die unvergleichliche Qualität. Als Nächstes präsentierte Feng eine „Klopfjade".

„Klopfjade wird für mindestens zehn Tage mit Eisenspänen in warmen Essig getunkt und dann für einige Monate vergraben. Danach hat sich durch die Eisenspäne ein erd- und eisenfarbenes Muster wie Mandarinenfruchtfleisch in die Oberfläche gegraben."

„Und wie entsteht Windjade?", fragte Ma Xin, als er mit großem Interesse die Klopfjade begutachtete.

„Windjade entsteht dadurch, dass man Jade in Kalkwasser und schwarzem Pflaumensaft kocht. Wenn sie dann noch heiß ist, setzt man sie einem Schneesturm aus. Während sie friert, bilden sich haarfeine Risse, die den Ochsenhaarmustern auf alter Jade ähneln." Jedes Stück Jade, das

Feng hochhielt und erläuterte, ließ uns mit offenem Mund staunen.

Für die Herstellung von falscher Patina gibt es über hundert Methoden, aber verglichen mit Fengs Experimenten wirken die meisten unnatürlich und sind leicht zu durchschauen. Man kann Jade in Öl frittieren, in den Exkrementen einer Latrine oder in einem Blumentopf vergraben oder sie schlicht mit Pigmenten einfärben.

„Verblüffende Fähigkeiten! Jetzt weiß ich, warum Ihr, großer Meister, wissen wolltet, wie man Jade altern lässt. Nur so könnt Ihr sie unfehlbar unterscheiden!" Ma Xin ergänzte, dass Feng eine derartige Meisterschaft im Fälschen der Jade erlangt habe, dass die echte von der falschen tatsächlich nicht mehr zu unterscheiden sei.

Als ich sah, wie stolz Feng auf seine Fähigkeiten war, holte ich den Splitter der weißen Jade heraus, die so viel Verwirrung anzurichten imstande war.

„Echt oder falsch? Gut oder schlecht?" Ich sah ihn an und sagte absichtlich humorvoll: „Meister Feng, ich bitte um Eure Unterweisung!" Ich legte die Jade auf den Tisch und schob sie zu Feng hinüber. Feng nahm sie mit zwei Fingern, sah sie eine Weile an, legte sie wieder ab und sagte: „Sie ist falsch."

Dann sah er uns wortlos an. Ohne Eile trank er etwas Tee, den der Junge uns serviert hatte, der zuvor von draußen Wildkräuter und Teeblätter hereingebracht hatte.

„Das Stück, zu dem diese Jade gehört, ist eine hervorragende Imitation. Unter allen Fälschungen ist sie die beste!" Feng spuckte diese Sätze förmlich aus. Ich wartete darauf, dass Feng fortfuhr, aber er schwieg. Er stand auf, ordnete seine Schatzkiste und wies den Jungen an, unsere Pferde mit Futter und Wasser zu versorgen. Dann setzte er sich wieder zu uns und sagte: „Diese Jade ist falsch. Das ist die Antwort, die ihr wolltet. Mehr sage ich nicht."

„Versteht Ihr Euch auch auf Porzellan? Auf nachgemachtes Porzellan?", vergaß ich nicht zu fragen.

„Ein bisschen. Du interessierst dich auch für nachgemachtes Porzellan?" Er blieb weiterhin ernst.

„Ja. Ru-Porzellan", sagte ich.

Er lachte laut.

„Für was auch sonst. Nur Ru-Ware ist so unvergleichlich wunderbar und geheimnisvoll!"

Ma Xin und ich verabschiedeten uns. Beim Abstieg fragte ich ihn: „Kann man ihm vertrauen?"

„Ein Gläubiger würde ihm immer glauben, ein Ungläubiger niemals." Ma Xin drehte sich zu mir um und lächelte mich an. „Ich bin ein Gläubiger."

„Gut gesprochen." Dann fragte ich ihn: „Kann er etwas über die weiße Jadeaxt des Kaisers erfahren haben?"

„Er hat vor vielen Jahren den Palast verlassen und hatte seither nur sehr wenig Kontakt zur Außenwelt." Ma Xin spekulierte fast noch mehr als ich selbst, um mir zu helfen.

„Offensichtlich weiß er etwas", sagte ich. Feng kam mir sonderbar vor. „Kann es sein, dass er etwas über den Fälscher weiß?"

„Vielleicht kam der Fälscher auch zu ihm, um ihn um Rat zu fragen. Immerhin ist er der Experte unter den Experten." Der junge Mann begann zu grübeln und verfiel allmählich in Schweigen.

Nachdem wir Feng verlassen hatten, ritten Ma Xin und ich Seite an Seite einen Bergpfad entlang. Unterwegs machten wir an einem Bach Rast, um Wasser zu trinken. Unter der Wintersonne war mein Rücken schweißdurchtränkt und ich zog mein Obergewand aus, um mich mit einem feuchten Lappen abzureiben. Weil Ma Xin sich wegdrehte, sobald er das sah, neckte ich ihn: „Wir sind zwei ausgewachsene Männer, oder nicht?" Ich wusste schon lange, dass der entblößte Körper für Chinesen ein Tabu ist, aber galt diese Förmlichkeit auch zwischen engen Freunden? Ma Xin lief weg. Ich zog mich wieder an und machte mir einen großen Spaß daraus, ihn zu verfolgen. In einem

Dickicht lief er mir geradewegs in die Arme. Ich hielt ihn fest und zog an seinem Gewand.

„Zieh es aus! Sei tapfer! Wo ist dein Mut, Mann?“

Er rang nach Luft und sah mich ernst an: „Ich will nicht mit dir raufen. Lass los.“

„Gut, ich verschone dich, aber du musst mir dafür bei etwas helfen?“ Nun sprach auch ich stockend. „Hilfst du mir, deiner Schwester eine Nachricht zukommen zu lassen?“

„Du willst, dass ich dir den Heiratsvermittler mache?“, kicherte er.

„Heiratsvermittler?“ Ich verstand das Wort, kannte aber den Ablauf in China nicht.

„Um dich zu verloben, brauchst du einen Heiratsvermittler, oder deine Eltern machen an deiner Stelle einen Heiratsantrag. Wie wäre das?“ Ma Xin hörte bei seinen Erklärungen nicht auf zu schmunzeln. „Du brauchst mich nicht weiter zu fragen, ich habe selbst keine Erfahrungen.“

„Was ist, wenn meine Eltern nicht mehr leben?“

„Dann macht der Heiratsvermittler direkt den Antrag.“

„Was ist, wenn der Vater des Mädchens nicht mehr lebt?“

„Dann muss der Antrag vielleicht bei der Mutter des Mädchens gemacht werden.“ Beim Plaudern gingen wir zu den Pferden zurück. Ma Xin sprach neckend, aber auch mit einem Hauch von Ernst.

„Wie macht man einen Antrag? Sag es mir schnell!“ Ich fuhr fort: „Was ist, wenn die Mutter des Mädchens krank ist?“

„Wie? Du willst wirklich um die Hand von Ma Lian anhalten?“ Ma Xin versuchte aus meinem Tonfall meine wirkliche Meinung zu ergründen.

„Wäre deine Familie denn einverstanden?“, fragte ich ohne nachzudenken.

„Du willst ihr ernsthaft einen Antrag machen?“ Ma Xin sah mich immer noch ungläubig an. „Die Gelegenheit, so etwas zu besprechen ist außerordentlich ungünstig." Sein Lächeln verschwand und mit ihm der unbeschwerte Moment. Auch mir wurde das Herz wieder schwer.

„Wie es aussieht, habe ich keine Wahl", antwortete ich. „Meinst du, deine Mutter könnte den Antrag eines Ausländers akzeptieren?"

Er antwortete nicht. Nach einer Weile sagte er: „Wenn du vorhast, in Zukunft in dein Land zurückzukehren, wird sie fürchten, ihre Tochter zu verlieren. Diese Sorge könnte es ihr schwer machen, den Antrag anzunehmen."

„Und wenn ich in China bleibe?"

„Ich weiß es nicht. Warum versuchst du es nicht einfach?" Ma Xin lächelte. „Von meiner Mutter mal ganz abgesehen, ist meine Schwester ein eigenwilliger Mensch. Sie ist schon so alt und nicht ohne Grund noch nicht verheiratet."

„Alt?"

„Ja. Sie ist fünfundzwanzig Jahre alt und hat damit das heiratsfähige Alter längst überschritten. Bei uns ist zwanzig schon zu alt."

„In welchem Alter heiraten denn die Mädchen hier normalerweise?"

„Mit sechzehn oder siebzehn. Wenn sie zwölf oder dreizehn sind, fangen die Eltern an, nach einer passenden Partie Ausschau zu halten und die Hochzeit vorzubereiten."

„Aber warum ist sie dann noch nicht verheiratet?"

„Das kann ich dir nicht sagen. Das musst du sie schon selbst fragen."

„Wann werden wir uns sehen können?"

„Du weißt, wie kompliziert die Leute hier wegen der Etikette sind. Ihr könnt euch nicht einfach nach Belieben treffen. Wir müssen uns einen Weg überlegen."

„Wenn ich in den nächsten Tagen einen Heiratsvermittler zu euch schicke, was wäre der nächste Schritt?"

„Du würdest nach deinem Namen und deinen derzeitigen Lebensumständen gefragt. Dann werden die acht Zeichen der potenziellen Brautleute verglichen."

„Die acht Zeichen?“

„Wir Chinesen lesen aus den acht Zeichen die Zukunft und den Charakter eines Menschen. Wenn die acht Zeichen passen, wird der Fortlauf der Eheanbahnung wesentlich reibungsloser verlaufen.“

„Und wenn sie nicht passen?“

„Meine Familie glaubt an den wahren Gott und nicht an solche Sachen“, erklärte Ma Xin lächelnd. „Andererseits musste meine Familie so viel Kummer erdulden, dass es sein kann, dass sie nicht in der Stimmung sind, sich mit so etwas zu beschäftigen.“

„Aber es geht um das Leben deiner Schwester!“, gab ich eilig zurück.

„Bist du dir so sicher, dass sie deine Gefühle erwidert und bereit sein wird, dich zu heiraten?“

„Ach, hast du mir das nicht gesagt?“ Ich zog die Jadezikade an der Kordel um meinen Hals hervor.

„Gut. Wenn du dir so sicher bist, dann komm und mache einen Antrag. Auf was wartest du noch?“

„Auf deine weitere Hilfe. Wie heißt es auf Chinesisch: ‚Die Wellen schlagen und dem Sturm helfen‘?“

Ma Xin sah mich an, als ob er mir widersprechen wollte, unterbrach sich aber. „Wei Han, ich weiß wirklich nicht, wie ich dir helfen kann. Unsere Familie ist in Not, und ich befürchte, dass ich in Zukunft keine Zeit mehr haben werde, dich öfter zu treffen.“

„Ich weiß sehr genau, wie es um deine Familie bestellt ist, aber wir sind Freunde und ich brauche hierbei deine Hilfe“, sagte ich mit einem schmerzhaften Lächeln.

„Bist du kein erwachsener Mann? Warum sind dir die Gefühle zwischen Mann und Frau derart wichtig? Die Welt ist so groß. Irgendwo am Horizont findest du deine Blume.“ Ma Xin lachte mich an. „Ah! Aber weil du wirklich mein Freund bist, möchte ich im nächsten Leben ein Ausländer sein und da leben, wo du herkommst. Ich habe immer davon geträumt, eines Tages andere Länder zu bereisen."

Das war ein Traum, der mir noch bei keinem anderen Chinesen begegnet war. In China geht niemand das Abenteuer ein, in ein anderes Land zu reisen, es sei denn, er ist in Not oder auf der Flucht vor den Behörden. Und wenn sich doch einer ohne Not aufmacht, dann wird er von den anderen geächtet. Ich habe gehört, dass es in Batavia[18] ein grausames Massaker an Chinesen gab und dass einige Hundert dabei starben. Als der chinesische Kaiser davon erfuhr, sagte er nur: „Diese Leute haben dem Land ihrer Ahnen den Rücken gekehrt, sie haben den Tod verdient."

„Wenn du wirklich davon träumst, würde ich dich gern begleiten", tröstete ich ihn. Aber plötzlich machten mich meine Worte traurig. Er hatte recht. Wir durchlebten schwierige Zeiten und wussten noch nicht, wohin uns das Schicksal verschlagen würde. Es war in der Tat überflüssig, solche Pläne zu schmieden. Ich sah in sein Gesicht, weiß wie Ding-Porzellan und mit einem Ausdruck unbeschreiblicher Zärtlichkeit. Unwillkürlich näherte ich mich ihm und auch er schien darauf zu hoffen. Ich war ihm so nah, dass ich fast seine köstlichen Lippen hätte küssen können. Meine Zunge berührte leicht seinen Mundwinkel und eine zarte Wärme zog sie hinein. Nie hätte ich erwartet, dass ich so sehr die Kontrolle über mich verlieren würde. Es blieb mir nichts anderes übrig, als mich auf Gedeih und Verderb in seine Milde fallen zu lassen. Meine Leidenschaft erhob sich ungezügelt und brannte mit mir durch wie ein Pferd. Doch noch mit geschlossenen Augen drang Ma Xins Stimme an mein Ohr, und sie rief meinen Namen. Das brachte mich wieder zur Besinnung. Ma Xin war auf Abstand gegangen und ordnete sein Gewand für den Aufbruch.

---

18 Anm. d. Ü.: Heute Djakarta.

Wir hörten Hufgeklapper und es wurde so viel Sand aufgewirbelt, dass ich meine Augen kaum mehr aufbekam. Doch mein Gefühl sagte mir, dass das gelbe Banner, das ich kurz erspäht hatte, zur Leibgarde des Kronprinzenpalais gehörte. Ein Beamter auf einem hohen Ross ritt langsam aus den Reihen hervor und befragte uns: „Wo kommt ihr her? Wie heißt ihr?“ Nun erkannte ich deutlich, dass es tatsächlich die Truppen des Kronprinzen waren, und antwortete prompt: „Ich bin Wei Han. Und das ist ein Freund.“

„Ein Freund? Und wie heißt der Freund?“ Er sprach nun zu Ma Xin und würdigte mich keines Blickes mehr.

„Mein unbedeutender Name ist Zhang. Ich stamme aus Jilin und bin ein Abkömmling des weißen Banners. Ich bin in die Hauptstadt gekommen, um entfernte Verwandte zu besuchen“, antwortete Ma Xin ungerührt und mit einem völlig unschuldigen Gesichtsausdruck.

„Zhang? Und der ganze Name?“, insistierte der Mann scharf. „Zhang Sheng“, sagte Ma Xin.

„Zhang Sheng? Führt ihn ab!“, befahl der Offizier des Kronprinzen und wollte sich von mir verabschieden.

Ma Xin wurde vom Pferd gezogen.

„Halt! Warum führt ihr ihn ab? Was hat er verbrochen?“ Ich stellte mich ihnen in den Weg und trat näher, um Ma Xin zu ermutigen. „Keine Sorge. Ich lasse es nicht zu, dass sie dich abführen.“

„Da gibt es einiges, das du nicht weißt. Es ist ihm verboten, sich Ausländern zu nähern“, sagte der Offizier, aber er klang nicht mehr ganz so überzeugt.

„Er hat sich mir nicht genähert. Wir sind schon länger Freunde“, beeilte ich mich zu sagen. Mein Gewissen würde es nie erlauben, dass er abgeführt wird. Ich würde bis zum Äußersten gehen, um das zu verhindern.

„Ihr kennt euch schon länger?“, fragte der Offizier skeptisch. Er sah mich streng an, schien aber etwas zu schwanken.

„Ich schwöre bei meinem Leben, dass er ein guter Freund von mir ist." Ich sprach laut und deutlich, und ja, wenn es nötig sein sollte, würde ich mein Leben für ihn einsetzen. Ich konnte und wollte nicht mit ansehen, wie Ungerechtigkeit über meinem Freund hereinbrach.

„Na gut."

Ma Xin durfte wieder aufstehen und zu seinem Pferd gehen.

„Ihr könnt gehen", sagte der Offizier.

Ma Xin schenkte mir einen Blick voller Gefühl. Ohne ein weiteres Wort bestieg er sein Pferd und ritt davon.

Beijing, 21. Dezember 1767

Das Bild hat sich unauslöschlich in meine Erinnerung gebrannt: Ma Xins Blick voller Leidenschaft, bevor er aufs Pferd stieg. Ich war verwirrt. Mein Mund war trocken und schmeckte bitter. Seit Stunden lag ich auf dem Bett und wand mich vor Scham. Ich rief mir den gestrigen Tag wieder und wieder ins Gedächtnis. Die Situation, kurz bevor wir uns trennten. Als wäre ein Geheimnis wie eine Spinne in einer dunklen Ecke verborgen gewesen und nun plötzlich hervorgekommen, um offen durch mein leeres Zimmer zu spazieren. Ich sah auf einmal nur zu klar. Und erschrak ob der Finsternis in mir.

Am liebsten würde ich mich erbrechen. Ich hatte mich gestern Abend betrunken, aber nach einem kurzen Nickerchen hatte ich die restliche Nacht kein Auge mehr zugebracht. Mir graute. Es war, als stünde ich an einem Abgrund und wäre kurz davor, in seine unendlichen Tiefen zu stürzen. Der Meister meines Herzens schien mich ohne Vorwarnung verlassen zu haben. Nun war niemand mehr da, der mir sagte, was ich tun sollte. Und was ich nicht tun sollte.

Ich liebe Ma Lian. Unverbrüchlich. So glaube ich zumindest.

Aber ich habe auch eine große Zuneigung zu ihrem Bruder Ma Xin gefasst, sogar ein körperliches Verlangen. Was war nur passiert? Ich bin gern in seiner Nähe, seiner schlanken und anmutigen Gestalt. Ähnelt er nicht einem jungen Mädchen? Was ist los mit mir? Ich kann mir nicht erklären, was mich so zu ihm hinzieht. Bin ich etwa ein Sodomit? Nein. Das kann nicht sein. Das würde mein Selbstverständnis völlig über den Haufen werfen. Wie könnte ich?

Vielleicht sollte ich meinen Heiratsantrag bei der Ma-Familie so schnell wie möglich vorbringen. Wenn ich nur mit Ma Lian sein kann, wird sich meine Verwirrung lösen.

Beijing, 23. Dezember 1767

Es ergab sich die einmalige Gelegenheit, dass mich 67, der Vorsteher des Palastofens, seine Werkstatt besichtigen ließ. Der Grund dafür war unklar. Ich war ihm für dieses ungewöhnliche Verhalten jedenfalls von Herzen dankbar. Ich vermutete, dass diese Gunst unter dem stillschweigenden Einverständnis des großen Palastmalers Castiglione gewährt wurde.

Der Ofen befand sich im äußersten Norden des Yuanmingyuan in einem unauffälligen Vierseitenhof inmitten der Wohnungen der pensionierten Eunuchen. Dort stellten einige Porzellanmeister für den Kaiser Famille-rose-Porzellan her. Meister Zhuang war auch da und erklärte mir in groben Zügen die Porzellanherstellung im Palast.

„Die Rohlinge kommen aus Jingdezhen“, sagte er. „Der größte Unterschied zwischen Jingdezhen und hier liegt in der Bemalung des Porzellans. Die meisten Motive stammen von den Lieblingsmalern des Kaisers, wie Meister Castiglione, der viele Vorlagen für uns gemalt hat. Sobald die Bilder hierher geliefert werden, tragen wir die Farbe auf die Glasur auf und machen den Dekorbrand." Die Maler benutzten Goldpurpur oder Cassius'schen Purpur, der von Europa nach China importiert worden war und von den Chinesen „ausländische Farbe" oder „Rosenfarbe" genannt wird. Der Ofen war von Handwerkern aus Jingdezhen in der üblichen Eiform gebaut worden, und auch die Brenner kamen aus Jingdezhen. Die Herstellung unterschied sich in nichts von der in Jingdezhen, außer dass die hiesige Qualitätskontrolle noch strenger war. Denn der oberste Kontrolleur war der Kaiser selbst. Häufig kam er, um Farben, Glasuren und Muster zu prüfen, und zerschlug dann gelegentlich unbefriedigende Ergebnisse vor den Augen ihrer Macher.

Zhuang zeigte mir das Ultramarin, das sie benutzten, und zermörserte etwas davon.

„Das beste wird mit Zinnober angereichert, das zweitbeste mit Silber." Er fügte hinzu: „Wenn man das Ultramarin pur benutzt, verläuft es, so dass man Azurit je nachdem im Verhältnis zehn zu eins oder vier zu sechs hinzufügen muss. Gibt man Wasser hinzu, wird die Farbe noch leuchtender."

Im Palastofen wurde nicht nur Fünffarbenporzellan, sondern vor allem auch Famille rose hergestellt. Dafür wurden die Schmelzfarben auf durchscheinend weiß glasiertes Porzellan aufgetragen, so dass Farben von so unnachahmlicher Eleganz und rosiger Anmutung entstanden, dass man die Gefäße liebkosen und nicht mehr aus der Hand geben wollte.

Am meisten überraschte mich, dass sie sogar Porzellan mit europäischen Szenen bemalten. Als ich das sah, konnte ich es kaum fassen, dass ich den weiten Weg nach China gekommen war, um ihre Geheimnisse der Porzellan-

herstellung zu ergründen, nur um festzustellen, dass die Chinesen eifrig dabei sind, die europäische Malweise zu kopieren.

Beijing, 24. Dezember 1767

Als ich das Haupttor des Palastes durchschritt, wartete dort ein Eunuch aus dem Ministerium für innere Angelegenheiten auf mich. Er wollte, dass ich ihn zu seinem Vorgesetzten Dai Hun begleitete.

„Über was möchte er mich belehren?“, fragte ich höflich, aber der junge Eunuch erwiderte die Freundlichkeit nicht, sondern schwieg distanziert. Der Minister für innere Angelegenheiten stand zugleich dem Finanzministerium vor und war für alle Angelegenheiten des Palastes zuständig. Während meiner ganzen Zeit im Palast hatte ich nie die Gelegenheit gehabt, ihm zu begegnen. Er war ein jüngerer Cousin des Kaisers, der nur selten in Erscheinung trat. Wenn er mich auf einmal sehen wollte, musste es um eine größere Sache gehen. Unbewusst rückte ich meine Kappe zurecht, atmete tief durch, um mich zu beruhigen, und folgte dem Eunuchen in einen abgeschlossenen Flügel des Palastes, zu dem normalerweise nur die höchsten Beamten Zugang hatten. Davor lag das Büro für politische und militärische Angelegenheiten.

Dai Hun, der Minister für innere Angelegenheiten, war ein kultivierter und belesener Mann. Er pries meine Vertrautheit mit der chinesischen Sprache und fragte, ob ich mich an den chinesischen Alltag gewöhnt hätte. Ich beantwortete alle seine Fragen, doch schien ihn anderes zu beschäftigen. Es war ihm anzusehen, dass er nur der Höflichkeit Genüge tat, um dann sehr schnell zum Kern seines Anliegens vorzustoßen.

„Wei Han, Mann aus dem Kurfürstentum Sachsen, vierunddreißig Jahre alt, Mineraloge, fachkundig in der Bestimmung von Edelsteinen, spricht Chinesisch, Deutsch, Englisch, Französisch, Italienisch und Latein, ist betraut mit einem Läuferamt im Quartier zum Glückszepter ...", las der Minister aus einer Schriftrolle vor, sah auf, warf mir einen Blick zu und fragte: „Seid Ihr das? Ist das korrekt?"

Ich stimmte zu und fügte hinzu, dass die Aufzählung fehlerlos sei.

„Bitte klärt mich auf, ob Ihr, bevor Ihr nach Beijing kamt, in Jingdezhen gewesen seid." Er sah nicht einmal auf, als er mich das fragte.

Ich erschrak. Damit hatte ich nicht mehr gerechnet. „Ja, ich bin dort gewesen." Es hatte keinen Sinn, es zu leugnen, selbst wenn ich gewollt hätte.

„Was habt Ihr da gemacht?" Sein Lächeln war fast verschwunden, als er mich mit zusammengekniffenen Augen ansah und dabei durch seinen graumelierten Kinnbart strich. „Ich habe in Sachsen einen Freund, der ein großer Porzellanliebhaber ist. Er bewundert chinesisches Porzellan, und weil er nicht selbst nach China kommen kann, bin ich für ihn nach Jingdezhen gefahren, um es mir anzusehen." Ich blieb so dicht wie möglich an der Wahrheit.

„Seid Ihr ein Kaufmann? Wolltet Ihr für Euren Freund mit Porzellan handeln?" Dai Huns Kinnbart war akkurat gekämmt und er schien von robuster Gesundheit zu sein. Seine Augen funkelten, als er mich direkt ansah.

„Ich bin kein Kaufmann. Ich wollte nur meinem Freund zu Diensten sein und mir Porzellan ansehen." Ich hatte schon gehört, dass in diesem Land, das sich für die Mitte der Welt hält, die Gesellschaft in vier Klassen geteilt ist – in Gelehrte, Bauern, Handwerker und Kaufleute, wobei die Kaufleute den niedrigsten Rang einnehmen. Kann es sein, dass Handel ein schweres Verbrechen ist?

„Ihr behauptet, kein Kaufmann zu sein, trotzdem benehmt Ihr Euch wie jemand, der als Vermittler für einen anderen Handel treibt. Wie wollt Ihr das vor dem Kaiser rechtfertigen?" Dai Hun wirkte nun etwas unbehaglich. „Dies entspricht nicht Eurem Status."

„Nein. Ich habe mit nichts Handel getrieben", unterbrach ich ihn.

Doch der Kinnbart fuhr fort: „Jemand sah Euch in einem Porzellanladen Geschäfte machen."

„Ich habe nur Erkundigungen eingeholt. Ich habe nie mit etwas gehandelt", sagte ich mit fester Stimme. Aber der Sturm, der sich über mir zusammengebraut hatte, war kurz davor, loszubrechen. Ich hörte schon weit entfernten Donner und die Regentropfen, die in Form von Tinte das Schreibpapier durchweichen würden. Die Spatzen pfiffen es von den Dächern.

„Du bist ein Händler und hast dies nicht dem Thron gemeldet, sondern dich als Mineralogen bezeichnet. Das gilt als ‚Irreführung des Herrschers' und damit als schweres Verbrechen." Der Minister legte das Schriftstück auf den Tisch und fragte erneut: „Was ist also dein Status? Bist du ein Kaufmann?"

„Nein, ich bin kein Kaufmann, ich bin Mineraloge", wiederholte ich.

Wieder stand ich einem chinesischen Beamten gegenüber und hatte große Angst, nicht verstanden zu werden. Aber wie sollten sie mich auch verstehen? Hatte ich sie denn je verstanden? Ich habe mich immer als höfischen Scharlatan gesehen, der aus Mangel an einer anderen Beschäftigung nicht nur den Kaiser belügt und betrügt, sondern auch Geheimnisse der Porzellanherstellung stehlen will. Ja, ich führe Übles im Schilde, nur dass es noch niemand herausgefunden hat. Trotzdem fürchte ich ein Verhör, weil mich einer des Handels angeklagt hat? Handel war nicht mein Vergehen, aber ‚Irreführung des Herrschers' traf zu. Nur verstanden sie es nicht und waren auch nicht in der Lage dazu. „Du sagst, du bist kein Kaufmann und hast in Jingdezhen nicht mit Porzellan gehandelt?“ Der Cousin des Kaisers verbarg seine persönlichen Gefühle, so dass er nur wie ein höflicher Herr wirkte.

„Ich versichere, dass ich in Jingdezhen nie mit Porzellan gehandelt habe“, erwiderte ich mit stählerner Stimme, um meine innere Unruhe zu verbergen.

„Ruft Zhao Ming!“, befahl der hohe Beamte seinen Untergebenen und betrachtete mich kühl. „Jemand sagt, dass er mit eigenen Augen gesehen hat, wie du in Jingdezhen Handel getrieben hast.“

Zhao Ming wurde geholt. Zhao Ming? Die Zeit war in so vielen Tropfen vorbeigegangen, so viel Wasser war die Elbe heruntergeflossen. Eilig durchforstete ich mein Gedächtnis nach Eindrücken aus Jingdezhen. Zhao Ming? Wer hatte mich in Jingdezhen gesehen und beschuldigte mich jetzt des Handels?

Zhao Ming erschien. Er war ein Palasteunuch und ich erkannte ihn nicht. Wie sehr ich mich auch bemühte, konnte ich mich nicht an ihn erinnern.

„Zhao Ming, hast du den Ausländer hier schon mal gesehen?“, fragte der Minister.

„Der Sklave kennt diesen Ausländer. Er hat ihn in Jingdezhen viele Male gesehen.“ Zhao Ming klang sehr selbstbewusst. Aus welchem Grund auch immer schien er mich zu verabscheuen.

„Ich habe nie mit Porzellan gehandelt“, beharrte ich.

„Zhao Ming, hast du gesehen, welches Porzellan er gekauft hat?“, fragte der Minister weiter.

„Der Sklave hat nicht darauf geachtet, was er für Porzellan gekauft hat.“

Der Minister für innere Angelegenheiten beendete die Befragung und entließ Zhao Ming. Dann wedelte er mit der Hand in meine Richtung. Ich verstand nicht, dass diese Handbewegung bedeutete, dass auch ich entlassen war. Jemand teilte mir mit, dass ich gehen könne.

Tief in Gedanken verließ ich diesen Ort.

Auf dem Weg dachte ich immer noch angestrengt darüber nach, wer Zhao Ming war. War ich ihm in Jingdezhen begegnet? Warum behauptete er, dass ich Handel trieb? So viel ich auch grübelte, kam ich doch zu keinem Schluss.

Um Mitternacht ging ich zur Nordkirche, um die Christmette zu besuchen. Wie viele Jahre war ich schon in keinem Gottesdienst mehr gewesen? Als wir die Choräle sangen, dachte ich kurz, ich hätte in der Menge der chinesischen Gläubigen Ma Lian gesehen. Ich geriet in eine Art Trance und sah Ma Lian auch in der Marienstatue. Allein und voller Sorge verbrachte ich die Weihnacht.

Gerade eben, als ich im Licht der Öllampe mein Tagebuch schrieb, döste ich beim Schreiben ein und stieß den Parfumflakon um, den ich in Paris gekauft hatte. Das Parfum fing an der Lampe Feuer und setzte den Tisch in Brand. Beinahe hätte es auch mein Haar versengt.

Beijing, 25. Dezember 1767

Ich würde so gern zum Haus der Mas reiten und Ma Lian besuchen. Oder Ma Xin? Mein Herz ist immer noch von Verwirrung umwölkt. Ich hatte erst daran gedacht, im kleinen Tempel der Mas beten zu gehen, aber ich tat gar nichts. Wie Ma Lian und Ma Xin wohl Weihnachten verbringen? Beten sie? Wie viele Tage habe ich noch zu leben? Wie viele es auch sein mögen, bereite ich mich darauf vor, sie alle meiner Liebe zu Ma Lian zu widmen. Ich grübelte und grübelte. Meine Liebe zu Ma Lian erstreckt sich auf alles um sie herum, also auch auf Ma Xin. Ich bin kein Sodomit. Ich war nur für einen Moment verwirrt. Denn wenn ich ein Sodomit wäre, warum weiß ich dann nichts davon? Oder bin ich doch einer und habe es jetzt erfahren?

Ich mache mir auch Sorgen, ob Ma Xin seiner Schwester von diesem Moment erzählt hat. Ich vermisse Ma Xin, doch ich dürste danach, Ma Lian zu sehen.

Beijing, 26. Dezember 1767

Beunruhigt näherte ich mich dem Palasttor. Ich hatte mich für einen Umweg entschieden und wollte den Palast von der Westseite her betreten. Viele große Sänften standen vor dem Tor. Offenbar sollte ein wichtiges Treffen stattfinden. Die akkurat gekleideten Beamten warteten schon lange auf die Morgenaudienz. Als die Zeit gekommen war, den Palast zu betreten, fragten die Palastwächter jeden nach seinem Namen und verglichen diesen mit einem Register. Als ich an der Reihe war und meinen Namen sagte, suchte der Wärter sehr lange und wandte sich schließlich an einen höherrangigen Wärter. Schließlich teilten sie mir mit, dass mein Name gestrichen worden war und meine Anwesenheit im Palast nicht länger erforderlich sei. „Gestrichen? Nicht länger erforderlich?" Ich hatte sie schon verstanden, wiederholte aber unwillkürlich, was sie gesagt hatten.

„Du wurdest einberufen, aber man konnte dich nicht finden. Wo wohnst du? In welcher Kirche?", fragte der Wärter.

„In der katholischen Kirche", antwortete ich. „In der Nordkirche." Tatsächlich wohnte ich gar nicht mehr in der Nordkirche, aber wen kümmerte das?

„Jemand ist mit dem Ruferlass dorthin gegangen, aber du warst nicht da." Er schlug das Register zu. „Es ist außerordentlich dummdreist, sich vor einem kaiserlichen Erlass zu verstecken." Er starrte mich an und schwieg.

Ich hatte keine Ahnung, was vorgefallen war. Ich spekulierte, ob vielleicht dieser mächtige Kinnbart üble

Absichten verfolgte. Ich war völlig durcheinander. Plötzlich bekam ich Angst, dass die Wachen mich festnehmen würden, aber sie taten es nicht. Sie sahen mich nur an. Und ich sah sie an. Voller Verwirrung drehte ich mich um und verließ diesen Ort. Dabei stieß ich unachtsam gegen die vordere Stange einer großen grünen Sänfte, stolperte und fiel zu Boden. Bleich vor Schmerz richtete ich mich wieder auf. Niemand entschuldigte sich bei mir. Stattdessen überprüften die Träger, ob die Tragestange Schaden genommen hatte. Ich streckte mich und schritt von dannen. Ich machte mich direkt auf den Weg zur Unterkunft der Missionare in Haidian. Castiglione war nicht da. Er war sicher schon zum Quartier zum Glückszepter aufgebrochen. Die anderen Missionare befanden sich in einer heftigen Diskussion im Wandelgang hinter den Schlafräumen. Doch sobald sie mich kommen sahen, verfielen sie in Schweigen. Alle starrten mich an, keiner sagte ein Wort.

Ich sagte: „Guten Tag!"

Alle antworteten: „Guten Tag! Guten Tag!" Im Übrigen schwiegen sie wie Steine. Die Furcht vor dem Unbekannten, Namenlosen starrte mich an wie ein Tiger seine Beute. Ich fragte die Missionare, was passiert sei. Warum sie schwiegen. Einer von ihnen, ein Mönch in einem groben, braunen Habit, musterte mich kalt. Was habe ich nur verbrochen?, wollte ich sie fragen. Aber ich wusste nicht, wen ich fragen sollte. Sie warteten darauf, dass ich verschwand. Ihre Blicke sagten mir, je schneller, desto besser.

Ich ging auf die Straße zurück. Eine ganz gewöhnliche, winterliche Straße. Gestern Abend war nichts geschehen, nichts war passiert. Genauso wenig wie heute Morgen.

Die Sonne schien nicht, die Straßen waren überfüllt und laut. Diese Stadt war wie immer: ignorant, verschlossen, angespannt. Die Menschen mit ihrem kalten, stumpfen Starren klumpten sich in Gruppen zusammen, ohne an anderen nur das geringste Interesse zu haben. Auf einmal verabscheute ich diese gleichgültigen Menschen.

In diesem Moment wäre es mir lieber gewesen, sie hätten mich einen Teufel geschimpft oder versucht, mich zu köpfen. Es wäre mir lieber gewesen, sie hätten mich angebrüllt, als länger dieses beängstigende Schweigen zu ertragen – diese furchteinflößende Demütigung.

Beijing, 27. Dezember 1767

Ich bin wieder zum Haus der Mas gegangen. Ich habe vor der Tür gestanden, aber nicht geklopft und auch keine Nachricht hinterlassen. Ein feiner Regen setzte ein, der mein Gewand durchweichte, aber ich stand da, als sei ich innerlich festgefroren. Der Torwächter bat mich schließlich herein, um meine Kleider zu trocknen, und bot mir heißen Tee an.

Ich bekam weder Ma Lian noch Ma Xin zu Gesicht. Sie seien nicht da, antwortete der Torwächter zögernd. Ich bat, in die Kapelle im hinteren Garten gehen zu dürfen, um zu beten. Der Wächter war zunächst widerstrebend, gewährte mir aber schließlich meinen Wunsch. Ich betrat diese kleine, versteckte Kapelle, setzte mich hin und versank mit Blick auf die Marienstatue in Gedanken. Ich kniete nieder.

„Gott, bitte gib mir die Kraft", betete ich. Obwohl kein Katholik, betete ich auch zur Jungfrau Maria, ungewiss, ob irgendjemand mich erhören würde. Ich warf mich nieder, stand wieder auf und bekreuzigte mich ernst. Ich blieb fast zwei Stunden in der Kapelle. Der Torwächter kam hin und wieder verstohlen vorbei, um einen Blick in die Kapelle zu werfen und zu überprüfen, ob ich noch da war. Ein Diener geleitete mich schließlich von der Kapelle durch den Garten. Im vorderen Hof erhaschte ich einen Blick auf eine Frauengestalt. Sie war es! Ma Lian! Sie lächelte mich an und verschwand hinter einer Tür. Dieses

Bild hatte mich so in seinen Bann geschlagen, dass ich mich nicht mehr rühren konnte.

„Ma Lian", hauchte ich. Es war mir, als träumte ich, als sei ich in einen Traum gefallen wie in eine Oper von Pietro Metastasio, die ich einmal in Wien gesehen hatte. Ich zitterte wie nie zuvor, vor Scham und vor Verlangen. Ma Lian, du bist die Frau, die ewig in meinem Herzen wohnt. Weißt du das?

Aber so sehr ich ihn auch anflehte, war der Diener nicht bereit, mich zu ihr zu bringen. Erst behauptete er, es sei gar nicht Ma Lian gewesen, dann dass sie unpässlich sei und keine Besucher empfangen wolle. Ich weigerte mich zu gehen, und so verharrten wir unnachgiebig, bis die Nacht hereinbrach und mir nichts anderes übrig blieb, als frustriert zu gehen.

Beijing, 28. Dezember 1767

Am späteren Nachmittag war ich hungrig und durstig, also ging ich auf einen Imbiss zum Qianmen-Tor. In einem Lokal sah ich Jesuiten um einen irdenen Topf sitzen. Ich gesellte mich zu ihnen und fragte nach Neuigkeiten aus dem Kaiserpalast. Ich war ihnen sehr dankbar, dass sie mich nicht abwiesen. Einer der Missionare sagte: „Der Kronprinz wurde festgenommen und ins Gefängnis geworfen. Man hat ihm bereits seinen Titel als Kronprinz aberkannt."

„Aus welchem Grund?" Ich war wie vom Donner gerührt.

„Das ist unklar. Vielleicht hat es mit seinem arroganten Benehmen zu tun. Es hieß allgemein, dass er es nicht abwarten könne, Kaiser zu werden", sagte ein anderer Missionar. Über mich hatten sie nichts gehört. Sie wussten weder, warum ich aus dem Register der Abteilung für innere Angelegenheiten gestrichen worden war, noch wann man mich von meiner Arbeit entbunden hatte. Als ich davon berichtete, hörten sie aufmerksam zu. Einer berichtete, dass der Kaiser derzeit nicht in guter Stimmung sei und oft die Morgenaudienz absage. Auch hätte er einmal seinen ältesten Sohn in aller Öffentlichkeit abgekanzelt.

Dieses Land machte gerade schwierige Zeiten durch, aber das Einzige, was die Missionare interessierte, war, welche Haltung der Thronfolger gegenüber der Verbreitung der katholischen Lehre einnehmen würde. Sie waren sich sicher, dass keiner der möglichen Nachfolger die westlichen Ausländer freundlich behandeln würde.

„Was passiert dann mit der Ma-Familie?", fragte ich und brachte das Gespräch so auf ein Thema, das uns alle beschäftigte. Niemand wagte zu antworten.

Die Schatten der Nacht tanzten durch die Straßen Beijings und das Trommeln des Nachtwächters klang schauerlich einsam und traurig. Das Schicksal schien an Fahrt zuzunehmen. Ich verließ das Lokal, in dem auch Hundefleisch und Hirschblut angeboten wurden, und kehrte in meine Herberge zurück, wo ich allein ein Kännchen Schnaps trank.

Ich öffnete einen Koffer und fand ein Zeichenbuch, in das einige lose Bleistiftskizzen eingelegt waren. Unter ihnen waren viele Ansichten und Szenen aus Städten, die ich besucht hatte, wie Siena oder Florenz, aber auch Dresden, Weimar und sächsische Wälder. Beim Durchblättern stiegen all die Erinnerungen wieder hoch. Europa ist so weit weg. Was ist aus all den Leuten geworden?

Ich vertiefte mich in das Portrait, das ich von Helena gezeichnet hatte. Ihre Miene war ernst und sie schien zu fragen: „Wie konnte es so weit kommen? Wie ist das passiert?" Gedankenverloren strich ich über meinen Bart, der ungezügelt wuchs. Ich hielt die Skizzen in die Öllampe und ließ sie Feuer fangen. Als ich zusah, wie die Flammen in einer Schale die Bilder verzehrten, war mir, als würde ich die Erinnerungen zu Grabe tragen. Ich sah so lange zu, bis alles zu Asche verbrannt war.

Ich fingerte die Jadezikade hervor und legte sie neben Narzissen, die ich mir gekauft hatte, auf den Tisch. Ich nahm Heft und Stift und zeichnete die Jadezikade mit den Narzissen. Als ich versuchte, die mir so innerst Vertraute einzufangen, drangen alle meine Gefühle an die Oberfläche. Ich kann es nicht beschreiben, aber es war betörend. Ich konnte sie nicht zeichnen, nur den Schmerz fühlen. Schönheit lässt einen leiden, weil Schönheit der Ausdruck von Gefühl ist. Schönheit ist eine Haltung und kann nur durch das Auge des Gefühls erfasst werden. Die dunkle Nacht umfing allmählich meine Seele, aber ich empfand keine Furcht.

Ich weiß sehr gut, dass ich in einen Sumpf gesunken bin, aus dem ich mich allein nicht herausziehen kann. Vielleicht bringt die Zukunft Unheil, aber welches Unheil könnte schlimmer sein als mein jetziges? Ein unbeschreiblich grausamer Wandschirm trennt mich von Ma Lian, so dass ich sie nur aus der Ferne verehren kann. Und ich bin immer noch außerstande, meine Verbindung zu Ma Xin zu verstehen. Wenn er und seine Schwester sich zu einer Person verbänden, könnte es auf der Welt keinen besseren Menschen geben. Bis jetzt ist es mir nicht gelungen, Ma Lian näherzukommen. Es ist beschämend, dass ich meine Liebe zu ihr nur verstohlen ausdrücken kann. Aber jedes Mal, wenn ich an Ma Xin denke, fürchte ich, meine Seele verloren zu haben.

Hochverehrter Freiherr von Seydewitz,

die letzten Monate in Beijing habe ich innerhalb und außerhalb der Stadt, in den blauen Gefilden des Himmels und den Tiefen der gelben Quellen nach dem Porzellan gesucht, das Sie und der Kurfürst so schätzen.

Zunächst muss ich Ihnen mitteilen, dass sich das Porzellan, das im Palast hergestellt wird, nicht wesentlich von dem in Jingdezhen unterscheidet. Nur kann der Kaiser hier die Herstellung des von ihm benötigten Porzellans direkt überwachen. Ich leugne nicht, dass die Technologie der Porzellanherstellung in China der unseren immer noch überlegen ist. Allerdings nicht mehr sehr. Ich denke, dass Meißen sehr nah dran ist und dass der Herstellungsprozess kein Problem mehr darstellt. Bei den farbigen Glasuren können wir noch aufholen. Vor allem muss Meißen aber intensiv am Stil der Malerei arbeiten. Und dafür, so meine Meinung, muss man nicht nach China reisen. Ich bin davon überzeugt, dass sich, wenn Meißen diese Vögel, Blumen und Landschaften im chinesischen Stil durch Motive und Kultur aus unserem eigenen Land ersetzen würde, ein breiter Weg für sein Porzellan auftun wird. Ich denke, die Franzosen hatten recht, sehr recht sogar, als Madame Pompadour nichts anderes tat, als Sèvres anzuweisen, den chinesischen Einfluss abzuschütteln. Das heutige China hat uns nichts zu bieten und das alte China ist unwiederbringlich verloren.

Vor über vier Jahren haben Sie mir dieses eine, unvergleichliche Porzellan gezeigt. Es wird „Ru-Porzellan" genannt und ist eine echte Rarität. Es wurde nur unter den zwei Song-Kaisern Zhezong und Huizong hergestellt, die meines Wissens von 1085 bis 1125 regierten. Weil die Herstellungszeit so kurz war, sind nur sehr wenige Stücke erhalten geblieben. Es gibt Grund, daran zu zweifeln, ob die Ru-Ware, die ich in Jingdezhen gesehen habe, und Ihr Stück wirklich echt sind, denn meine Nachforschungen haben ergeben, dass Ru-Porzellan unvorstellbar selten ist. Ich hatte das Glück, beim Kaiser von China echtes Ru-Porzellan zu sehen. Ich könnte natürlich die kühne Vermutung anstellen, ob womöglich auch der Kaiser von China gefälschtes Porzellan besitzt, weil manchmal Eunuchen mit Hilfe von Händlern außerhalb des Palastes Kostbarkeiten stehlen und diese durch falsche ersetzen, so dass nicht einmal der Kaiser von dem Betrug erfährt.

War ich zunächst aufgrund Ihres Auftrags nach China

gekommen, habe ich schließlich im Kaiserpalast gearbeitet. Mein größtes Problem besteht nun darin, Echtes von Falschem zu unterscheiden. Was ist echt und was ist falsch? Ist nicht alles echt, da alles von Menschenhand gefertigt wurde? Oder ist nicht alles falsch, weil das Leben eine Illusion ist, ein Traum?

Aber zurück zum Ru-Porzellan. In den „Vermischten Aufzeichnungen von Qingbo" aus dem Jahr 1198 schrieb der Gelehrte Zhou Hui, dass sich der Ru-Ofen innerhalb des Palastes befand und für die Glasur pulverisierter Karneol benutzt wurde. Nur wenn der Kaiser ein Stück ablehnte, durfte es verkauft werden. Dort stand auch, dass Ru-Porzellan außerordentlich schwer zu kriegen war. Wenn aber schon jemand im 12. Jahrhundert Schwierigkeiten hatte, an Ru-Ware heranzukommen, wie schwer muss es dann erst heute sein!

Ich habe versucht, die Lage des Ru-Ofens in Erfahrung zu bringen, habe aber immer noch keine Bestätigung für meine Vermutung, dass er in Hebei lag. Tatsächlich kann er nicht sehr weit von Beijing entfernt gelegen haben, aber den genauen Standort habe ich noch nicht herausfinden können. Der Kaiser hatte mir über zwanzig Stücke Ru-Porzellan gezeigt, mit kurzen Inschriften wie „Cai", „Bing", „Shen" oder „Fenghua". Später habe ich erfahren, dass diese beschrifteten Stücke Geschenke des Kaisers an hohe Beamte oder kaiserliche Verwandte und nicht für den kaiserlichen Gebrauch bestimmt waren. Das Porzellan für den Kaiser selbst hatte eine purpurnere Nuance am Rand und eine Glasur wie fein gerissenes Eis. Können Sie sich die Schönheit dieses Porzellans vorstellen? Mein Informant war ein Porzellan-Meister innerhalb des Palastes, der behauptete, echtes, kaiserliches Ru-Porzellan gesehen zu haben. Nach seinen Angaben gibt es mehrere Schichten der feinen Glasurrisse, ganz wie die Blütenblätter einer Päonie mit winzig feinem, weißem Granulat auf jedem Blütenblatt, dazu ein bläulicher Boden und ein purpurner Rand. Doch von dieser unvergleichlichen Schönheit sind nur wenige Stücke erhalten. Er sagte, es könne sogar sein, dass selbst der derzeitige Kaiser noch keines davon gesehen habe. Das mit Fenghua gravierte Porzellan des Kaisers war das Beste in seiner Sammlung. Es stellte sich heraus, dass Fenghua eine Konkubine von Kaiser Huizong war. Das Fenghua-Porzellan war atemberaubend; aber kaum steht man auf dem einen Berg, zeigt sich noch ein höherer, und ich habe erfahren, dass das Porzellan aus Zhanggongxiang der Ru-Ware vollkommen entsprechen, ja sogar besser sein soll. Aber egal ob Ru- oder Zhanggongxiang-Porzellan, die Techniken seiner Herstellung sind verloren. Seit Jahrhunderten haben zahllose Menschen versucht, Ru-Porzellan nachzumachen, aber selbst täuschend echte Imitate muss man suchen wie die Stecknadel im Heuhaufen. Kurz gesagt: Das Geheimnis des Ru-Porzellans ist für immer verloren.

Da Ru-Porzellan so alt ist, wäre es auch vorstellbar, dass die Vorräte der damals verwandten Porzellanerde längst erschöpft sind. Was hätte es dann für einen Sinn, weiter nach dem Geheimnis seiner Herstellung zu forschen?

Ich bin also in eine Sackgasse geraten. Mir ist offenbar geworden, dass ich das Geheimnis des Ru-Porzellans nie finden werde, und wenn ich mein ganzes Leben darauf verwände. Soll ich diese unendliche Suche fortführen? Die menschliche Zivilisation kann nur voranschreiten, aber im Gegensatz dazu scheine ich immer mehr in die Vergangenheit zu sinken, in ein vergangenes China. Ist denn die Vergangenheit besser als das Heute? Aber selbst wenn es so wäre, was kann ich tun? Wohin gehen? Und wie? Ich denke, ich sollte meine Suche nach dem Porzellan allmählich abschließen.

In Erwartung Ihrer Antwort und mit den herzlichsten Grüßen und Wünschen an die Familie

verbleibe ich respektvoll
Ihr Wilhelm Bühl

Beijing, 30. Dezember 1767

Bei Tagesanbruch kam ein chinesischer Priester der Nordkirche zu mir in die Herberge, um mir mitzuteilen, dass der Kaiser mich in der Verbotenen Stadt zu einer Audienz ruft. Unter der Aufsicht eines Palastboten betrat ich mit zum Reißen gespannten Nerven den Palast. Der Herold lief aufreizend langsam auf Zehenspitzen und ich tat es ihm nach und verlangsamte meinen Schritt. Am Dongwan-Tor der Duftklause im kaiserlichen Garten beschimpfte der Herold einen der aufgestellten Kupferkraniche, den er offenbar für einen Menschen hielt. Da bemerkte ich erst, wie kurzsichtig er war. Wir passierten das Theater und kamen am linken Flügel des Palastes der doppelten Pracht, der Halle zum Schutz der Mitte, an. Über dem Tor hingen Lampions mit Seidentroddeln, an allen Ecken und Enden waren Miniaturbäume und frische Blumen angeordnet. Dieser Raum diente dem Kaiser als Schlafzimmer, als er noch ein Prinz war. Heute nutzt er ihn als Ort für Dichtertreffen mit seinen hohen Beamten. Üblicherweise würde der Kaiser jetzt seine Beamten im Palast der himmlischen Reinheit empfangen, aber der Ablauf war geändert worden, weil er mich vorher sehen wollte.

In meinem Kopf herrschte Leere und ich konzentrierte mich ganz aufs Warten. Ich kam vorbereitet, denn ich hatte lange auf diesen Tag gewartet – meinen Schicksalstag.

Bevor der Kaiser mich empfing, hatte er vermutlich gegessen, zu Buddha gebetet und im Palast der himmlischen Reinheit konfuzianische Schriften gelesen. Schon lange bevor er auf seiner von vier Männern getragenen, beheizten Sänfte eintraf, hatte ich die Warnrufe der Eunuchen gehört, die seinen Weg freimachten. Wie der Herold kniete ich vor der Halle. Nachdem der Kaiser eingetreten war und sich auf den Thron gesetzt hatte, wurde auch ich hereingeführt und vollführte die erforderliche Zeremonie von drei Kniefällen und neun Niederwerfungen. Da ich die meiste Zeit kniete, konnte ich das Gesicht des Kaisers nicht sehen. Und auch als er mich befragte, wagte ich nicht, den Kopf zu heben, so dass ich mir über seine Stimmung nicht recht im Klaren sein konnte. Nachdem der Herold über meine letzte Tätigkeit im Quartier zum Glückszepter und den Lagerräumen berichtet hatte, nickte der Kaiser und schickte ihn und die Leibwache aus dem Raum.

„Wir haben dich letztes Mal nach der weißen Jadeaxt gefragt. Wie lautet die Antwort?"

„Die weiße Jadeaxt ist eine Imitation einer alten Jade, sie ist kein antikes Artefakt", berichtete ich ruhig.

Eine tödliche Stille senkte sich über den Palast. Das Ticken der großen Palastuhr hallte laut und hart durch die Halle. Ich blickte auf und sah, dass der Kaiser geradeaus auf einen Fleck außerhalb der Halle starrte. Er schien zu grübeln. Sobald er seine Augen wieder auf mich richtete, senkte ich eilig den Blick.

„Hast du Beweise dafür?" Der Kaiser klang nicht erstaunt.

„Ja." Ich holte das gestohlene Stück Jade aus meinem Gewand und präsentierte es auf offener Hand. Ein Leibeunuch brachte es dem Kaiser, der es sorgfältig untersuchte. Auch die weiße Jadeaxt wurde zum Vergleich herangeschafft. Dann fragte er: „Wo kommt diese Jade her?"

„Ich habe sie gestohlen." Ich hatte mich vor geraumer Zeit entschieden, nichts zu verbergen.

„Wie können diese Steine identisch sein? Wo hast du sie gestohlen?", fragte der Kaiser leicht ungeduldig, während er beide Steine immer wieder betrachtete. Nachdem er meinen Bericht vernommen hatte, bemerkte er: „Obwohl beide Steine gleich zu sein scheinen, bedeutet das nicht, dass die Jadeaxt eine Fälschung ist. Bist du dir sicher, dass du nicht irrst? Dir ist klar, dass ein Fehler dein Leben kosten wird?" Ich konnte den kalten Blick des Kaisers auf mir ruhen fühlen. Ich kniete und wagte nicht, mich zu rühren. Ein Frösteln zog meinen Rücken hoch. Ich hatte keine Zeit, darüber nachzudenken.

„Ich bin mir sicher."

„Sehr gut", sagte der Kaiser und wedelte mit der Hand in Richtung seines vertrauten Eunuchen. „Dann werden Wir diese Jadeaxt spalten lassen. Wenn du dich geirrt hast, wirst du geköpft. Wagst du immer noch zu behaupten, dass die weiße Jadeaxt eine Fälschung ist?"

„Ja. Sie ist eine Fälschung." Ich rang um die Antwort, die der Kaiser mir abverlangte. Der Moment der Wahrheit war gekommen. Vielleicht der Moment meines Todes. Ich wollte nicht in China sterben. Mir war bislang nicht klar gewesen, dass ich nach der Duellverletzung den Tod noch so fürchten würde. Aber jedes Mal, wenn der Tod sich mir näherte, fühlte ich wieder seinen Schrecken. Meine letzten Sorgen galten Ma Lian und ihrem Bruder. Der Kaiser sah dem Eunuchen nach, der die Jade heraustrug.

„Wir haben gehört, du bist gar kein Spezialist für Edelsteine, sondern ein Händler." Der Kaiser sah mich scharf an. „Du hast den Kaiser von China in die Irre geführt und dich erniedrigt, Unsere Gunst zu erschleichen. Du verdienst zehntausendfach den Tod. Jetzt sprich die Wahrheit!"

„Ich bin kein Händler. Ich bin Mineraloge." Mein Kopfhaut war taub und mein Kopf leer.

„Warum bist du dann nach Jingdezhen gegangen? Was hast du da gemacht?"

„Ich war neugierig. Ich wollte die Herstellung chinesischen Porzellans mit eigenen Augen sehen."

„Gut. Du bist also nach China gekommen, um Porzellantechnologie zu stehlen!"

„Eure Majestät, nein, so war es nicht. Auch hat China keine stehlenswerten Verfahrensgeheimnisse mehr. In

Europa wurde das Geheimnis des Porzellans vor über fünfzig Jahren entdeckt."

„Wie kannst du es wagen! Für dieses gedankenlose Geplapper hast du Strafe verdient!"

„Eure Majestät, ich sage die Wahrheit!"

„Welche Wahrheit? Erzähl! Wenn du lügst, werden Wir dich hinrichten zu lassen."

„Vor einigen Hundert Jahren verursachte das erste chinesische Porzellan, das nach Europa kam, einen großen Aufruhr an den Höfen aller europäischen Länder und entfesselte nicht nur einen großen Bedarf an östlichem Porzellan, sondern auch einen Wettkampf in dem Versuch, das Geheimnis seiner Herstellung zu entschlüsseln." So erklärte ich es dem Kaiser in aller Deutlichkeit. „1708 wurde von Meißen unerwarteterweise ein ähnlicher Ton wie Kaolin entdeckt und auch, wie man daraus Porzellan brennt. In den vergangenen fünfzig Jahren hat Meißen die Herstellung von reinweißem Porzellan in gefälligen Formen perfektioniert. Das war eine spektakuläre Entdeckung. Meißen wurde für sein makellos weißes Porzellan berühmt und die Technik blieb viele Jahre in Europa unerreicht. Vor Kurzem hat jedoch das Porzellan aus Sèvres unter der Protektion von Frankreichs König Louis XV durch die Goldmontierungen und die strahlenden Farben mehr Aufmerksamkeit auf sich gezogen. Das Porzellan von Sèvres ist ein Wunder von berückender Schönheit. Eure Majestät haben in den Lagern zwei Stücke von dem Vorläufer von Sèvres, aus Vincennes, aber jene zeigen noch nicht die Eleganz der Farben und die erstklassige Glasur und Technik der Goldmontierung, die Sèvres auszeichnen. Doch auch davon habt Ihr in Eurer Schatzkammer. Sèvres hat neue Standards gesetzt, denen nun nachgeeifert wird. Sèvres imitiert nicht mehr das chinesische Porzellan, sondern widmet sich voll und ganz höchster künstlerischer Ausgestaltung im rein europäischen Stil. Obwohl die Qualität des Porzellans selbst nicht die des chinesischen Porzellans erreicht, wird es von den Europäern bevorzugt. Das beweist, dass Europa nicht mehr trunken ist von Porzellan aus China und Japan, sondern anfängt, eigene Besonderheiten und einen eigenen Geschmack zu entwickeln. Das beweist auch, dass Europa es nicht mehr nötig hat, in China Herstellungsverfahren auszuspionieren. Tatsächlich befriedigt chinesisches Porzellan nicht die Bedürfnisse der europäischen Höfe und passt auch nicht zu der europäischen Esskultur. Außerdem verstehen sich die Chinesen nicht auf Porzellanskulpturen oder die realistische Landschaftsmalerei, während für Europäer die Skulptur Symbol ihrer Sehnsüchte ist. Generell kann man sagen, dass sich die Verzierung auf europäischen und chinesischen Porzellanen immer weiter auseinanderentwickelt. Außerdem habe ich in Jingdezhen einige Imitationen von Meißener Porzellan gesehen, was zeigt, dass sogar die Chinesen von der europäischen Porzellanherstellung lernen.“ Ich sprach ohne Pause und hatte schon lange aufgehört, über meine Situation nachzudenken. Ich rechnete mit dem Schlimmsten. Einer der Eunuchen wollte mich hin und wieder unterbrechen, aber der Kaiser ließ es nicht zu.

„Lass ihn aussprechen.“ Aber auch nachdem er mich fertig angehört hatte, blieb seine selbstgerechte Arroganz unangetastet und er sagte bloß: „Das sind nur deine Worte. Die Missionare im Palast würden das anders sehen.“

Ich wollte eigentlich sagen, dass die Missionare schon sehr lange in China waren und nie nach Europa zurückgekehrt waren, so dass sie über die Entwicklung des Porzellans dort gar nichts wussten. Ich hatte es schon auf der Zunge, schloss aber den Mund wieder, denn der Kaiser sprach weiter. „Wir finden nicht, dass du die Wahrheit gesagt hast und wollen dich weiterhin mit dem Tod bestrafen. Du bist nur ein ignoranter und flegelhafter Europäer, der in Unseren Palast gekommen ist und ihn durch solche Reden beschmutzt hat. Wie könnten Wir es zulassen, dass du weiter solche Lügen verbreitest?" Der Kaiser warf von seinem Thron ein dünnes Heft herunter. Es traf mich am Kopf und fiel zu Boden. Es war der Bericht, den Tang Ying in Jingdezhen damals über meine Angaben zur Porzellanmanufaktur in Europa geschrieben hatte. Der Kaiser sprach mit finsterer Stimme. Er schien ein völlig anderer Mensch zu sein. Er war nicht mehr der von mir bewunderte und verehrte Kaiser, sondern mein Feind. Ich dachte an Webermann. Dann kam der Eunuch, den der Kaiser mit der Spaltung der weißen Jadeaxt beauftragt hatte, eilig in die Halle zurück und kniete nieder. Auf den Händen hielt er die Jadeaxt. Er sah ängstlich aus.

„Was ist?" Der Kaiser schien seinen eben erteilten Befehl vergessen zu haben.

„Eure Majestät, die weiße Jadeaxt wurde gespalten. Farben und Maserung innen sind völlig anders als an der Oberfläche. Sie ist eine Fälschung."

Der Kaiser nahm die beiden Teile und untersuchte sie sorgfältig. Dann warf er sie verärgert auf den Boden. Der Lärm, mit dem die Jade auf dem Marmorboden aufschlug, ließ mich, der ich immer noch dort kniete, zusammenzucken. Schweigen senkte sich auf den Palast. Schweigen senkte sich über ganz China.

Endlich öffnete der Kaiser den Mund und sprach: „Gut. Also hast du immerhin über die Jadeaxt die Wahrheit gesagt. Dann sehen Wir für dieses Mal davon ab, dich zu bestrafen. Du bist entlassen." Als er sich zum Gehen anschickte, riefen die Leibeunuchen unisonso etwas, und alle Wächter und Träger knieten sich außerhalb der Halle auf den Boden. Inmitten seiner Eskorte verließ der Kaiser den Palast.

Beijing, 1. Januar 1768

Ich verbrachte die Neujahrsnacht zusammen mit Frater Attiret und Frater Perrot. Nach dem Gottesdienst in der Nordkirche plauderten wir drei ein wenig. Ich stellte fest, dass sich der Gesundheitszustand der beiden verschlechtert hatte. Dabei bewahrte sich Attiret seinen Enthusiasmus und Perrot seinen Pessimismus. Wir sprachen über unsere Reise nach China, die turbulente Überfahrt, das zermürbende Warten. All das schien schon ein halbes Jahrhundert her zu sein. Beijing versank in einem Schneesturm, und als der Schnee den ganzen Boden bedeckte, schuf er in nur einer Nacht ein Schneeland. Schließlich verabschiedete ich mich von den beiden Fratres und schlingerte allein durch den Schnee. Jeder Schritt hinterließ einen tiefen Fußabdruck. Unter Mühen erreichte ich meine Herberge. Sorgfältig schloss ich Tür und Fenster. Der Schnee auf meinem Kopf schmolz auf meinen Wangen. Zimmer und Kang waren warm und ich setzte mich auf den Stuhl und rührte mich nicht.

Jemand klopfte. Ich ließ es klopfen und stand nicht auf. „Ein Herr Zhang ist gekommen“, sagte eine Stimme von draußen. Ein Herr Zhang? Schnell öffnete ich die Tür. Der Helfer des Wirts sagte, dass der Herr mit einer Sänfte gekommen sei und darin warte. Es sei dringend und ich möge bitte herunterkommen. Die Träger, die die Sänfte im Hof abgestellt hatten, wärmten sich an heißem Tee. Sie sagten, dass Herr Zhang in der Sänfte auf mich warte, und so zwängte ich mich hinein. Es war Ma Xin.

„Ich bin gekommen, um mich zu verabschieden. Ich habe im Norden etwas zu erledigen“, sagte Ma Xin traurig.

„Ist etwas mit deiner Familie?“ Auch meine Stimmung sank. Ma Xin antwortete nicht. Ich sah Tränen in seinen Augenwinkeln und wollte ihn nicht gehen lassen. „Wann kommst du zurück?“ Ich setzte mich neben ihn, um ihn zu trösten. Als ich ihn dabei leicht mit dem Knie berührte, zog er sich empfindlich zurück. Ich umarmte ihn impulsiv und hielt ihn eng an mich gepresst. Er schien mich auch umarmen zu wollen, doch auf einmal schob er mich weg und ordnete Gewand und Kappe.

„Verzeih, bitte verzeih!", sagte ich, selbst etwas erschrocken über meine Reaktion. „Du bist noch gar nicht weg und ich freue mich schon auf deine Rückkehr!"

„Es ist sehr weit und ich werde in absehbarer Zeit nicht nach Beijing zurückkommen. Pass gut auf dich auf!" Ma Xin sah sehr bekümmert aus und seine Stimme brach. Ich zog einen bestickten Beutel hervor. Schon seit einer Ewigkeit wartete ich auf eine Gelegenheit, ihm diesen zu geben.

„Immer wenn du es dir ansiehst, wirst du dich an mich erinnern."

„Dass wir uns begegnet sind, war Gottes Wille", sagte er. Er öffnete den Beutel. Darin war ein Jadekruzifix mit den chinesischen Zeichen für Glaube, Liebe, Hoffnung. Ich hatte es für ihn machen lassen und es ihm schon lange geben wollen. Er war gerührt und hängte es sich sofort um den Hals. Ich erzählte ihm nicht, dass ich für Ma Lian eine Marienstatue aus Jade hatte anfertigen lassen: Ein Jadeschleifer im Palast hatte sie mir in seiner Freizeit geschnitzt. Im Austausch hatte ich ihm alles beigebracht, was er über Mineralogie wissen wollte.

Ma Xin warnte mich, dass ich in Zukunft noch vorsichtiger sein müsse. Der Kaiser hatte gestern Abend eine Durchsuchung bei seinem ältesten Sohn angeordnet, und dabei war ein verfluchtes Objekt gefunden worden. Der älteste Sohn hatte eine Stoffpuppe, die dem Kronprinzen ähnelte, mit einem Fluch belegt und in seinem Garten versteckt. Vielleicht hatte dies den Kronprinzen erst so anmaßend gemacht? Der Kronprinz war anschließend aus dem Kerker entlassen und der älteste Sohn festgenommen worden. Der Kaiser raste vor Zorn. Außerdem fand er heraus, dass sein ältester Sohn Gift bei sich trug und womöglich hinter dem Tod einiger Leute steckte.

„Was ist mit deinem Vater?“ Ma Xins Lage interessierte mich im Moment mehr.

„Wegen der großen Umwälzungen im Palast ist der Kaiser nicht in der Stimmung, sich darum zu kümmern. Mein Vater ist immer noch im Gefängnis.“ Er sprach ruhig, aber voller Gefühl. Auf einmal drehte er sich zu mir und fragte: „Bleibst du in China?“

„Ich weiß es nicht. Ich weiß ja nicht einmal, ob ich morgen noch am Leben bin“, antwortete ich so wahrheitsgemäß wie traurig. Ich sah ihm ernst ins Gesicht und fragte: „Wieso meinst du, dass ich noch vorsichtiger sein muss? Und wie?“

„Wegen deiner Verbindung zu der Jadeaxt. Man wird nicht von dir ablassen, denn das Wissen um die Jadeaxt ist ein tödliches Geheimnis.“ Er sah mir in die Augen. „Vielleicht solltest du China schnellstmöglich verlassen.“

An diesem Silvesterabend sah ich plötzlich meinen Lebensweg in aller Klarheit. Ich schien eine starke Seelenverwandtschaft zu diesem jungen Chinesen zu haben. Auch verstand ich die Bedeutung der weißen Jadeaxt, denn sie konnte nicht nur Leben nehmen, sondern war auch eng mit der kaiserlichen Macht verbunden. Jade bedeutet Macht, und das gilt unverändert schon seit Jahrtausenden. Wusste ich nicht längst, dass Jade der Stein der Könige ist? Ich wusste nur nicht, ob bei dem Machtkampf im Palast tatsächlich schon Blut vergossen worden war. Ich hielt Ma Xins Hände fest in meinen und dankte ihm für die Warnung. Ich fragte: „Darf ich dich beim Abschied ein Stück begleiten?“

Lächelnd löste er seine Hände.

„Wo wir schon Freunde sind, wäre es angemessen. Aber das Leben ist flüchtig wie eine Wolke, warum also nicht mehr Nonchalance? Am Ende müssen wir uns sowieso verabschieden, da können wir doch genauso gut gleich getrennte Wege gehen.“

„Nein, mein Freund. Ich glaube fest daran, dass wir

beide uns sehr bald wiedersehen werden. Frohes Neues Jahr!“ Ich sah ihn fest an und entdeckte Tränen in seinen Augen.

„Frohes Neues Jahr!“

Ma Xin lüftete den Sänftenvorhang und schaute in den Nachthimmel.

Bevor ich ging, nahm ich noch einmal meinen Mut zusammen und sagte: „Egal was passiert, ich werde zu deiner Familie gehen und um die Hand deiner Schwester anhalten. Früher oder später wird sie die meine sein, das weißt du doch, oder?“

Er lächelte verlegen, schien etwas sagen zu wollen und ließ es dann doch. Schließlich nickte er gutmütig. Ich stand an der Straße und sah zu, wie seine Sänfte im Dunkel der Nacht verschwand.

Kaum hatte ich mich umgedreht, hielt mir jemand den Mund zu und zwang mich in eine noch dunklere Gasse. „Wer war das eben?“

„Meine Freunde, ich weiß nicht, wer ihr seid, aber ich kann euch gern sagen, dass das nur ein ganz gewöhnlicher Mensch war, der nichts mit irgendeiner Jadeaxt zu tun hat.“ Im Dunkeln konnte ich die Gesichter der zwei Männer nicht erkennen. Der Schnee fiel dicht wie ein unentrinnbares Netz herab.

„Verzeihung!“ Einer der Männer ließ mich los. „Der Kronprinz hat uns geschickt, um nach Euch zu sehen. Seid Ihr wohlauf?“

„Einigermaßen, ja.“ Ich bewegte mein schmerzendes Handgelenk.

„Der Kronprinz hat vom Kaiser erfahren, dass die weiße Jadeaxt falsch ist. Also hat er uns zu Euch geschickt, um zu fragen, wo die echte ist.“

„Der Kronprinz wurde freigelassen?“, tat ich erstaunt. „Wo ist er jetzt?“

„Er wurde schon vor einer Weile freigelassen. Er war von Anfang an unschuldig. Jemand hatte ihn beim Kaiser verleumdet. Jetzt sagt schon, wo ist die echte Jadeaxt?“ Der Mann war groß wie ein Pferd und seine Geduld begrenzt. Er rieb und rang seine Hände, zog gegen die Winterkälte die Schultern hoch.

„Leider weiß ich das nicht. Und selbst wenn ihr beide mich zu Hackfleisch verarbeitet, weiß ich es immer noch nicht.“ Ich war zwar hilflos, schämte mich aber für das Verhalten der beiden.

„Hat der Kaiser die echte Jadeaxt beim ältesten Prinzen gefunden?“, drängelten sie weiter. Sie schienen mich für allwissend zu halten und nahmen wohl an, dass ich mich nur nicht traute, die Wahrheit zu sagen. „Ihr müsst nur nicken oder den Kopf schütteln.“

„Ich kann weder das eine noch das andere“, sagte ich. „Weil ich nichts darüber weiß.“

„Nun, wenn du so halsstarrig bist, müssen wir dich zum Kronprinzen mitnehmen und sehen, wie er dich bestrafen will.“ Der Sprecher drehte mir die Hände auf den Rücken, während der andere ein Seil hervorholte und mich fesselte. Dann führten sie mich in die Residenz des Kronprinzen.

Obwohl es tief in der Nacht war, war die Residenz hell erleuchtet. Der Kronprinz beriet sich gerade mit seinen Vertrauten. Als er hörte, dass ich da sei, kam er unverzüglich, um mich zu sehen. Als er sah, dass ich gefesselt war, beschimpfte er erzürnt die beiden Männer. „Wer hat gesagt, dass ihr ihn fesseln sollt? Macht ihn los! Und zwar sofort!“

Wortlos ließ ich mich auf einen Stuhl sinken. Auf dem überstürzten Weg hatte ich irgendwo meine Kappe verloren. Ich muss sehr abgekämpft ausgesehen haben.

„Bringt warmes Wasser und ein heißes Handtuch!“, bellte der Kronprinz. „Los, ihr Meute Hundebacken!“

Sie verbeugten sich schnell und liefen los. War der Kronprinz eigentlich noch der Kronprinz?, fragte ich mich.

„Du weißt vermutlich, warum Wir dich rufen ließen. Du musst wissen, wo die echte Jadeaxt ist.“ Der Kronprinz schien mit sich selbst zu sprechen. Er stand auf und gab einem Schatten mit den Augen ein Zeichen, woraufhin dieser verschwand. Dann setzte er sich wieder hin. „Die ganze Welt spricht über die Sache mit der Jade, aber es ist nicht alles bekannt. Es gibt jemanden, der tatsächlich die Unverschämtheit besaß, Unseren Vater den Kaiser mit einer falschen Jade betrügen zu wollen. Das ist ein unerhörter, noch nie da gewesener Vorgang. Die Wahrheit herauszufinden war sicher nicht einfach. Du bist tatsächlich ein fähiger Gelehrter."

Ich kniete nieder, um mich für das Lob zu bedanken, aber der Kronprinz hieß mich aufstehen und gestattete mir zu sitzen. Jemand kam mit einer Schmuckschatulle herein und hielt sie dem Kronprinzen hin. Ohne den Eunuchen eines Blickes zu würdigen, ließ er sie mir übergeben. „Das ist ein Zeichen Unserer guten Absicht. Wir wollen dir für deine harte Arbeit danken. Ein bisschen Silber für Winterkleidung und ein gutes Essen."

„Vielen Dank, Eure Hoheit, aber meine Wenigkeit kann das nicht annehmen." Wieder kniete ich und weigerte mich aufzustehen.

„Warum kannst du das nicht annehmen?" Sein Gesicht verfinsterte sich. Wie konnte es jemand wagen, ein Geschenk von ihm, dem künftigen Sohn des Himmels, abzulehnen?

„Weil ich nur weiß, dass die Jadeaxt falsch war. Mehr weiß ich nicht, noch kann ich mehr wissen. Weder weiß ich, wo die echte Jade ist, noch woher die falsche stammt." Ich drückte mich sehr bestimmt aus. „Ohne Verdienst kann ich nicht belohnt werden."

„Unser Vater der Kaiser hat dir nicht gesagt, wo die echte Jade ist?" Er wollte die Hoffnung nicht aufgeben, mehr über das zu erfahren, was ihm so am Herzen lag.

„Nein. Und Seine Majestät würde mir ein solches Geheimnis auch nicht verraten", sagte ich. Der Kronprinz war selbstherrlich, starrsinnig und tyrannisch. Er würde kein weiser Kaiser werden. Aber war sein Vater, der jetzige Kaiser, etwa ein weiser Herrscher? Diese Fragen schossen durch meine Gedanken. Schweigend kniete ich auf der Matte.

„Was Wir dir gewähren, darfst du nicht ablehnen." Der Kronprinz klang zufriedener. Zeigte nicht sein willkürlicher Gebrauch des Pluralis Majestatis, der eigentlich dem Kaiser vorbehalten war, dass er sich schon für den Himmelssohn hielt? Ich verstand gar nichts. Ich antwortete nicht mehr, sondern vollführte nur die Kotaus. Aber die Stirnaufschläge machten kein Geräusch. Die Stille war ein schwächlicher Ausdruck meines Missfallens, ein Angriff im Gewand der Schmeichelei.

„Wenn du etwas erfährst, dann berichte es Uns." Der Kronprinz entspannte seine Augenbrauen. „Geh erst mal nach Hause und schlaf dich aus."

Beijing, 2. Januar 1768

Langsam näherte ich mich auf dem Pferd dem Eingang der Nordkirche. Als ich abstieg, sah ich Pater Gao Mingsi vor dem Tor stehen. Angespannt gab er einigen chinesischen Dienern Anweisungen. Er zog mich zur Seite.

„Die Familie Ma ist verbannt worden", sagte er. „Das Familienoberhaupt will um keinen Preis widerrufen. Das hat den Kaiser erzürnt."

Ich hatte Gao Mingsi lange nicht gesehen und stellte erstaunt fest, dass sein Bart grau wurde. „Woher weißt du das?"

„Der apostolische Präfekt erörtert das gerade in der Kirche."

Wir gingen hinein. Perrot und Attiret waren auch da. Attiret sah schrecklich krank aus und beide waren beunruhigend mager.

„Sind die Mas noch in der Stadt?", fragte ich, mein Herz schon so lange in Aufruhr.

„Vermutlich konnten sie nicht so schnell aufbrechen", sagte Pater Attiret bekümmert. In den letzten Monaten musste nur jemand das Martyrium der Ma-Familie erwähnen, und er wurde ruhelos. Er fühlte so mit ihnen, als würde er das Leid am eigenen Leibe erfahren.

„Wo willst du hin?", fragte Perrot leise hinter mir.

„Zu den Mas." Ich machte mich sofort auf den Weg und scheuchte eine Entenfamilie auf. Quakend erhoben sie sich in einer Schneewolke. Ich jagte dahin. Vielleicht würde ich das Fräulein Ma nie wiedersehen. Aber ich musste sie wiedersehen. Ich musste. Unbedingt.

Das Anwesen der Mas war verlassen. Ein paar zwielichtige Gestalten waren dabei, die letzten Möbel und Gegenstände herauszutragen. Sie sahen mich verblüfft an, als ich das Haus betrat.

„Wo ist die Familie hingezogen?", befragte ich sie drängend.

Niemand traute sich zu antworten. Sie warfen sich nur gegenseitig Blicke zu. Ich baute mich drohend vor ihnen auf und brüllte sie an. Eilig ließen sie die Sachen fallen und zerstreuten sich in alle Winde.

Verstört ritt ich aus der Stadt. Außerhalb der Stadtmauer bot Prinz Pu wie immer ein prächtiges Bild, als er auf mich zu galoppierte.

„Wei Han, ich muss Euch etwas sagen. Ihr müsst China so schnell wie möglich verlassen!" Er riss sich Mundschutz und Kappe herunter und sprach keuchend, während er die Hände zum Gruß erhob.

„Warum?" Ich zog am Zügel und sah ihn erwartungsvoll an.

„Fragt mich nicht warum!", sagte er. „Wenn Ihr Euer Leben retten wollt, dann geht schnell! Wenn Ihr sofort aufbrecht, kann ich Euch vielleicht helfen."

„Nein. Ich kann noch nicht gehen", antwortete ich

unnachgiebig. Schweigend und mit unbewegter Miene sah er mich an. Nach einer Weile nickte er verstehend.

„Dann lasst uns nicht weitersprechen. Wir werden uns wiedersehen." Er setzte Mundschutz und Kappe wieder auf, führte erneut die Hände zum Gruß zusammen und gab seinem Pferd die Sporen. Niemand kann so reiten wie er! Niedergeschlagen sah ich ihm nach. Wie immer hinterließ er eine Staubwolke.

Beijing, 3. Januar 1768

Wieder einmal ging ich zur Nordkirche. Die Patres debattierten immer noch erregt die Verbannung der Mas.

„Weiß jemand, wohin die Ma-Familie verbannt wurde?", fragte ich laut. Ich schrie beinahe. Die Patres erschraken ob meines Tons derart, dass sie aufhörten zu diskutieren. Eisernes Schweigen.

„Vielleicht Fu'erdan?", sagte schließlich jemand kurz. Aber er klang sehr unsicher.

„Fu'erdan?", fragte ich verblüfft. „Wie weit ist das?" Ich erinnerte mich, dass Pater Hildebrandt den Ort einmal erwähnt hatte.

„Viele Hundert Meilen", antwortete der Präfekt Zacharie ernst. „Es liegt inmitten der Wüste. Wir wissen nicht, ob die Ma-Familie überhaupt lebend dort ankommt."

„Dann mache ich mich sofort auf den Weg nach Fu'erdan", sagte ich ruhig. Der Entschluss war gefasst und niemand würde mich davon abbringen.

„Die Reise wird sehr beschwerlich sein", sagte der Präfekt zögernd, „und wir wissen nicht, ob Ihre Abreise nicht den Kaiser erzürnen würde. Wir werden Sie nicht unterstützen können ..."

„Dann sollen von nun an alle meine Entscheidungen

nichts mehr mit irgendeinem von Ihnen zu tun haben. Heute trennen wir uns für immer. Ich übernehme für meine Taten ganz allein die Verantwortung." Ich war überrascht, dass das so nachtragend klang. Dabei fühlte ich keinerlei Groll, sondern war nur von meiner eigenen Aufregung mitgerissen worden. Ich musste Ma Lian einfach wiedersehen.

„Wenn Sie für diese Reise die Verbindung zu dieser Kirche kappen, dann werden wir uns natürlich nicht weiter einmischen oder Sie in irgendeiner Weise zu hindern versuchen." Der Präfekt sagte mit milderer Stimme: „Wenn Sie jemanden von der Ma-Familie treffen, sprechen Sie ihnen bitte unsere allergrößte Hochachtung aus. Möge Gott sie beschützen, möge Gott bei ihnen sein! Wir alle fühlen uns durch sie zutiefst geehrt." Ich fühlte mich durch diese Worte bestärkt und war schon dabei, mich auf den Weg zu machen.

„Nein! Ich bin absolut dagegen, dass dieser Mann nach Fu'erdan reist!" Pater Pancanier bedachte mich aus der Menge der Priester mit einem kalten und harten Blick. Er hatte seinen Wunsch zu sprechen lange unterdrückt, doch jetzt brach es aus ihm heraus. „Ich denke, dass er die Mas noch größerem Unglück und weiteren Unannehmlichkeiten aussetzen wird, wenn er ihnen folgt."

Nachdem die anwesenden Kirchenmänner zunächst ins Schweigen verfallen waren, erhob sich jetzt wieder eine lautstarke Debatte. Aber sie führte zu keinem Ergebnis.

Ich hatte meine Meinung nicht geändert.

Ich verabschiedete mich von Perrot und Attiret. Perrot steckte mir heimlich einen französischen Kompass und eine Karte zu. Er sprach kein Wort. Er wirkte so unglaublich müde. Mit Attiret entfernte ich mich etwas von der Menge, und bevor er ging, umarmte ich seinen hinfälligen Körper fest. Eine Ära ging zu Ende. Wir waren nicht mehr die drei, die im Hafen von Lorient gemeinsam das Schiff bestiegen hatten.

Nachdem ich die Nordkirche verlassen hatte, machte ich mich auf den Weg zur Südkirche, um mich von Castiglione zu verabschieden. Ich erzählte ihm meine ganze Misere. Er fragte nichts, sondern hörte nur geduldig und aufmerksam zu. Er sprach kein Wort. Für mich war er immer ein alter Weiser gewesen, egal mit wie viel Schmutz andere ihn beworfen hatten. Für mich blieb er immer ein bewunderter Künstler. Er war es, der mir die chinesische Kunst näher gebracht und mich gelehrt hatte, ihre Schönheit zu verstehen. Als er mich so anlächelte, erinnerte er mich an die chinesische Göttin Guanyin, die ein ebenso geheimnisvolles Lächeln im Gesicht trägt.

Beijing, 4. Januar 1768

Ich hatte meine Taschen gepackt und verstaute sie auf Hündchen. Der Herbergswirt kam hastig angerannt. Ein Beamter sei gekommen, um einen kaiserlichen Erlass zu verkünden. Zusammen mit dem Wirt ging ich in den Empfangsraum.

„Bist du Wei Han?", fragte der mondgesichtige Bote.

„Ja", sagte ich. Er forderte mich auf, in Richtung Norden niederzuknien, um dem Erlass zu lauschen. Ich tat, wie mir geheißen. Mit dem Blick auf den Boden hörte ich, wie der Bote den Erlass entrollte.

Dann las er laut vor: „Nach dem Willen des Himmels verkündet der Kaiser ..." Der Kaiser erklärte, dass er mich wegen meines illegalen Besuchs in Jingdezhen ursprünglich streng bestrafen wollte, mich aber eingedenk meiner Arbeit im Palast und der erfolgreichen Übernahme verschiedener Aufgaben von der Todesstrafe verschont habe. Aber er befahl, dass ich China umgehend verlassen müsse und es nie wieder betreten dürfe.

„Wir müssen nicht sofort los, aber spätestens morgen

sollten wir aufbrechen", fügte das Mondgesicht freundlich hinzu. „Der Kaiser hat mich beauftragt, Euch in den Süden zu begleiten, um für Eure Sicherheit zu sorgen." Mir war klar, dass er mich eskortieren sollte, um sicherzustellen, dass ich tatsächlich ein Schiff nach Europa besteige.

„Gut. Ich bin ohnehin dabei, in den Süden aufzubrechen und die Heimreise anzutreten. Ich freue mich über Ihre Begleitung. Meine Koffer sind gepackt. Und Sie? Können Sie so losziehen?"

„Lasst uns am frühen Morgen, zur Zeit der dritten Doppelstunde, hier treffen. Wenn Ihr flieht, wird Euch der Kaiser nicht mehr verschonen. Dann habt Ihr Euer Leben verwirkt." Er sah, dass ich meine Koffer tatsächlich schon fertig gepackt hatte, und zweifelte nicht daran, dass ich freiwillig vorgehabt hatte, in den Süden zu reisen, um auf einem Schiff den Heimweg anzutreten.

Ich nickte und lud das Gepäck wieder ab.

„Gut! Bis zum Morgengrauen."

Das Mondgesicht klopfte mir auf den Rücken und sagte: „Es ist gut, dass Ihr so fließend Chinesisch sprecht und Euer Heldenmut bis zu den Wolken reicht. Wie gesagt: Bis zum Morgengrauen." Er verabschiedete sich und ritt davon.

Ich ging in mein Zimmer zurück und beobachtete regungslos vom Fenster aus die Umgebung. Das Mondgesicht verschwand tatsächlich und ließ auch niemanden zu meiner Überwachung zurück.

Kurz vor Mitternacht verschnürte ich schnell mein Gepäck wieder auf Hündchen. Dem Wirt gab ich einen Silberbarren und legte ihm meinen Zeigefinger auf den Mund. Er nickte und trieb mich zur Eile an. Ich zog Hündchen nach draußen. Dort stand jemand und wartete auf mich. Es war Prinz Pu! Nun würde er meine Eskorte sein!

„Ihr wisst nicht, wo Fu'erdan liegt, oder?", fragte er lächelnd. Er wirkte prächtig und selbstsicher, wie ein richtiger Prinz.

„He, woher wisst Ihr immer alles?“ Ich war Pu sehr dankbar für seine Hilfe. Wir waren eben doch Freunde, und diese Freundschaft bedeutete mir viel. Wie immer erschien er im rechten Moment.

„Ich habe mit Pater Gao Mingsi gesprochen. Er schlug vor, Euch eine Begleitung zu schicken. Das ist ein Pferdeknecht aus meinem Haushalt, er heißt Kleiner Li. Er wird sich auf dem Weg um Euch und Euer Pferd kümmern. Und was den Beamten angeht, wird mir schon etwas einfallen, mit dem ich ihn aufhalten kann. Jetzt geht besser!“

„Diese unermessliche Güte und Tapferkeit werde ich Euch nie vergessen!“, sagte ich, doch konnten diese dürren Worte nicht annähernd beschreiben, was ich fühlte. Mir fehlten die Worte und ich sah ihm nur in die Augen. Auch er sah mich an. Dann klopfte er mir auf die Schulter und sagte: „Wir werden uns wiedersehen!“

„Wir werden uns wiedersehen!“ Ich stieg auf und zusammen mit dem Kleinen Li folgte ich der Straße ins Freie.

Neues Fort, 12. Januar 1768

Der Kleine Li und ich ritten Tag und Nacht, bis wir endlich zu einem Weg kamen, der durch die Wüste führen sollte. Wenn wir uns nicht verlaufen hatten, müsste ich entsprechend Perrots Karte nach der Durchquerung der Wüste in Fu'erdan ankommen.

„Von hier an reise ich allein. Vielen Dank für deine Führung!“ Ich gab dem Kleinen Li ein paar Silbertael und Lebensmittel. Der Kleine Li nickte still. Er schien damit gerechnet zu haben. Lange sah er mir nach, bis er schließlich davonritt. Ich hatte ihn gern um mich gehabt. Er war schweigsam, aber verlässlich, freundlich zu den Menschen und geduldig mit den Dingen. Doch nachdem ich es in meinem Kopf hin und her gewälzt hatte, hielt ich es für das Beste, wenn niemand genau wusste, wohin ich ging. Und nur für den Fall, dass mich doch eine offizielle Eskorte einholte, würde das nicht nur dem Kleinen Li, sondern auch Prinz Pu schaden.

Ich musste mich beeilen. Vor Einbruch der Nacht sollte ich die Wüste durchquert haben. Wie wahnsinnig trieb ich mein Pferd an und Hündchen beklagte sich nie. Ich weiß nicht, wie lange wir geritten waren, doch die Wüste nahm und nahm kein Ende. Ich begann mir Sorgen zu machen, denn die Sonne am Himmel sank. Dämmerung brach herein und es wurde allmählich dunkel. Endlich sah ich im verglimmenden Licht am äußersten Ende der Wüste eine Ansiedlung. Das müsste Fu'erdan sein. Gestärkt ritt ich weiter. Doch nach einer Weile war das Dorf wieder verschwunden. Sollte das eine Fata Morgana gewesen sein? Ich ritt weiter. Der Himmel war jetzt vollkommen schwarz. Im schwachen Mondlicht konnte ich nur Hündchens Kopf erkennen, alles andere verlor sich in der Dunkelheit. Würde ich vom Weg abkommen? Schneeflocken groß wie Daunenfedern fielen herab. Ich weiß nicht, wie lange es dauerte, bis ich zu einem Hügel kam. Von dem Hügel aus war der kleine Weiler wieder zu sehen. Diesmal konnte ich mich doch nicht irren, oder?

Hündchen war müde. Ich gab das Reiten auf, stieg ab und führte Hündchen hinter mir her. Wir liefen endlos. Endlich kamen wir zu einem Haus, aus dem ein Lichtstrahl fiel. Noch bevor ich anklopfen konnte, brach ich zusammen. Mein Herz raste wie verrückt. Ich war über meine Kräfte gegangen. Reglos und bewegungsunfähig lag ich auf dem Boden.

Ich glaubte zu sterben. Doch wenn ich starb, was war dann mit Ma Lian und Ma Xin? Würden sie davon erfahren? Würden sie es bedauern? Tot würde ich sicherlich als Geist umgehen. Ein Geist, der für immer zwischen Ma Lian und Ma Xin gebunden ist. Ich erinnere genau, dass ich anfing, ein chinesisches Volkslied zu singen.

Nach einer Weile entdeckten mich die Bewohner des Hauses, und auch Hündchen wurde bald in der Nähe gefunden. Sie versorgten mich und gaben mir heiße Suppe zu essen. Es waren Han-Chinesen, die hier Boden urbar gemacht hatten und Baumwolle anbauten.

Sie sagten: „Ja, Fu'erdan ist nicht weit von hier." In der Gegend lebten ein paar Tausend Menschen. Die Hälfte davon seien chinesische Soldaten, die andere Hälfte Bauern wie sie selbst. Das Leben hier sei hart und die Bevölkerung schrumpfe Tag für Tag, weil sie ihren Ertrag mit den Soldaten teilen müssten. Aber in Fu'erdan selbst lebten vielleicht zweihundert Familien, und wer weiß, wie sie dort ihr Leben fristen? Von der Ma-Familie hatten sie gehört. Aus Beijing seien diese paar Frauen und Kinder nach Fu'erdan gekommen und suchten jetzt nach einer Behausung. Der Kommandeur des Militärlagers hatte verboten, ihnen privat Hilfe zukommen zu lassen. Von daher wüssten sie nicht, wo die Mas sich jetzt aufhielten.

Ich schlief auf einem Haufen Stroh, den die Familie mir gegeben hatte. Mein Herzschlag beruhigte sich wieder. Am frühen Morgen wachte ich auf. Ich erinnerte mich, dass mich Ma Lian in meinem Traum überall gesucht hatte. In der Nordkirche hatten ihr die Patres gesagt, dass ich Beijing schon verlassen hätte. Sie war so bestürzt gewesen, dass ihr die Tränen über das Gesicht geströmt waren. Ich hatte im Traum ganz deutlich den Herzschmerz gespürt.

Die Familie meinte, dass der örtliche Offizier vielleicht wüsste, wo sich die Mas niedergelassen hätten. Ich müsste nur etwas weiter gehen, um das Lager zu finden. Es schien nur wenige Meilen entfernt zu sein. Ich gab ihnen ein paar Silbertael, da ich sonst nichts hatte, mit dem ich ihnen hätte danken können. Ich verabschiedete mich, ging an einem großen Schweinestall vorbei und machte mich auf den Weg zum Armeelager.

Ich hatte viele Fragen, aber alle drehten sich um Ma Lian und Ma Xin. War Ma Xin mit nach Fu'erdan gekommen? Lebten Vater und Großvater noch? Und die Mutter?

Nach dieser geruhsamen Nacht folgte mir Hündchen brav.

Fu'erdan, 13. Januar 1768

Nach diesem endlosen Marsch durch die Wüste sah ich endlich wieder grünes Land. Aber erst als ich mich dem Grasland so weit genähert hatte, dass ich sicher war, dass es wirklich grün war, brach ich in befreites Lachen aus. Ich fand eine Quelle für Hündchen und setzte mich, um etwas Proviant zu mir zu nehmen.

Auf dem Grasland jagte jemand. Die Gestalt trieb das Pferd an und schoss eine Wildgans. Die Bewegungen waren agil und der Reitstil kam mir vage bekannt vor. Bei genauerem Hinsehen erkannte ich auch den Braunen. Es war Ma Xins Pferd, aber die Reiterin war eine Frau.

Es war Ma Lian!

Träumte ich etwa?

Eilig trieb ich mein Pferd zu ihr hin. Sie hielt an und wartete. Ich hatte meinen Mund noch nicht aufgemacht, als sie mir mit einer Mischung aus Scheu und Überraschung zuwinkte. Ich sah, dass sie das Kruzifix, das ich Ma Xin geschenkt hatte, um den Hals trug.

„Ma Xin?“ Meine Gedanken setzten aus und ich war außerstande, etwas zu sagen. Ich sah sie an. Sie trug ein hellgrünes Gewand unter einer roten, bestickten Weste. Die Haare fielen offen über ihre Schultern. Sie wirkte sanft, aber sehr traurig. Nie sah ich ein traurigeres Gesicht. Das Gesicht, das ich über alles liebte.

Sie schüttelte den Kopf und sagte nichts. Sie blickte mir direkt in die Augen, als wollte sie herausfinden, was ich eigentlich sah. „Ma Lian!", rief ich ihren Namen. Sie lachte, drehte den Kopf und blickte über das unendliche Grasland. Ich folgte ihrem Blick über die satte grüne Wildnis am Rande der Wüste, unter einem Himmel so blau und Wolken so weiß. Wir beide sagten keinen Ton. Ich sah sie nur an und rührte mich nicht. Ich wartete, dass sie etwas sagen würde. Dabei fiel mir auf, dass sie in all ihrer Schönheit und Anmut große Ähnlichkeit mit Ma Xin hatte. Als seien sie aus dem gleichen Ton gemacht. Waren sie Zwillinge? Ich wollte sie fragen, aber sie fixierte einen Punkt in der Ferne. Ihren Mund umspielte ein geheimnisvolles Lächeln.

„Ma Lian, was denkst du?", fragte ich.

Sie schüttelte den Kopf und lächelte mich an. „Ich hatte mir schon gedacht, dass wir uns vielleicht eines Tages wiedersehen würden, aber ich hatte nicht damit gerechnet, dass es so bald sein würde."

„Und weißt du warum?"

„Weil du nicht anders konntest, als mich zu suchen?"

„Nein. Weil du mich mit deinem Herzen immer zu dir gerufen hast." Ma Lians Lächeln wurde kurz von einem unbestimmten Ausdruck verdrängt.

„Ist Ma Xin auch da?", fragte ich.

„Auf dieser Welt gibt es keinen Ma Xin", sagte Ma Lian schuldbewusst und verfiel in Schweigen.

Endlich verstand ich. Diese Frau war schon die ganze Zeit an meiner Seite gewesen. Der Krampf in meinem Herzen löste sich in Wohlgefallen auf und meine Seele wurde ruhig. Ich wusste, ich war nach Hause gekommen. Meine Heimat war an ihrer Seite. Ich musste keine Angst mehr haben, weil ich nicht wusste, was ich tun sollte. Sie stillte mein Herz und befreite mich von einer schweren Last. Ich saß auf Hündchen und schüttete mich aus vor Lachen. Dann griff ich nach ihrer Hand.

„Seit ich dich das erste Mal sah, hatte ich nur noch ein Ziel im Leben. Weißt du das?", fragte ich. Wir ritten Seite an Seite, obwohl keiner von uns wusste, wohin der andere wollte. Verschämt begleitete sie mich und hörte mir zu. „An deiner Seite zu sein, so wie in diesem Moment." Ich betrachtete ihre Ausrüstung und vermutete, dass sie ausgeritten war, um etwas zu essen zu besorgen. Aber ich sagte nichts.

„Verzeihst du mir?" Sie sah mich schräg von der Seite an, was ihr ein neckisches Aussehen verlieh.

„Natürlich. Aber jetzt kannst du mir alles erzählen, auch wenn es sonst niemand weiß", sagte ich lachend, wurde aber gleich wieder ernst. „Verzeihst du mir auch? Den Kuss ...?"

Ma Lian schloss ihre Lippen fest und weigerte sich zu sprechen. Sie schloss sogar die Augen. Dann drehte sie sich zu mir und sagte: „Wei Han, seit ich dich das erste Mal sah, hatte ich nur noch ein Ziel im Leben – dasselbe wie du." Sie sah mich bekümmert an und ich griff unwillkürlich nach ihrer Hand.

„Wie geht es deiner Mutter?", fragte ich. Ihre Miene verdüsterte sich und ich sah Tränen in ihren Augen. Ich hielt an, nahm ein Taschentuch und wischte sie ihr ab. Aber ihre Tränen hörten nicht auf zu fließen, sie sprudelten wie kleine Quellen. Auch mir kamen jetzt die Tränen. Ich stieg ab und half auch ihr vom Pferd. Ich umarmte sie fest, diesen schlanken Ma Xin, diese noble Prinzessin, diese lange unverheiratete Mandschurin, diese Liebe meines Lebens.

„Wie kann ich deine Tränen versiegen lassen?", fragte ich.

„Vielleicht weine ich ja, weil du da bist", sagte sie.

„Ich will dich nie wieder verlassen", sagte ich. „In den Tagen ohne dich – oder soll ich sagen: ohne euch? – war mir, als läge mein Herz in Stücken, und beinahe hätte ich meine Seele verloren. Ich werde dich nie wieder verlassen!"

„Ich habe auch ständig an dich gedacht. Ich konnte

kaum essen, trinken oder schlafen, so groß war mein Kummer. Gleichzeitig geschah meiner Familie so viel Schreckliches. Wenn ich mich nicht um meine Mutter hätte kümmern müssen, hätte ich aufgegeben. Aber ich musste stark sein für sie", murmelte sie.

In diesem Moment küssten wir uns eng umschlungen. Einen sehr langen Kuss lang. Ich sagte ihr, wie sehr ich sie liebe, wie sehr ich sie liebe, egal was Liebe ist, egal ob sie weiß, was Liebe ist, egal ob ich weiß, was Liebe ist, und egal, ob ich schon einmal geliebt habe, ob ich dazu überhaupt fähig bin. Ganz egal. Lachend und weinend zugleich hieß sie mich schweigen. Aber sie antwortete auf meine grenzenlose Zärtlichkeit, sie war die Antwort auf alle Fragen meines Lebens. Ich hatte keine Zweifel, keine Fragen mehr. Ich hatte nur noch Sehnsucht. Sehnsucht und Verlangen nach ihr. Ich war ihrer Seele so nah und sehnte mich doch danach, ihr noch näher zu sein. Aber war das überhaupt möglich? Wahrscheinlich nicht. Was wir umarmten, war das vollständige Ganze.

Fu'erdan, 14. Januar 1768

Die Frauen und Kinder der Ma-Familie lebten in einer schäbigen Hütte mit einem Dach, durch das der Regen leckte. Das Zimmer war mit einem Blick zu übersehen, es war grob und kalt. Gestern Abend hatte Ma Lian mir erzählt, dass die Dorfbewohner sich weigerten, ihnen eine Unterkunft zu vermieten, so dass ihnen nichts anderes übrig blieb, als hier einzuziehen. Fünf Frauen und Kinder drängelten sich in dem kleinen Raum. Ich saß die ganze Nacht auf einem Stuhl und wartete auf den Tagesanbruch. Ich wusste, dass auch Ma Lian nicht schlief, weil ich sie in einer dunklen Ecke atmen hören konnte. In einer anderen Ecke lag ihre kranke Mutter, die so fest schlief, als sei sie schon tot. Im ersten Morgengrauen ging ich nach draußen. Ich hatte vor, für die Mas eine passende Unterkunft zu finden. Ich hörte mich in dem Ort um, und schließlich war ein Herr Li, der sich selbst als Anhänger des Weißen Lotos bezeichnete, bereit, mir ein Haus zu vermieten.

„Für dich allein?“, fragte er.

Ich antwortete wahrheitsgemäß, dass ich für die Mas suche, und erzählte von dem Unglück, das die Familie überkommen hatte.

„Ah, ich wollte ihnen eigentlich nichts vermieten, aber letztlich erleiden wir hier am Ende der Welt alle das gleiche harte Schicksal. Na gut, wenn du dich für sie verbürgst, dann sollen sie hier einziehen.“ Der Mann namens Li fuhr fort: „Ich werde einfach so tun, als hätte ich das nicht gewusst. Wenn sie eingezogen sind, werde ich so tun, als wollte ich sie wieder loswerden, aber das ist nur ein Trick, dem sie keine Beachtung schenken sollten. Ich werde sie nicht hinauswerfen.“

Ich dankte ihm herzlich. Hocherfreut kehrte ich zur Hütte zurück. Ich war noch nicht dort angekommen, als ich zwei weitere Pferde dort stehen sah, und vermutete, dass die Familie mir unbekannte Besucher empfing. Ich traute mich nicht hinein, sondern versteckte mich hinter der Hütte und beobachtete die Lage. Ich schaute durchs Fenster und sah, dass die ganze Familie gefesselt war. Das Mondgesicht, das mich in den Süden bringen sollte, war angekommen.

Als ich mich hektisch umdrehte, um ein besseres Versteck zu suchen, entdeckte ich völlig überrascht Pater Gao Mingsi, der sich ebenfalls verborgen hielt. Ich hätte ihn beinahe über den Haufen gerannt.

„Wieso seid Ihr hier?“, flüsterte ich.

„Schsch!“, zischte er und legte einen Finger auf seine Lippen. Er deutete auf ein Türbrett hinter der Hütte, das in zwei Teile zerbrochen und weggeworfen worden war. Jeder nahm eine Hälfte und wir stürmten in die Hütte.

Mit aller Kraft schlug ich auf das unschuldige Mondgesicht ein. Ich hatte mit Widerstand gerechnet, doch er stürzte sofort zu Boden. Ich hatte keine Zeit, über meine Untat nachzudenken, sondern griff nach Ma Lian, um mit ihr zu fliehen.

„Er ist tot“, sagte Gao Mingsi. „Keine Sorge.“

Gao Mingsi war von den Jesuiten in Beijing damit betraut worden, die Mas aufzusuchen, um ihnen Trost zu spenden. Denn er kam mit guten Nachrichten. Der Kaiser hatte beschlossen, Ma Juese freizulassen. Er würde sehr bald nach Fu'erdan nachkommen, um bei seiner Familie zu sein. Gao Mingsi hatte Ma Juese bereits getroffen. Nach dem Verlust so vieler Söhne hoffte er nur noch, seine Tochter verheiraten zu können. Er hatte vor längerer Zeit gehört, dass sich ein Ausländer in sie verliebt hatte, und er erzählte Pater Gao, dass er hoffe, dieser Ausländer würde mit seiner Tochter China verlassen.

„Aber nun gibt es einen toten Beamten, das macht die ganze Sache viel schwieriger.“ Er wälzte das Problem hin und her und seufzte unablässig.

Fu'erdan, 15. Januar 1768

Die Nacht verging mit Beratungen. Gao Mingsi fand, Ma Lian sollte dem Vorschlag ihres Vaters Folge leisten und China mit mir sofort verlassen. Die Mutter stimmte schließlich zu und beschwor mich, gut auf ihre Tochter achtzugeben. Auch Ma Lian war einverstanden, auch wenn sie zunächst um keinen Preis der Welt ihre Mutter verlassen wollte. Wir vereinbarten, dass sich Ma Lian wieder als Mann verkleiden und ich mich mit einem Strohhut und Strohsandalen als Bauer ausgeben sollte. Am nächsten Tag wollten wir Richtung Süden aufbrechen. Gao Mingsi sagte: „Der Himmel ist hoch und der Kaiser ist weit.“

Wir beide sollten außerhalb der Hauptstadt unbehelligt vorankommen können. Niemand würde uns erkennen. Wenn die Zeit reif sei, könnten wir ein Schiff nach Europa besteigen. Der Kaiser würde erst nach einer Weile herausfinden, dass sein Beamter tot ist. Doch dann würde er überall nach mir fahnden lassen. Gao Mingsi gab uns Silber aus seinem Privatbesitz, da er wusste, dass wir für die Reise Geld brauchen würden.

„Diese weitere Summe ist von den Fratres Attiret und Perrot. Ich soll es dir aushändigen. Und dieses hier stammt von Prinz Pu für eure Reisekosten."

Ich war von meinen Gefühlen so überwältigt, dass ich mich auf die Knie fallen ließ, um meinen tief empfundenen Dank für ihre Freundschaft und Hilfe auszudrücken. Ma Lian und ihre Mutter hielten sich in den Armen und weinten lange.

Am Abend vermählte Pater Gao Ma Lian und mich in einer sehr schlichten, aber würdevollen Zeremonie. Außer der Familie war auch die weiße Jademadonna unsere Trauzeugin. Wir gaben die Eheschließung im Ort nicht bekannt.

Heimlich ließ ich das meiste Geld neben dem Bett von Mutter Ma.

Kalgan, 1. Februar 1768

Als meine Frau und ich in Kalgan ankamen, hatte sich unsere Liebe so vertieft, dass ich anfing, ganz chinesisch zu glauben, dass wir uns aus einem früheren Leben kannten und ich in diesem Leben nach China kommen musste, um sie zu suchen.

Wir ritten Richtung Süden und übernachteten nur in Tempeln auf dem Weg. Wir waren kein bisschen beunruhigt und Ma Lian war bereit, mit mir zunächst noch nach Henan zu reisen, wo eine alte Blinde das Geheimnis der Herstellung von Ru-Porzellan kennen sollte. Das würde meine letzte Erkundung auf meiner Reise durch China sein. Außerdem habe ich keine unaufschiebbaren Aufgaben.

Nur die, mit Ma Lian zusammen zu sein.

Nachwort der Übersetzerin

Als Wilhelm Bühl zu dieser abenteuerlichen Reise überredet wurde, herrschte in China die Qing-Dynastie (1644–1911). Die Qing waren allerdings keine Chinesen, sondern Mandschuren. Diese waren Nachfahren der Jurchen, einem Reitervolk aus dem Nordosten Chinas, das nach Gründung der Qing-Dynastie in China zwar stark sinisierte, aber nicht alle Bräuche übernahm. So hielten die Männer an der ausrasierten Stirn und dem geflochtenen Zopf fest, die sie auch den Chinesen aufzwangen. Beide Geschlechter behielten ihre traditionelle Kleidung bei, woraus der bekannte Cheongsam entstand. Außerdem banden die mandschurischen Frauen ihren Töchtern nicht die Füße. Die Verwaltung war in die sogenannten 8 Banner unterteilt, die ursprünglich auf Clanzugehörigkeit basierten.

Der Kaiser in diesem Roman ist klar als Aisin Gioro Hongli zu erkennen, der unter dem Regierungsnamen Qianlong (reg. 1735–1796) bekannt geworden ist. Er gilt als einer der bedeutendsten und kunstsinnigsten Kaiser der Qing-Dynastie. Der ebenfalls im Roman eine wichtige Rolle spielende 5. Sohn und Kronprinz sollte ihm unter dem Regierungsnamen Jiaqing von 1796–1820 auf den Thron folgen.

Auch beim Manufakturvorsteher Tang Ying (1682–1758) in Jingdezhen handelt es sich um eine historische Person. Er hatte in großem Maße Anteil an der hervorragenden Qualität, die in Jingdezhen hergestellt wurde.

Wie alt die geheimnisvolle Jadeaxt ist, der der Kaiser so viel Bedeutung beimisst, und wo ihre Ursprünge liegen, bleibt offen. Aber es kann nicht schaden zu wissen, dass derartige Jadeäxte schon im 24.–20. Jahrhundert v. Chr. angefertigt wurden. Solche archaischen Artefakte dienten neben rituellen Zwecken auch als Grabbeigaben und zeigten den Status des Trägers an.

Einen großen Teil seiner Zeit in Beijing verbringt Wilhelm Bühl im Yuanmingyuan, dem alten Sommerpalast nordwestlich der Hauptstadt, dessen Bau im frühen 18. Jahrhundert begonnen und der zu einer der schönsten und größten Palastanlagen der Welt ausgebaut wurde. 1860 wurde diese einmalige Garten- und Palastanlage von Franzosen und Engländern geplündert und in Brand gesetzt. Doch zur Zeit des Romans war das Gelände noch unangetastet. Er enthielt neben Pavillons, Prunkhallen und Lustbarkeitsarchitektur auch ausgedehnte Werkstätten, die so verschiedene Gewerke wie Goldschmiede, Jade- und Elfenbeinschnitzerei, Näherei, Waffenschmiede, Emailwerkstatt, Glasbläserei und Uhrmacherei umfassten, in denen über tausend Handwerker und Künstler arbeiteten. Diese wurden, wie in der vorliegenden Geschichte, von der Abteilung für innere Angelegenheiten beaufsichtigt.

Die Jesuiten, bei denen Wilhelm sich aufhält, standen unter zunehmendem Druck, da sich der Ritenstreit (1610–1744) allmählich zuspitzte. Dabei ging es unter anderem um die Frage, ob den missionierten Chinesen die Ahnen- und Konfuziusverehrung erlaubt bleiben sollte, wofür sich die meisten Jesuiten einsetzten. Sie erklärten die Verehrung zu einem sozialen Brauch, bei dem weder Götzen noch Geister angebetet würden. Die anderen katholischen Orden stellten sich geschlossen dagegen. Im Jahr 1742 wurde die sogenannte Akkomodation schließlich (bis 1939) von Papst Benedikt XIV verboten, was zu dem Verbot des Christentums in China und dem Scheitern der Chinamission führte.

Bei einigen der Jesuiten aus dieser Geschichte handelt es sich um historische Personen, auch wenn deren Lebenszeit zugunsten der Geschichte zuweilen etwas verschoben wurde. Namentlich handelt es sich um die Maler Jean-Denis Attiret (1720–1768), Giuseppe Castiglione (1688–1766) und Ignaz Sichelbarth (1708–1780), den Kartografen Dominique Parrenin (1665–1741) und die Astronomen Michel Benoist (1715–1774) und Adam Schall von Bell (1592–1666). Am erfolgreichsten waren Adam Schall von Bell, der zum Mandarin 1. Klasse, und Castiglione, der zum Mandarin 3. Klasse ernannt worden war.

Glossar

Aufglasurmalerei: Dekor, das nach dem Glattbrand aufgetragen und anschließend in einem Dekorbrand (ca. 850 °C) fixiert wird.

Blauweißporzellan: Blaumalerei mit Unterglasurfarben auf weißem Scherben.

Ding-Porzellan: Porzellan aus dem Ding-Ofen, der seit der Tangzeit in Betrieb war. Charakteristisch ist das monochrome, cremeweiße Porzellan. Einer der berühmten Fünf Öfen der Song-Dynastie.

Emailfarbe/Schmelzfarbe: Überglasurfarbe, bei niedrigen Temperaturen (ca. 850 °C) im Dekorbrand gebrannt.

Famille rose: Der Name bezieht sich auf das Dekor. In Europa wurde das Verfahren entwickelt, aus Goldchlorid und Zinn alle Abstufungen von Rosa bis Purpur herzustellen. Diese Erweiterung der Überglasurfarben fand großen Anklang. Da das Verfahren aus Europa stammt, wurde es in China „ausländische Farbe“ genannt.

Famille verte: Statt Unterglasurblau wurde eine neue

Schmelzfarbe auf Kobaltbasis für die Aufglasurmalerei verwandt. Die nun möglichen Grünnuancen waren namensgebend.

Fünf berühmte Porzellanöfen der Song-Dynastie: Ru, Jun, Guan, Ding, Ge.

Fünffarbendekor: Der geschrühte Scherben wird zunächst mit Unterglasurblau bemalt und nach dem Glattbrand durch die Schmelzfarben Grün, Rot, Aubergine und Gelb ergänzt. Vorläufer von Famille verte.

Ge-Porzellan: Cremeweißes bis bräunliches oder grünliches Porzellan der Songzeit mit sehr prägnantem Krakelee aus einem der berühmten Fünf Porzellanöfen der Songzeit.

Glattbrand: bei 1100–1480 °C; dient der Sinterung (dem Zusammenbacken) des Scherbens und der Verschmelzung der Glasur darauf.

Guan-Porzellan: Porzellan aus einem der berühmten Fünf Porzellanöfen der Songzeit. Charakteristisch waren hellgrüne oder gelbliche Glasuren mit ungleichmäßigem Krakelee.

Jun-Porzellan: Porzellan aus einem der berühmten Fünf Porzellanöfen der Songzeit. Charakteristisch waren neuartige, changierende Glasuren in mannigfaltigen Farben. Beliebt waren dabei auch Seladone mit Purpurflecken.

Keramik: Oberbegriff für Irdenware (wasserdurchlässig), Steingut (Irdenware, die durch die Glasur wasserundurchlässig wird), Steinzeug (durch das vollständige Sintern beim Brennprozess wasserundurchlässig) und Porzellan (wasserundurchlässig und halbtransparent). Porzellan ist außerdem besonders stoßfest.

Krakelee: Maschenartiges Netz von Rissen oder Sprüngen auf der Oberfläche von Keramikgegenständen, da sich das Trägermaterial und die Glasur im Brand unterschiedlich ausbreiten.

Hartporzellan: Hartporzellan enthält einen höheren

Kaolinanteil und wird im Vergleich zum Weichporzellan bei höheren Temperaturen (über 1400 °C) gebrannt. Es wurde von Böttger in Meißen entwickelt.

Longquan: Berühmtester Seladon-Brennofen der Song-Dynastie.

Porzellan: Porzellan besteht aus Kaolin, Feldspat (Petuntse) und Quarz. Es ist weiß, hart, durchscheinend, wasserundurchlässig und temperaturbeständig.

Ru-Porzellan: Porzellan aus einem der Fünf berühmten Öfen der Songzeit. Sehr hochwertiges Seladon. Da der Ofen nur kurze Zeit in Betrieb war und lediglich für die kaiserliche Familie produzierte, ist es extrem selten.

Schmelzfarben: Emailfarben

Schrühbrand: Erster Brand des geformten Rohlings bei unter 1000 °C, so dass ein poröser, aber wasserfester Scherben entsteht.

Seladon: Porzellan in jadegrünen Farbtönen und einem charakteristischen, feinen Krakelee. Der Name kommt aus dem Französischen. In dem Roman „L'Astrée" von Honoré d'Urfé trägt der Schäfer Céladon Bänder von einer Farbe, die der des chinesischen Porzellans ähnelt. Auf Chinesisch heißt es schlicht „Grünporzellan".

Sich-ergänzende-Farben-Porzellan: Mit Unterglasurblau werden Konturen aufgetragen, die nach dem Glattbrand (bei 1100–1480 °C) durch die Schmelzfarben Grün, Gelb und Rot ausgefüllt werden.

Smalte: Vorläufer von Kobaltblau, ein Blaupigment, das insbesondere in der Glas- und Keramikherstellung verwandt wird. Ab 1600 wurde Smalte vor allem in Sachsen hergestellt.

Songzeitliches Porzellan: Die Song-Dynastie herrschte von 960–1279. Es war eine der großen chinesischen Dynastien, die kulturell durch Schlichtheit und Verfeinerung beeindruckte. Das Porzellan dieser Epoche gilt als unerreicht. Entsprechend dem Zeitgeist war es selten mit Dekor verziert, sondern faszinierte durch feinste, schimmernde und mannigfaltige Glasuren auf Gefäßen von großer Schlichtheit.

Unterglasurfarben: Farben die nach dem Schrühbrand, aber vor der Glasur aufgetragen werden. Wegen der beim Glattbrand hohen Temperaturen sind nur wenige Farben dafür geeignet. Am bekanntesten ist das Blauweißporzellan, speziell aus der Ming-Dynastie.

Weichporzellan: Weichporzellan enthält vergleichsweise viel Quarz, wird bei niedrigeren Temperaturen (bis maximal 1350 °C) gebrannt und ist besonders durchscheinend. Dafür ist es weniger hart und formstabil als Hartporzellan. Chinesisches Porzellan ist in der Regel Weichporzellan.

Zhanggongxiang: Porzellanofen der Songzeit, der ausschließlich für den Kaiserhof produzierte.